Viveca Lärn, geboren in Göteborg, veröffentlichte 1975 ihr erstes Kinderbuch; seitdem schrieb sie vor allem für ein junges Publikum Drehbücher für Film und Fernsehen, Theaterstücke und Gedichte. Die mit dem Astrid-Lindgren-Preis und der Nils-Holgersson-Plakette ausgezeichnete Autorin ist jedoch auch mit ihren Romanen für Erwachsene eine der erfolgreichsten zeitgenössischen Autorinnen Schwedens. Inzwischen liegen die Fortsetzungen von Viveca Lärns Insel-Roman, «Weihnachten auf Saltön» (rororo 23377) und «Frühling auf Saltön» (rororo 24137) vor.

VIVECA LÄRN

Sommer auf Saltön

ROMAN

Deutsch von
Susanne Dahmann

WUNDERLICH TASCHENBUCH

Die Originalausgaben erschienen 1999 und 2000
unter den Titeln «Midsommarvals» und «Hummerfesten»
bei Wahlström & Widstrand, Stockholm.

Neuausgabe Mai 2006

Veröffentlicht im Rowohlt Taschenbuch Verlag,
Reinbek bei Hamburg, Mai 2004

Umschlaggestaltung any.way,
Barbara Hanke / Cordula Schmidt
Foto: © Ryan McVay / getty images
Satz aus der Dolly PostScript Pagemaker bei
Pinkuin Satz und Datentechnik, Berlin
Druck und Bindung Clausen & Bosse, Leck
Printed in Germany
ISBN 13: 978 3 499 26645 4
ISBN 10: 3 499 26645 8

Teil I

Mittsommernacht

1

Zehn Möwen hockten am Kai und sahen auf das Meer hinaus.

Zuerst konnte Sara sie nicht unterscheiden, aber nach einer Weile entdeckte sie, dass einer ein Auge fehlte.

Wie in einem dieser pädagogischen Spiele. *Wer gehört hier nicht dazu?*

Sie lächelte zum ersten Mal seit langer Zeit. Sie würde nicht in die Schule zurückkehren. Schluss mit *Wer gehört hier nicht dazu,* F wie Frosch und die Schmetterlingsgruppe hat um zwanzig vor zwölf aus.

Was für ein Gefühl das gewesen war, zum letzten Mal das Lehrerzimmer zu betreten, um den Kollegen mit Hilfe eines gewöhnlichen Rührkuchens auf Wiedersehen zu sagen. Sie hatte den allzu bunten Frühlingsstrauß entgegengenommen und auch die Tüte mit dem Pulver, die ihn lange leben lassen sollte (warum hatte es für Axel nicht so ein Pulver gegeben?), und das hässliche Steinzeitschmuckstück von den Kollegen. Nachdem der Rektor seine Rede gehalten hatte, ging Sara in die Teeküche und riss von der braunen Kaffeetasse ihren Namen. Vier weiße Buchstaben auf einem grellgrünen Plastikband.

Die Hand des Rektors lag bleischwer auf ihren Schultern, und er lächelte unnatürlich.

«Ich verstehe, dass Sie nach allem, was geschehen ist, neu anfangen wollen. Aber Sie sollen doch wissen, dass Sie uns hier immer willkommen sind; auch wenn ich nicht selbst die Stellen vergeben kann. Wie auch immer. Es wird Ihnen doch gut gehen, nicht wahr, Sara?»

«Ja, verdammt, das wird es.»

Die Handarbeitslehrerin, die auf ihrem gewohnten Platz saß, ließ eine Masche fallen.

Vor der Würstchenbude lief ein Moped im Leerlauf. Der Besitzer, ein Mann mit krummem Rücken und verkehrt herum aufgesetzter Baseballkappe, war dabei, Zeitschriftenbündel auf den dazugehörigen Anhänger zu laden. Er sah nicht ein Mal in Saras Richtung. Vielleicht gab es sie nicht.

Sie war mit dem Zug gekommen. Von Göteborg nach Saltön. Eine dreistündige Reise.

Zwei Koffer und eine Tasche. Wahrscheinlich stand es in dicken Lettern auf ihrer Stirn: «Frisch verwitwet, keine dreißig».

Sie betrachtete drei Fischerboote, die mit geschrubbten Decks und blitzenden Messinghandgriffen am Steuermannshäuschen ordentlich am Anleger vertäut lagen. Plötzlich hatte sie das Gefühl, als wäre dieser Ort, den sie wegen seiner einladenden Schönheit und der Lage am Meer ausgewählt hatte, doch nicht der richtige.

Der salzige Wind fuhr über den Kai und ließ die Möwen zittern. Die Einäugige erhob sich und segelte mit überlegener Miene davon, als ein kräftiger Windstoß die Alarmanlage eines rostbraunen Volvo, der vor dem Supermarkt stand, auslöste.

Im ersten Stock eines gelben Wohnhauses wurde ein Fenster geöffnet, und eine dunkelhaarige, magere Frau starrte wütend auf das Auto hinunter. Dann kam sie mit einer roten Daunenjacke über dem Nachthemd aus der Tür und stellte die Alarmanlage ab. Auf ihren schwarzen Lackpantoffeln hüpften rosa Pompoms.

Es wurde wieder so still, wie es nur ein kleiner Ort an der Nordsee an einem sonnigen Sonntagmorgen fünf Tage vor Mittsommer sein kann. Ein Ort mit nur einem Schlachter (der noch den Unterschied zwischen Beinscheibe und hoher Rippe kannte) oder mit vier florierenden Annahmestellen für Toto, Lotto und Trab- und Galopprennen. Arbeitslosigkeit, vor allem im Winter. Touristen ...

Saras Gepäck stand noch am Bahnhof. Sie hatte sich mit dem Vermieter um elf Uhr am Kiosk verabredet. Über den Zeitpunkt war sie ein wenig erstaunt gewesen, denn sie hätte gedacht, dass alle Provinzler um diese Uhrzeit mit gefalteten Händen in der Kirche saßen.

Gegenüber vom Kiosk lag das Restaurant *Kleiner Hund*, wo Sara sich um eine Stelle beworben und diese sofort bekommen hatte. Eine Kleinanzeige in der *Göteborgs Posten*. Ein spontaner Impuls. Ein Telefongespräch. Angestellt. Unfassbar. Auf ihren Wunsch hin hatte sie eine schriftliche Bestätigung erhalten; zehn mit blauem Kugelschreiber dahingeschmierte Worte auf einer ausgerissenen Schulheftseite: «Hallo. Sie werden am letzten Montag im Juni im *Kleinen Hund* anfangen. Seien Sie pünktlich.» Keine Unterschrift.

Sara wandte dem Hafen den Rücken, und zwischen zwei riesigen Rosenbüschen, voller dicker Knospen, entdeckte sie eine schmale Eisentreppe, die mit hohen, unbequemen Stufen steil den Berg hinaufführte.

War es richtig oder falsch gewesen, hierher zu kommen? «Richtig!», rief sie bei jeder geraden Stufe. «Falsch», murmelte sie bei jeder ungeraden.

Nach Axels Beerdigung hatte sie beschlossen, neu anzufangen.

Sie hatte sich bei niemandem Rat geholt, sondern ihre innere Stimme befragt und hatte tatsächlich eine eindeutige Antwort erhalten. Wie immer, wenn sie es wagte, die ungebetenen und unablässigen Ratschläge ihrer Umgebung zu ignorieren. Der Entschluss war sonnenklar. Sie wollte weder in der Wohnung bleiben noch im Haus noch in der Straße noch im Viertel noch in der Stadt – und auf keinen Fall in der Schule. In Schweden wollte sie bleiben, zumindest bis auf weiteres.

«Ans Meer!», hatte sie mit ihrer klaren Lehrerinnenstimme gerufen. Am Meer waren sie nie gewesen. Nicht in Schweden. Zu teuer, hatte Axel gesagt. Kapitalistenferien.

Die Trauernden waren an einem schwarzen Tag im Mai vor der Kirche auseinander gegangen, und Sara war sehr langsam und mit dem Kopf voller Gedanken durch das Hagaviertel nach Hause gewandert. Alles fühlte sich so schwer an. Wie sollte sie es bloß schaffen, in die leere Wohnung hinaufzugehen, die immer noch nach Gauloises und Axel roch? Ihre Beine fühlten sich an wie nach dem Göteborgmarathon im vorigen Jahr, und das, obwohl sie sich in den vergangenen Tagen keinen Schritt mehr als unbedingt nötig bewegt hatte.

Sie hatte die Tür zur Wohnung in der schrecklichen Gewissheit aufgeschlossen, dass sein Islandpullover immer noch auf dem Bett lag. In diesen Pullover hatte sie genug hineingeweint, und deshalb machte sie an der Tür kehrt und ging wieder in das Getümmel von Studenten, Künstlern und Touristen auf der Nygata von Haga zurück.

Sara starrte auf ein billiges Brautkleid aus dem Jahr 1902, das in einem der vielen Antiquitäten- und Trödelläden im Schaufenster hing. Sie ging weiter zum Spielplatz der Schule, wo die Schaukeln immer noch nach Kindern hin- und herschwangen, die nach der Frühstückspause wieder nach drinnen gelaufen waren. Sie spürte den dumpfen ekelhaften Schmerz direkt in der Magengrube, an den Schläfen und im Nacken, ging in sich und beschloss, dass sie etwas anderes machen musste, etwas völlig Entgegengesetztes, um das auszuhalten. Axel hatte große Hände gehabt, also würde sie sich jetzt nur noch mit Menschen mit kleinen Händen abgeben. Sie hatten auf der Linnégatan gewohnt, zwischen Straßenbahnschienen und Bussen, direkt über einem Möbelgeschäft, das ständig vor blumigen Bettsofas zu bersten schien. Sie würde in ein kleines Kaff ziehen.

Ihre Hände waren trotz der Frühjahrssonne kalt und rotfleckig.

Erst hatte er gelebt, und dann war er tot gewesen. So völlig übergangslos. Sie hatten sich darüber gestritten, wohin sie in den Ferien fahren sollten, zuerst ernsthaft, dann aus Spaß, und dann wieder ernsthaft.

Sie wollte, dass sie nach Norrland fuhren und eine Bergtour machten. Das hatten sie noch nie gemacht, und es wäre so gesund und frisch und völlig pur.

Er wollte, dass sie in das kleine Fischerdorf südlich von Rimini fuhren, denn das hatten sie immer gemacht, und dort kannte er mindestens vier andere Künstler, die auch Wein, Käse, Kunst und Fußball liebten. Und sie liebte doch den Strand und die Sonne, oder etwa nicht?

Da der ungewöhnlich zähe Streit ihr langweilig wurde, war sie losgegangen, um vier grüne Äpfel und eine *Göteborgs Posten* zu kaufen. Und als sie zurückgekommen war, hatte Axel auf dem Rücken auf dem Küchenfußboden gelegen, den Kopf zum Gasherd gewandt. Typisch Axel mit seinem Hang zum Drama.

Sie hatte ihm etwas Spöttisches zugerufen, denn sie wollte sich gern weiterstreiten, wenn auch lieber nur aus Spaß, weil sie einander so liebten. Das mit der Bergtour war nicht rein egoistisch gedacht, denn sie glaubte in der Tat, dass es für Axel und sein Herz gut wäre, eben nicht in Italien zu sitzen und zu viel Wurst, Käse und Sardinen zu essen und jeden Abend literweise Wein zu konsumieren. Er war achtundvierzig.

Aber Axel hatte die spöttische Bemerkung nicht gehört, denn er war tot gewesen, und zwar wegen seines Herzens. Es war zu spät, um noch nach Norrland zu fahren und keinen Wein zu trinken. Sein dunkelbrauner wehmütiger Schnurrbart hing endgültig herunter, und seine haselnussbraunen Augen starrten leer. Seine großen Hände lagen schlaff da, etwas, was sie nie zuvor getan hatten. Am rechten Daumen etwas Zinkweiß.

«Wie lange waren Sie verheiratet?», fragte die Polizistin, nachdem sie beim Schließen der Augen geholfen hatte. Sie hielt den Kopf ein klein wenig schief, wie sie da auf Axels selbst gebautem Bettsofa saß.

«Fünf Jahre vielleicht. Oder vier. Drei, glaube ich.»

Die Polizistin lächelte vor sich hin.

«Haben Sie Kinder?»

«Nein, wir nicht, er hatte welche. Vielleicht sollte ich Axels Tochter anrufen. Sie wohnt in Amerika. Ist Aupair in Los Angeles.»

Die Polizistin sah aus dem Fenster.

Die Treppe endete ganz oben in der Erde, sodass man sich nicht entscheiden konnte, ob die letzte Stufe wirklich noch eine Stufe war.

Ein Stück weiter in einem kleinen Gehölz stand eine Bank in eine Steinbucht eingefügt, und Sara setzte sich darauf, nur an die Kante, für den Fall, dass die Bank jemandem gehörte. Sie musste aufpassen, dass sie es sich nicht aus Unkenntnis mit jemandem verdarb. Als sie auf die Anzeige geantwortet hatte, hatte der Besitzer des Restaurants gefragt, was für eine Verbindung sie zu Saltön hätte, und sie hatte geantwortet: «Keine, überhaupt keine.» Das war die Wahrheit.

Aber sie hatte ziemlich viel serviert, und zwar in der Zeit, als sie Austauschstudentin gewesen war und bei einer großbürgerlichen Familie außerhalb von Boston gewohnt hatte.

Die Aussicht über den Ort war grandios. Man sah über den ganzen Hafen, niedrige weiß gestrichene Häuser aus dem achtzehnten Jahrhundert, viele davon mit aufwändigen Schnitzereien am Giebel. Als hätten die Holzschnitzer der Idylle unbedingt noch ein wenig nachhelfen wollen. Um die meisten Häuser herum gab es nur winzige Grundstücke mit der Sorte Gärten, die ein Makler als «äußerst gepflegt» anpreisen würde. Um diese Gärten nette Holzzäune, schnörkelige Törchen und Briefkästen mit Sonne, Herzen, Bootshütten, Möwen und blau-gelben Flaggen.

Sie sah über das dunkelblaue Wasser im Hafen und war plötzlich stolz auf sich selbst, weil sie es wirklich geschafft hatte, das große Göteborg und die kleine Schule noch vor dem Ende des Schuljahres zu verlassen.

Alle hatten Verständnis gehabt. Mit der Trauer, sagten die Kollegen, ist das wie mit einem Job. Ein Jahr, dann ist das Schlimmste vorüber. Einmal Mittsommer ohne ihn. Einmal Ferien ohne ihn. Einmal Weihnachten, einmal Ostern. Im Jahr danach wird es besser. Wechsel der Umgebung. Wie mutig. Obwohl man nicht vor sich selbst fliehen kann, das kann man nicht. Aber egal. Du bist noch jung. Fang neu an. Natürlich nicht gleich. Klar. Tut mir Leid. Aber später. Vielleicht Familie. Vielleicht ein Jüngerer ... Entschuldige, das war dumm von mir. Irgendwann scheint die Sonne wieder. Man lebt nur einmal.

Jetzt war sie erstaunt darüber, dass sie es geschafft hatte, so rasch alle Formalitäten zu erledigen und diesen unbekannten Ort so weit draußen im westlichsten Schärengürtel der Nordsee zu finden. Vierzehn Bewerber hatte es laut dem Besitzer des Restaurants gegeben, aber sie war offenbar die Einzige, die behauptet hatte, Erfahrung als Kellnerin zu haben.

Eine rote Backsteinkirche thronte hoch und streng über der Stadt, sowohl Seezeichen als auch Gotteshaus, während das hellgrüne Gebäude der freikirchlichen Gemeinde volksnah einschmeichelnd zu ebener Erde direkt hinter dem Bahnhof lag.

Unterhalb der Kirche lag die Sporthalle mit braun getönten Fensterscheiben. Sie war wie ein riesiger Iglu gebaut, mit einer überdimensionierten Feder auf dem Dach, die auf die erfolgreiche Badmintonmannschaft der Stadt hinweisen sollte.

Sara konnte auch das grüne Schild des Alkoholgeschäftes am viereckigen funktionalen Platz erkennen, die Anonymen Alkoholiker in einer gelben Patriziervilla neben dem Friedhof und ein großes, etwas heruntergekommenes Gemeindehaus. Etwas weiter am Hafen lagen das Dreisternehotel *Saltjöbaden*, die Jugendherberge, der Kiosk, eine Pension und die Minigolfbahn. Dann waren da die Fischhalle und das Kaltbadehaus, eine Eisbude, die Galerie und der Taucherclub *Neptun*. Zwischen der Fischhalle und dem Wasser ein hoher Obelisk aus Granit zum Gedenken an die Seeleute, die in Ausübung ihres Berufs gestorben waren.

Eine steile Straße führte zur Bibliothek hinauf, ein schönes, aber verfallenes weißes Holzhaus, an das zu unterschiedlichen Zeiten in den ungewöhnlichsten Winkeln angebaut worden war.

Das Altersheim war mit den üblichen gelblichen Ziegelsteinen und brav rechtwinklig errichtet worden. In jedem Fenster konnte man eine Tischleuchte und eine grüne Zimmerpflanze sehen, und manchmal auch ein sonnengebräuntes verwelktes Gesicht unter spärlichem grauen oder weißen Haar. Meistens Frauengesichter. Vor der Tür waren sechs Gehhilfen an eine Holzskulptur angekettet, die wohl einen alten Fischer darstellen sollte.

Um die Ecke, Richtung Marktplatz, dann nebeneinander die Bank, die Post, der Immobilienmakler und alle Geschäfte.

Hinten, vom höchsten Berg her, konnte man dünnen anthrazitfarbenen Rauch ausmachen, der von dem kleinen Industriegebiet aufstieg, in dessen Mitte die Konservenfabrik *Månssons Delikatessen* lag.

«Was meinst du, Axel?», fragte Sara. Axel wollte wissen, wo die Kneipen und die Maler waren.

Oben auf dem Berg schlug eine Tür zu. Das war Karl-Erik Månsson, der rausging, und wenn er die Haustür hinter sich zuknallte, redete seine Ehefrau Kristina immer noch, ohne so recht zu wissen, was. Eine ermüdende Angewohnheit, fand Karl-Erik, aber man musste das Schlechte mit dem Guten nehmen. Über die Jahre würde er das schon ändern. Er hatte Zeit.

Jetzt atmete er den salzigen Frühjahrswind ein und ließ sich auf der schnörkeligen weißen Eisenbank vor der Küchentür nieder. Er nahm den Feldstecher aus dem Futteral und stellte ihn auf seine neue Sehschärfe ein. Die Alterssichtigkeit war bei ihm ungewöhnlich spät aufgetreten, sozusagen zwischen Flieder und Johannisbeeren, in dem Frühsommer, als Karl-Erik sechsundfünfzig geworden war. Jetzt war er neunundfünfzig und hatte tiefe Krähenfüße um Augen, Mundwinkel und vor allem um die Ohrläppchen. Er hatte immer noch kastanienbraune Haare, denn die färbte er jede fünfte Woche in der Sauna selbst nach.

Kristina war ungefähr so perfekt, blond, jung und süß wie die Mädchen in einer Fernsehreklame für Bier, Intimhygiene oder zuckerfreies Kaugummi.

«Weißt du, Kristina, du bist süßer als die Models da, aber du hast etwas, das sie nicht haben. Du hast Karl-Erik Månsson.»

Sein Alter zeigte sich lediglich in einem etwas eingeschränkten Gehör – ein Knallschaden aus dem Militärdienst, pflegte er mit männlicher Miene zu behaupten.

«Das ist doch wirklich praktisch, dass es gerade das Gehör ist, das nachlässt», verkündete Karl-Eriks etwas bissiger jüngerer Bruder, als er die Rede auf das Hochzeitspaar hielt, und fuhr dann nach einer kleinen Pause fort: «... alldieweil die Braut einiges auf dem Herzen zu haben scheint.»

Die Gäste an den hinteren Tischen lachten so herzlich, dass die Wände vom Partyzelt bebten, aber Karl-Eriks engste Mitarbeiter in der Delikatessenfabrik lächelten eher zurückhaltend, nachdem sie zu ihrem Chef herübergeschielt hatten.

Die Mutter des Bräutigams, Magdalena, die in einem lila Kleid mit erschreckend tiefem Ausschnitt dünn und kerzengerade auf dem weißen Plastikstuhl saß, lachte anerkennend und leerte ihr Weinglas auf einen Zug.

«Evert hat eine scharfe Zunge», sagte sie zum Pfarrer. «Die hat er von mir geerbt. Karl-Erik kommt eher nach seinem Vater, will sagen, er ist eher ...»

«Vorsichtig?», schlug der Pfarrer vor.

«Farblos», sagte Magdalena. «Wenn Sie so nett wären, mir noch etwas Wein einzugießen. Ja, Albin war niemand, der einem auffiel. Und doch liebte er es, Aufmerksamkeit zu erregen. Es war wirklich geschmacklos von ihm, ausgerechnet an seinem fünfundsechzigsten Geburtstag zu sterben, und dann auch noch ehe die Delegation vom Vorstand und von der Gemeinde da gewesen waren. Typisch Månsson.»

«Ich hatte nie das Vergnügen, Albin kennen zu lernen», antwortete der Pfarrer milde und schnäuzte sich diskret in die Serviette, «aber es ist doch schön, wenn man in einer Ehe etwas unterschiedlich ist. Wenn man sich sozusagen ergänzt.»

«Das glauben Sie doch selbst nicht!», sagte Magdalena. «Sie und Ihre Frau sehen doch aus wie Geschwister.»

Der Pfarrer lächelte ein wenig und sah auf die Uhr. «Jetzt wird es Zeit für mich, dieses Fest und diese Feierlichkeit zu verlassen», sagte er mit wohl modulierter Artikulation. «Ich habe meiner Frau Carola versprochen, dass wir um sieben Uhr mit den Kindern Flöte spielen werden.»

«Wie schade», sagte Magdalena und lächelte mit blendend weißen Zähnen.

Am Kai spazierten die Möwen herum. Sie hatten ein paar Papier- und Krabbensalatreste von der Imbissbude zerhackt und schauten sich jetzt mit kleinen gierigen Augen um.

Karl-Erik Månsson rüttelte am Türgriff zum Hafenmeisterbüro, aber die Tür war verschlossen. Kein Mensch war im Hafen zu sehen. Von Kabbes Segelboot her, das das ganze Jahr über im Wasser lag, hörte man das Klappern der Wanten, die gegen den Mast schlugen. Kabbe war der Wirt vom *Kleinen Hund* und segelte ungefähr so gut wie ein Mehlsack.

Månsson ging auf den Steg des Segelvereins hinaus, um sich seinen Liegeplatz anzusehen. Als er die schmalere Verlängerung des Hauptsteges hinunterlief, knackte und knirschte es. Wenn er doch nur sein kleines praktisches elektronisches Notebook in der Tasche gehabt hätte.

Er sah zum Himmel hinauf und sagte mit klarer Stimme: «Brief an die Gemeinde. Bootssteg in katastrophalem Zustand, sollte so bald wie möglich gewartet werden, damit während der Hochsaison nichts passiert. Höchste Zeit. Nur noch fünf Tage, bis es richtig losgeht.»

Er fühlte sich beobachtet und sah sich eilig um. An einen Pfeiler gelehnt stand eine schlaksige schwarz gekleidete Frau und lächelte ihn spöttisch an, sagte aber nichts. Der intensive Blick aus ihren braunen Augen brannte förmlich.

Er nickte kurz. Sie hatte ihn doch wohl nicht angesprochen? Sie sah ein wenig fragend aus. Er schaute entschlossen auf die Uhr und ging mit kraftvollen Direktorenschritten weiter. Ein Hörgerät kam nicht infrage.

Und wenn sie etwas gefragt hätte, dann wäre das bestimmt so eine typische Frauenfrage gewesen. Wie viel Grad hat das Wasser?

Wie schön, dass er sich nicht mehr mit Frauenzimmern befassen musste. Kristina war so jung, dass er sie sich fast selbst erschaffen konnte. Er war dabei, ihr beizubringen, welches Essen das richtige war, und der nächste Schritt würde die Wahl ihrer Kleidung und des Umgangs sein. Er war stolz auf seine Geduld, denn die brachte ihn fast unmerklich an sein Ziel: die perfekte Mädchenehefrau.

Kristina hatte ihre knackigen engen Hosen an – wie schön, dass ihr Mann sich wenigstens nicht in Kleidungsfragen einmischte. Es gab schon so ein endloses Gemecker über das richtige Essen. Kristina durfte weder Kebab noch Piroggen essen, was sie so gern mochte, kaum mal eine Pizza.

«Pizza», sagte Kristina, «es gibt doch nichts Besseres. Vesuvio. Marinara. Frutti di Mare. Pizza Amore.»

«Hier im Haus essen wir wie die Fürsten, wenn wir ein Fest haben», sagte Karl-Erik, «und wenn wir allein sind, essen wir schwedische Hausmannskost.»

Zu den Hosen trug Kristina das neongelbe enge Lieblingstop. Darüber hätte sie gern ihren kurzen lustigen Nerzschal getragen, aber es war inzwischen so schrecklich warm geworden, dass man sie ausgelacht hätte.

Sie fuhr das Auto den Hügel herunter, stellte sich auf den Behindertenparkplatz auf dem Markt und lief in die Videothek. Sie brachte drei amerikanische Gruselfilme zurück und suchte sich schnell drei neue aus.

«Drei Filme, drei Tage», sagte der junge blasse Mann im schwarzen T-Shirt und zupfte an seinem Nasenring. «Werden Sie Mitglied, dann bekommen Sie Rabatt.»

«Nein, danke», erwiderte Kristina. «Ich kann es mir leisten.»

Als sie wieder auf die Straße hinauskam, sah sie sich um, holte eine neutrale Plastiktüte aus der Tasche und tat die Videofilme dort hinein.

Die grelle Plastiktüte der Videothek stopfte sie in einen Papierkorb. Eine der Möwen unternahm sogleich einen Inspektionsflug, um den Neuzugang in Augenschein zu nehmen.

In dem Moment kam Kristinas Schwiegermutter aus dem Zigarrenladen.

«Ach je, ist er also so langweilig, dass du jeden Tag in die Videothek fahren und dir Filme ausleihen musst? Ja, Karl-Erik hatte schon immer einen gesunden Schlaf.»

«Die sind für eine Freundin», antwortete Kristina und starrte wie versteinert auf die magere alte Dame, die ihr so selbstsicher gegenüberstand. «Sollen wir in den *Kleinen Hund* gehen und einen Kaffee zusammen trinken, Schwiegermama?»

«Kaffee hat noch keinen Menschen glücklich gemacht», sagte Magdalena, kletterte in ihr riesiges blitzendes Auto und ließ den Motor an, ohne auf Wiedersehen zu sagen. Doch plötzlich bremste sie ab, legte den Rückwärtsgang ein und kam gefährlich nahe vor Kristinas Füßen zum Stehen. Die Fensterscheibe glitt lautlos herunter, und sie sah Kristina an. «Und das mit dem ‹Schwiegermama› bringt sowieso nichts. Ich rate dir, gewöhn es dir gar nicht erst an. Karl-Erik hat sich schon einmal scheiden lassen.»

Magdalena war so klein, dass sie auf einem Kissen mit aufgestickten Verkehrszeichen sitzen musste, um über das Lenkrad sehen zu können.

Als Kristina später aus dem Fitnesscenter nach Hause kam, stand Månsson da und sah mit dem Feldstecher aus dem Panoramafenster.

«Aha, du hast also wieder trainiert», sagte er. «Gestern warst du auch da.»

«Aber du hast es doch gern, wenn ich einen geschmeidigen Körper habe. Die Bauchmuskeln haben wirklich nochmal ein paar Runden gebraucht.»

Kristina kuschelte sich an ihn, und er lächelte widerwillig.

«Laufen da viele junge Männer herum?»

«Ja klar. Heute habe ich Brad Pitt gesehen.»

«Wie hieß der?»

Kristina warf die Haare zurück. «Warum bist du eigentlich nicht bei der Arbeit? Nur weil Sonntag ist? Kommt die Fabrik denn überhaupt einen ganzen Tag ohne dich klar? Es könnte doch eine Betriebsstörung gegeben haben.»

«Ich wollte dich nur noch sprechen, ehe ich gehe. Ich habe für heute Abend meinen Bruder und seine Frau eingeladen. Etwas Einfaches. Du kannst Krabben mit viel Butter gratinieren. Und Knoblauch. Dazu kaufst du zwölf Brötchen bei Märta, die echten französischen mit Sesam drauf. Vergiss nicht, dass du zehn Prozent Rabatt bekommst. Ach was, sag ihr, sie soll die Rechnung an die Firma schicken.»

Kristina betrachtete ihn und fragte sich, wie er wohl ausgesehen hatte, als er in ihrem Alter gewesen war. Sie hatte Bilder in einem Fotoalbum gesehen, und da war er John Wayne ziemlich ähnlich gewesen. Männlich wirkte er immer noch.

«Vor unserer Hochzeit hast du so viel erzählt», sagte Månsson. «Jetzt redest du fast gar nicht mehr mit mir, nur noch mit anderen. Woran denkst du eigentlich?»

Sie verabschiedete sich in der Tür von ihm, kontrollierte durch das Fenster, dass das Auto den Carport verlassen hatte, ging ins Badezimmer und nahm vorsichtig den kleinen Badezimmerschrank aus Messing von der Wand. Sie machte das Klebeband von dem Millimeterpapier los, das am Rücken des Schranks festgeklebt war, und mit einem Stift, der auf dem Fensterbrett lag, machte sie ein entschlossenes Kreuz in das dreihundertste Kästchen.

Johanna öffnete die Tür zu Magnus' Zimmer und hielt sich die Nase zu.

«Wo hast du dich denn heute Nacht rumgetrieben? Du riechst nach Schnaps.»

Magnus lag auf dem Rücken und schlief lautlos. Die Haut sah unter dem schwarzen Haar blass aus, und der jungenhafte Ziegenbart wirkte fast blau. In den Koteletten war immer mehr Grau zu sehen.

Seine Nase war beinahe aristokratisch. Im Profil sah er aus wie ein römischer Gott, ein zu kurz geratener Gott allerdings.

«Was glaubst du, wer schon wieder rausgehen musste und die Alarmanlage vom Auto ausschalten?», fuhr die Mutter fort und sammelte ein paar leere Kautabakdosen und eine Zigarettenschachtel vom Fußboden auf. «Wirst du dich heute endlich um einen Job kümmern? Sonst ab mit dir in den Arbeitslosenverein, geh Schach spielen. Hier kannst du jedenfalls nicht herumlungern.»

Magnus öffnete ein Auge und starrte seine Mutter an. «Sonntag.»

«Aha, dann passiert heute also wieder nichts. Dann bring dich mal auf Trab und sei um elf Uhr am Kiosk, um unsere neue Mieterin zu treffen. Sie wird oben unter dem Dach wohnen.»

Magnus setzte sich blitzschnell auf und sah sie missgelaunt an. «Hast du vermietet, ohne mich vorher zu fragen?»

«Ja, wer bezahlt denn die Miete und kauft das Essen?»

«Und was ist mit meiner Modelleisenbahn?»

«Die ist in vier Bananenkisten verpackt und steht im Keller.»

Magnus ließ sich stöhnend wieder aufs Bett fallen.

«Und du musst die Alarmanlage am Auto reparieren. Die Leute wundern sich schon.»

Sie zog die Tür hinter sich zu und wartete einen Augenblick draußen. Kein Laut war zu hören.

Sie schleuderte die schwarzen Pantoffeln mit den Pompons von sich, zog sich hellblaue Plastiksandalen an und nahm eine farbenfrohe Frauenzeitschrift mit auf den Balkon. Das Kaffeetablett hatte sie schon vorher dorthin gebracht, und unter der Milchtüte lag der Lottoschein mit den angekreuzten Kästchen.

«Ich müsste eigentlich viel Glück in der Liebe haben.»

Sollte sie gewinnen, würde sie sich ein schnurloses Telefon anschaffen, damit sie, wenn sie auf dem Balkon saß, nicht mehr mit sich selbst reden musste. Oder vielleicht sogar ein Handy. Magnus hatte ein gelbes Handy, weiß der Himmel, woher er das hatte. Aber wen hätte sie denn schon anrufen sollen?

Ihre Zeitschrift wollte Frauen mittleren Alters, die unter der ständigen Doppelbelastung von Haushalt und Beruf standen, ein paar wichtige Dinge beibringen. Diese Ausgabe wurde von der Beinschule beherrscht. Man gab grundlegende Ratschläge, welche konzentrierten Salben ganz sicher und auf lange Sicht Cellulitis bekämpften.

«Lange Sicht», sagte Johanna zu sich selbst. «Ja, nach dem Tod gibt es keine Cellulitis mehr.»

Sie blätterte weiter und fand das aktuelle Horoskop. Es gab einen grünen Balken für Arbeit, einen roten für Liebe und einen blauen für Sex. Sie konnte nicht begreifen, wie Sex blau sein könnte, aber es war ja auch lange her, dass sie sich mit diesem Thema beschäftigt hatte, und seit ihrer Jugend war ja alles so klinisch geworden.

Der rote und der blaue Balken waren für alle Stiere in der nächsten Zeit minimal, während der Arbeitsbalken hoch in den Himmel ragte. Außerdem stand da, dass nach einem herrlichen Fest am Freitag eine unglückliche Zeit folgen würde.

«Erzähl mir was Neues», sagte Johanna und zündete sich eine Zigarette an. Unglück hatte sie weiß Gott genug. Aber auf der Habenseite seit dreißig Jahren eine feste Anstellung, eine robuste Gesundheit, Untergewicht und niedrigen Blutdruck, vier jüngere Geschwister, die einigermaßen nett waren, weil sie es geschafft hatten, von Saltön wegzugehen, ehe es zu spät war, und vor allem einen erwachsenen kindischen, faulen und charmanten Tunichtgut von einem Sohn. Seit Jahren wartete sie darauf, dass er sich freimachen würde, eine kleine Revolte, eine ernsthafte Romanze, eine Hochzeit, eine Auslandsreise, aber er schien es überhaupt nicht eilig zu haben.

Johanna war schon bis Göteborg gekommen, aber noch nie bis Stockholm. Ihr größter Traum war es, einmal mit dem Zug nach Italien zu fahren, doch nicht, um Magnus' Vater Claudio zu treffen. Der war sicher schon Vater und Großvater und dick wie ein kleines Schwein und glatzköpfig wie eine Ratte mit einem widerlichen fetten Schnurrbart.

Sie besaß eine Schwarz-weiß-Fotografie von Claudio, als er noch jung war. Sie hatte an dem Morgen, nachdem sie sich kennen gelernt und verliebt hatten, auf seinem Schoß auf dem runden schwarzen Hocker im Fotoautomaten auf Saltöns Bahnhof gesessen, und er hatte sie Bella genannt. Da hatte sie gekichert und gefunden, dass das wie der Name einer Kuh klang.

Weil Claudio das Foto bezahlt hatte, hatte er drei Stück behalten, aber Johanna bekam das hübscheste, auf dem Claudio lächelte und sie selbst aussah wie Gina Lollobrigida.

Bella. Johanna hatte darüber nachgedacht, dass es wirklich klang wie eine Schwarzbunte, doch dann war sie bei Hans-Jörgen in der Bibliothek gewesen und hatte das Wort in einem italienischen Lexikon gefunden. Hans-Jörgen mit seinem gewöhnlichen nordischen Aussehen hatte sie wie immer sehnsüchtig angeschmachtet.

Sie hatte ihm gnädig zugelächelt, denn sie war im dritten Monat gewesen und hatte sich wichtig und erwartungsfroh gefühlt, und außerdem wusste sie nun ja, dass Bella «Schöne» hieß.

Wenn sie eine Tochter bekommen hätte, dann hätte die Bella geheißen, aber nun war es ein Sohn geworden, der Magnus getauft wurde, weil er so groß war (wieder in die Bibliothek!). Er wog über vier Kilo und hatte schwarzes lockiges Haar, als er im Sahlgrenska-Krankenhaus in Göteborg geboren wurde.

Es wäre ein Leichtes gewesen, Hilfe mit dem Kind zu bekommen, denn Magnus war so süß und nett mit seinen großen braunen fragenden Augen. Alle, die ihn sahen, verliebten sich sofort in ihn. Aber nachdem Johannas Mutter, die Einzige, der sie das Kind anvertraut hatte, gestorben war, hatte sie selbst wie eine Vogelmutter über ihren Sohn gewacht. Sie war so eigensinnig gewesen, dass sie es sogar geschafft hatte, Månsson zu überreden, ihren Sohn zur Arbeit in die Konservenfabrik mitnehmen zu können.

Magnus hatte nicht rausgehen und wie die anderen auf dem gefährlichen Marktplatz spielen dürfen. Das erlaubte seine Vogelmutter nicht. Doch im Gegensatz zu echten Vogelmüttern mit Schnäbeln und Krallen hatte sie ihn nicht rausgeworfen, als er flügge geworden war, und jetzt war es zu spät.

Johanna band ihr dunkles Haar zu einem lockeren Knoten auf dem Kopf zusammen, damit die Sonne an die Haut im Nacken und auf den Schultern kommen konnte. Sie wurde schnell braun, eigentlich war sie nie ganz weiß. Der Großvater ihres Vaters war ein an Land gespülter Seemann von einem spanischen Schiff gewesen, das vor Saltön Schiffbruch erlitten hatte.

Sie spiegelte sich in der Thermoskanne. Hässlich war sie wirklich nicht, das konnte nicht der Grund dafür sein, dass sie allein war. Sie war ganz einfach wählerisch. Nach Claudio hatte sie niemanden an sich rankommen lassen, obwohl es einige versucht hatten, zumindest in den ersten zwanzig Jahren. Nüchterne und Betrunkene, Verheiratete und Ledige. Alle hatte sie abgewiesen. Sie hatte beschlossen zu warten, bis Magnus auf eigenen Füßen stünde und vielleicht eine Frau hätte, eine Wohnung, einen Job, ein eigenes Leben.

So wartete sie immer noch darauf, dass er auszog, damit ihr Leben eine andere Richtung nehmen könnte. Einen neuen Job, einen kräftigen, wohlerzogenen und nicht allzu aufdringlichen Mann als Freund, genug Geld, dass es für ein Ticket nach Neapel und zurück reichen würde …

Aber was passierte in Wirklichkeit? Immer mehr Dinge, die ihr Sorgen machten!

Vielleicht sollte sie wieder anfangen zu lesen. Es fiel ihr

leicht, zu lernen. Außerdem arbeitete Hans-Jörgen immer noch in der Bibliothek und war auch noch immer Junggeselle. Er sah zwar etwas vernachlässigt aus, aber er hatte ein Herz aus Gold.

Sie schaute über den Marktplatz. Hinten von der Pension her sah sie die fette Emily auf ihrem roten Fahrrad angetrampelt kommen, mit einem übervollen Korb am Lenkrad. Plötzlich blieb Emily stehen, stellte das Fahrrad ab und wackelte auf den Steg hinaus. Sie trug die Nase immer noch so hoch wie schon als Kind. Dass man sich als etwas Besseres vorkommen konnte, nur weil man die Tochter des Provinzarztes war, ging über Johannas Verstand.

Die Arztvilla lag hoch oben auf dem Berg, aber das Sprechzimmer war im Souterrain untergebracht, das auf eine enge Gasse wies. Die halbe Bevölkerung von Saltön hatte dort schon im Wartezimmer gehockt und wie hypnotisiert durch das kleine Fenster auf drei Mülltonnen gestarrt und darauf gewartet, dass der Doktor sie über den Brillenrand hinweg fragen würde, was ihnen fehlte.

Jetzt war er alt, aber er behandelte immer noch. Wahrscheinlich war es so eine Art Hobby, jetzt, da er Witwer war. Denn Geld hatte er genug.

Johanna konnte sich nicht erklären, wie die fette Emily irgendetwas geschafft bekam. Alles, was sie tat, geschah in Zeitlupe. Aber wahrscheinlich war es der arme nette Thomas Blomgren, der das meiste zu Hause erledigen musste. So ein Rührstück von einem Ehemann.

Die Arbeit im Zigarrenladen war wohl das reinste Himmelreich für ihn, denn da musste er sich nicht den ganzen Tag lang das Geplapper seiner Frau anhören. Johanna und Blomgren waren Klassenkameraden gewesen, und sie pflegten ein paar Worte zu wechseln, wenn sie ihren Lottoschein ausfüllte. Er hatte eine wunderbare sanfte Stimme.

Johanna war im Arbeiterviertel der Stadt aufgewachsen, wo die uralten, kleinen schiefen Häuser standen.

Wenn man von der Tür zu Johannas Elternhaus direkt geradeaus schaute, dann sah man die pompöse Arztvilla unter der Kirche liegen. Emily war vier Jahre jünger als Johanna, und normalerweise hätte diese niemals ein Kind beachtet, das jünger war als sie, aber an die kleine, dicke, verwöhnte Emily erinnerte sie sich nur zu gut. Die runde Nase, die gen Himmel wies, wenn sie sich ins Jugendheim aufmachte. Da kam Johanna dann schon von der Arbeit in der Fabrik nach Hause. Fünfhundert in der Woche an die Mutter und den Rest zum Verlustieren. Dreizehn Kronen.

Ihr Herz hatte geklopft an jenem Samstagmorgen, als das Kriegsschiff aus Neapel auf Reede hundert Meter vom Kai angelegt hatte. Sie hatte es vom Küchenfenster aus gesehen und sich innerhalb von fünf Minuten herausgeputzt. Dann war sie aus dem Haus gelaufen, ohne auch nur die Tür hinter sich zu schließen.

Als das erste Beiboot mit zwölf Seeleuten gegen Mittag an Land gefahren wurde, spazierte Johanna mit einem klein karierten Baumwollkleid auf dem Kai auf und ab. Von dem Augenblick an, als Claudio mit seinem blitzenden Lachen an Land gesprungen war, hatten sie nur noch füreinander Augen gehabt.

Claudio nahm Johanna in seine Arme und küsste sie, und das fühlte sich wie die natürlichste Sache der Welt an. So, als würde man nach einer langen Reise heimkehren.

Sie hakte sich bei ihm unter, und dann gingen sie zum *Kleinen Hund* hinauf, und Johanna wurde zu einem Glas Dessertwein eingeladen, während Claudio Aquavit trank, ihr weiterhin tief in die Augen schaute und ihr den Nacken und die Unterarme streichelte.

Claudio war untersetzt, sehnig und märchenhaft hübsch,

ein wenig wie Frank Sinatra, allerdings mit braunen Augen. Er hatte einen dunklen und männlichen Bartwuchs.

Johanna trank ihren süßen Wein in einem Zug aus, und Claudio lachte über sie, als sie zum Park spazierten. Sie zogen sich nicht einmal aus. Sie hätte ihre Unschuld an keinen netteren oder romantischeren jungen Mann verlieren können.

Sie spazierten die ganze Nacht herum und lachten und küssten sich, und manchmal mussten sie sich ein wenig ausruhen, und dann geschah, was ebenso geschieht, im Bootsschuppen und im Sonnenaufgang auf einer Klippe.

Aber Claudio war ebenso gedankenverloren wie Johanna, denn als das Schiff am nächsten Tag wieder ablegte, nachdem sie neunzehn Stunden lang miteinander verbracht und sich geküsst hatten, passierte es ihm doch, dass er eine falsche Adresse auf die Rückseite ihrer Schminktasche schrieb, und so kamen beide Briefe wieder zurück. Sie hatten vereinbart, einander auf Englisch zu schreiben.

Als der zweite Brief zurückkam, hörte sie auf, an Claudio zu denken, was ganz einfach war, da ihr Leben eine andere Wendung genommen hatte.

Die unsentimentale Seele hatte sie von ihrer Mutter, und so wurde sie zu Hause auch nicht rausgeworfen, weil sie schwanger war.

«Eigentlich müsste sich Magnus nur mal am Riemen reißen», sagte sie zu sich selbst und starrte auf die Balkontür. «Alles andere würde sich von selbst ergeben. An Freiern würde es mir nicht mangeln.» Sie warf die Zeitschrift auf den Fußboden des Balkons und streckte die Beine in die Sonne. Keine Cellulite. Es gab doch tatsächlich größere Reichtümer als Geld.

Schade nur, dass alles so auf der Stelle stand. Noch weitere zehn Jahre bei Månssons Delikatessen, kein kraftvoller, gut erzogener Mann in den besten Jahren, keine Reise nach Neapel.

Wenn nur Magnus endlich erwachsen würde.

Blomgren wischte sich den Schweiß von der Stirn und kletterte vier Stufen auf der Leiter nach unten. Er drehte sich herum und rief durch die Lüftungsklappe: «Ein Kaffee wäre jetzt gut, Emily.»

Dann stieg er wieder hinauf und machte mit dem Schlafzimmerfenster des Wohnhauses weiter. Nach zehn Minuten seufzte er, kletterte die Stufen hinunter und ging zur Garage. Emilys Fahrrad war weg. Dass er sich einfach nicht merken konnte, wann sie arbeitete und wann nicht.

Am Sonntagmorgen wegzugehen, um für andere Leute Kaffee zu kochen, wenn man doch jahrzehntelang Hausfrau gewesen war! Was für eine Idee.

In der Pension Saltlyckan saßen die Gäste an sechs langen Tischen aus Birkenholz, während Emily noch etwas Schinken aufschnitt. Sie stand in der Küche und summte eine nette kleine Melodie. Sie liebte diese Stunden.

Jetzt hatte sie die Lage im Griff. Der hektische Anfang war geschafft. Manchmal gab es Taucher oder Bergwanderer aus Stockholm, die so erpicht darauf waren, loszukommen, dass es ihnen ganz egal war, dass es erst ab sieben Uhr dreißig Frühstück gab. Die traten schon um halb sieben oder Viertel vor sieben, die Arme ungeduldig verschränkt, von einem Fuß auf den anderen und schauten auffordernd zur geschlossenen Küchentür hinüber.

Emily konnte mit ihren Vorbereitungen nicht vor halb sieben anfangen. Aber wenn Blomgren nicht so einen leichten Schlaf hätte, wäre sie gern schon früher zur Arbeit gekommen. Ab fünf Uhr pflegte sie in ihrem Bett wach zu liegen und zu hoffen, dass die Uhr etwas schneller vorangehen würde, damit sie aufstehen und duschen, sich die Wimpern tuschen und die saubere blau-weiß gestreifte Schürze, die sie am Abend zuvor gestärkt und gebügelt hatte, nehmen und sich summend aufs Fahrrad schwingen konnte.

Sie frühstückte, ehe sie zur Arbeit ging, nie, denn dann würde Blomgren aufwachen und rauskommen und sagen: «Ach, du kochst schon Kaffee, Emily. Mach mir auch eine große Tasse. Aber nicht zu stark. Muss an den Magen denken. Sollen wir uns etwas Nettes ausdenken, was wir heute Vormittag unternehmen können? Wir sind ja jetzt richtige freie Menschen am Sonntag, wo Paula ihr eigenes Leben da unten in Afrika hat.»

Obwohl er es ganz genau wusste. Und dann kam Emily erst in der letzten Minute auf den Weg. Das war doch verrückt: sich zu seinem eigenen Job schleichen zu müssen!

Die erste Viertelstunde war sie knallrot und gestresst, während sie sich selbst die Routine-Handgriffe immer wieder vorsagte: «Die Eier und die Eieruhr anmachen, die harten links, die weichen in den rechten Topf. Brotkorb, eingelegter Hering, Leberpastete, Servietten …»

Jeden Sonntag deckte sie das Frühstücksbüfett genau gleich.

Einfache, aber frisch zubereitete Frühstücksgerichte standen nett aufgereiht da, wenn der Gong für die Hochzeitsreisenden, die Sommergäste, die Konferenzteilnehmer und die Freizeitsportler ertönte – für alle, denen es gefiel, in der einfachen Pension Saltlyckan mit ihrem freundlichen persönlichen Service zu wohnen. Drei von fünf Sternen im letzten Touristenführer.

Fast alle Gäste grüßten Emily freundlich, aber uninteressiert, wenn sie in den Frühstücksraum kamen.

Sie sahen eine große, dicke Frau mit grauem Haar mit hellen Strähnchen, das von einer Schildpattspange zurückgehalten wurde. Eine Frau, die sie in der Stadt nie wiedererkennen würden.

Sobald die Gäste sich geholt hatten, was sie brauchten, gingen sie dazu über, miteinander zu plaudern, in der Morgenzeitung zu blättern oder ihre Kinder zurechtzuweisen, wenn sie Marmelade aufs Tischtuch kleckerten.

In dem Moment spürte Emily, dass sie alles im Griff hatte. Und dann konnte sie die Gedanken schweifen lassen.

Sie sah sich die Menschen an, hörte heimlich zu, und dann dachte sie sich die unterschiedlichsten Dinge aus über deren Leben, von denen sie nichts wusste.

«Sieh mal, Svante, was für ein süßer Vogel da in dem Baum sitzt, der sieht doch aus wie der, den wir in China gesehen haben.» China! Diese jungen Leute, dass die sich das leisten konnten. Oder hatte er vielleicht Kinna gesagt? Sie sahen glücklich aus und sprachen Stockholmer Dialekt. Wahrscheinlich wohnten sie in einer Dachwohnung auf Söder mit gurrenden Tauben auf dem Fensterbrett, in einer Künstlerwohnung ohne Gardinen und mit schönen Holzbänken anstelle von Sofas. Ein Betthimmel aus lichtem Nessel. So was gefiel Blomgren nicht. Das fand er unpassend.

Manchmal hatte sie das Gefühl, in ihrer Beurteilung des Ehemannes ungerecht zu sein, denn schließlich fanden alle Kunden aus Blomgrens Zigarrenladen Blomgren so nett und gutherzig. Niemals wurde er laut. Das wurde er zu Hause auch nicht, aber er konnte manchmal ganz plötzlich mit seiner Sirupstimme höchst unerfreuliche Dinge sagen.

«Das Einzige, was ich brauche, ist Bindfaden, Emily. Was ist denn das für ein Haushalt, in dem es nicht einmal Bindfaden gibt? Kannst du mir das sagen?» Dass es nie ein Ende hatte. Den einen Tag war er sauer, weil keine Rohrzange im Haus war, und wenn Emily dann von ihren geheimen Ersparnissen etwas nahm und eine kaufte, dann suchte er das nächste Mal Bindfaden.

An diesem Sonntag war es ungewöhnlich ruhig in der Küche und im Frühstücksraum von Saltlyckan. Ein älterer, vielleicht etwas trockener, aber in Emilys Augen außergewöhnlich eleganter Oberstudienrat aus Kalmar (sie hatte heimlich im Computer nachgeschaut) aß mit sichtlichem Vergnügen Haferbrei mit Preiselbeermarmelade. Emily lächelte in sich hinein, denn die Marmelade hatte sie selbst gemacht. Sie konnte es nicht über sich bringen, hier gekaufte Marmeladen auf den Tisch zu stellen. Sie war gerührt, als sie sah, dass dieser gebildete Mann beim Frühstück Fahrradklammern trug. Er musste Witwer sein, weil er die Fahrradklammern über Nacht an den Hosen behielt. Oder vielleicht geschieden, aber irgendwie sah er nicht geschieden aus. Unzerstört, fast unschuldig.

«Entschuldigen Sie, habe ich vielleicht einen Eifleck im Gesicht?»

Emily wurde rot. Sie hatte wieder gestarrt. «Entschuldigung, ich war ganz in Gedanken versunken.»

«Na, wenn es das ist: Es ist ja so schön, wenn die Menschen denken. Eine Beschäftigung, die meistens in Vergessenheit geraten zu sein scheint.»

Bestimmt wohnte er ganz oben in einem Vierparteienhaus aus den vierziger Jahren, direkt in der Nähe des Theaters von Kalmar. Vielleicht auch noch mit Blick über das Schloss. Und nicht zu nah an der Schule. Das ist nie gut, wenn man Lehrer ist.

An langen dunklen Winterabenden in Kalmar nahm er, wenn er die Klassenarbeiten korrigiert hatte, die Schwedenkarte hervor und plante Fahrradtouren, die er im Sommer unternehmen könnte.

Wahrscheinlich hatte er sich vorgenommen, ganz Schweden mit dem Rad zu erkunden, ehe er zu alt dafür wurde. Bestimmt konnte er von seinem Wohnzimmerfenster die Ölandbrücke sehen. Emily war mit ihrem Vater in einem wunderbaren Sommer auf Öland gewesen, als die Brücke gerade fertig gestellt worden war.

Irgendwie erinnerte der frühstückende Lehrer Emily an ihren Vater, obwohl er größer, dünner und eleganter war. Emilys Papa selbst sah nur im Arztkittel richtig gut aus. Ansonsten sah er aus wie jeder andere dicke Siebzigjährige.

«Noch etwas Kaffee?», fragte Emily und ging mit der blank polierten Kanne in der Hand auf den Lehrer zu. Er sah sie über den Rand seiner Lesebrille an. Er hatte schmale, schöne Augen.

«Sehr freundlich», erwiderte er. «Gern, vielen Dank. Aber ich hätte ihn mir auch selbst holen können.» Er trug keinen Ring und auch keinen weißen Rand am Finger, wie ihn untreue Männer am linken Ringfinger manchmal hatten.

Hätte ihn mir auch selbst holen können! Das wäre ein Ehemann!

«Heute ist angenehmes Wetter zum Radfahren, nicht wahr?», sagte Emily.

Er ließ erstaunt den Löffel sinken. «Woher wissen Sie, dass ich mit dem Rad unterwegs bin? Sieht man das so deutlich?»

«Ich habe nur geraten», antwortete Emily und ging zum Büfett und fing an die Schüsseln wieder zurechtzurücken. «Meine Phantasie benutzt.»

Er folgte ihr mit dem Blick. «Das ist schön, wenn Menschen ihre Phantasie pflegen», sagte er. «Haben Sie vielleicht gestern diese Sendung gesehen, wo vier Schriftsteller ihre persönlichen Überlegungen zu dem Gemälde ‹Raub der Töchter des Leukippo› von Rubens ausbreiteten?»

«Leider nur den Anfang.»

Sie hatte tatsächlich angefangen, die Sendung zu sehen, und für sich selbst so getan, als sei sie eine der beteiligten Schriftstellerinnen. Sie waren alle schmal und flott. Aber dann war Blomgren reingekommen und hatte auf irgendein Volksmusikprogramm umgeschaltet, ohne sie auch nur zu fragen.

Emily hatte schon oft vorgeschlagen, einen kleinen Fernseher für die Küche zu kaufen, den sie benutzen könnte, wenn sie ihre in seinen Augen komischen Sendungen sehen wollte.

«Wozu soll das gut sein?», antwortete Blomgren dann, «wir sehen doch sowieso immer dasselbe.»

«Jaja», sagte der Lehrer gedehnt. «Das könnte ich nicht, eine Sendung nicht bis zum Schluss sehen. Ich pflege immer in der Morgenzeitung anzukreuzen, welche Sendung ich am Abend zu sehen gedenke – ich bin sehr wählerisch, weshalb es nie viele werden. Aber die Sendungen, die ich ausgewählt habe, sehe ich dann ausnahmslos von Anfang bis Ende, und dieses Kulturprogramm war, obwohl natürlich etwas schlicht, doch recht interessant.»

«Ja, ich hätte es auch gern gesehen», sagte Emily, «aber der Strom war plötzlich weg.»

«Ach, wirklich?», seine schmalen Augen bekamen ein wachsames Glitzern. «Ich bin nach der Sendung noch ein wenig spazieren gegangen, habe aber keine dunklen Häuser gesehen. Vielleicht dauerte es nur ein Weilchen. Oder vielleicht wohnen Sie nicht direkt in der Nähe?»

«So ist es», flüsterte Emily. «Und die Stromunterbrechung dauerte insgesamt nicht lange. So ist es manchmal hier an der Küste. Es bläst in den Leitungen.»

Ist das in Kalmar auch so?, unterließ sie klugerweise zu fragen.

Er lächelte, räumte sein Geschirr weg und verließ die Küche mit einer leichten Verbeugung.

Emily rannte auf die Personaltoilette und fing an zu weinen, wie sie es nicht mehr getan hatte, seit Archimedes, ihr weißer Zwergpudel, überfahren worden war. Damals war sie sechzehn.

Und jetzt war es noch schlimmer, denn sie wusste nicht, warum sie weinte.

Es dauerte lange, ehe sie sich ein wenig beruhigt hatte –

mehrmals versuchte sie, die Toilette zu verlassen, musste aber sofort wieder anfangen zu weinen und schloss sich erneut ein.

Als Emily mit roten Augen endlich zurück in die Küche kam, wurde sie von der wütenden Mutter eines kleinen Kindes beschimpft, weil vor dem Brotkasten so große gefährliche Messer unbeaufsichtigt herumlagen.

Emily starrte sie erstaunt an. Die Frau konnte nicht älter sein als Paula, ihre eigene Tochter. Noch niemals war jemand außerhalb ihres Zuhause böse auf Emily gewesen. Und die Zurechtweisungen, die sie während ihrer Kindheit von dem Kindermädchen erhalten hatte, waren mit einer ebenso sanften Stimme erteilt worden, wie Blomgren sie hatte.

Als sie nach Hause radeln sollte, hatte sie plötzlich eine Idee. Sie stellte das Fahrrad im Hafen ab und nahm den Umweg über den großen Gästeanleger. Sie schwankte nach draußen und setzte sich schließlich vorsichtig an dem großen Marinedenkmal so weit wie möglich an die Kante. Ein Brett knackte unter ihrem großen Gewicht, was sie noch trauriger machte.

Der Wind war salzig und hart, mit viel Sommer darin. Sie spürte, wie sich die Wehmut langsam mit Erwartungsfreude mischte, und dachte an den Lehrer. Noch nie hatte sie jemanden sich so gewählt ausdrücken hören. Außer ihren Vater natürlich.

Als Emily zum Hafen zurückging, um nach Hause zu radeln, wusste sie, dass sie das Niveau ihres eigenen Lebens steigern musste.

Sara betrachtete das Schild: Restaurant *Kleiner Hund*. Es hing ein wenig schief.

Das Schild war aus Metall und stellte einen niedlichen schwarzen Terrier dar. Das Gebäude insgesamt war jedoch alles andere als niedlich.

Der *Kleine Hund* mit seinen plustrigen Gardinen nahm das

gesamte Erdgeschoss eines tristen, mit grauen Eternitplatten bedeckten Zweifamilienhauses ein. Wäre die obere Etage nicht gewesen, man hätte meinen können, das Haus sei eine provisorische Baracke.

Sie lugte durchs Fenster. Die Gardinen waren pastellfarben, aber die kleinen blinkenden Lämpchen, die Fenster und Türen einrahmten, glimmten in Rot, Grün, Gelb und Blau. Hier und da auf den Wänden saßen kleine schwarze Silhouetten von Hundepfoten, Knochen und Hundehütten.

Als Sara entdeckte, dass die Registrierkasse mit schwarzen Flecken wie einer der *Hundert Dalmatiner* bemalt war, lachte sie laut auf. Das hätte sie in ihrer alten Umgebung in Göteborg, gerade mal einen Monat nach dem Todesfall, nicht gekonnt. Und Axel gefiel es, wenn Sara fröhlich war. Immer noch.

Er hatte sich oft Sorgen gemacht, wenn sie bedrückt war, denn das bedeutete ganz klar, dass sie einen anderen kennen gelernt hatte, einen Jüngeren, Schlankeren, Reicheren, vielleicht einen Studiendirektor.

Sara verließ rasch ihren neuen Arbeitsplatz und ging weiter zum Kiosk, da die Kirchenglocken jetzt elf schlugen und sie ihre Vermieterin treffen sollte, eine Frau mit rauer und unfreundlicher Telefonstimme.

Doch am Kiosk war keine Frau zu sehen, nur ein dunkelhaariger, drahtiger, kleiner Mann, der an einem geschlossenen Tombolastand lehnte und eine Zigarette rauchte, die er nach innen zur Handfläche hielt. Er sah gut aus, aber ein wenig verwahrlost.

Sara kaufte sich eine Zeitung und einen grünen Apfel. Sie hatte keine Eile.

Während sie die Kolumnen auf der ersten Seite las, bemerkte sie eine Bewegung in ihrer Nähe.

Der Mann, der vielleicht im selben Alter war wie Sara, so um die dreißig, hatte sich von der Tombolabude losgeeist, die Kippe in ein Blumenbeet geworfen und betrachtete jetzt Saras Schal, der ihr über die Schulter fiel.

«Dachzimmer mieten?»

Sara versuchte, ihm in die Augen zu sehen. Immerhin war sie Lehrerin. «Dachzimmer mieten», echote sie.

Er sah ihr kurz ins Gesicht, dann aber wieder auf ihre Schulter. Dann klimperte er mit einem Schlüsselbund und ging los. Sara folgte ihm.

Es war nur ein kurzer Weg, im Grunde nur einmal über den Platz. Das Haus war das, vor dessen Tür die Alarmanlage des alten Volvo losgegangen war. Als Herr Schweigsam ebendiese Tür aufschloss, versuchte sie, seinen Blick zu fangen. «Sind Sie der Hauswirt?»

«Meine Mutter.»

Sara streckte ihre Hand aus. «Sara.»

Er gab ihr die Hand. Im Vergleich zu Axel hatte er ganz klar kleine Hände. «Hallo.»

Sie ging hinter ihm die Treppe hinauf. «Wie heißen Sie denn, verdammt nochmal?», rief sie.

Er drehte sich erschrocken um. «Magnus.»

Schließlich blieb nur noch eine halbe Treppe übrig, die zu einer Dachzimmertür führte. Er schloss sie auf und ging vor ihr in ein langweilig möbliertes Zimmer mit schönem Meerblick.

Sara ging zum Fenster, während Magnus einen Schrank öffnete. «Schrank.»

Sie drehte sich um und lächelte ihn an. Er sah italienisch aus, wie die Typen, die sie immer in den Ferien getroffen hatten. Nicht daran denken.

Er sah auf ihre Nase.

Sie zeigte auf ein hässliches Touristenbett. «Bett?»

Er hob die Augenbraue und sah ihr wie zufällig in die Augen, lächelte aber nicht. Er sah wirklich gut aus, nur leider litt er unter Aphasie. «Miete? Wie hoch war die noch?», fragte sie, obwohl sie es wusste.

Er dachte eine Weile nach und studierte ihre Schuhe. «Mutter fragen», sagte er und verließ den Raum.

Sara sah sich um. Eine Küchenzeile, einigermaßen sauber, mit zwei Kochplatten, ein leerer Kühlschrank mit Eisfach, ein Klapptisch und zwei Stühle. Wer sollte auf dem zweiten sitzen?

Das Bett konnte mit einem Vorhang abgeteilt werden. Ein Sessel und ein Schreibtisch, ein grün angemaltes Bücherregal voller kleiner Porzellanfiguren und Trockenblumengestecke.

Sie ging hinaus, um ihr Gepäck zu holen. Er hatte den Schlüssel in der Tür stecken lassen, und sie nahm ihn mit.

Blomgren kratzte Farbe vom Rahmen am Schlafzimmerfenster. Als er hörte, wie seine Frau ihr Fahrrad im Carport abstellte, warf er ihr einen vorwurfsvollen Blick zu. Dann krempelte er die Ärmel hoch und sah auf die Armbanduhr. «Ich dachte, du hättest um elf Schluss.»

Emily sah ihn an. Manchmal kam er ihr vor wie ein Fremder. «Das habe ich auch», sagte sie schließlich, ging ins Haus und schloss die Tür hinter sich.

Blomgren schaffte es nicht, irgendwas von Kaffee zu sagen. Zu seinem Erstaunen kam sie eine Viertelstunde später unaufgefordert mit einem Tablett mit Kaffee heraus, das sie mit einem Knall auf den Gartentisch stellte. «Ich muss mit dir reden.»

Blomgren stieg die Leiter herunter, nahm den Malerhut ab und setzte sich auf einen weißen Plastikstuhl. Eine Ameise spazierte über seinen Holzschuh. «Mit mir reden?»

«Ich werde dich verlassen. Ich will die Scheidung.»

Blomgren rieb sich die Augen, dann starrte er seine Frau an. «Und die Fenster?»

Sie stand so heftig auf, dass die Kaffeekanne umfiel, und rauschte ins Haus. Zwölf Minuten später hatte sie zwei Reisetaschen mit Kleidern, Schuhen, Toilettensachen, vier voll geschriebenen grünen Tagebüchern und einem Foto von Paula gepackt.

Als sie wegfuhr, sah sie, dass Blomgren immer noch in genau derselben Stellung im Garten saß. Wollte er so sitzen bleiben, bis er morgen den Laden aufmachen musste? Essen tat er ja nur, wenn das Essen fertig war, und ins Bett ging er nur, wenn es dunkel wurde. Also bekam er nicht viel Schlaf um diese Jahreszeit.

Plötzlich fiel ihr ein, dass er im Sommer den Laden am Sonntagnachmittag ein paar Stunden aufmachte. Die Startlisten für das Trabrennen kamen immer am Sonntagabend. Das ließ er sich nie entgehen. Also konnte sie aufhören, sich um Blomgren Sorgen zu machen. Er hatte zu tun.

Die leichten Wolken hatten sich aufgelöst und der Himmel war ganz blau, aber im Zigarrenladen waren die Neonröhren eingeschaltet.

«Was ist los mit dir, Blomgren, warum sagst du nichts?»

«Du kannst doch sonst den Rand nicht halten.»

«Mir doch egal, welche Pferde ihr nehmt.»

«Egal, das ist ja mal ganz was Neues.»

Blomgren sah zur Tür und über das Meer hinaus, seine Augen waren nahe daran, überzulaufen. «Emily hat mich verlassen.»

«Kein Wunder», sagte Orvar, «zieh dir mal frische Socken an.»

Die anderen Mitglieder der Tippgemeinschaft lachten laut.

«Kauf ihr einen neuen Toaster, das wirkt immer. Oder einen Sandwichgrill. Bei Eisen-Ingvar ist bis Mittsommer jeder Grill im Sonderangebot.»

Der Tabakhändler sah seinen kleinen Bruder so wütend an, dass der verstummte.

«Hat sie einen anderen?», fragte der Friseur. «Ihr glaubt ja nicht, was ich in meinem Salon alles höre.»

«Salon!»

«Wenn es nur kein Tourist ist. Sag nicht, dass es einer aus Göteborg ist. Das kann doch nur einer sein.»

«Das erstaunt mich wenig», murmelte ein kleiner Mann mit Baskenmütze, der zwischen den Postkartenständern eingeklemmt stand und in einer Zeitung blätterte.

«Aber was hat sie denn gesagt? Sie muss doch irgendwas gesagt haben.»

Blomgren schüttelte den Kopf.

«Nein, sie hat nur gepackt, und als ich sie gefragt habe, da hat sie gesagt, sie habe genug.»

«Genug? Sie hat genug?» Die Männer starrten einander erstaunt an. «Das ist alles nur die Schuld der verdammten Brücke. Damit hat das ganze Elend angefangen.»

«Stimmt.»

«Emily ist ja wohl erst nach dem Bau der Brücke geboren», sagte der Mann mit der Baskenmütze streng.

«Ruhig. Ich muss nachdenken. Überlass das mal mir. Einen Moment. Hat sie vielleicht im Lotto gewonnen? Dann werden sie manchmal total verrückt.»

«Zu viel Geld hat noch niemandem Glück gebracht. Das wisst ihr ja wohl am besten, die ihr eine Wettgemeinschaft habt.»

«Wir haben noch nie gewonnen», sagte Orvar. «Und gestern schon gar nicht. Jede Woche überlege ich wieder, ob ich aus der Wettgemeinschaft aussteige, aber das kann ich nicht, denn dann ärgere ich mich schwarz, wenn die anderen gewinnen.»

«Aber Emily sieht doch aus wie immer, dieselbe hellblaue Jacke und alles», warf das Mädchen ein.

Keiner wusste, wie das Mädchen hieß, aber sie half jeden Sommer in dem Laden aus. «Das Mädchen ist da. Dann ist es Sommer», sagten die Kunden.

«Wer hat dich denn gefragt? Hast du keine Gummibänder zu sortieren?»

Die Tür fiel hinter Orvar zu.

«Sollten wir nicht schon mal zum *Systembolaget* gehen? Es ist zwar erst Sonntag, aber man kann gar nicht vorausschauend genug sein.»

«Du und der verdammte Schnapsladen. Ich kann nicht», sagte Blomgren, «ihr müsst alleine klarkommen.»

«Sie hat dich ja wohl nicht im Ernst verlassen.»

Der Mann mit der Baskenmütze legte seine Herrenzeitung beiseite und sah mitleidig in Blomgrens wässrige Augen.

«Du musst den Laden heute allein schließen», sagte Blomgren zu dem Mädchen. «Ich muss nach Hause und mit den Fenstern weitermachen.»

Am Übergang von Saltön zum richtigen Festland lag ein kleines Wäldchen mit Mischwald. Ab August gab es dort Pfifferlinge. Das Wäldchen wurde auf der einen Seite von der alten Müllhalde und dem Trimmgelände, auf der anderen Seite von der neuen Wiederverwertungsanlage abgegrenzt.

Unterhalb des Trimmgeländes mit seinen vier verschlungenen Pfaden, von denen zwei beleuchtet waren, ragte ein erschreckender Überhang direkt über die Straße. Er war wie mit dem Messer geschnitten und sah so lebensgefährlich aus, dass die Straßenmeisterei die Geschwindigkeit hier auf dreißig Stundenkilometer gesenkt und starke Zäune angebracht hatte, um den zahlenden Touristen ein größeres Gefühl von Sicherheit zu vermitteln.

Es gab nicht viele Leute, die den einzig möglichen Weg auf den Überhang, nämlich von der Waldseite her, kannten. Vielleicht zog es auch deshalb kaum jemanden dorthin, weil er angeblich in der Vorzeit als Todesfelsen genutzt worden war, von dem sich die Alten stürzten, die der Gemeinschaft nicht länger zur Last fallen wollten. Doch oben gab es eine morsche Bank, und in der Touristenkarte war der Platz als Aussichtspunkt markiert.

Die Straße zum Trimmgelände endete ungefähr sechzig Meter östlich von dem Felsen in einem Kreis, der auch als Wendeplatz diente.

Nur wenige Bewohner von Saltön kannten den zugewachsenen Waldweg, der parallel dazu verlief, aber bis auf die Anhöhe hinaufführte. Vielleicht war ja dies der Weg gewesen, auf dem die allzu Alten und Gebrechlichen in Tragen und Handkarren gebracht worden waren, auf einer Reise, die ihre letzte werden würde. Gunnmo Svenneson zufolge, pensionierte Gemeindedienerin und engagierte Vorsitzende des Heimatvereins von Saltön, war es sicher so gewesen.

Emily kannte den Waldweg. Diesen Weg war sie als kleines Mädchen schon Hunderte von Malen in dem alten *Duett* ihres Vaters gefahren, denn der Doktor war lange ein begeisterter Pilz- und Beerensammler gewesen und hatte sich trotz seines schwerfälligen Körpers geschmeidig im Wald bewegt.

Emily fuhr langsam und schweigend das letzte Stück in den Wald hinein, nachdem sie sicher war, dass die Männer im Trainingsanzug, die auf dem Trimmpfad unterwegs waren, sich ausschließlich auf ihr Stretching konzentrierten. Hier und da verschwand der Waldweg im Nichts, doch es gelang ihr, ihn immer wieder zu finden und bis auf die Anhöhe zu fahren. «Gut gemacht, Emily», sagte sie zu sich selbst.

Sie fuhr vorsichtig und sanft in einen großen Waldhimbeerbusch, stieg aus dem Auto und freute sich zum ersten Mal, dass Blomgren einen grünen Volvo angeschafft hatte. Es war das erste Auto, das nicht Paula ausgesucht hatte. Ein richtiger

Tarnwagen. Wann würde Blomgren merken, dass sie das Auto mitgenommen hatte? Welcher Verlust würde ihn mehr schmerzen?

Sie breitete eine Decke über die Taschen auf dem Rücksitz und schloss den Wagen ab.

Der Pfad zu dem Aussichtspunkt mit seiner kleinen Bank war in den Stein geschlagen und sehr schmal und steil. Als Emily das letzte Stück hinaufkletterte, hätte sie gerne fünfundzwanzig Kilo weniger gewogen. Ansonsten war das ein Ziel im Leben, dem sie immer weniger Interesse schenkte.

Die Aussicht war Schwindel erregend, wenn man direkt auf die Straße hinuntersah, aber betörend schön, wenn man stattdessen über das Meer und zum Horizont schaute. Sie sank schwer atmend auf einen Stein und fragte sich, wann wohl die fiesen kleinen Mücken ihre schweißbedeckten Arme und Beine finden würden. Doch schon bald hatte der Wind sie abgekühlt. Der Blick schenkte ihr ein wenig Ruhe. Man sah den Horizont sehr deutlich in der klaren Luft, und sie sah in die Ferne, bis sie sich leise fragte, was sie eigentlich angerichtet hatte.

Es kam ihr vor, als hätten sie gerade erst geheiratet, und damals hatte sie Blomgren auch nicht gekannt. Es war so unbedacht geschehen, als würde das Leben ständig Möglichkeiten zu großen Veränderungen bereithalten.

Sie hatte aushilfsweise bei der Post gearbeitet, denn ihr Vater hatte gefunden, dass es gut wäre, wenn sie gleich nach dem Abitur den Wert des Geldes kennen lernte. Nur eine kleine Startphase, ehe sie sich aussuchen dürfte, ob sie in Lund oder in Uppsala studieren wollte. Obwohl ihr Vater Lund vorzog, weil er selbst dort gewesen war.

Emily war eine gute Tochter, und es konnte ja auch nicht schaden, sich etwas zu verdienen. Die anderen, die bei der Post arbeiteten, waren älter und nicht sonderlich nett, aber es gab ja noch eine Welt draußen. Thomas Blomgren zum Beispiel, ein interessanter Junge, der sie in der Schule nie eines Blickes gewürdigt hatte. Er war vier Jahre älter als sie und drei Klassen höher.

Vielleicht war Emily die Einzige, die Thomas Blomgren interessant fand. Aber er war lang und dünn und auf eine trockene, britische Art sehr unterhaltsam, und das genügte schon. Thomas Blomgren hatte seinen Wehrdienst abgeleistet und half jetzt seinem Vater im Zigarrengeschäft aus. Er würde auf die Handelsschule gehen, um ein richtiger Geschäftsmann zu werden.

Thomas Blomgren kam jeden Tag zu Emily mit der Post, die aufgegeben werden sollte, und manchmal holte er auch Pakete für den Laden ab, nach denen ausgerechnet Emily geschickt wurde, um sie von den Regalen herunterzuholen. Manchmal musste sie die Trittleiter benutzen.

Emily war gelinde gesagt mollig, und sie kam immer ins Schwitzen, wenn sie die Pakete herunterhob, aber Thomas Blomgren sah sie verliebt an.

Eines Tages hatte er sie zum Kino im Gemeindehaus eingeladen, und dann zu Kaffee und Muffins in Märtas Bäckerei, und so kam es dann.

Nur waren mittlerweile dreißig Jahre vergangen, und jetzt war es Emily und nicht mehr Märta, die die Muffins buk, von denen Thomas nur wenige aß.

Emilys Vater hatte eine ganz andere Partie vorgeschwebt, aber die gute Tochter war auch eigensinnig. Die Mutter interessierte sich für gar nichts. Emilys Vater hatte sich einen ganzen Sommer lang mit Essen und Trinken getröstet.

Der Vater von Thomas Blomgren starb zwei Tage nach der Hochzeit an einem Herzinfarkt. Und so musste die Handelsschule in Göteborg ohne Thomas Blomgren auskommen, der sofort das Geschäft seines Vater übernahm.

Das ging reibungslos vonstatten.

Paula wurde ein Jahr nach der Hochzeit geboren, ein kleines, dickes, aber süßes Mädchen, das schon mit einem Jahr alles bekam, auf das es zeigte. Trotzdem wurde es nie müde, auf noch mehr zu zeigen.

Emilys Mutter war an ihrer Enkelin ebenso wenig interessiert wie an ihrer Tochter, denn sie musste ihre Nerven schonen.

«Das mit den Enkelkindern wird doch wohl ein wenig übertrieben», sagte sie zu ihrem Mann, als der mit dem sabbernden Baby, das sein Stethoskop in festem Griff hielt, in ihr Zimmer kam.

«Sieh mal, da ist die Oma. Die Oma liest Kochbücher.»

Die Oma verdrehte die Augen.

Es raschelte in einem Weißdornbusch, und Emily schrak zusammen.

Sie hatte den Wald zwar immer gemocht, hatte aber panische Angst vor Kreuzottern.

«Wie nett! Unsere Wege kreuzen sich schon wieder.» Der Oberstudienrat in Anorak und Hosen mit Fahrradklammern kam den Pfad hinauf und sah forschend mit sanftem braunem Blick direkt in ihr rot geweintes Gesicht, ehe er bat, sich niederlassen zu dürfen, geradeso als wäre die Anhöhe ein Tisch in einem Restaurant.

Sie nickte mit großen Augen, und er setzte sich vorsichtig ins Heidekraut.

Nach einem langen, angenehmen Schweigen, in dem die beiden die Aussicht bewunderten, räusperte er sich: «Das ist doch erstaunlich … dass Saltön einmal ganz von Wasser umgeben war.»

Emily lächelte ein wenig. «Das wusste ich gar nicht. Und das, obwohl ich doch hier geboren bin. Aber jetzt, da Sie es sagen, klingelt es bei mir. Ich glaube, mein Vater hat mir das erzählt. Er ist ein sehr gebildeter Mensch. Arzt.»

«Ja, ich habe mir sagen lassen, dass der Name Saltön noch aus der Zeit stammt, wo die Ansiedlung auf einer Insel lag und von Fischern, Bauern und Steinmetzen bewohnt war. Bis dann die Muschelkalkdünen die Insel zu einer Halbinsel umformten. Bis in die dreißiger Jahre hinein gab es so gut wie keinen Verkehr zu dieser Halbinsel, weil der Grund zu weich war, um ein Fahrzeug tragen zu können.»

Sie betrachtete sein Profil, ein gerades und reines Profil. Sie wünschte, er würde den Kopf wenden, damit sie seine schmalen Augen sehen könnte. Die würden sie sicher wenigstens für einen Augenblick vergessen lassen, was sie angerichtet hatte und was noch auf sie zukam.

«Aber in den reichen fünfziger Jahren ging man die Sache richtig an, und Hunderte von Lastwagen wurden mit Kies und Schotter gefüllt. Dann wurde das gigantische Brückenbauprojekt begonnen, und 1954 fuhr das erste Auto ‹über Land› nach Saltön. Das haben Ihre Eltern Ihnen ja vielleicht erzählt.»

«Ja, der Vater von Karl-Erik Månsson, der mit *Månssons Delikatessen*, Albin Månsson, der fuhr das erste Auto über die Brücke. Wir hatten einen Zeitungsausschnitt davon zu Hause in der Küche zwischen den Kochbüchern. Keine Ahnung, warum Mama den aufgehoben hatte.»

Der Lehrer wandte sich ihr zu und sah sie mit klugem Blick aufmunternd an. «Sehen Sie. So ist es oft auch mit meinen Schülern. Sie behaupten, nichts zu wissen, aber wenn ich ihnen das Wissen auf eine ausreichend fesselnde Weise vermittle, dann passiert es manchmal, dass sie in ihrer eigenen Abstellkammer etwas finden und sich dann als viel weniger unwissend erweisen, als man gedacht hätte. Ich heiße Ragnar. Ragnar Ekstedt.» Er reichte ihr eine lange, trockene und sehr sehnige Hand.

«Emily», erwiderte Emily. «Emily Schenker.» Nachdem sie ihren Namen ausgesprochen hatte, schlug sie erschrocken die

Hände vor den Mund. Ein Sonnenstrahl blitzte von dem Ehering auf. Sie hatte ihren Mädchennamen gesagt.

Gegen ein Uhr betrat Sara das Restaurant *Kleiner Hund*.

Offenbar war es geöffnet, denn es saß ein einziger Gast an einem Tisch und aß und schaute gleichzeitig mit der Lesebrille tief unten auf der Nase über die Börsenseiten in der *Göteborgs Posten*. Er sah nicht auf, als Sara hereinkam.

Die Einrichtung war so hässlich, dass sie völlig ohne Charme war, doch nicht so hässlich, dass sie cool gewesen wäre.

Die pastellfarbenen Gardinen waren unten an der Wand mit grünen Rosetten, auf denen blaue Papageien prangten, befestigt, und auf den Fußbodendielen lag ein glänzend weinroter Plastikteppich. Auf ungefähr dreißig schwarzen Tischen aus den fünfziger Jahren mit dünnen Beinen lagen kleine blaue Tischdecken über Eck. Eine künstliche Ziegelsteinmauer. Fußballwimpel, Geldscheine, Flaggen, Postkarten an den Wänden. Nachgemachte alte Kinoplakate an der Tür. Auf jedem kleinen viereckigen Tisch eine rosa Plastikbegonie. Über den Tischen hingen rote Lampenschirme aus Glas mit sehr hellen Birnen. Alle waren eingeschaltet.

Sara ging zu der nicht besetzten Theke. Kein Mensch, nur ein paar volle Aschenbecher neben der Registrierkasse. Sie ging durch die Schwingtür in die Küche. Auf einer Grillplatte lag ein vergessenes graues Stück Fleisch. Niemand zu sehen. Die Hintertür ging auf einen Hof hinaus, und da saß ein junger Mann in Kochuniform auf einem Plastikstuhl neben einer riesigen Mülltonne und rauchte. Er sah ganz nett aus.

«Hallo», sagte Sara. «Ich soll hier den Wirt treffen. Kjell Albert Nilsson.»

«Kabbe isst gerade zu Mittag», sagte der Koch und betrachtete sie durch den Zigarettenrauch.

«Dann warte ich vielleicht am besten hier, bis er kommt», sagte Sara. «Ich soll hier arbeiten.»

«Er sitzt im Restaurant.»

Kabbe Nilsson war schon beim Kaffee, war aber über die Börsenseiten nicht hinausgekommen. Als Sara sich vorstellte, sah er für einen Moment auf.

«Aha», sagte er. «Ich habe gedacht, Sie sind jünger. Ihre Stimme klang jünger.»

Sara holte Luft und lächelte ihn strahlend an, obwohl sie sich plötzlich ziemlich alt und müde vorkam.

«Sie werden in Johannas Dachzimmer wohnen? Das ist nah. Praktisch, vielleicht schaffen Sie es sogar, pünktlich zu sein.»

«Woher wissen Sie das?», fragte Sara. «Wo ich wohne?» Sie lächelte immer noch, obwohl es langsam anstrengend wurde.

Er trank aus der Kaffeetasse und sah auf die Uhr.

«Vielleicht sollte ich ja nicht stören, wenn Sie gerade Ihre Zeitung lesen. Wann soll ich anfangen?»

«Die Zeiten sagt Ihnen Lotten, meine Frau. Sie kümmert sich um solche Sachen. Ihre Arbeitszeiten. Achten Sie auf Pünktlichkeit. Sie sagt Ihnen, wo Sie sich umziehen können. Die Pausen. Achten Sie auf die Hygiene. Und seien Sie pünktlich. Ansonsten leidet der ganze Betrieb. Dann geht, verdammt nochmal, der ganze Laden den Bach runter, wenn das Personal nicht spurt.»

«Wie wird der Lohn ausbezahlt?»

«Fragen Sie Lotten, hab ich doch gesagt. Sie kümmert sich um solche Sachen.»

«Ja, und um was kümmern Sie sich dann?»

Er faltete die Zeitung zusammen. «Ich kümmere mich um die großen Sachen.»

Sara zog sich zur Tür zurück. Kabbe warf ihr einen flüchtigen Blick nach.

«Zeit, nach Hause zu radeln», sagte Ragnar Ekstedt. «Der Magen verlangt sein Recht.»

Emily lächelte und streckte sich. «Wie schade», sagte sie und legte den Kopf schief. «Ich hätte frisch gebrühten Kaffee in einer Thermoskanne und ein paar Lachsschnittchen mitbringen können, wenn ich gewusst hätte, dass Sie hierher kommen.»

«Ja, ja, ja.» Er stand auf und bürstete sich methodisch und gründlich ab. Ein paar grüne Blütenblätter, einen halben Hornklee, leuchtend gelb. Sie verfolgte die ruhigen und kraftvollen Bewegungen über Hemd und Hosen. Dann lächelte er sie an, beugte sich vor und tätschelte ihre Hand. «Auf Wiedersehen, meine Liebe.»

Ragnar war kaum den Hügel heruntergefahren, da fing Emily schon an zu singen und zu tanzen. «Meine Liebe, er hat ‹meine Liebe› gesagt. Ich bin eine Liebe, eine Liebe.»

Sie wirbelte herum, und ihre vierundachtzig Kilo folgten willig bei Samba, Rumba und kleinen Hüpfern. Woher kamen nur all diese Tanzschritte?

Sie hatte nicht einmal einen Fernkurs im Tanzen belegt, obwohl ihr Vater ihr einen vorgeschlagen hatte, kurz bevor sie vierzehn wurde. Emily hatte es abgelehnt, denn sie hatte Angst, was auf dem Umschlag von dem Tanzinstitut stehen könnte. Weitere Spitznamen konnte sie in der Schule nicht gebrauchen. «Sterbender Schwan» würden sie vielleicht sagen oder ganz einfach «Dancing Jumbo».

«Wie schade», hatte ihr Papa gesagt, «es wäre vielleicht gut für dich gewesen. Du könntest fast so graziös werden wie eine Balletttänzerin. Zu dumm, dass du meinen Körper geerbt hast und nicht den deiner Mutter.»

Emily war an sich einverstanden, aber wenn der Preis dafür ein Leben mit Tabletten und zugezogenen Vorhängen war, dann verlockte sie das nicht gerade.

Wenn die spröde Frau Lovisa Schenker, Emilys Mutter, die Aushilfen in der Küche instruierte, die sie zu größeren Essenseinladungen anzuheuern pflegte, wurde sie zu einem anderen Menschen. Keine Spur mehr von Molluske. Vor Energie sprudelnd, verließ sie das Krankenbett. Wankelmut und unvollendete Sätze waren verschwunden. Stattdessen war sie klar und bestimmt in ihren Anweisungen. Emily stand dann in der Wirtschaftsküche versteckt und hörte heimlich zu, während sie eifrig Blockschokolade und Kokos knabberte.

Lovisa Schenker liebte die höhere Kochkunst. Augen und Wangen glühten über dem Kastanienpüree. Professionell plante sie den Einkauf von Zutaten in Göteborg. Manche Delikatessen kamen sogar mit dem Zug aus Stockholm. «Wenn es was kostet, dann schmeckt es auch», bestimmte Lovisa.

Sie war Expertin für Aspik, Consommé, Gratin und Soufflé. Die Hilfsdamen, die für Handreichungen und einfachere Routinearbeiten bereitstanden, gehorchten ihr blind. Es waren dieselben Saltöner Frauen, die am folgenden Tag vielleicht der hilflosen Lovisa begegneten, die gezwungen war, mit dem Taxi den halben Kilometer von der Bank nach Hause zu fahren, weil sie unter Kopfschmerzen und Schwindel litt. Ihre Kontonummer lernte sie nie.

Stattdessen hatte sie Hunderte komplizierter Rezepte aus den Gourmetkochbüchern im Kopf, die sie studierte, wenn sie den halben Monat lang mit schlimmer Migräne und anderen undefinierbaren Leiden das Bett hütete.

Als Lesezeichen verwendete sie immer einen Zeitungsausschnitt, auf dem Albin Månsson abgebildet war. In jungen Jahren war sie einmal zusammen mit Albin Månsson auf eine Segeltour nach Stavanger eingeladen gewesen, und er hatte ihr beigebracht, wie man schwedischen falschen Kaviar von russischem unterscheiden konnte. Das war, ehe Doktor Schenker auftauchte. Nett, mittelmäßig begabt, aber rund. Doch Albins faszinierende Zielstrebigkeit hatte er nicht. Als sie bemerkte, dass sie falsch gewählt hatte, war es zu spät. Dass man von einer falschen Wahl Kopfschmerzen bekommen konnte ... Die Feste waren die Rettung.

Der Doktor wurde von Jahr zu Jahr schwerer, und seine Stimme klang immer dünner, wenn er Patienten mit zu hohem Blutdruck ermahnte, sich bei Fett und Süßigkeiten zurückzuhalten. Manchmal umarmte er seine Tochter, doch niemals seine Frau.

Und Lovisa hatte ihre Tochter nie in den Arm genommen, nur einmal eher zufällig, als sie auf einem Segelboot von einem Gewitter überrascht wurden.

Nach dem Abitur kam die praktische Arbeit bei der Post. Thomas Blomgren erfüllte Emilys Leben in jenem Sommer derart, dass sie sieben Kilo abnahm.

Doch sobald sie geheiratet hatte und in das eigene Haus mit märchenhafter Küche und avocadogrünem Kühl- und Tiefkühlschrank gezogen war, nahm sie wieder zu. Gegen den Willen ihres Vaters war sie Hausfrau geworden. «Wo du so begabt bist.»

Blomgren schätzte Emilys Kochkünste zwar, nahm jedoch niemals mehr als eine Portion. «Ich habe einfach keinen Platz für mehr.»

«Kannst du dich nicht ein wenig poetischer ausdrücken?»

«Ich bin pappsatt.»

Paula war als Baby pummelig, als Kindergartenkind dick und in der Schule richtig übergewichtig und wurde gequält. Die Schulkrankenschwester wollte sie zu einer Ernährungsberaterin schicken.

«Ihr Opa ist Arzt, aber vielleicht wissen Sie das nicht», sagte Emily.

«Mit dem Mädchen ist alles in Ordnung», sagte der Opa. «Das verwächst sich. Gutes Essen, frische Luft und Bewegung haben noch niemand geschadet. Liebe soll auch gut sein, habe ich gehört.»

«Müssen wir denn so viele Kekse im Haus haben?», fragte Blomgren. «Das Mädchen wird ja die ganze Zeit verführt.»

«Ich habe nicht vor, ihr irgendwas zu verbieten», antwortete Emily. «Paula soll nicht so unglücklich sein, wie ich es war.»

Und bin, fügte sie in ihrem eigenen Kopf hinzu, doch diese Stimme war so unangenehm, dass sie schnell ein selbst gebackenes Rosinenbrötchen mit hausgemachter Erdbeermarmelade essen musste, um sie nicht so laut zu hören.

In dieser Zeit dämmerte Lovisa sehr langsam dahin, und ihr fetter Ehemann saß zusammengesunken und hilflos auf ihrer Bettkante. Er versuchte laut aus Hagdahls Kochbuch vorzulesen, aber sie konnte ihn nicht mehr hören.

Emily machte dann siebzig Schnittchen für den Empfang nach der Beerdigung. Es war keins übrig geblieben.

Am Nachmittag ging Emily mutig den Waldpfad hinunter – mit jeder Stunde fühlte sie sich im Wald mehr zu Hause.

Sie hatte einen dicken Knüppel gefunden, den sie als Waffe gegen mögliche Kreuzottern würde verwenden können. Mit Hilfe des Stocks schlug sie sich durch das Dornengestrüpp, das den Trimmplatz umgab, und ging mit blutig zerkratzten Beinen und pochendem Herzen in den kleinen Kiosk, den es im Keller des Fitnesscenters gab. Sie kaufte eine Rolle Kekse, Coca-Cola light, neun Bananen, einen Energiedrink und eine Großpackung mit Schokoladenkeksen. Die Nacht konnte kalt werden.

Glücklicherweise hatte Blomgren immer zwei Decken im Kofferraum, für den Fall, dass er, wenn er in Göteborg gewesen war, um Waren zu kaufen, an einem Unfall vorbeikäme. Das hatte er im Erste-Hilfe-Kurs vom Roten Kreuz gelernt.

«Das ist doch lächerlich», hatte Emily gesagt, «wo wir einen

Arzt in der Familie haben. Papa hasst Amateure. Die richten nur Unheil an.»

Emily sah das Auto zärtlich an. Früher hatte sie nie ein besonderes Verhältnis zu dem Wagen gehabt, abgesehen davon, dass er eine praktische Erfindung war, die Menschen und Sachen befördern konnte. Jetzt, da sie von ihrer Einkaufstour zu dem grünen Wagen zurückkehrte, war es, als käme sie zu einem sehr lieben Freund. Sie gab der Kofferraumklappe einen freundschaftlichen Klaps, öffnete sie und fing an, sich ein Bett zu bauen.

Sie war richtig aufgeregt, als sie den Straßenatlas auseinander riss und die Fensterscheiben mit Karten von Polen und Lettland abdeckte. Es wurde langsam gemütlich. Sie legte sich in ihr neues Bett und entspannte sich. In Phantasiereisen war sie geübt. Emily stellte sich den Oberstudienrat Ragner Ekstedt ohne Kleider vor. Das war keine langweilige Vorstellung. Sicherlich hatte er immer frisch gebügelte Baumwollunterhosen an und nicht so viele Haare auf der Brust. Blomgren hatte zu viele. Und einen anderen Mann hatte sie noch nie aus der Nähe ohne Kleider gesehen, obwohl sie mindestens vier Mal Lust dazu gehabt hätte, als Blomgren fünfzig geworden war und sie zwei warme Wochen in der Nebensaison auf Kos verbracht hatten.

Eigentlich hatte Blomgren zur Hochsaison Geburtstag gehabt, aber sie hatten mit der Reise bis zur Nebensaison gewartet.

Kristina kam in den Zigarrenladen, um nach der neuen *Elle* zu fragen, und der Mann mit der Baskenmütze, der da stand und in einem *Playboy* blätterte, sah sie finster an.

«*Elle*», sagte er, «ist das nicht Französisch? Fein soll es also sein.»

«Was brauchst du Zeitungen, wo du doch Månsson hast?» Orvar lachte frech.

«Er ist in der Fabrik, das weißt du doch genau», antwortete

das Mädchen. «Am Sonntagnachmittag ist er immer in der Fabrik. Auf dem Weg dorthin war er hier und hat sich die Zeitung gekauft.»

«Ist Blomgrens Angetraute wiedergekommen?» Der Mann mit der Baskenmütze wandte sich Orvar zu.

«Natürlich nicht. Sie ist ja erst seit ein paar Stunden weg. Verstehe auch nicht, warum mein Bruder wegen so einer Kleinigkeit die Ohren hängen lässt.»

«Sie wird schon wiederkommen, wenn sie Hunger hat», sagte das Mädchen. «Schließlich ist sie ja auch nicht mehr die Jüngste.»

«Emily kommt nicht zurück, denkt an meine Worte», sagte der Mann mit der Baskenmütze und legte diskret einen Lottoschein als Lesezeichen in ein Exemplar der *Men's Health.*

Kristina hüstelte leise. «Also, dann habt ihr die *Elle* wohl nicht.»

«In Göteborg gibt es die sicher.»

Kristina kaufte die deutsche *Brigitte* und schenkte dem Mann mit der Baskenmütze einen viel versprechenden Blick, ehe sie hinausging.

Dann schlenderte sie zum *Kleinen Hund* und bestellte sich Kaffee und einen Sarah Bernhardt light, während sie gelangweilt in ihrer Modezeitschrift blätterte.

Plötzlich hörte sie hinter dem Tresen die fröhliche und gellende Stimme von Lotten, die eine neue Angestellte einwies.

Kristina war nicht neidisch. Es war wirklich eine Befreiung, nicht mehr arbeiten zu müssen. Im selben Augenblick fiel ihr wieder ein, dass sie am Abend Gäste haben würde.

Sie dankte ihrer Schwägerin für den Kaffee und schaffte es noch, ehe sie ging, einen Blick auf die neue Angestellte zu werfen. Eine hoch gewachsene und schlanke, dunkelhaarige Frau mit klaren Gesichtszügen, ungeschminkt, höchstens dreißig, sah aus, als sei sie Lehrerin oder Bibliothekarin.

«Grüße an Karlchen», rief Lotten. Lotten war die Einzige, die Karl-Erik Månsson «Karlchen» nannte. Aber sie war ja auch seine Lieblingsschwester.

Sara stürzte aus dem Lokal zur Telefonzelle im Hafen und wählte die Nummer ihres Vaters in Stockholm. Er ging sofort ran. «Reformkost Hansson.»

«Jetzt bin ich umgezogen, und es hilft trotzdem nicht. Ich denke immer noch an Axel.»

Ihr Vater betrieb ein Reformhaus und gab seiner Tochter jetzt schnell ein paar weise Ratschläge über Fußbäder, Haferschleim, Meditation, Massagen, Mohrrüben und Spaziergänge in frischer Luft mit weiten Armschwüngen und tiefen Atemzügen. Sara begann zu weinen.

«Ich kann dich nicht verstehen», sagte ihr Vater. «Ist es sehr windig dort? Dann stecke dir Watte in die Ohren. Vorbeugen ist besser als Heilen.»

«All das Gerede über Gesundheit hilft nicht bei Trauer, Papa.»

«Jaja. Wenn du auf andere Gedanken kommen willst, dann komm her und hilf mir, orthopädische Sandalen zu verkaufen. Ich habe eine Riesenmenge am Lager. Habe mich total verkalkuliert, als ich im Winter bestellt habe. Wenn du vorm Laden stehen und Sandalen verkaufen würdest, wären sie in zwei Wochen alle weg. So verkaufe ich kein einziges Paar.» Sara verabschiedete sich und legte auf.

Offenbar gab es niemanden, der ihr helfen konnte, abgesehen vielleicht von der Zeit, wenn deren Heilwirkung nicht auch überschätzt wurde. Es blies wirklich starker Wind, der Gegenwind war so kräftig, dass es unmöglich war, zu weinen. Und als sie in Richtung Westen weiterging, den Wind direkt im Gesicht, fühlte sich der Schmerz fast schon angenehm an.

Weiße und gelbe Holzhäuser in unregelmäßiger Reihenfolge

kletterten die Gassen hinauf, überall windgepeitschte kleine Obstbäume und gepflegte Steingärten. Ein selbst gemachtes Schild, das nach rechts wies, erzählte von der Schwimmschule und von Häuschen, die gemietet werden konnten, aber sie ging geradeaus in Richtung Strand.

Die Häuser wurden spärlicher, und sie kam an einem Campingplatz mit Wohnwagen, Zelten und kleinen Hütten vorbei. Die Saison hatte offenkundig bereits begonnen, obwohl es bis zu den Feiertagen noch fast eine Woche hin war.

Der Weg führte weiter, schlängelte sich zwischen den Klippen entlang, und weit hinten sah sie rote Bootshäuser, einen Sprungturm, noch weiter draußen einen Leuchtturm.

Weiter als bis zu dem Sprungturm konnte man auf der Landzunge nicht gehen, denn ein großes Gebiet war mit einem Stacheldrahtzaun abgetrennt. Ein langer Steg führte direkt ins Meer hinaus, und an seinem äußersten Ende stand ein kleiner Turm, auf dem in so großen Buchstaben, dass man es sogar von den Badeklippen aus lesen konnte, «PRIVAT» stand.

Der Weg führte einen Hügelkamm hinauf, und als sie auf der anderen Seite wieder herunterging, entdeckte sie ein Holzhaus, das in einer üppig bewachsenen Senke verborgen lag. Das Haus war grau und von einer fast sinnlosen Menge Blumen in verschiedenen Farben umgeben. Ein Märchengarten.

Ein magerer älterer Mann mit einem Tropenhelm auf dem Kopf und in einem langen grünen Ölmantel arbeitete tief konzentriert an einem Beet und reagierte nicht, als Sara auf dem Weg dicht an der Steinmauer entlangging.

«Guten Abend!», rief Sara. «Was für ein schöner Garten.»

Das kam ihr ursprünglich, ländlich-korrekt vor.

Der Mann wandte sich langsam um und betrachtete sie mit scharfen blauen Augen. Er hatte ein schön ausgemergeltes, dunkelbraun gebranntes Gesicht und war ungefähr siebzig Jahre alt.

«Hallo, hallo», erwiderte er und lächelte ein wenig, ehe er sich wieder seiner Arbeit mit der Erde zuwandte.

Sara durchfloss ein warmes Gefühl. Plötzlich wurde ihr klar, dass dieser Mann, der «hallo, hallo» zu ihr gesagt hatte, der Erste seit ihrer Ankunft auf Saltön war, der freundlich zu ihr gewesen war.

«Hallo, hallo», rief sie in den Wind, als sie weiterging.

«Er hat ‹hallo, hallo› gesagt! Er hat ‹hallo, hallo› gesagt», sang Sara, und die Worte verwehten im Wind.

«Warten Sie mal ab, bis die Stockrosen kommen», sagte der Mann mit seiner freundlichen Stimme zu einem Käfer.

2 Die Sonne stand bereits hoch am Himmel, als sie Johannas Schlafzimmerfenster erreichte und sie kurz vor sieben Uhr weckte. Sie wand den Kopf, um nochmal mit der Uhr am Kirchturm abzugleichen. Sie hatte durchgeschlafen. Das musste das Verdienst des Weines sein.

Sie hatte vom Hafenmeister eine Flasche Kirschwein bekommen, weil sie vier Wochen lang nach seinem Haus und seinen Katzen sehen würde. Er segelte immer einige Zeit, bevor Mittsommer und die Touristen kamen, nach Skagen.

Nachdem Johanna am Sonntagabend ein wenig mit den Katzen und Blumen in der Junggesellenwohnung des Hafenmeisters gesprochen hatte, hatte die Flasche mit dem Kirschwein sie dort einladend angeblitzt. Sie hatte nie die Angewohnheit ihrer Eltern angenommen, sich etwas Branntwein zur Brust zu führen, wenn das Leben schwierig wurde. Doch nun erschien es plötzlich völlig selbstverständlich, im Hinblick auf das nahende Mittsommerfest an diesem wehmütigen Abend die ganze Flasche zu leeren. Dass Alkohol so gut sein konnte. Und dass er ihr dann auch noch eine ganze Nacht Schlaf schenkte.

Sie nahm im Vorbeigehen zwei Aspirin und trank auf dem Balkon schwarzen Kaffee im Stehen, während sie sich die unterschiedlichsten Formulierungen ausdachte, mit denen sie morgen kündigen würde. Am Dienstag würde es geschehen, das hatte sie beschlossen.

«Tue nie etwas Großes an einem Montag, Johanna.»

Das hatte die Mutter ihr eingebläut. Und dass man nie vor

etwas den Kopf senken sollte, abgesehen von Särgen auf Beerdigungen naher Angehöriger.

Die Mutter hatte mehr gewusst, als Johanna als junges Mädchen klar gewesen war. Bildung hing eben nicht nur vom Schulabschluss ab. Das einzige Mal, dass Johanna bisher den Kopf gesenkt hatte, war auf der Beerdigung ihrer Mutter in der Kirche von Saltön gewesen.

An einem Montag bei der Arbeit mit Månsson reden zu wollen wäre sowieso aussichtslos. Er pflegte die Arbeitswoche mit schrecklichen Schimpftiraden gegen diejenigen einzuleiten, die sich gerade in seiner Nähe befanden. Erst am Nachmittag, soll heißen nach einem guten Mittagessen mit den Rotary-Freunden im Hotel *Saltöbaden*, wurde Månsson so weit normal, wie er überhaupt sein konnte, und dann war der Tag ja schon fast zu Ende. Am Dienstag würde sie kündigen. Um neun Uhr morgens würde sie mit einer Fassade der Selbstsicherheit in Månssons Büro rauschen. Der konnte ihr gar nichts.

Emily hatte im Auto eine schlechte Nacht gehabt, war immer wieder von bösen Träumen aufgewacht. Die langen, schlaflosen Phasen dazwischen waren mit Angst, Grauen und Schweiß erfüllt gewesen. Zwei Mal war Emily von ihren eigenen Angstschreien geweckt worden, und bei beiden Gelegenheiten war sie absolut davon überzeugt gewesen, dass sich draußen vor dem Auto jemand bewegte. Wilde Tiere, Menschen, Wesen. Ihre geschützten Welten, ihr Mädchenzimmer in der Arztvilla und Blomgrens Ziegelsteinhaus mit Alarmanlage, bekamen Risse, und sie hatte nicht genug Zimtschnecken, um diese auszustopfen. Sie spürte den tiefen Spalt wachsen, ein tiefer Graben, der ein Eigenleben führte und unaufhörlich wuchs. Er bestimmte über sie, und es gab keinen Weg zurück, jetzt, da sie ihn zum ersten Mal gesehen und erkannt hatte. Emily zitterte. Sie hatte das Gefühl, einer Wahrheit näher gekommen zu sein.

Vielleicht könnte das Leben noch ein wenig Sinn bekommen, ehe sie fünfzig wurde. Schnell, schnell.

Emily hatte nie von sich behauptet, unfehlbar zu sein. Sie war furchtbar traurig gewesen, weil ihre Tochter Paula während ihrer ganzen Kindheit keine einzige Freundin gehabt hatte, und das, obwohl sie so süß und so begabt war und obwohl sie aus einer glücklichen Familie kam, mit einem nach der Farbenlehre eingerichteten eigenen Zimmer. Emily hatte diskret versucht, kleine Freundinnen zu kaufen, indem sie deren Mütter zu Schichttorte einlud, doch das war für alle Beteiligten anstrengend und unschön gewesen. Nicht einmal die Schichttorten waren aufgegessen worden. Emily bettete ihr Kind dann zwischen ihre Speckfalten und versuchte Paula um jeden Preis zu schützen. Vor der bösen Welt und vor der Angst.

Nun hatte sie selbst es mit der Angst bekommen. Wenn es nicht die Wechseljahre waren, dann war es Panik. Sie versuchte, tief durchzuatmen, doch irgendwo unten blockierte etwas.

Eine Amsel setzte sich auf einen Stein und sah sie mit schief gelegtem Kopf und einem Wurm im Schnabel an. «Na, du», sagte Emily.

Der Sommermorgen war schon heiß, und als sie mit über der Brust gekreuzten Armen und hinter den Augenlidern brennender Müdigkeit dalag, hörte sie eine Hummel summen. Sie hatte kontrolliert, dass alle Türen des Autos abgeschlossen waren, sogar die Kofferraumklappe. Sie fühlte, wie heiße Tränen ihr die Wangen herabrannen. Sie war ein dickes, kleines Kind, das weggelaufen war, aber kein tröstender Papa kam mit Broten und heißer Schokolade.

Schließlich schlief sie ein, schwitzte und träumte, zwei Männer ohne Gesicht würden das Auto hoch auf den Berg hinaufschieben, bis an die Kante der Klippe. Da stand es und schaukelte ein wenig, während die Männer laut lachten und dann das Auto den Abhang hinunterstießen, mit Emily darin.

Noch während sie stürzte, hörte sie ihr messerscharfes Lachen.

Als sie nach einer Stunde tiefen Schlafes von ihrem eigenen Schnarchen erwachte, lag sie noch genauso da, fühlte sich aber besser. Sie war nicht wertlos und auch nicht wehrlos. Sie hatte Blomgren nach einer langen und langweiligen Ehe verlassen. Das war doch mutig. Wenn er nur begriff, dass es keine Laune war. Nichts würde sie aufhalten können. War sie etwa Feministin geworden?

Der Morgen war richtig viel versprechend, bis sie sich im Spiegel sah. Das Badezimmer zu Hause blieb durch eine leicht orange gefärbte Gardine vom Tageslicht verschont, und die Neonröhre über dem Waschbecken war sanft abgesoftet. Das Licht im Auto hingegen war schonungslos. Um den Mund herum sah man noch die Spuren der Schokolade, die sie nachts gegessen hatte. Sie musste sich beeilen und etwas frisch machen, ehe Ragnar kam.

Ehe Ragnar kam. Warum sollte er kommen? Er hatte kein Wort davon gesagt. Wie konnte sie so etwas glauben? Wie kindisch. Das war die Schuld ihres Vaters, der ihr immer das Gefühl vermittelt hatte, dass für Emily alles wunderbar laufen würde. Und das stimmte nicht. Und doch hatte Emily denselben Fehler bei Paula gemacht.

Aber jetzt war sie zutiefst überzeugt. Sie wusste, dass Ragnar kommen würde und dass er sagen würde, dass sie hübsch sei. Hübsch oder vielleicht auch einnehmend, schön, vollendet. Strahlend, unwiderstehlich. Emily war Aschenputtel. Ragnar war der Prinz. Emily lachte laut.

Kristina erwachte zu den Ausdünstungen von zwölf Stunden altem Knoblauch. Der Gestank kam von Månsson, denn sie selbst hatte einen Bogen um die gratinierten Krabben gemacht und sich an Brot und Käse gehalten. Während des langweiligen

Gesprächs der Brüder hatte sie sich sechs Jahre in die Zukunft geträumt, und sich all die lustigen Dinge vorgestellt, die ihr als junge, hübsche, vermögende Witwe einfallen würden, doch der Traum wirkte immer weiter entfernt.

Karl-Erik lag auf dem Rücken, schlief aber erschreckend lautlos. Plötzlich öffnete er ein Auge und warf einen wachsamen Blick auf seine Frau. Dann streckte er den Arm aus und tätschelte ihr zufrieden den Hintern. «Das war wirklich artig von dir, dass du sitzen geblieben bist, als mein kleiner Bruder und ich gestern über Geschäfte geredet haben. Du sollst mal sehen, du wirst schon noch lernen, wie man sich benimmt. Rom ist auch nicht in einem Tag erbaut worden.»

Kristina kroch näher an ihn heran. «Können wir nicht nach Rom fahren? Oder Venedig? Und da mit der Gondel fahren, davon habe ich schon immer geträumt.»

«Nun, jetzt hast du ja wohl vergessen, dass ich eine ganze Fabrik habe, um die ich mich kümmern muss. Die habe ich schließlich mit meiner eigenen Hände Arbeit aufgebaut.»

«Aber das war doch die Fabrik deines Vaters, die du übernommen hast, oder?»

«Das ist zu hoch für dich, mein kleines Spatzenhirn. Aber jetzt wollen wir mal etwas Spaß haben, ehe Papa die Börsenseiten lesen muss.»

Zu Saras Erstaunen fand sie, als sie hinausgehen wollte, auf dem Fußboden der Veranda eine Dose Cola und eine Zimtschnecke. Für so mütterlich hatte sie die Wirtin gar nicht gehalten. Als sie angekommen war, hatte Sara vergeblich nach einem geöffneten Geschäft gesucht, hatte aber lediglich einen Kiosk mit Zeitungen und ein paar alltäglichen Notwendigkeiten wie Keksen und Seife gefunden.

Daraufhin hatte sie die Wirtin verflucht, weil sie ihr kein Startpaket in den Kühlschrank gestellt hatte. Doch jetzt überlegte sie, ob die Unaufmerksamkeit nur auf ländlicher Schüchternheit beruht hatte.

Sie hatte immer ihre Schwierigkeiten mit solcher Zurückhaltung, denn sie selbst war so offen. Vielleicht weil sie eine vorurteilsfreie Kindheit gehabt hatte. Ihre Eltern hatten schon lange, ehe es modern wurde, gejoggt und waren Vegetarier gewesen. Sonnenblumenkerne und Körnermüsli hatte Sara mit der Muttermilch eingesogen, und morgens waren die Eltern zu Hause nackt herumgelaufen.

Die Mutter war bei der Schulbehörde gewesen. Sie pflegte Kinder immer dadurch zu trösten, dass sie ihnen auf den Rücken klopfte und rief: «Jetzt ist gut. Es könnte viel schlimmer sein. Du hättest dir auch das Genick brechen können!» Zwanzig Minuten Morgengymnastik am offenen Fenster war ein Muss.

Saras Mutter bekam zur gleichen Zeit Leberkrebs, als sie in der Lotterie 100 000 Kronen gewann. Der Vater, der sein ganzes Leben lang in der Industrie gearbeitet hatte, nahm das Geld, um in ihrem Viertel ein Reformhaus zu kaufen. Aber seine Frau hatte das Interesse an Betesaft und Wurzeln verloren.

Sara ging damals auf die Pädagogische Hochschule in Göteborg. Da sie das einzige Kind war, reiste sie jedes Wochenende nach Stockholm. Alles Geld ging dafür drauf. Es war ihre Idee, Lehrerin zu werden. Auf jeden Fall bildete sie sich das ein. Als die Mutter starb, hatte Sara noch neun Tage bis zum Examen.

Ihr Vater kam nicht zur Examensfeier. Genau drei Wochen nach Mamas Tod hatte Sara Axel getroffen.

Wen würde sie jetzt treffen? Am besten niemanden. Als sie ihren Vater angerufen und ihm gesagt hatte, dass Axel tot sei, hatte er ihr geraten, Hühnerbrühe mit Knoblauch zu trinken. «Das treibt aus.»

«Was treibt es aus, Papa?»

«Er war zu alt für dich. Jetzt habe ich einen Kunden.»

Emily hatte für sich beschlossen, dass Ragnar um zehn Uhr kommen würde, und deshalb war sie erstaunt, als er nicht kam.

Um halb elf fing sie an zu frieren, obwohl die Sonne an einem fast wolkenlosen Himmel schien. Sie öffnete das Handschuhfach und fand das Fahrtenbuch. Blomgrens letzte Aufzeichnung lautet:

«16. 06. 99, 42,8 Liter bei IKEA getankt. Ölwechsel (die beste Qualität). Drei Rabattmarken.»

Er hätte auch hineinschreiben können, dass der 16. Juni der Geburtstag seiner Frau war. Schmuck kaufen? Natürlich nicht. Blomgren doch nicht. Zum vierzigsten Geburtstag hatte sie ein Rudergerät bekommen.

Sie schrieb mit runder und gerader Schrift, obwohl ihre Finger sich steif anfühlten: «Ich friere, es ist gleich ein Uhr, aber ich habe nicht vor, so zu frieren, dass ich aufgebe. Daran werde ich denken.»

Sie schlug das Buch zu, und als sie aufsah, erkannte sie Ragnars sanfte Gesichtszüge. Er stand da und sah durch die Fensterscheibe. Sie beeilte sich, die Tür zu öffnen und ihre Kleider glatt zu streichen.

«Ich hatte den Eindruck, als würde hier ein Auto im Gebüsch stehen, und sah es als meine Pflicht an, die Sache näher zu untersuchen. Ich muss gestehen, dass ich erstaunt war, eine Bekannte darin sitzen zu sehen.»

Bekannte! Warum sagte er nicht «Die Blaue Blume Meiner Sehnsucht»?

Emily lächelte. «Es ist mein Auto. Ich habe es hier geparkt. Ein wenig versteckt, um nicht das Bild unserer schönen schwedischen Natur zu stören.»

Er sah erstaunt aus. Sie hätte gerne das Thema gewechselt, aber als er so ruhig dastand und sie ansah, verstummte sie.

«Ein ungewöhnlicher Parkplatz», bemerkte er und betrachtete das dichte Gestrüpp um das Auto, «aber sicherlich haben Sie Ihre Gründe.»

Sie lächelte dankbar. Hoffentlich würde er sie küssen wollen.

Plötzlich ging er vor zur Kante des Abhanges, und dort legte er seine stahlgraue Windjacke ab und breitete sie auf einem Stein aus. «Kommen Sie, meine schöne Dame», rief er aus, «lassen Sie uns hier sitzen und die Aussicht bewundern, während wir miteinander reden.»

Er hatte den Satz kaum zu Ende gesprochen, da saß sie schon neben ihm. «Ich habe meinen Mann verlassen. Ich habe nicht vor zurückzugehen.»

«Ach, wirklich. Sind Sie mit Kindern beschenkt worden?»

«Wir haben eine erwachsene Tochter, die in Afrika lebt. Eigentlich haben wir niemals etwas gemeinsam gehabt, mein Mann und ich. Mein Vater ist Arzt, und Blomgren hat einen kleinen Zigarrenladen, den er von seinem Vater geerbt hat.»

«Blomgren?»

«Das ist mein Mann. Schenker, wie ich voriges Mal gesagt habe, ist mein Mädchenname.»

«Eine Freud'sche Fehlleistung?»

«Vielleicht.» Sie rückte näher an Ragnar heran. Er strahlte Sicherheit aus. «Wir sind lange verheiratet gewesen, aber jetzt werde ich eigene Wege gehen.»

Ragnars Blick war weit draußen auf dem Meer. Plötzlich hatte sie Angst, sie könnte ihn langweilen. «Am Freitag ist schließlich Mittsommer. Das ist immer wunderschön auf Saltön. Sie bleiben doch wohl so lange?»

«Ja, das ist meine Absicht. Es sei denn, meine Pflanzen sind vor Freitag schon fertig. Ich habe einige interessante Distelarten in meiner mobilen Pflanzenpresse, und ich möchte natürlich nicht, dass sie auf dem Fahrrad durcheinander geschüttelt werden.»

«Natürlich nicht. Ich habe auch daran gedacht, wieder Pflanzen zu sammeln, wie man es in der Schule gemacht hat. Ich hatte dreiundsechzig Stück.»

«Ehe die Pflanzen fertig gepresst sind, reise ich nur ungern ab. In der Pension habe ich die Pflanzenpresse auf den Tisch gestellt, mit einer besonderen Anweisung an die Putzfrau, sie nicht anzurühren.»

«Leider kann Ibrahim nicht besonders gut Schwedisch lesen.» Sie bereute diesen Ausspruch sofort, als sie seinen erschrockenen Gesichtsausdruck sah. Er sah auf die Uhr. Wollte er sie verlassen?

«Bald haben wir Sommersonnenwende. Ein Tag für gemischte Gefühle.»

Wie schön er das ausdrückte, umso schlimmer war, dass er einen weiteren Blick auf die Uhr warf. Sie wurde langsam wirklich nervös.

«Hätten Sie nicht Lust, hierher auf den Berg zu kommen und mit mir Mittsommer zu feiern? Ich kann eingelegten Hering und Sahne besorgen. Normalerweise ist eingelegter Hering meine Spezialität. Dazu natürlich Schnittlauch und frische schwedische Kartoffeln mit Dill und Butter. Frisch gepflückte Erdbeeren mit Schlagsahne, obwohl ich noch nicht genau weiß, wie ich die schlagen soll. Ein wenig Zitrone rein, das ist das Geheimnis. Aber ein Quirl, woher kriege ich einen Quirl? Na, das Problem kann ich sicher lösen. Wir könnten auf einer Decke sitzen und den Sonnenaufgang ansehen.»

Als er sie mit amüsierter Miene ansah, wurde sie rot. «Na, wir werden sehen, was aus der Sache wird.» Ragnar stand auf und bürstete sich ab.

Sie stand da und sah seine Gestalt im Dornengestrüpp verschwinden. Er drehte sich nicht um. Wenn sie doch nur bis Freitag zwölf Kilo abnehmen könnte.

Blomgren hatte seinen Kaffee schon lange ausgetrunken, schaffte es aber nicht, sich neuen zu holen. Er saß nur da und starrte auf die Mülltonne hinter dem Pfeiler, als er seinen Namen mit gellender Stimme rufen hörte. Einen Augenblick später stand Johanna mit weit aufgerissenen Augen vor ihm auf dem Kiesweg. «Blomgren, ich glaube, Magnus hat sich etwas angetan.»

Blomgren erhob sich und legte seinen Arm um Johannas schmalen Rücken. «Setz dich, Johanna. Du siehst ja völlig verschreckt aus. Erzähl mir, was passiert ist.»

Johanna begann mit stockender Stimme zu berichten, dass Magnus sein Bett gemacht habe und sein Zimmer aufgeräumt und dass sie deshalb außer sich sei vor Sorge. Da brach Blomgren in ein hustendes Lachen aus: «Du weißt wirklich nicht viel von Männern, Johanna.» Seine Mundwinkel hingen noch weiter runter als sonst.

«Das kann sein.»

«Magnus ist vor einer Viertelstunde hier vorbeigekommen, und er war sowohl frisch rasiert als auch geduscht. Ich habe ihn kaum wiedererkannt. Und er folgte eurer neuen Mieterin auf Schritt und Tritt. Ich kann dir versichern, dass er keine Selbstmordgedanken hegte, eher im Gegenteil.»

Johanna umarmte Blomgren. Beide erröteten darauf heftig, und sie zog sich zurück.

«Möchtest du vielleicht eine Tasse Kaffee? Oder hast du es eilig, zur Arbeit zu kommen?»

Sie rutschte auf die Gartenbank. «Nein, wir fangen erst nach Mittag an, denn in der Packhalle gab es eine Panne, und das muss erst mal repariert werden. Aber die Stunden werden wir sicher bald nachholen müssen, wie ich Månsson kenne.»

Blomgren verschwand im Haus.

Johanna trocknete sich die Tränen, damit die dicke Emily nicht über sie lachen konnte. Es war schön, bei jemandem auf der Gartenbank zu sitzen, die Sonne mit geschlossenen Augen zu genießen und den Möwen zuzuhören, die auf der anderen Seite der Spiräenhecke, die so weiß und viel versprechend blühte, über dem Kai kreisten. Es roch nach Sommer.

Wenn Magnus in die langweilige Mieterin verliebt war, dann hoffte sie zutiefst, dass seine Gefühle erwidert werden würden, selbst wenn sie sich eine jüngere, fröhlichere, süßere Schwiegertochter erhofft hatte, und vor allem eine von der richtigen Seite der Brücke. Aber selbst die kleinste Romanze, die Magnus dazu brachte, sein Bett zu machen, war willkommen. Jetzt konnte sie sich zum ersten Mal selbst amüsieren. Und damit konnte sie Mittsommerabend anfangen – was für ein schöner Start in ein neues Leben.

Blomgren kam mit einem kleinen runden, mit Blumen verzierten Kaffeetablett zurück, auf dem die Kaffeekanne, zwei Tassen und ein paar Zimtschnecken standen.

«Wo ist denn Emily?»

«Nicht zu Hause. Wahrscheinlich arbeitet sie.»

«Montags? Ich dachte, sie arbeitet nur am Wochenende in der Pension?»

«Das haben sie wohl geändert. Vielleicht ist sie auch irgendwo anders.» Blomgrens Augen tränten. Er beugte sich vor, um den Sonnenschirm zurechtzurücken.

«Wie wohl das Wetter an Mittsommer wird?», fragte Johanna eilig. «Ich hatte eigentlich vor, mir unten am Hafen die Tänze anzuschauen. Das habe ich seit Jahren nicht gemacht. Jetzt kann ich ja gehen, wo Magnus sich nicht umgebracht hat.» Sie sah schelmisch zu Blomgren hinüber, und er lächelte ein wenig.

«Geht ihr denn hin?»

«Nein, nicht mehr, seit Paula klein war. Wir sitzen immer hier auf der Terrasse, essen Hering und schauen uns die Leute an, die zu den Tänzen hin- und wieder zurückgehen. Die Ziehharmonika hört man hier auch sehr gut, vor allem wenn mein Bruder Orvar sie spielt.

«Das ist immer so schön.»

«Emily will ständig Gäste einladen. Aber im Laden habe ich so viele Leute um mich, dass ich es schön finde, wenn wir nach Feierabend nur zu zweit sind. Das habe ich schon immer gefunden, auch als ich jünger war. Emily findet es langweilig.»

«Sie weiß einfach nicht, wie gut sie es hat. Wenn ich einen Mann wie dich hätte, dann würde ich nie Gäste haben wollen.»

Blomgren lachte ein wenig und goss noch Kaffee nach, obwohl die Tassen fast voll waren.

«Und wir beide waren Klassenkameraden. Weißt du noch, dass wir in der zweiten Klasse nebeneinander saßen?»

«Ja, ich glaube schon. Neulich habe ich Fräulein Agnes getroffen. Sie war im Laden und fragte nach einem Verkaufsvertrag für ein Haus.»

«Komisch, sie wohnt doch in einer Einzimmerwohnung auf Björkåsen.»

«Erinnerst du dich an ihre Knöpfstiefel? Ich dachte damals, sie sei steinalt, aber das war sie natürlich nicht. Sie war sicher jünger als wir heute. Und wo wir gerade von Zeit reden, ich muss jetzt wohl mal in den Laden. Vormittags ist es unter Umständen zu viel für das Mädchen. Die Jugend ist ja so lahm, hast du das schon bemerkt? Ich kann mich nicht erinnern, je so lahm gewesen zu sein.»

Nachdem Johanna Blomgrens Terrasse verlassen hatte, streunte sie Richtung Hafen. Sie fühlte sich frei – eine Vorahnung auf das, was nach der Kündigung kommen würde. Am Hafen angekommen, blieb Johanna unschlüssig stehen und sah zu einem deutschen Motorsegler hinüber, der im Begriff war, an der Mole festzumachen, als eine andere zögerliche Figur den Kai entlanggeschlendert kam, sich auf eine Bank setzte und ein Nikotinkaugummi herausholte.

Johanna, die noch nie Fremde angesprochen hatte, setzte sich vorsichtig daneben und wandte sich der jungen Blondine mit dem Schmollmund zu. «Funktioniert das?»

Kristina zuckte mit den Schultern. «Darf nicht rauchen, wegen meinem Mann.»

Johanna lachte. «Hast du Töne! So jung und schon verheiratet.»

«Bald zweiundzwanzig, aber mein Mann ist neunundfünfzig. Und nach Knoblauch stinkt er auch.»

«Ist er kein Schwede?»

«Doch, klar. Und Sie, sind Sie verheiratet? Oder Witwe? Auf Saltön gibt es viele Witwen, das ist mir aufgefallen.»

«Nein, ich habe schon immer allein gelebt. Aber ich rauche trotzdem nicht so viel. Ist zu teuer. Außerdem stimmt es nicht, wenn ich sage, ich lebe allein, denn ich wohne mit meinem erwachsenen Sohn zusammen. Heute ist er doch tatsächlich aufgestanden und hat sein Bett gemacht, obwohl es noch nicht einmal Mittag ist.»

«Meiner Mutter war es egal, wann ich sonntags aufgestanden bin, ich konnte liegen bleiben, solange ich wollte. Das darf ich jetzt nicht mehr. Ich wünschte, sie wäre hier, aber auf Saltön ist es zu windig, sagt sie. Und die Sonne ist zu stark. Man kriegt sogar im Schatten Falten, sagt Mama. Außerdem mag sie meinen Mann nicht. Sie findet, dass er ein alter fetter Idiot ist.»

«Sind Sie das, die den Månsson geheiratet hat?»

Kristina lachte. «Aber hallo. Jetzt muss ich zum Fitnesscenter rauffahren. Wollen Sie nicht mitkommen? Ach, bitte, tun Sie das, das wäre doch lustig. Wir müssen ja nicht laufen, wenn Sie keinen Trainingsanzug haben. Wir können stattdessen den Weg gehen, und ich kann Ihnen zeigen, wie Månsson aussieht, wenn er versucht zu joggen. Ich habe sonst niemanden, mit dem ich reden kann.»

«Das, wo die Brücke auf die andere Seite losgeht, meinen Sie?»

Kristina nickte. «Ja, aber ich habe ein Auto. Sind Sie da noch nie gewesen?»

Johanna lächelte plötzlich, scheu, mit kleinen weißen Zähnen. «Auf geht's», sagte sie.

Kristina lachte. Ihr war leicht ums Herz, als Johanna ins Auto stieg.

«Jetzt muss ich nicht mit mir selbst reden. Das tue ich nämlich sonst immer. Was für ein Sternzeichen sind Sie?»

Emily fing an, sich um Blomgren Sorgen zu machen. Wenn er nur daran dachte, seine Tabletten zu nehmen. Ob er wohl den handgewebten Teppich von der Reinigung abgeholt hatte? Die würde nämlich nach Mittsommer für die gesamten Sommerferien zumachen, das wusste er bestimmt nicht. Und das staatliche Alkoholgeschäft auf Saltön machte immer ein paar Tage vor Mittsommer zu, damit die Leute nicht noch spontan was kauften. Ob er daran dachte?

Sonst rief Emily immer im Zigarrenladen an und erinnerte Blomgren an diese Dinge.

Sie saß genau auf derselben Stelle, an der sie und Ragnar gesessen hatten, aber seine Jacke und die Verzauberung waren weg. Sie sah auf den Verkehr hinunter – noch vier Tage bis Mittsommer –, kaum irgendwelche Autos in irgendeine Richtung unterwegs. Die große Invasion würde nicht vor Donnerstag beginnen.

Weshalb machte sie sich eigentlich Sorgen um Blomgren? Sie nahm ihre Brieftasche heraus und betrachtete die Bilder von ihm und Paula. Blomgrens spitze Nase und die tränenden Augen, der wachsame Blick. Paula trug die übliche Miene zur Schau: Ja, hier sitze ich nun, und es ist alles deine Schuld. Zum Glück gibt es einen Gott.

Emily steckte die Brieftasche wieder weg. Warum machte sie sich eigentlich um Blomgren Sorgen? Er strich wahrscheinlich die Fenster weiter oder klagte darüber, dass die Sommergäste zu viel Dreck machten. Emily wurde ein wenig fröhlicher. Die Frage war nur, wie sie für ihr Mittsommerfest mit Ragnar Ekstedt einkaufen gehen sollte.

Vielleicht könnte sie ja jemanden im Fitnesscenter bitten, das für sie zu erledigen. Sie bewegte sich ein Stück weiter den Berg hinunter. Wenn sie Glück hatte, dann würde früher oder später jemand vorbeikommen, dem sie vertrauen könnte, vielleicht einer der dankbaren Patienten des Doktor Schenker.

Zu ihrem Entsetzen hörte sie schon bald bekannte Stimmen und erblickte ein eigentümliches Paar: die kleine einfältige Frau des Fabrikanten Månsson, über die ganz Saltön lachte, wenn sie sich nur zeigte, und in ihrer Gesellschaft Johanna, Fräulein Leichenbitter.

Emily und ihre beste Freundin Lotten Månsson hatten sich diesen Namen für Johanna ausgedacht. Einen von vielen. Fräulein Öde hätte auch gepasst.

Manchmal vermisste Emily ihre alte beste Freundin, aber seit Lotten mit Kabbe Nilsson, dem Wirt vom *Kleinen Hund* zusammen war, hatten sie sich aus den Augen verloren.

Wenn doch nur Lotten auf dem Trimm-dich-Pfad gewesen wäre anstelle dieser beiden Gestalten.

Diese Barbie-Kopie wusste ja wenigstens, was sie wollte, denn sie hatte den reichsten Mann von Saltön geheiratet. Aber Johanna – was für ein verschwendetes Leben. Und erst ihr charakterloser Sohn Magnus, der Paulas Klassenkamerad gewesen war.

Paula hatte ihn ein paar Mal angeschleppt, als sie in der Mittelstufe waren. Genau wie die anderen Mädchen in der Klasse schwärmte sie für sein südländisches Aussehen und die langen geschwungenen Wimpern. Dabei merkten sie gar nicht, dass er nichts zu sagen hatte.

Eigentlich war es schade um den Jungen. Johanna bewachte ihn die ganze Kindheit lang wie ein Schießhund und war das Gespött der übrigen Eltern der Klasse.

Der Junge hatte nicht mitgehen dürfen, als sie in der Bucht Schlittschuh liefen, weil Johanna nicht glaubte, dass das Eis ihren Goldjungen tragen würde. Dabei war er von allen Jungen in der Klasse der leichteste. Er durfte nie mit auf Ausflüge, nicht einmal in der neunten mit auf die Klassenreise nach Dänemark. Kein Wunder, dass er so geworden war. Es gab da Gerüchte.

Ragnar Ekstedt schloss sein Fahrrad ab und holte noch das zusätzliche Schloss aus der Jackentasche und befestigte es um einen Zaunpfahl. Der Hafen lag vor ihm, doch er interessierte sich weder für Meer noch für Stege oder Boote. Ragnar Ekstedt lächelte, er war in Ferienlaune. Ihm selbst war nicht klar, wie er auf seiner alljährlichen Radtour auf Saltön gelandet war. Normalerweise blieb er nicht länger als drei Tage an einem Ort, wie reich an Pflanzen die Gegend auch war. Doch jetzt hatte er plötzlich beschlossen, Mittsommer auf Saltön zu verbringen, und er fand es doch ein wenig aufregend, dass ihn die stark gewachsene Frau zu einer Art Picknick am Mittsommerabend eingeladen hatte.

Bisher hatte er alle Mittsommerabende seit dem Tod seiner Mutter allein verbracht. Nicht, dass daran etwas falsch gewesen wäre, doch er hatte nichts gegen eine kleine Abwechslung. Emily Schenker wirkte sowohl gepflegt als auch kultiviert, doch er hatte das Gefühl, dass sie sich interessanter machte, als sie in Wirklichkeit war. Das war ganz und gar nicht nötig. Natürlich wusste er, dass sie nicht in einem Auto lebte. Sie hatte weder die schmutzigen Fingernägel noch die dürftige Sprache, die sonst Menschen, die in einem Auto lebten, auszeichneten. Hingegen stimmte es vielleicht, dass sie vorübergehend ihren Mann verlassen hatte.

Er entschied sich für einen Spaziergang am Strand entlang in Richtung Naturschutzgebiet, wo es viele interessante Flechten gab, die normalerweise in eine Berglandschaft und nicht hierher ans Meer gehörten. Er ging mit großen Schritten und atmete tief durch, während er nach Westen wanderte.

Schon bald hörten die Häuser auf, und die Schärenlandschaft begann. Der Wind nahm zu und zerrte an der Fahnenstange, die auf einem Betonfundament oben auf einem Klippenabsatz stand. Darunter konnte er ein kleines graues Haus mit einem Garten erkennen, wo ein langer, magerer älterer Mann in aller Ruhe ein Beet jätete. Neid packte Ragnar, und er merkte wie so oft in den vergangenen Jahren, dass auch er einen Garten haben sollte, ein eigenes Haus, ein Heim, einen Herd, und das alles von der Hand einer Frau geführt. Der Hand einer Ehefrau. Es war absurd, dass er immer noch in einem möblierten Zimmer wohnte, während die Möbel seines Elternhauses seit dem Tod der Mutter vor neun Jahren eingelagert waren.

Wie die Zeit verging. Im Schuljahr war viel zu tun, und die Ferien hatte er Radtouren und Exkursionen gewidmet. Ein Jahr hatte das andere abgelöst. Und er hatte immer mehr Pflanzen gesammelt. Inzwischen besaß er neun Herbarien, und ihr Inhalt war sogar im Computer katalogisiert. Er rieb sich die roten Brillenabdrücke auf der Nase.

Ihm fehlte etwas.

Diese freundliche und mütterliche Frau, mit der besonderen Art, ihre Hände und Arme sanft zu bewegen, ihren herrlichen Körper. Außerdem roch sie nach etwas, nach etwas Mystischem, das man ganz klar nicht steuerfrei auf der Polenfähre kaufen konnte, die er während seiner hormoneller geprägten Jahre recht eifrig frequentiert hatte.

Aber in den letzten Sommerferien war er gar nicht mehr nach Polen gereist.

Ragnar Ekstedt entschied sich für ein erfrischendes kaltes

Bad, warf schnell seine Kleider von sich und lief mit langen weißen Beinen das letzte Stück die Klippen hinunter bis zum Steg. Er hatte das goldene Sportabzeichen.

Sara breitete ihr Badelaken auf einem Hügel direkt neben dem Steg aus und unternahm den Versuch, sich in Ruhe zu sonnen.

Die Blicke von Magnus waren ihr fast den ganzen Tag gefolgt. Sie hatte sich nach einsamen Stränden und leeren sonnenwarmen Klippen gesehnt, aber gerade in diesen Oasen fand sie keine Ruhe.

Jetzt, umgeben von Hunderten badender und sich sonnender Familien und Jugendlichen, fühlte sie sich bedeutend wohler.

Ein kleines Kind mit Göteborger Akzent rannte mit einem halb geschmolzenen Eis in der Hand vorbei. «Mama, Hampus hat Sand auf mein Eis geschmeißt.»

Sara lächelte vor sich hin. Wie schön, keine Lehrerin mehr zu sein. Nur noch ein paar Jahre länger in der Schule, und sie hätte ihre Umgebung sicher auch in den Ferien verbessert. Es hatte ihr Spaß gemacht, alles besser zu wissen, behauptete jedenfalls Axel. Wo war der denn jetzt?

Sie lag mit geschlossenen Augen auf dem Rücken und merkte, dass sie angefangen hatte, sich an den Geruch von Salz und Tang zu gewöhnen. Sie hoffte, dass es das ganze Jahr über so schön bleiben würde. Vielleicht bliebe sie für den Rest ihres Lebens hier. Der Gedanke fühlte sich unwirklich an.

Sie wollte ihr Leben nicht mehr so weit im Voraus planen. Wenn es ihr im *Kleinen Hund* gefiel, wenn sie Bekannte und vielleicht sogar Freunde unter den Einheimischen fände, womöglich würde sie dann derart Wurzeln schlagen, dass sie vergaß, dass es auch noch ein anderes Leben gab. Sie hatte ein gutes Ohr, es fiel ihr leicht, Dialekte aufzuschnappen. Und sicher könnte die Atmosphäre von Saltön sie einer Gehirnwäsche unterziehen, die sie der Kraft berauben würde, sich aus all der Provinzialität wieder wegzubegeben. Halb blind vom Sonnenlicht tastete sie nach Stift und Papier in ihrer geflochtenen Badetasche, um diese Gefahr schriftlich festzuhalten, als ein Schatten über sie fiel.

Die Wirtin Lotten beugte ihren kurzen geraden Oberkörper in einem gefährlichen Winkel herab und betrachtete Sara mit unverhohlenem Interesse. «Das sind doch Sie, die bei uns neu angestellt ist, oder?»

Sara setzte sich auf und zog sich schnell ihr T-Shirt über. Sie nickte.

Lotten breitete direkt neben ihr ein gestreiftes Frottéhandtuch aus und setzte sich im Schneidersitz hin. «Sie arbeiten am Mittsommerabend, dass Sie das nur gleich wissen.»

«Ja, genau, das hat Kabbe schon gesagt.»

«Da haben Sie ja wirklich Glück gehabt, dass Kabbe und ich Ihnen mit diesem Job helfen konnten.»

«Ja, danke.»

«Es ist weiß Gott nicht leicht, in diesen Zeiten auf Saltön einen Job zu finden, und Sie haben großes Glück, dass Kabbe und ich an Mittsommer Leute brauchen. In der Hochsaison ist immer viel zu tun, da muss man gesund und kräftig sein. Am besten auch jung. Aber vielleicht haben Sie ja trotzdem Lust.»

«Ja, verdammt.»

«Und Sie haben keine Fragen?»

«Nein, und wenn ich welche hätte, dann könnte ich die bei der Arbeit stellen. Hier am Strand befinde ich mich ja wohl in meiner Freizeit.» Sara sah auf den Arm, aber es war keine Uhr dort, und also reckte sie übertrieben den Hals, um die Kirchenuhr sehen zu können, deren Zifferblatt sie ohne Kontaktlinsen ohnehin nicht lesen konnte.

Lotten sah aufs Wasser hinaus, die Hand wie einen Schirm über den Augen. Sara sammelte ihre Sachen zusammen. Als sie gerade gehen wollte, packte Lotten sie am T-Shirt. «Sagen Sie, Sie müssen wissen, dass Kabbe ...»

«Ja?»

«Sie wissen doch wohl, dass Kabbe und ich zusammen sind?»

«Durchaus.»

«Und wir sind sehr glücklich.»

«Wie schön.»

«Ja, das ist schön. Und auch wenn er mit anderen Frauen redet oder ihnen zum Beispiel auf den Busen schaut, dann bedeutet das nichts.»

«Natürlich nicht.»

«Genau. Wie gut, dass Sie das begreifen, denn Sie sollten sich wirklich nichts einbilden. Er will nichts, verstehen Sie?»

«Ja, verdammt nochmal.»

In der Dämmerung schwirrten Tausende von kleinen Mücken um das Auto herum, und hinter dem Fitnesscenter hörte Emily ein paar Ringeltauben gurren. Sie war unruhig, bis sie auf die Idee kam, den Autoinnenraum zu putzen.

Sie holte alles heraus, was nicht festgeschweißt war, breitete es ordentlich auf dem Boden aus und bürstete und polierte.

Sie lächelte, als sie die Fußmatten in der Abendsonne über der Lichtung ausschüttelte. Um das Armaturenbrett zu putzen, musste sie eine Menge Mineralwasser und Taschentücher opfern, doch das war es wert.

Währenddessen dachte sie über die kommende Nacht nach. Sie hatte Angst vor neuen Albträumen mit kaltem Schweiß. Wie lange würde sie hier noch wohnen können? Wenn jemand sie entdeckte, dann würde man sicher Blomgren holen, und wenn das zur falschen Tageszeit geschah, wenn sie gerade schwach war, dann könnte sie nicht nein sagen.

Er würde dieses hundeähnliche Bettelgesicht aufsetzen. Das

geschah manchmal. Sie hatte diesem Hundeblick noch nie widerstehen können. Das wusste Blomgren.

Emily setzte sich auf den Stein, auf dem Ragnar Ekstedts Jacke gelegen hatte, als sie ein lautes Rascheln in einem Busch vernahm. Sie erstarrte, bis sie plötzlich zwei kleine Rehe auf dünnen Beinen im Gras herumstaksen sah. Natürlich hatte Emily schon einmal gesehen, wie Blomgren Rehe aus seinem Garten verjagte, damit sie ihm nicht die Tulpen auffraßen, aber das hier war etwas anderes. Ein primitives Glücksgefühl durchfuhr ihren Körper. Jetzt kam es darauf an, die Natur zu bejahen.

Sie atmete tief mit ihren neuen offenen Sinnen ein und sah sogleich wilde erotische Szenen vor ihrem inneren Auge, wie sie mit einem schrecklichen Begehren Ragnar Ekstedt die Kleider vom Leib riss und ihn während eines langen heißen Liebesaktes im Gras hinter dem Auto total dominierte.

Kein netter Mozart im Hintergrund, keine brennenden Kerzen, nur der hungrige Schrei der Möwen, brünstige Rehe (wie die sich auch immer anhören mochten) und knackende Äste. Emily errötete über ihre eigenen Gedanken, aber sie war überzeugt davon, dass sie auf dem rechten Weg war. So musste es sein, wenn man sich selbst verwirklichte.

Die Jahre der Ehe hatten sie schwach und verwirrt gemacht. Kuchen für den Basar vom Roten Kreuz, Marzipanstückchen für zu Hause und die Schule, Monogramme auf ihre eigenen Handtücher und allerhand kleine graue Arbeiten, um die tristen Wünsche von Blomgren zu erfüllen.

Das alles stand dem wahren Leben im Weg. Dem natürlichen, genussvollen Leben.

Eine Stunde später legte sie sich glücklich seufzend in ihren frisch geputzten Wagen. Sie fiel sogleich in einen tiefen und traumlosen Schlaf, der erst von ein paar vorsichtigen Klopfgeräuschen an der Windschutzscheibe gestört wurde. Sie setzte sich verwirrt auf und starrte ihn an. Er stand etwas verlegen da und hielt ein Kistchen mit Erdbeeren in den Händen.

Er räusperte sich. «Ich habe höchst ungewöhnlicherweise auf dem Nachhauseweg von meinem Abendspaziergang einen Spontankauf getätigt, denn was wäre passender, so habe ich bei mir gedacht, als ein Kistchen Erdbeeren mit Emily Schenker zu teilen?» Er sah ihr tief in die Augen.

«Ich verstehe nicht, warum alles so schief geht», sagte Emily und betrachtete mit düsterer Miene ihre ausgestreckten fetten Beine. Sie saßen auf Ragnars Jacke und sahen aufs Meer hinaus.

«Nein, der Sinn einer Ehe ist natürlich, dass sie ein Leben lang hält.»

«Das ist gar nicht das Schlimmste für mich, das merke ich jetzt, wo ich Zeit habe, mal in mich zu gehen.»

«Hm.»

«Blomgren hat seine Arbeit. Mehr braucht er nicht. Aber ich wünschte bei Gott, dass ich etwas an Paulas Weg ändern könnte. Natürlich kann sie da helfen, in diesem gottvergessenen afrikanischen Dorf, aber wie geht es ihr selbst? Was geschieht mit meiner kleinen Paula? Afrikaner gibt es doch so schon genug. Der Pfarrer ist ein Verbindungsbruder meines Vaters, und er sagt, wir müssten abwarten. Es würde nur noch schlimmer werden, wenn wir uns einmischen. Aber sie ist doch bald dreißig.»

Von Ragnar kam ein kleiner zustimmender Laut.

«Sie hat sich einen völlig neuen Ton zugelegt. Sie sollten das hören. ‹Du hast Papa in dieses verlogene Leben, in dein kleinbürgerliches Idyll gezwungen. Papa, der so fromm ist, ist von dir eingesperrt worden. Er hätte große Dinge für die Menschheit ausrichten können mit seiner wahrhaftigen Humanität! Aber du, du kannst Humanität und altruistisches Denken ja noch nicht mal buchstabieren!› Von wegen buchstabieren. Ich habe schon immer buchstabieren können. In der Schule war ich die Beste im Buchstabieren.»

Ragnar nahm ihre Hand. «Wie froh ich darüber bin. Die Rechtschreibung ist ohne Frage eine vergessene Kunst in der heutigen Gesellschaft geworden. Falsch zu schreiben weist auf mangelnde Moral hin. Da muss man nur die Anzeigen in einer Tageszeitung studieren, und man bekommt Magenbeschwerden.» Er schüttelte den Kopf.

«Paula ist so schön, sie hat Blomgrens Nase und seine Augen, und sie war immer sein Augenstern, ansonsten hat sie meine Gesichtszüge, und leider hat sie auch meinen fetten Körper geerbt.»

Endlich befand sich Ragnar auf vertrautem Terrain. Wie oft hatte er erfolgreich seine korpulente Mutter getröstet, wenn sie im Milchladen belächelt worden war. «Fetter Körper – was sind das nur für neidische, böswillige Leute, die Ihnen das eingeredet haben? Ich hoffe von ganzem Herzen, dass Sie sich bewusst sind, welche Macht und Kraft Sie mit Ihrer höchst erfreulichen Gestalt darstellen. Mit Ihren wogenden Lenden.»

Emily lächelte schüchtern und betrachtete ihre Knie.

Ragnar berührte ihre Wange und lächelte.

Sie musste sich beherrschen, damit ihre Stimme nicht zitterte. «Paula hatte so eine viel versprechende Zukunft, als sie auf diese dumme Idee mit der Mission verfiel. Wenn es wenigstens eine der Staatskirchen wäre! Und dann dieser schreckliche Verlobte. Der redet, als sei der Heilige Geist in ihn gefahren. Es ist furchtbar. Paula hätte jeden haben können. Einmal ist sie mit einem richtigen Meeresbiologen ausgegangen. So ein liebenswerter junger Mann. Inzwischen hat er seinen Doktor über den Hering gemacht. Ich habe sie zu *Janssons Versuchung* und einem selbst gebrannten kleinen Schnaps aus Johanniskraut eingeladen, nachdem sie im Kino gewesen waren. Wir hatten es so nett. Blomgren fand das auch. Das wäre ein Schwiegersohn gewesen!»

«Aber Afrika ist doch ein Erdteil mit vielen Facetten und einer sehr interessanten Flora.»

«Mein Papa hatte gemeint, Paula könnte die Arztvilla übernehmen, wenn sie eine Familie gründet. Jetzt traut er sich nicht einmal mehr, das auszusprechen, weil er Angst hat, dass sie diesen Freikirchler mitbringt, der komische Sachen sagt und ins Bethaus geht und uns alle lächerlich macht.»

Ragnar schaute diskret auf die Uhr.

«Was habe ich bloß falsch gemacht? Ich habe ihr bei den Schulaufgaben geholfen, sie hat alles bekommen, auf das sie gezeigt hat, sie durfte die Farbe aller Autos bestimmen, die Blomgren gekauft hat, als sie in die Sexta kam, bekam sie ein eigenes Telefon und jeden Sonntag ein Mittagessen an einer festlich gedeckten Tafel. Kalbslende und Sahnesoße mit Gürkchen. Nachtisch.»

Ragnars Kiefer machte einen kleinen Ruck.

«Kalbslende», murmelte er, stellte behutsam die leere Erdbeerenkiste weg, streckte die Arme nach Emily aus und sah ihr ernst in die Augen, während er anfing, sie auszuziehen. «Reizend», murmelte er. «Reizende Emily. Wie ein königlicher Nachtisch.»

3 Blomgren verscheuchte eine fremde gelb gestreifte Katze, die im Steingarten saß und mit der Pfote nach einer Fliege schlug.

Seit Paula zu Hause ausgezogen war, hatten sie keine Katze mehr im Haus gehabt. Inzwischen verabscheute Blomgren alle Katzen. Sie machten ihn niesen. Das Katzenhäuschen hatte Blomgren verbrannt.

Als Paula klein gewesen war, hatte er sie manchmal «Maja Sahnenase» genannt, weil sie so süß war und so gern Sahne gemocht hatte. Inzwischen fand Paula, dass es eine Sünde war, Sahne zu essen, wenn man sie auch mit Wasser verlängern und hungernde Kinder damit ernähren konnte.

Er öffnete die Hintertür des Tabakladens und ging mit schwerem Schritt hinein. Er hatte schlecht geschlafen. Die beiden Male, wo er dennoch eingeschlafen war, war er vom Klingeln des Telefons aufgewacht, hatte den Hörer abgenommen und den Namen seiner Ehefrau gesagt, doch am anderen Ende war niemand gewesen.

«Emily, antworte doch. Emily, komm nach Hause. Emily, was habe ich denn bloß getan? Emily, alles wird gut. Emily, es macht nichts, dass du so dick, dass du so verdammt nörgelig bist, Emily. Alles wird wieder so wie früher, als wir jung und frisch verheiratet waren.» Er hatte im Stehen gefrühstückt, derweil in den geöffneten Kühlschrank gestarrt und sich nicht die Mühe gemacht, die Krümel aufzufegen, die ihm auf den Boden gefallen waren.

Er schaltete die Neonröhre im Laden ein, obwohl die Morgensonne direkt durch das Schaufenster fiel, und als er in sein kleines Büro ging, bemerkte er, dass er ein Fax bekommen hatte.

«Emily», murmelte er, obwohl die Vorstellung einer faxenden Emily ebenso absurd war wie Schnee am Mittsommerabend. Zimtschnecken und Sahnesoße konnte man nun mal nicht faxen.

Ja, bald wäre Mittsommerabend. Das kam ihm gar nicht zupass. Wie sollte er denn den Mittsommerabend planen, wenn es ihm nicht einmal gelang, eine Stunde im Voraus zu denken? Mit einem tiefen Seufzer wandte er sich dem Faxgerät zu.

Es war ein Gratulationsfax aus Stockholm, mit Blumen und Ballons darauf. «Herzlichen Glückwunsch, Blomgrens Nachf.! Sie haben einen Lottoschein mit einem Gewinn von 1,3 Millionen verkauft.»

«Aha. Ach so.» Blomgren zog die unterste Schreibtischschublade auf, wo die vorgedruckten Plakate lagen. Er schrieb die Zahlen dazu und hängte das Glückwunschplakat ins Fenster, nachdem er «Nachf.» durchgestrichen und durch «Tabak» ersetzt hatte. Er wollte nicht als ein einfacher Nachf. begraben werden. «Blomgrens Tabak hat den Lottoschein verkauft, der 1,3 Millionen gewonnen hat! Wir gratulieren dem Gewinner!»

Er machte die Ladentür weit auf, holte die Tageszeitungen herein und knotete seufzend die Schnur auf, die um die Bündel geschlungen war.

Dann wickelte er sie auf und räumte sie in die Schublade unter dem Kassenapparat.

Er holte aus der Toilette das Fensterputzmittel und wischte den Glastresen ab. Danach saugte er drinnen Staub und ging dann hinaus und saugte mit der großen Düse vor dem Eingang und leerte den Papierkorb. An dem wachsenden Abfallberg im

Rinnstein konnte man erkennen, dass die Sommergäste gekommen waren. Hoffentlich würde man es auch in der Kasse merken.

Als er fertig geputzt hatte, war er nass geschwitzt und fühlte sich krank. Er schluckte zwei Aspirin, sank auf einen der Hocker in der Spielecke und starrte mit leerem Blick auf den Postkartenständer, den rauszustellen er vergessen hatte. Die Karten waren vergilbt und hatten sich an den Rändern gebogen, aber die Sommergäste fanden sogar das noch pittoresk.

Emily lag in Ragnars Arm und erzählte aus ihrem Leben.

«Das Schlimmste ist, dass ich all die Jahre wütend auf meine faule und eingebildet kranke Mutter war. Und jetzt sehne ich mich manchmal so nach ihr, dass ich verrückt werden könnte. Manchmal sehne ich mich fast danach, sterben zu können, nur um mit ihr dasitzen und über alles reden zu können. Auch über verschiedene Kochrezepte. Früher habe ich das ja alles verachtet und war sauer, weil sie so dünn war.»

«Reden, reden», murmelte Ragnar.

«Was sagst du, Liebling?»

Ragnars Lippen waren fest verschlossen, aber bei ihren Worten schwoll eine Ader an seiner linken Schläfe an.

«Ich habe mir gedacht, dass ich es uns im Auto ein wenig netter machen könnte. Ein paar farbenfrohe Stoffe, vielleicht von Laura Ashley. Sommerblumen in einer kleinen Vase machen auch viel aus. Man kann Rosenwasser auf die Stoffe spritzen, und wir könnten uns eine schöne Hintergrundmusik besorgen. In das Loch da vorne könnte man nämlich einen Kassettenrecorder einbauen.»

«Hmmm», brummte Ragnar. Plötzlich wirkte er wieder interessiert und lächelte, als er sie ansah.

«Dann könnte ich nämlich die Kassette von den drei Tenören besorgen, wie sie im Hyde Park singen. Du magst doch klassische Musik, oder? Pavarotti lässt mich immer so an die Liebe denken, dass es hier in der Brust richtig wehtut. Fühl mal, Ragnar.»

«Ja, das fühlt sich gut an.»

Johannas Wecker klingelte um die übliche Zeit. Sie hatte einen üblen Kater, eine rote Nase und schwitzte am Haaransatz, als sie zum Telefon griff und sich zum ersten Mal in ihrem Leben krankmeldete.

Aus einem alten Tetrapak schüttete sie sich eine Kaffeetasse kalten Glühwein ein – wie schnell man sich so was angewöhnt! – und rief Kristina an. Das Gespräch begann ganz ruhig, wurde aber immer kicheriger, je mehr sich der Glühwein in ihrem Körper ausbreitete.

«Ich höre, dass du Kaffee trinkst, während wir telefonieren, genau wie meine Mama es immer macht», rief Kristina. «Du musst unbedingt mal meine Mama kennen lernen, ihr würdet euch so gut verstehen. Sie heißt Brigitte. Aber ich bin doch deine beste Freundin, oder? Alle meine alten Kolleginnen bei Kartonpack kommen mir jetzt ganz kindisch vor.»

Johanna bekam rote Flecken auf den knochigen Wangen, wenn sie mit Kristina telefonierte. Das war eine neue und spannende Art des Umgangs, aber irgendwie auch ermüdend. Und irgendwas stimmte doch nicht mit dieser jungen Frau, die den Mann geheiratet hatte, den Johanna von allen am meisten verabscheute. Kristina war wie so eine Frauenzeitschrift, nur flacher. Und so rührend bemüht. Kristina fand zum Beispiel überhaupt nicht, dass Johannas Leben, was die Erotik betraf, schon zu Ende war. «Meine Mutter trifft laufend irgendwelche aufregenden Typen. Auch welche, die jünger sind.»

«Ja, aber bei mir ist das lange her, da warst du noch nicht mal auf der Welt. Außerdem ist Hans-Jörgen vielleicht gar nicht mehr interessiert. Ich habe ja plötzlich Claudio getroffen. Und dann kam es, wie es kommen musste. Wie man sich bettet, so liegt man.»

«Aber Magnus ist doch erwachsen. Es ist Zeit, dass du mal an dich denkst. Ich werde dir ein paar nette Tricks beibringen. Hans-Jörgen hat sicher all die Jahre in seiner schimmeligen Bibliothek gesessen und auf dich gewartet. Aber fall nicht gleich mit der Tür ins Haus. Du musst schon ein bisschen drum herum reden. Männer sind so furchtbar schreckhaft. Außer Månsson natürlich, ist ja klar.»

«Ja, aber was soll ich eigentlich mit dem, außer vielleicht Sex haben. All die Jahre habe ich schließlich allein gelebt. Natürlich habe ich mir manchmal vorgestellt, dass es schön wäre, jemanden zu treffen, aber nicht ehe Magnus auszieht. Klar würde mir Hans-Jörgen gern zeigen, welche Bücher gut sind, aber dafür muss man ja nicht miteinander ins Bett gehen. Da reicht es, wenn man sich eine Leihkarte besorgt. Gratis.»

«Du hast einfach vergessen, wie lustig das sein kann, Johanna. Und in Sachen Sex ist auch jede Menge passiert, seit du jung warst, da wette ich drauf. Es gibt jede Menge nette Hilfsmittel. Månsson hat in der Sauna einen ganzen Stapel Kataloge, die kannst du mal ausleihen. Aber erst musst du mal was anders anziehen. Irgendwas Teures. Du bist doch so schlank und zart. Ich habe ein supersüßes Viskosekleid. Männer sind wie Stiere, wenn sie rot sehen, nur umgekehrt.»

«Stell dir vor, Månsson kommt nach Hause. Es ist besser, wenn du mit dem Kleid hierher kommst. Und kannst du vielleicht ein Weinchen mitbringen?»

«Klar, kein Problem. Sollen wir den trinken?»

«Also, ganz bestimmt keine Hühner darin kochen.»

Drei Stunden später ging Johanna mit frisch gewaschenem, gut gebürstetem Haar, mehreren Lagen violettem Mascara auf den Wimpern und ihrer gelben Nerzjacke über Kristinas dünnem rotem Kleid zur Bibliothek von Saltön, in dem verwinkelten Holzhaus neben der Schule. Sie hatte etwas Siegesgewisses an sich, als sie die Bibliothek betrat, die drinnen ganz modern war, mit Computern, Videothek und einer Kuschelecke für die Kinder. Johanna fand sich fast nicht mehr zurecht.

Sie hatte nach ihrer alten Leihkarte gesucht, war aber nicht sicher, ob die noch gültig war. Hinter dem Tresen war es leer und still, als sie hereinkam, und Hans-Jörgen war nirgendwo zu sehen. Am Fenster saß der Vater vom Mann mit der Baskenmütze und spielte mit dem Onkel des Friseurs Schach, und in der Zeitschriftenecke saßen zwei junge Männer südländischen Aussehens und diskutierten eifrig.

Johanna fand bald die Abteilung für Belletristik und fing beim Buchstaben A an, nach einem passenden Roman zu suchen. Ab und zu schielte sie zum Tresen hinüber, bis endlich Hans-Jörgen kam und sich, ohne sich weiter umzusehen, auf einen roten Drehstuhl setzte. Er sah ungekämmt, etwas vertrocknet und verwahrlost aus.

Dann holte er seine Brille heraus und schob sie ganz unten auf die Nase. Johanna konnte sich nicht erinnern, dass er eine Brille gehabt hatte, als sie jung gewesen waren. Er trug eine beige Strickjacke über einem blassgelben Hemd, das am Hals aufgeknöpft war. Sie konnte eine Goldkette darunter sehen, ein passendes Kettchen dazu trug er am Handgelenk.

Johanna spürte, wie ihr Herz klopfte. Sie war es einfach nicht gewohnt, ein Kleid zu tragen. Sie hatte nicht die Geduld, noch lange da zu stehen, erst A und dann B zu durchsuchen, sondern ging zu einem Drehständer mit verschiedenen aktuellen Büchern, der von einem Mini-Mittsommerbaum gekrönt wurde. Darüber stand in grünen Buchstaben auf einem Schild «Sommerlektüre». Johanna fragte sich, ob wohl Hans-Jörgen das Schild geschrieben hatte.

Sie nahm ein Lutschbonbon und fuhr sich noch einmal

durch die Haare. Resolut nahm sie ein Buch aus dem Regal, ohne überhaupt hinzusehen, was es war, und ging zu Hans-Jörgen.

Er sah vom Computer auf und strahlte. «Nein, Johanna, wie nett.» Er lächelte sie warmherzig an. «Wie schön, dich zu sehen. Du warst lange nicht hier!»

Dann sprachen sie ein wenig über das Wetter und das vergangene Jahr und alte Schulkameraden.

«Ich habe mir gedacht, ich könnte ja wieder anfangen zu lesen, wo Magnus jetzt erwachsen ist und allein klarkommt.»

«Das ist aber eine schöne Idee. Ja, du hast einen prima Sohn. Was möchtest du denn lesen? Was hast du da?»

Johanna hielt «Winterharte Kübelpflanzen» hoch, und beide fingen an zu lachen. Hans-Jörgen sah sie an. Johanna bekam rote Flecken auf den Wangen.

«Ich habe einfach das erstbeste genommen», sagte sie, «aber es ist doch nicht ganz, was ich möchte.»

Hans-Jörgen lachte leise. «Nein, das ist wahrscheinlich noch etwas früh. Ich meine, wir sind doch noch keine Pensionäre.»

Instinktiv oder weil Kristina ihr den Tipp gegeben hatte, streckte Johanna beide Arme über den Kopf und warf ihr Haar zurück. Hans-Jörgens Blick entnahm sie, dass das Kleid, genau wie Kristina es behauptet hatte, im Gegenlicht durchsichtig war.

«Nein, ich möchte einen Roman. Einen Liebesroman. Mit Happy End.»

«Keine leichten Bedingungen, die du da stellst, jedenfalls nicht, wenn du einen guten Roman willst und keinen Mist. In der guten Literatur ist ein richtiges Happy End eher selten.»

«Wirklich? Aber das will ich auf jeden Fall. Alle müssen sich am Ende kriegen.»

Hans-Jörgen holte ein Buch, von dem er meinte, dass es

Johanna gut gefallen würde, es hatte den Titel *Großmutter weint*, und Johanna betrachtete es ein wenig misstrauisch.

«Lebst du immer noch allein? Ich meine, du mit Magnus?», fragte Hans-Jörgen, und Johanna nickte.

«Vielleicht magst du ja mal auf einen Kaffee auf meinen Balkon kommen», fragte sie. «Magnus ist so gut wie nie zu Hause.»

Hans-Jörgen zögerte.

«Es macht mir überhaupt keine Mühe», sagte Johanna. «Ich backe so oft, dass ich das meiste wegwerfen muss. Das Kühlfach ist proppenvoll. Wenn man die Tür aufmacht, rollen einem die Zimtschnecken nur so entgegen.» Sie lachte laut.

Hans-Jörgen lachte auch, aber etwas leiser.

«Komm heute Abend», schlug Johanna vor. «Nach der Arbeit. Wenn du lieber Wein willst, bring gern eine Flasche mit. Ich meine, einen den du magst.»

Hans-Jörgen antwortete nicht, sondern sah erst auf die Uhr und dann zum Schachbrett. Im selben Augenblick kam eine Mutter mit vier sehr lebhaften Kindern herein. «Darf man Bilderbücher ausleihen und mit zum Strand nehmen?»

«Jetzt kriegst du erst mal eine moderne Leihkarte, ehe du gehst», sagte Hans-Jörgen. «Eine mit Möwen drauf.»

Johanna ging quer über das Beet mit den rosa Petunien in den Zigarrenladen, um eine Telefonkarte zu kaufen.

Blomgren begrüßte sie erfreut. «Warum bist du nicht in der Fabrik, Johanna? Du bist doch wohl nicht krank? Also, krank siehst du wirklich nicht aus, eher so blühend wie eine frisch gebackene Konfirmandin.»

«Quatsch», sagte sie, und der übliche Neid auf Emily, die solch einen fürsorglichen und höflichen Mann hatte, stieg in ihr auf. «Ich habe heute frei. War in der Bibliothek. Es gibt doch ziemlich viel, was man so lesen kann. Hast du Telefonkarten, Thomas?»

Blomgren zuckte zusammen, als er seinen Vornamen hörte. «Natürlich, Johanna.»

Er beugte sich über den Tresen mit dem alten gelben Telefon in der Hand. «Aber mach dir doch keine Mühe. Du kannst umsonst von meinem aus telefonieren.»

Johanna lächelte und lehnte sich zu ihm hinüber. Kristina hatte Recht. Es war toll, ein durchsichtiges Kleid anzuhaben. «Danke, danke, aber ich möchte gern für den Mittsommerabend eine Karte haben. Weißt du, wenn man mal ein Taxi rufen will.» Sie versuchte, geheimnisvoll zu lächeln.

«Hast du etwa vor, zum Tanzen zu gehen?»

«Ja, vielleicht. Wenn ich nicht zu Hause bleibe und Bücher lese. Ich lese ziemlich gern.»

«Dann hast du ja vielleicht auch das Schild draußen gelesen, über den Millionengewinn im Lotto. Den Schein habe ich verkauft, aber ich weiß nicht, an wen.»

«Da gratuliere ich doch. Du bist wirklich tüchtig, Thomas.»

«Wann ist denn mittags am meisten los?», fragte Sara Lotten, als sie in dem gelben Jeanshemd vom *Kleinen Hund* mit einem Cockerspaniel auf dem Rücken aus dem Personalraum kam. Sie trug ihre eigenen Jeans.

«Meist mittags», antwortete Lotten und verdrehte die Augen. Sara sah ihr durch das runde Fenster nach, das so beschlagen war, dass man fast nicht hindurchsehen konnte. Aus der Küche roch es nach gebratenem Fleisch. Gebratenes Fleisch an der Küste, wo die Fische fast aus dem Meer in die Pfanne hüpften. Sara seufzte.

Im Restaurant saßen zwei Frauen und plapperten, viel zu unterschiedlich, um Mutter und Tochter zu sein, aber sie schienen Spaß zu haben. Die ältere magere Frau saß halb abgewandt, doch als sie sich die Ketchupflasche holte, stellte Sara fest, dass es ihre Zimmerwirtin war, die allerdings anstelle ihrer üblichen Klamotten eine Art rotes Abendkleid trug. Die Jüngere war blond mit noch blonderen Strähnchen und hatte ein eng anliegendes türkisfarbenes Kleid mit tiefem Ausschnitt an. Ihr spitzen Schreie hörte man bis in die Küche. Jetzt hatte Lotten Grund, auf ihren Mann aufzupassen.

Als Lotten in die Küche zurückkam, ließ sich gerade ein älterer Mann in Blaumann und mit weißem Käppi am Fenstertisch nieder.

«Das ist Fransson», sagte Lotten zu Sara. «Er kriegt das Tagesgericht, ein großes Glas Milch und vier Zentiliter Wodka.»

«Soll ich gar nicht erst die Bestellung aufnehmen?»

Lotten seufzte, sodass eine kleine Papierserviette von ihrem Tablett aufflog.

Im selben Augenblick ging die Tür auf, die Glocke klingelte, und ein Schwall Mittagsgäste strömte herein. Sara holte Franssons Getränke aus dem Kühlschrank. Als sie etwas später den Fischpudding in der Küche abholte, begegnete sie dem Blick von Klas dem Koch. Er stand am Bräter und zog hinter Lottens Rücken Grimassen. Sara lächelte strahlend zurück. Was für ein wunderbarer neuer Arbeitsplatz, so weit von der Welt der Schule entfernt.

Wie sollte sie nur an Hering, Erdbeeren und Branntwein herankommen? Natürlich gab es den kleinen Kiosk, aber das Sortiment war sehr begrenzt. Sie brauchte einen Komplizen.

Emily trauerte der verlorenen Freundschaft zu Lotten nach. Ob sie Lotten anrufen könnte, ihr alles erzählen und sie um Hilfe bitten? Aber konnte sie ihr vertrauen? Zu Blomgren würde Lotten zwar nicht gehen und tratschen, aber es gab ja noch andere Menschen auf Saltön, und Lottens Zunge war schnell und scharf. Und Kabbe, ihr schrecklicher Mann, dem konnte man auf keinen Fall vertrauen. Ganz Saltön wusste, dass er den jungen Mädchen hinterherlief, und angeblich hatte er auch eine Wohnung in Göteborg in der Nähe vom Vergnügungspark Liseberg.

Trotzdem war Lotten die einzige Vertraute, die sie je gehabt hatte. Und sich selbst konnte Emily unmöglich in den Ort wagen.

In ein paar Tagen würde sie einen gesalzenen Brief an Blomgren schreiben. Sicher war er dabei, in seinem erbärmlichen Laden Überstunden zu machen, oder er strich seine elenden Fenster. Vielleicht sah er auch fern, während er in aller Ruhe darauf wartete, dass sie nach Hause kam. Und dann schlief er vor dem Fernseher ein, das magere Kinn auf die Brust gesunken. Wenn ihr Vater oder Paula anriefen, dann würde er wahrscheinlich nur sagen: «Wo Emily ist? Ja, das weiß ich nicht ...»

Und wenn die anderen insistierten: «Emily, wo kann die schon sein? Wahrscheinlich ist sie bei ihrer neuen Arbeit in der Pension mit ihren neuen interessanten Freunden.»

Emily beschloss, sich an der Wegbiegung des kurzen Trimm-dich-Pfades niederzulassen und zu sehen, ob sie nicht jemanden finden würde, dem sie sich anvertrauen könnte. Abends pflegten die Leute ja völlig unbegreiflicherweise nach der Arbeit noch eine Runde zu laufen.

Die jagten doch nur der Jugend und ihrer Figur hinterher. Emily wusste jetzt, dass sie das nicht nötig hatte. Ragnar liebte jeden Quadratzentimeter von Fräulein Schenker. Das war etwas anderes als Blomgren, der ihr schon mehrmals geraten hatte, doch zu den Weight Watchers zu gehen, die sich jeden Montagabend im Gemeinderaum trafen. Emily hätte ja, seit Paula von zu Hause ausgezogen war, nichts anderes mehr zu tun, als zu backen und ihre eigenen Kuchen zu essen, sagte Blomgren und kicherte über seinen Witz.

Das Werbeblatt von den Weight Watchers hatte er mit vier

Magneten in Form von Fleischbällchen an den Kühlschrank geklebt. Solche Magneten verkaufte er in seinem Laden. Drei Kronen das Stück. Vier Plastikfleischbällchen für elf vierzig. So was liebten die Sommergäste. Wenn sie dann noch ein klebriges Karamellbonbon dazubekamen, verfielen sie fast in Ekstase.

Plötzlich schoss Emily hoch. Wenn Blomgren sich jetzt umgebracht hatte! Sie war so fest davon überzeugt gewesen, dass er in seinem Trott weiterleben würde, vielleicht hatte sie ein wenig Angst gehabt, dass er zu wenig essen und noch magerer werden würde. Aber sie hatte nicht im Entferntesten daran gedacht, dass er sich erschießen oder erhängen könnte. Nein, erschießen natürlich nicht, so viel Mumm hatte er nicht. Aufhängen, aber wo? Im Keller, wenn da die Decke hoch genug war, nein, wahrscheinlich reichte es nicht. Natürlich, im Zigarrenladen. Er würde doch nie sein geliebtes Heim beschmutzen.

In dem kleinen traurigen Pausenraum würde es passieren, hinter dem Vorhang, der neugierige Blicke ausschloss. Da würde es geschehen.

Sie schloss fest die Augen, um ihn nicht vor sich sehen zu müssen, wie er traurig dahing und in seinen abgewetzten Hosen zwischen dem Werbematerial für Lotto, der Weihnachtsdekoration, den Osterhasen und den Stapeln mit Kaffeefiltern hin und her schwang.

Das Bild wirkte realistisch und ließ sich nicht vertreiben.

Sie fing an, sich auf die Knöchel zu beißen, was sie seit ihrer Kindheit nicht mehr getan hatte. Sie blutete an beiden Händen und rieb sie nervös, es fiel ihr schwer, stillzusitzen. Als sie sich endlich erhob, um in der Abendsonne den Weg hinunterzugehen, knackte es in ihrem linken Knie.

Sie ging immer schneller, bis sie schließlich atemlos an der grünen Telefonzelle beim Fitnesscenter ankam.

Ihre Haare waren verschwitzt, es ging ihr schlecht, und sie versuchte, tief Luft zu holen, während sie die Telefonkarte in den Automaten steckte. Auf dem Bild waren drei Möwen.

Sicher war Blomgren ein langweiliger Bock, aber dass er sich das Leben nahm, das wollte sie doch nicht. Nur gut, dass sie das Auto hatte, dann konnte er wenigstens nicht geradewegs in eine Bergwand fahren, wie es der Glaser im vorigen Winter gemacht hatte, als er erfahren hatte, dass seine Frau unheilbar krank war.

Und mit dem Fahrrad in eine Bergwand zu fahren war sicher nicht tödlich. Sie versuchte zu lachen, wurde aber mit jeder Sekunde beunruhigter.

Als Johanna nach Hause kam, stand ein Kistchen Erdbeeren auf dem Küchentisch, und sie hörte die Dusche plätschern und durch das Rauschen des Wassers ein fröhliches Summen. O sole mio? Nein, sie musste sich getäuscht haben. Sie setzte sich an den Küchentisch und starrte auf die Erdbeeren. Sie hatte Kopfschmerzen.

«Hi, Mutter!» Magnus lächelte fröhlich, doch sein Blick wirkte irgendwie zerknirscht, als er in ein gelbes Frottéhandtuch gewickelt, auf dem das Emblem des Stadthotels aufgedruckt war, in die Küche schaute.

Er zeigte stolz auf das Kistchen mit den Beeren und verschwand dann in seinem Zimmer, wo sie hörte, wie er die Stereoanlage in Gang setzte.

Johanna hätte gern den Kopf in sein Zimmer gesteckt und das Gespräch fortgesetzt, aber sie wollte das Glück nicht versuchen. Stattdessen nahm sie zwei Aspirin und stellte dann die Kristallgläser auf ein Tablett, das sie schnell auf den Balkon würde tragen können, wenn Hans-Jörgen käme.

Sie hätte selbst gern geduscht, aber damit musste sie warten, bis Magnus das Haus verließ – er würde jetzt, wo er geduscht hatte, ja wohl irgendwohin gehen, oder? Sonst würde er misstrauisch werden. «Mutter ist verrückt geworden. Jetzt duscht sie schon abends. Das müssen die Wechseljahre sein.»

Kristina schlief ihren Rausch aus, und nachdem sie eine Weile lustlos im Whirlpool gesessen hatte, probierte sie neue Kleider in verschiedenen Pastelltönen an. Sie war immer noch sehr süß und hätte damals leicht «Miss Krabbe» werden können, wenn sie sich auf dem Catwalk in Marstrand etwas mehr angestrengt hätte. Während sie sich aus verschiedenen Winkeln im Spiegel ansah, hörte sie das Auto sein typisches Månsson-Signal von sich geben, fünf Mal lang, einmal kurz, von dem Månsson glaubte, er würde es als Einziger auf der Welt benutzen.

Sie ging ihm entgegen und bemerkte auch die Falte des Missfallens, die auf seiner Stirn auftauchte, als er ihrer ansichtig wurde. Er kam auf sie zu, trommelte ihr mit den Fingern auf die Schulter und fragte mit auffordernder Stimme: «Darf Papa wissen, was das kleine Frauchen heute den ganzen Tag gemacht hat? Hast du dir einen neuen, aufregenden Nagellack gekauft?»

«Ich habe einen Plan für die Sommergäste gemacht. Und zwar habe ich einen Putzplan in neun Punkten aufgestellt, nach dem sie sich richten können, und eine Inventarliste, auf der alles verzeichnet ist, was es in der Hütte gibt.»

Er starrte sie an.

Kristina lief ins Haus, holte ihren Block mit der kindlichen rückwärts geneigten Schrift und zeigte ihm das Papier eifrig.

Månsson hatte sich in einen knarrenden Rattanstuhl gesetzt und lachte väterlich über einen Rechtschreibfehler. Er küsste ihre unglaublich langen grün lackierten Nägel. Einen nach dem anderen. Zehn kleine süße Küsschen. Kristina gestattete es großzügig.

«Du machst nette Versuche, kleines Frauchen, aber natürlich hättest du erst fragen sollen. Immer erst den Papa fragen.

Diesmal hast du dich völlig umsonst angestrengt. Wir werden überhaupt nicht vermieten.»

Zunächst stockte sie. Dann lief sie zu ihm und küsste ihn überschwänglich. «Ach, ich wusste doch, dass du auf mich hören würdest.»

Er schob sie weg. «Lizette kommt diesen Sommer aus Australien herüber. Sie wird drüben wohnen.»

Er erschrak, als er sah, wie sich ihr Blick verfinsterte. Manchmal fragte er sich, ob er sie vielleicht unterschätzte. Seine Stimme klang plötzlich angestrengt. «Du und Lizette, ihr werdet es nett miteinander haben. Ihr seid doch fast gleichaltrig. Ich werde eifersüchtig sein bei all dem Gekicher, an dem ich nicht teilhaben kann, das weiß ich jetzt schon.»

Er tätschelte sie leicht, als sie sich abwandte. «Kommt ihre Mutter auch mit?»

«Natürlich nicht. Sie bleibt mit ihrem neuen Mann für immer und ewig in Sydney. Hast du das noch nicht begriffen? Auf die musst du wirklich nicht eifersüchtig sein. Sie ist viel älter als du. Ein faltiges altes Weib. Über fünfzig.»

Kristina ging ins Haus und schloss die Terrassentür hinter sich.

Månsson blieb im Stuhl sitzen und starrte lustlos ins Nichts. «Ich werde mir wohl einen Schnaps genehmigen müssen», sagte er schließlich zu sich selbst. «Vielleicht mache ich Kristina einen Cocktail. Und wenn das nicht hilft, dann möchte sie vielleicht irgendwas von Ekströms Flitter und Gold zu Mittsommer.»

Als der Abend kam, fühlten sich Saras Füße in den Sandalen wie wunde Klumpen an. Seltsam, sie war es immer gewohnt gewesen, viel zu laufen, und hatte auch als Lehrerin wenig gesessen, sondern sich frei im Klassenzimmer bewegt. Aber natürlich waren da die Arbeitstage kürzer gewesen.

Diese neue Arbeit war vielleicht doch nicht ganz, was sie sich vorgestellt hatte. Klas der Koch war ihre Rettung, denn Lotten war eben Lotten, und Kabbe war noch mehr Kabbe. Sara spürte seine unverschämten Blicke überall auf dem Körper. «Sind Sie Single?», fragte er schleimig, als sie Wechselgeld für die Kasse holte. «Single in der Stadt?»

Sie schüttelte den Kopf. «Das hier ist ja wohl keine Stadt.»

Im selben Augenblick kam Lotten aus der Küche gerauscht und warf Sara einen bösen Blick zu.

«Genau das wollte ich wissen», sagte der Wirt des *Kleinen Hundes*. «Dann können Sie ja an Mittsommer den ganzen Abend arbeiten, da haben wir nämlich länger geöffnet. Es ist schon passiert, dass neue Angestellte früher gehen wollten. Aber das können wir nicht gebrauchen.»

Am Ende dieses Arbeitstages roch Sara am Ärmel des gelben Servierhemds. Schweiß, Rauch und Essensgeruch. Sie fragte sich, ob sie Johannas Waschmaschine benutzen durfte. Als sie auf die sonnenwarme Strandpromenade trat, entdeckte sie Magnus, der an einen Baum gelehnt dort stand.

Sara erwog, ihn nach der Waschmaschine zu fragen, nahm aber Abstand davon, weil er sich vielleicht erbieten könnte, mit ihr in eine dunkle Waschküche hinunterzusteigen. Sie war wirklich sauer. Von allen Seiten kamen die Kavaliere angekrochen. Konnten die denn nicht begreifen, dass sie ihre Ruhe wollte? Sie sehnte sich zurück in die Anonymität der Großstadt. Eigentlich hatte sie ja nach Hause gehen wollen, doch nun machte sie auf dem Absatz kehrt und ging mit großen Schritten in Richtung Badeklippen.

Sie hatte die Abendsonne direkt im Gesicht, als sie den dicht besiedelten Teil des Ortes hinter sich ließ. Sie zog die Sandalen aus, die Klippen fühlten sich unter ihren geschwollenen Füßen warm an. In den Felsspalten summten Insekten. Vom Sprungturm konnte sie lautes Platschen und Kinderlachen hören. Das

Gefühl der Einsamkeit tat weh, und doch ging sie weiter, um endlich allein zu sein.

Sie zog das Hemd aus, nachdem sie am letzten Haus vorbeigegangen war, und vergaß völlig, dass ja noch ein Haus kam, das schlichte, schöne graue Haus mit dem märchenhaften Garten. Sie blieb stehen.

Der Mann vor dem grauen Haus war sehr mager, hielt sich aber gerade. Seine Hände waren lang und tief sonnengebräunt, so wie sein Gesicht und sein Hals. Er bemerkte sie nicht, denn er stand auf einem Hocker und war dabei, ein Hufeisen über die Tür zu nageln.

«Guten Abend!», rief Sara.

Der Mann hämmerte weiter, und Sara blieb vor dem Tor stehen und sah zu. Er schlug mit harmonischen Bewegungen und direkt auf den Nagel, ohne vorbeizutreffen. Als er den letzten Nagel aus dem Mund genommen und eingeschlagen hatte, stieg er von dem Hocker herunter, und erst da drehte er sich um und antwortete. «Guten Abend. Wirklich ein schöner Sommerabend.»

«Ja, verdammt nochmal», sagte Sara, während sie das Hemd wieder anzog.

Der Mann betrachtete sie aufmerksam. «Das waren große Worte.»

Sara lachte nervös. «Normalerweise fluche ich nicht. Denn ich bin ja Lehrerin. Aber im Moment bin ich Kellnerin im *Kleinen Hund*. Eigentlich ist mein Mann derjenige, der flucht, nicht ich.»

Der Mann sah sie nachdenklich an, während er den Hammer in eine Schlaufe an seiner Khakihose steckte.

Sara wurde rot. «Wie gesagt. Ich fluche nie.»

«Ja, das macht mir gar nichts aus. Schließlich ist es ja Ihr Mann, der hier flucht.»

Sara drückte sich an das Gartentor, um dem schönen Garten

so nahe wie möglich kommen zu können, während der Mann unverwandt ruhig vor seinem Haus stand und in einen Kirschbaum hinaufschaute. «Mein Mann flucht nicht mehr. Er ist nämlich tot. Und als er starb, das war erst kürzlich, da hatte ich nachts plötzlich das Gefühl, dass er mir etwas vererben würde. Zuerst meinte ich, dass ich vielleicht würde malen können, denn er war Künstler, aber das war es nicht. Je mehr ich es versuchte, desto mehr begriff ich, wie müßig es war. Sinnlos. Die Farbe blieb nicht mal auf der Leinwand haften. Aber als ich plötzlich am Mülleimer stand und alle Malutensilien wegwerfen wollte, hörte ich mich sagen: ‹Verdammt nochmal, so kann es nicht weitergehen. Hol's der Teufel!› Und seither purzeln die Flüche nur so aus mir heraus. Es ist wirklich keine Absicht. Dann würde es gar nicht klappen. Es ist Axel, der in meinem Kopf sitzt und redet. Wenn er Lust dazu hat. Er will, verdammt nochmal, nicht vergessen werden.»

«Das ist bestimmt anstrengend, so viel zu fluchen. Möchten Sie vielleicht ein Glas Holundersaft?», fragte der Mann und zeigte auf das Gartentor.

Das quietschte nicht ein bisschen. Sie reichte ihm die Hand. «Ich heiße Sara.»

«Das wundert mich nicht», sagte der Mann und ging zur Laube, wo Plastikbecher und ein großer Blechkrug standen. Weiter hinten sah man eine Reihe Bienenkörbe. «Ich heiße MacFie.»

Emily schluckte, als sie seine trockene Stimme im Telefon hörte: «Blomgrens Zigarrenladen.»

«Hallo, ich bin's. Emily. Machst du gerade die Kasse?»

Er atmete schwer. Sie konnte es hören. «Emily, verdammt, wo steckst du denn? Und wo ist das Auto?»

«Wir sind ... also, wir sind zusammen hier.»

«Zusammen hier. Und wo, bitte?»

«Nett von dir, dass du zuerst nach mir gefragt hast. Vor dem

Auto, meine ich.» Sie hörte das vertraute Seufzen, das sie so wütend machte. «Hallo, bist du noch da?»

«Ja, ich bin noch da. Spielen wir hier Verstecken? Das macht mir jedenfalls keinen Spaß. Sei so gut und komm nach Hause, Emily.»

«Nein, nein. Und es ist doch ganz egal, wo ich bin. Ich habe dich doch verlassen. Das weißt du. Das habe ich dir schließlich gesagt. Ich wollte nur mal hören, wie es dir geht.»

Er lachte trocken. «Wenn dich das interessieren würde, dann wärest du hier.»

Jetzt seufzte sie. «Du denkst ja hoffentlich dran, dass die Geschäfte bald zumachen und dass das Alkoholgeschäft an Mittsommer geschlossen ist.»

Er atmete hörbar ein. «Kommst du zu Mittsommer nach Hause?»

«Nein, nein, bestimmt nicht. Ich wollte dich nur daran erinnern, falls du noch nichts im Haus hast.»

Es war unnatürlich still. Nach einer Weile begriff sie, dass er aufgelegt hatte. Sie trocknete sich das Gesicht mit einem Papiertaschentuch ab und verließ die Telefonzelle. Als sie schweren Schritts den Hang hinauf zu ihrem Heim auf vier Rädern ging, war sie sehr müde. Und überzeugt, dass Ragnar sich verausgabt hatte und die Nacht auf dem Berg einsam werden würde. Deshalb beschloss sie, früh schlafen zu gehen.

Sie hatte sich schon eine gewisse Routine angewöhnt, und so legte sie sich, noch ehe es acht Uhr war, zur Nacht auf die Rückbank. Gerade als sie die Augen schließen wollte, fiel ihr auf, dass sie nicht einmal an Schokolade gedacht hatte. Liebe. Sie hatte andere Ziele im Leben. Es gab sie. Obwohl sie natürlich irgendwann Ragnar zu ihrer Mousse au chocolat oder zu ihrer französischen Schokoladentorte einladen würde, die von belgischer Schokolade, reiner Butter und dicker weißer Sahne nur so troff.

Er würde ihre Kochkünste bewundern. Sie würde seinen Weisheiten und seinem Wissen lauschen können.

Wenn es zu einer Hochzeit käme, dann würden sie Athen oder irgendeinen anderen kulturell bedeutsamen Ort wählen. Es tat Ragnar sicher gut, viel erzählen zu können. Vielleicht konnte er sogar Altgriechisch, das musste sie ihn unbedingt fragen. Er, der so gebildet und klug war, würde vielleicht auch mit Paula vernünftig reden können.

Sie fiel in Schlaf und träumte, dass der Fußboden des Zigarrenladens voller Blut war, als sie plötzlich von einem Klopfen an die Windschutzscheibe geweckt wurde. Offenbar regnete es seit einigen Stunden. Sie konnte die Person, die da klopfte, kaum erkennen.

«Ich habe mich nicht einmal erschreckt», lachte sie, als sie die Autotür öffnete. Seine Jacke roch nach nasser Wolle, aber was machte das schon, wo er sie mit selbstverständlichem Besitzerrecht in die Arme nahm.

«Bald wirst du mir einen eigenen Autoschlüssel geben müssen», scherzte er, nahm seine beschlagene Brille ab und legte sie vorsichtig auf das Armaturenbrett. Er war wirklich unwiderstehlich. Emily schloss die Augen und nahm alles, was sie kriegen konnte, ehe sie beschloss, dass es jetzt an ihr war, zu geben.

Hinterher lagen sie nebeneinander und sahen zum Autodach hinauf und horchten auf das gemütliche Plätschern des Regens. Emily lächelte. Sie war siebzehn Jahre alt. Fett, schön und siebzehn. «Das ist so ein gutes Gefühl. Ich fühle mich so stark, und außerdem weiß ich, dass Blomgren lebt und sogar arbeitet.»

«Woher weißt du das?»

«Weil ich ihn angerufen habe. Das war doch brav von mir, oder? Und morgen werde ich noch braver sein, denn da werde ich Paula in Afrika anrufen und ihr beizubringen versuchen, dass ich mein eigenes Leben leben muss. Und ich werde ihr von dir erzählen. Dass ich einen wunderbaren, klugen Mann kennen gelernt habe.»

Ragnar sah auf seine Armbanduhr. «Also, jetzt muss ich wirklich gehen.» Er öffnete rasch die Autotür und schlängelte sich hinaus, um sich dann im strömenden Regen anzuziehen.

«Findest du nicht, dass es gut wäre, Paula anzurufen? Ich werde ihr natürlich nicht sagen, dass wir in einem Auto wohnen.»

«Mach es, wie du meinst, kleine Emily.»

«Kommst du heute Abend wieder, Ragnar?» Sie wälzte sich aus dem Auto und drückte ihren nackten Körper an seinen braunen Wollpullover und die grünen Manchesterhosen.

«Weiß nicht», sagte er. «Ich glaube, eher nicht. Es darf nicht zu eng und intensiv werden.»

Sie starrte ihn erschrocken an. «Aber du bist doch selbst hergekommen. Ich habe dich nicht gebeten.»

Sie griff schnell nach einer Decke im Auto und wickelte sie sich um.

«Ja ja, meine Liebe. Wir werden sehen, was aus dieser kleinen Geschichte wird. Und vielleicht ist es ja gar nicht so viel, was du zu unserem Mittsommerfest zu bieten hast?»

Sie lächelte ihn warm an. Dass er sich daran erinnerte. Wenn er nun noch angeboten hätte, selbst etwas mitzubringen. Nicht wegen des Geldes, sondern einfach nur wegen der Fürsorge.

«Hering, Erdbeeren und Sahne werde ich schon hinkriegen», sagte sie. «Aber zum *Systembolaget* zu gehen und den Mittsommerschnaps zu kaufen wird wahrscheinlich etwas schwierig für mich.»

Er tätschelte ihr den Kopf. «Nun, dann werden wir wohl ohne alkoholische Getränke auskommen müssen. Aber das schaffen wir schon, was meinst du? Die Freude, die aus uns selbst kommt, ist sowieso die allerbeste. Das sage ich oft zu meinen Schülern, wenn es um das Luciafest oder die Abschlussfeiern geht.»

«Ich möchte auch so gern einmal Lehrerin sein. Klingt das dumm?»

«Ganz und gar nicht, meine Liebe. Du wärest sicher eine sehr tüchtige Grundschullehrerin.»

Emily seufzte, hörte aber nicht auf zu lächeln. Sie musste jemand finden, der für sie einkaufte.

Sara saß in der Laube, trank Holundersaft und beklagte sich über all die Männer auf Saltön, die sie verfolgten und bedrängten. Draußen rauschte der Sommerregen. MacFie schnitzte an einer Stange für sein Hühnerhaus.

«Es ist ja nicht so, dass ich es hier auf Saltön nicht schön finde. Es ist schon in Ordnung hier. Es ist sogar verdammt schön, aber man lässt mich zum Teufel nicht in Frieden. Natürlich will ich auch nicht völlig isoliert leben ... Wenn wenigstens Axel da wäre. Verdammt, was für ein Egoist er war. Wenn er nicht so viel getrunken hätte und am Tag einen blöden Kilometer gelaufen wäre, dann wäre er heute sicher noch am Leben.» Sara fing an zu weinen.

MacFie betrachtete seine Stange. Fünf Hühner mussten nebeneinander darauf sitzen können. «Sie könnten doch einen Frauenclub gründen.»

Sara starrte ihn an. Sie trocknete sich die Augen mit dem Hemdsärmel und lächelte vorsichtig. «Was für eine phantastische Idee!»

Er fing an, den Saft wegzuräumen, und Sara begriff. Sie stand rasch auf. «Vielen Dank für den Saft. Wir sehen uns.»

«Man kann ja nie wissen.»

Am Tor drehte sich Sara um und rief spöttisch: «Waren Sie schon mal außerhalb von Saltön?»

Aber MacFie war bereits auf dem Weg zu seinen Bienen.

Sie ging durch den Regen direkt zum *Kleinen Hund*. Lotten und Kabbe saßen unter einem Sonnenschirm und tranken Bier. «Haben Sie was vergessen?»

Sara ignorierte Lottens säuerliche Miene und Kabbes gierigen Blick. «Gibt es hier ein Netzwerk oder so etwas?»

«Wofür denn? Wenn Sie vom Hummerangeln reden, das ist noch lange hin.» Das Paar sah sich an und lachte zufrieden.

«Nein, ich meine, an manchen Abenden sind einfach nicht so viele Leute hier, wie Sie sich wünschen, dann könnten Sie kleineren Gruppen einen besonderen Preis machen, zum Beispiel für ein Frauennetzwerk oder Frauen überhaupt. Die können ja erst einen Vortrag anhören und dann zum Sonderpreis essen und trinken. Der Vortragende könnte fünfundzwanzig Minuten reden. Länger können die Leute nicht zuhören, darüber gibt es Untersuchungen. Wäre das nicht was? O. k., vielleicht doch besser kein Vortrag, wenn ich es mir recht überlege.»

«Na, großartig», meinte Kabbe. «Eine Flasche Liebfrauenmilch für elf Weiber. Zehn halbe griechische Salate ohne Fetakäse und eine Tagessuppe. Und dann sitzen sie da und tratschen bis halb zwei. Klingt wirklich lukrativ.»

Lotten lachte herzlich. Sara ging.

«Jetzt bin ich wirklich wütend», sagte sie zu einem alten Mann, der gerade die graue Plastiktüte vom Alkoholgeschäft an seiner Gehhilfe festgeknotet hatte.

«Oje!», rief er erschrocken.

Aber Sara durchströmte ein Glücksgefühl. Sie war gesund wütend. Zum ersten Mal seit vielen Wochen hatte sie das Gefühl, wirklich zu leben. Der Blutkreislauf kam im selben Takt wie ihre aufs Pflaster donnernden Sandalen in Schwung. Sie fluchte laut vor sich hin.

Wütend und energisch – das waren Eigenschaften gewesen, die Axel an ihr bewundert hatte.

Sie klingelte bei ihrer Zimmerwirtin. «Ich habe vor, am Donnerstagabend ein paar Frauen zusammenzutrommeln. Reden und Wein trinken. Die Zeit vor dem Mittsommerabend rumbringen.»

«Frauen? Wollen Sie ein Ei oder Zucker ausleihen?» Johannas Haar war zerzaust, und ihr Gesicht war verschwollen, aber sie sah nicht unbedingt unfreundlich aus.

Sara lachte. «Nein, verdammt nochmal. Ich weiß nur zufällig, dass es unter der Woche an den Abenden im *Kleinen Hund* ziemlich ruhig ist, und ich fange an dem Abend erst spät an zu arbeiten, und da habe ich gedacht, dass wir uns mit ein paar Frauen zusammensetzen könnten. Einfach quatschen und Spaß haben. Kommen Sie?»

Johanna starrte sie verständnislos an und schien Angst zu haben, dass die verrückte Mieterin in ihre Wohnung eindringen könnte. Sie blockierte die Tür, indem sie eine Hand auf jeden Türrahmen legte. «War's das?»

Sara zog sich zurück.

«Ich war wohl eingeschlafen. Ich erwarte Besuch.»

«Ja, verdammt. Schon so spät! Es ist ja fast zehn Uhr. Aber so geht es im Sommer, wenn es so hell ist. Da gelten die verdammten gewöhnlichen Regeln nicht.»

Johanna rieb sich die Augen. Sara betrachtete sie verwundert. Sie war es offenkundig nicht gewohnt, Mascara zu benutzen. «Sie sind herzlich willkommen. Selbstkostenpreis. Am Donnerstag. Sie können ja ihre pastellfarbene Freundin, mit der ich Sie heute gesehen habe, mitbringen. Sie sah so aus, als müsste sie mal rauskommen. Um sieben Uhr geht es los.»

Johanna starrte Sara an. «Sagen Sie, haben Sie Magnus gesehen?»

«Nicht dass ich wüsste.»

Karl-Erik Månsson wand sich im Gartenstuhl. Dass ein Liegestuhl mit stufenloser Federung so unbequem sein konnte. Er fühlte sich überhaupt nicht wohl, aber er konnte nicht genau sagen, wieso. Wenn nur das Privatleben ebenso leicht zu steuern gewesen wäre wie die Firma. Er hasste es, die Kontrolle zu verlieren, und in seinem tiefsten Innern war ihm so, als wäre gerade das passiert. Hatte er Kristina falsch beurteilt? Gab es heutzutage keine einfachen und ehrenhaften kleinen Mäuschen mehr?

Er hatte an jenem Abend im Stenungsbad die jungen Frauen sehr gründlich beobachtet und viel weniger getrunken als die anderen Kerle, denn er hatte ja schließlich ein Ziel gehabt.

Süß sollte sie natürlich sein, und sie durfte auf keinen Fall so dicke Fesseln haben wie seine vorherige Frau. Einen kugeligen Bauch und dickliche Wangen konnte er verkraften, aber die Fesseln, nein, wirklich nicht.

Sie lachte gern, das mochte er auch. Seine frühere Frau hatte überhaupt nicht gern gelacht, dafür war sie eine göttliche Köchin gewesen.

Natürlich, fröhlich, süß und formbar. War es das vielleicht, was schief gelaufen war? Formbar war sie durchaus, aber er hatte so ein Gefühl, dass nicht Karl-Erik Månsson derjenige war, der die Form vorgab, und er wusste nicht, wer der Feind war.

Zu Anfang hatte er gedacht, dass es so weit entfernte Dinge seien wie die Frauenzeitschriften und das Königshaus. Aber so einfach war es nicht.

Da musste ein Mensch sein, der das Mädel so verdammt aufsässig machte. Er würde es schon herauskriegen, wo er war, dieser junge Mann! Egal, er würde ihn auf jeden Fall innerhalb kürzester Zeit zu einem unglücklichen jungen Mann machen.

Er stand auf und fing an, um den Rasen herumzuwanken, während er wütend auf seine nassen Rhododendren eindrosch.

Er war drauf und dran, ein Imperium und eine Festung aufzubauen, und das Finale durfte jetzt nicht missraten. Er hatte um die Genehmigung ersucht, auf das Wohnzimmer einen Glasturm bauen zu dürfen, von dem aus er alle vier Himmelsrichtungen im Blick hätte. Wenn er entgegen aller Wahrscheinlichkeit keine Genehmigung dafür erhalten würde, dann wusste er genau, was zu tun war. Das Ergebnis würde dasselbe sein. Es würde einfach nur länger dauern und mehr kosten.

Doch alle diese Sorgen mussten zurückstehen, da es ein aktuelles Problem gab, das es zu beseitigen galt. Wer konnte es sein? Er hatte schon die Schubladen in Kristinas Nachttisch durchsucht – sinnlos, nur Schminke und Zeitschriften und die Eintrittskarte für das Stenungsbad von dem Abend, an dem sie sich kennen gelernt hatten.

Als sie schlief, hatte er auch ihre Handtasche durchsucht. Er hatte sogar an ihrem blauen Geldbeutel gerochen. Nichts. Jetzt fehlte ihm ein Freund, mit dem er sich aussprechen konnte. Es ist einsam oben an der Spitze. Und zu dem Volk da unten, das ihn anbetete oder verabscheute, gehört sogar sein eigener Bruder. Karl-Erik runzelte die Stirn. Er würde die Bewachung verschärfen.

4 Sara erwachte gut ausgeschlafen um fünf Uhr. Sie lag eine Weile wach und wartete auf die schwarze Trauer, die jeden Morgen in sie hineinkroch, sowie sie bei Bewusstsein war. Axel war nicht mehr da. Sie beschloss, nicht mehr stillzuliegen und auf die feuchten Flecken an der Decke zu starren. Das Muster kannte sie schon auswendig.

Sie würde im Meer baden, allein und frei, ehe ihre perversen Verfolger es schafften, ihr auf die Klippen nachzukommen.

Dann würde sie im Gasthaus einen Frauenabend organisieren, der die ganze Gesellschaft erblassen lassen würde. Sie musste nur Kabbe noch überzeugen.

Sie zog sich Bikini, Kapuzenjacke und Shorts an und joggte, das Handtuch um den Hals geschlungen, zum Badestrand.

So früh hätte sie auch weiter vornean baden können, denn der Steg im Ort, auf dem sich die Sonnenanbeter am Tag zuvor gedrängt hatten und wo das Wasser nur so gespritzt hatte, lag jetzt still und öde da. Die Wasseroberfläche war glatt und einladend, aber sie zog die Klippen und das Sprungbrett weiter draußen vor, vielleicht weil sie sich auf seltsame Weise zu dem kleinen grauen Haus hingezogen fühlte.

MacFie war sicher schon auf. Ob er wohl eine Frau hatte? Vielleicht irgendeine zahnlose Schwester, die jedes Jahr an Weihnachten zu Besuch kam. Er war nicht zu sehen, der Garten lag friedlich in der Morgensonne, Bienen summten um die Blumen, und eine Bachstelze hüpfte um den Brunnen herum. Sara war enttäuscht. Ein Lächeln und ein Gruß wären wie eine Bestätigung gewesen.

Zum zweiten Mal war sie enttäuscht, als sie merkte, dass sie nicht die Erste am Sprungturm war. Auf den Klippen lagen Kleider, und ein Stück weiter draußen wurden die Wellen von einem Mann geteilt, der mit langen regelmäßigen Zügen kraulte.

Sara sprang hinein und schwamm in die andere Richtung. Sie orientierte sich am Ufer, schwamm ruhig und spürte, wie ihr morgendlicher Elan wiederkehrte. Als sie aus dem Wasser stieg, waren der Schwimmer und die Kleider fort. Aber als sie zum Wald sah, bemerkte sie MacFie, der in Shorts zu seinem Haus ging und dabei Wasser aus dem Ohr schüttelte. Er war sehr braun und sehr mager.

Sie trocknete sich rasch ab und lief fast hinter ihm her – sie wusste selbst nicht, warum. «Ich dachte, die Einheimischen würden nicht baden», lachte sie, als sie auf selber Höhe mit ihm war. «Ich dachte, so etwas machen nur die Städter.»

Er hob eine Augenbraue, sagte aber nichts.

«Heute werde ich mit meinem Chef über die Frauenabende reden.»

«Gut, gut», sagte MacFie und ging durch sein Tor.

Er lächelte sie an. Trotzdem hatte sie das Gefühl, sich aufzudrängen.

«Dann kann ich in ganz Saltön Zettel aufhängen. Aber erst will ich mir ein Fahrrad anschaffen.»

«Klingt gut», sagte MacFie und stellte sich auf die Treppe zur Veranda und wrang die Badehose aus. Eine große rote Katze kam und strich um seine Beine.

«Wie heißt sie?», fragte Sara und bereute es im selben Moment. Wahrscheinlich gab man nur in der Stadt und in Kinderbüchern den Katzen und Kühen Namen.

«Clinton.»

Sara lachte. «Clinton! So hieß ein Präsident der Vereinigten Staaten. Aber das wissen Sie ja vielleicht.»

MacFie winkte leicht und ging in sein Haus. Die Bienen waren noch still.

Als die Bibliothek um elf Uhr aufmachte, stand Johanna schon da und wartete draußen. Nicht Hans-Jörgen schloss die Tür auf, sondern eine säuerliche Alte, deren Namen sie nicht einmal kannte. Johanna ging mit klopfendem Herzen zum Tresen, und da saß er.

Er sah nicht einmal vom Computer auf, sondern war tief in die Arbeit versunken. Seine schmalen weißen Hände ruhten auf der Tastatur, und das Armband glitzerte, während er auf den Bildschirm starrte.

Johanna hatte sich sorgfältig geschminkt und kaute auf einem Zweig Petersilie. Keiner konnte ahnen, dass sie am vorhergehenden Abend so viel getrunken hatte, und sicher roch man den Schluck Wodka nicht, den sie sich am Morgen in den Saft getan hatte. Sie trug Kristinas rotes Kleid, und als sie seinen Namen flüsterte, sah er auf und lächelte. «Johanna! Hast du den Gardell bereits durch? Wie fandest du ihn?»

Die alte säuerliche namenlose Frau ging zum Tresen und fing an, verwelkte Blüten von einem fleißigen Lieschen in einem mit Möwen verzierten Plastikübertopf zu rupfen.

«Du bist gestern nicht gekommen.»

Hans-Jörgens Gesichtsfarbe wurde dunkler, und er räusperte sich. «Nein, es wurde nichts draus, weißt du. Es gibt immer so viel zu tun, wenn man endlich zu Hause ist. Das kennst du doch.»

«Aber du musst dich doch nur um dich selbst kümmern, oder? Ich habe all die Jahre auf Magnus aufpassen müssen, aber damit ist jetzt Schluss. Außerdem hat er sich offenbar verliebt, und du weißt ja, was die Liebe mit den Menschen macht.»

Hans-Jörgen lächelte. «Gibt es noch irgendein Buch, für das

du dich interessierst, oder willst du selbst ein wenig in den Regalen suchen, Johanna?»

Sie rappelte sich auf. «Ich suche lieber selbst.»

Als sie nach draußen kam, schlugen gerade die Kirchenglocken. Sie wusste nicht, warum. Vielleicht eine Beerdigung. Sie setzte sich auf eine Bank im Park.

«Die Möwen füttern», sagte sie. «Warum füttere ich nicht auch die Möwen und schaffe mir eine Gehhilfe an und einen braunen Taschenschirm und einen weißen Sonnenhut?»

Kristina sah auf, als sie die Kirchenglocken hörte. Warum wohl an einem gewöhnlichen Mittwoch geläutet wurde? Da wurde sicher irgendein Typ aus Månssons Fabrik begraben, der in eine Heringstonne gefallen war.

Sie lachte und ging ins Haus, um aus dem Badezimmer ihr Sonnenöl zu holen, als sie Månssons Auto hörte. Gott sei Dank machte sie nicht gerade irgendwas Lustigeres. Manchmal kam er zum Mittagessen nach Hause und überraschte sie, aber jetzt war es erst kurz nach elf.

Es wurde dunkel im Raum, als er in der Tür stand, und so hob sie die Hand an die Augen.

«Aha, du glaubst also, dass ich dich schlagen will. Da bist du ja wenigstens schlau genug einzusehen, was für eine Schlampe du bist. Heraus mit der Wahrheit, du kleine Herumtreiberin.»

Der erste Schlag traf sie an der Augenbraue, und das Blut lief, der andere landete auf dem linken Unterkiefer. Sie jaulte wie ein Welpe. Karl-Erik hielt sie mit eisernem Griff um die Schultern und schüttelte sie, sodass ihr Kopf in alle Richtungen flog.

«Was soll das? Ich habe nichts getan! Bist du denn völlig verrückt geworden?» Sie versuchte sich loszureißen, aber sein hochrotes Gesicht war dicht vor ihrem.

«Du gibst also nichts zu?»

«Was denn? Ich habe eine Flasche aus dem Keller genommen», heulte Kristina. «Die war für mich und eine Freundin.»

«Stell dich nicht dümmer, als du bist, du Hure.» Er riss ihr ein Büschel Haare aus, und Kristina sank weinend auf das Bett und hielt sich den Kopf. «Die Kondome. Ich rede natürlich von den Kondomen. Wo sind die abgeblieben, verdammt nochmal. Her damit und sag mir, wozu du sie brauchtest.»

«Ich habe sie nicht. Sie waren nicht für mich, das ist doch wohl klar.»

«Sondern vielleicht für mich? Nein, da musst du dir was Besseres einfallen lassen.»

«Wir wollten sie für einen Polterabend haben und sie zu lustigen Ballons aufblasen.» Sie brach in Tränen aus.

«Was für ein Polterabend? Wie heißt die Braut? Ich will Namen und Telefonnummer. Du hast dreißig Sekunden. Exakt. Rechnen scheinst du ja zu können. Waren es vier Kondome?»

Plötzlich riss sich Kristina los. Sie rannte, um es zur Tür zu schaffen, doch Månsson war trotz seines Übergewichts schneller. Er schnappte sie, brüllte schrecklich und presste sie mit rechtem Knie und linkem Arm auf das Bett. Er streckte die rechte Hand aus, nahm die leere Champagnerflasche vom Nachttisch und schlug wie wahnsinnig vor Wut den Flaschenhals an der Tischkante ab.

Es war windstill und der Himmel fast wolkenlos. Auf den Bänken saßen ältere Menschen im Schatten der alten Linden und aßen Eis. Ein paar Kinder führten einen Pudel auf dem Rasen aus, und am Fundament der Fahnenstange lag ein Liebespärchen halb versteckt in dem hohen Gras, wo der Rasenmäher der Gemeinde nicht hinkam.

Blomgren marschierte auf Puttes Würstchenbude auf der

anderen Seite des Parks zu, als er plötzlich Johanna bemerkte, die auf einer Bank saß und ziemlich erledigt aussah.

Blomgren blieb abrupt stehen, und sein Hunger war vergessen, als er die Richtung änderte. Er fühlte sich plötzlich männlich-energiegeladen, als er auf sie zuschritt. Sie bemerkte ihn erst, als er sich schon zu ihr gesetzt und den Arm um sie gelegt hatte. «Das darf aber nicht sein, dass ein so schönes Mädchen hier sitzt und während der Arbeitszeit weint.»

Johanna sah ihn mit ängstlichem Blick an. «Hallo, Thomas.»

Ihre Stimme versagte. Sie holte ein Paar weiße Baumwollunterhosen aus der Tasche und schnäuzte sich heftig. «Ich weiß nicht mehr ein noch aus.»

«Wer weiß das schon», sagte Blomgren, ohne den Arm wegzunehmen.

Er fragte sich, wieso sie mit Unterhosen in den Taschen herumlief. Wie wenig man doch über seine Mitmenschen wusste, sogar über die, die man noch aus der Kindheit kannte.

«Ich fühle mich so wertlos.»

«Du? Das ist unmöglich. Du bist doch so fleißig. Hast dein ganzes Leben in der Fabrik geschuftet. Und du hast deine Figur behalten, das zeugt von Charakter. Siehst noch aus wie zu Schulzeiten. Und deinen Jungen hast du großgezogen und für ihn gesorgt.»

«Und was mache ich jetzt, wo er sich so verändert hat?»

«Das verstehst du nicht, weil du eine Frau bist, aber alle Jungen müssen das ein oder andere durchmachen, bis sie erwachsen sind. Und damals an Mittsommer vor zwei Jahren im Laden, da waren sie einfach nur scharf aufs Rauchen. Und es war absolut nicht Magnus' Idee, das wusste ich gleich, als ich mal ein ernstes Wörtchen mit den Jungs geredet hatte.»

«Wovon sprichst du denn, Thomas? Was hat Magnus gemacht?» Sie ließ die Unterhose in den Kies unter der Bank fallen. Blomgren hob sie auf und bürstete sie mit der Hand ab. «Nichts. Absolut nichts. Außerdem ist es schon so lange her. Dein Junge ist gesund und kräftig. Es kommt der Tag, da sitzt er hier mit einer eigenen kleinen Familie, für die er sorgen muss. Nein Johanna, man steckt nicht drin. Schau dir meine Paula an, die immer beide Eltern um sich herumscharwenzeln hatte und die für jeden kleinen Schritt gelobt wurde. Papas Augenstern! Jetzt hat sie nur noch einen Papa, und das ist Gott. Ein freikirchlicher Gott.»

Blomgrens Augen füllten sich mit Tränen. «Sag mal, Emily, entschuldige, was rede ich denn da, sag mal, Johanna, warum bist du eigentlich nicht in der Fabrik? Du bist doch bekannt dafür, dass du noch keinen Arbeitstag gefehlt hast.»

«Ich habe gestern bei Månsson angerufen und ihm gesagt, dass ich kündigen will. Ich hatte das Gefühl, als müsste irgendwas in meinem Leben passieren. Irgendwas. Was auch immer.»

Blomgren dachte über das nach, was sie gesagt hatte. Er setzte sich aufrecht hin und legte die Unterhosen neben sich auf die Bank, ehe er sprach. «Aber was wirst du jetzt machen, Johanna? Irgendetwas musst du doch tun.»

Johanna zuckte mit den Schultern. Blomgren erhob sich. Seine Wangen waren gerötet. Er sah ins Gras und erwog für einen Augenblick, zwischen die Zigarettenkippen auf die Knie zu fallen. Stattdessen nahm er Johannas Hände in die seinen.

«Johanna», sagte er. «Zieh los und kündige für immer bei Månsson, wenn du das Gefühl hast, dass das gut ist. Und sei willkommen als Aushilfe in Blomgrens Zigarrenladen.»

Johanna blinzelte. «Ist das dein Ernst? Und das Mädchen?»

«Das Mädchen muss gehen. Sie hat keinen Vertrag. Sie ist jung und wird etwas anderes finden. Die ganze Welt steht ihr offen, heißt es doch, wo wir jetzt in der EU sind.»

«Aber ich bin so schlecht im Rechnen.»

«Wir haben Rechenmaschinen, Johanna, elektronische Kassen und Computer. Glaubst du, das Mädchen kann rechnen? Oder die Kunden? Vergiss es, ich bin der Einzige in dem Laden, der seinen Kopf benutzt.»

Johanna lächelte unter Tränen. Sie sah jung aus.

«Vielleicht kann ich anfangs nicht so gut zahlen, aber du kannst dafür die Zeiten freier wählen, dann ist die Arbeit nicht so anstrengend. Willst du noch Bedenkzeit?»

Johanna stand auf und rieb sich die Augen, sodass die Wimperntusche sich über Wangen und Augenbrauen verteilte. Dann hielt sie ihm ihre trockene, sehnige rechte Hand hin. «Danke, Chef! Ich brauche keine Bedenkzeit. Und jetzt gehe ich auf direktem Weg zu Karl-Erik Månsson.»

Gerade als Sara versuchte, durch die Tür zu dem winzigen Büro im Hinterzimmer des *Kleinen Hundes* zu gehen, spürte sie einen festen Griff um ihren Arm. Fingernägel. «Und was, glauben Sie, haben Sie da drin zu suchen?»

«Ich wollte mit dem Chef sprechen.»

«Aber er will nicht mit Ihnen sprechen. Wenn Sie sich beklagen wollen, dann müssen Sie mit mir reden. Ansonsten sitzen da drinnen hungrige Gäste und warten.»

«Meine Schicht fängt, verdammt nochmal, erst in zwanzig Minuten an. Ich will mit Kabbe über mein Projekt reden. Das, von dem ich gestern gesprochen habe.»

«Projekt. Was man sich alles anhören muss. Außerdem ist er geschäftlich in Göteborg.»

«Aber er sitzt doch da drin. Ich sehe ihn doch von hier aus, zum Teufel nochmal.» Sara riss sich los und ging hinein zu ihrem Chef. Der saß zwischen Stapeln von Formularen, Post, Rechnungen, alten Zeitungen und Menüvorschlägen. Außerdem thronte auf dem Tisch ein Glas mit einem toten Goldfisch, das er als Aschenbecher verwendete. Er lächelte Sara an, ohne die Zigarette aus dem Mund zu nehmen.

«Mach die Tür hinter dir zu, Lotten», sagte er. Sara baute sich vor dem Schreibtisch auf und sah ihm in die Augen.

«Ja, ich wollte mal hören, wie es mit meinem Vorschlag von gestern ist? Das war nämlich kein Scherz, falls Sie das gedacht haben. Ich habe mal ein wenig geplant. Ich denke, man sollte einmal die Woche eine Art Frauenabend veranstalten. Vortrag muss nicht sein, wenn Ihnen das zu seriös ist, aber alle Frauen, die vor neunzehn Uhr kommen, dürfen zum halben Preis essen und trinken und sitzen an einem bestimmten Tisch. Das spricht sich dann auch bei den Männern herum, und dann kommen von denen auch mehr. So wird das jedenfalls in Göteborg gemacht.»

«Was man in Göteborg macht, interessiert mich wenig.» Er strich die Asche von seiner Zigarette, lehnte sich dann in seinem Ledersessel zurück und betrachtete Sara von oben bis unten. «Und was haben Sie selbst davon?»

«Sehen Sie mir verdammt nochmal in die Augen, wenn Sie mit mir reden. So spannend sind meine anderen Körperteile nun auch nicht!»

Er hielt die Luft an.

«Ich habe mir vorgestellt, dass es eine Art Club werden könnte, mit mir als Vorsitzender. Ich kümmere mich um den Papierkram mit der Werbung und den Mitgliedskarten und so. Kann ich es nicht wenigstens mal probieren? Morgen, am Donnerstag zum Beispiel, da fange ich erst um acht Uhr an. Wenn die Frauen vor sieben Uhr kommen, dann könnte ich ihnen erklären, dass es keine einmalige Veranstaltung sein soll.»

Er zündete sich eine neue Zigarette an und betrachtete sie gedankenverloren durch die Rauchschwaden. Im Zimmer war es drückend heiß. «O. k., Sie kriegen eine einzige Chance. Morgen. 50 Prozent für alle Mitglieder Ihres Clubs. Es gilt ein Mal, und laden Sie mir bloß hinterher keine weiteren Kosten auf.

Und nur anständige Leute. Kommen Sie mir nicht mit irgendwem aus dem verdammten Fixerheim an.»

«Ich wusste ja gar nicht, dass es hier ein Fixerheim gibt.»

«Jajaja. Und jetzt ab an die Arbeit. Ich habe Wichtigeres zu tun.»

«Viel Spaß in Göteborg.»

Emily wandte sich an das Mädchen am Kiosk. Ihre Zöpfe waren so fest geflochten, dass die Augenbrauen auf die Stirn hochgezogen waren. «Übermorgen ist Mittsommer», sagte Emily und lächelte. Ihre Brüste ruhten schwer auf dem Tresen. «Und da ist es schön, was Starkes im Haus zu haben.»

Das Mädchen sah erstaunt aus, schien aber nicht nach irgendeinem Alarmknopf zu suchen.

«Vielleicht werden Sie oder Ihr Verlobter mit der grünen Mütze vor Mittsommer noch zum *Systembolaget* gehen, und da wollte ich fragen, ob Sie mir eine Flasche Läckö Branntwein kaufen könnten. Ich habe Geld, aber es fällt mir so schwer, dorthin zu gehen, weil mir die Beine wehtun. Ich komme jeden Tag hierher, wie Sie sicher bemerkt haben. Sie kriegen das Geld jetzt, und ich hole mir die Flasche am Freitag ab.»

Das Mädchen betrachtete verwundert erst Emilys Gesicht und dann ihren unglaublichen Busen. Ob das Silikon war? «Ich habe keinen Verlobten. Der mit der grünen Mütze ist nur mein Freund.»

«Ach so, aber das geht mich ja nichts an. Ich habe Sie nur gestern zusammen gesehen, als Sie hier Schluss gemacht haben. Sie sind wohl ein wenig früher gegangen, es war eine Viertelstunde eher als sonst.»

Das Mädchen biss in einen seiner Zöpfe.

«Also, eine Flasche Läckö Branntwein.» Emily holte einen verknitterten Fünfhunderter aus der Tasche ihres Trainingsanzuges.

«Wenn ich eine ganze Flasche Läckö kriege und noch eine Flasche süßen Kirschwein, dann können Sie das Wechselgeld behalten. Sie arbeiten doch wohl an Mittsommer?»

Das Mädchen starrte auf den Schein. «Ist Schmuggelware o. k.?»

Emily zögerte kurz, dann lachte sie. Sie richtete sich gerade auf. «Schmuggel, Waldmeister, was auch immer, wenn es nur stark ist.»

«Waldmeister? Was ist das denn?»

«Selbstgebrannter natürlich.»

«Wir sagen da SB.»

«Nennen Sie es, wie Sie wollen, aber legen Sie mich nicht rein.» Der Busen rückte näher.

Das Mädchen nickte. «Sind Sie das, die in dem Auto wohnt?»

Emily zuckte zusammen. «Ich dachte, das wüsste keiner.»

«Alle reden darüber.»

Emily rappelte sich auf, und sowie sie das Versprechen erhalten hatte, ihre Ware am Morgen des Mittsommertages abholen zu können, begab sie sich mit klopfendem Herzen schnell zum Wald.

Redeten alle darüber? Hatten sie etwas gesehen? Ganz Saltön! Blomgren auch? Hatten alle sie und Ragnar gesehen? Einmal hatte es in einem prekären Moment in den Büschen geraschelt, aber sie war davon ausgegangen, dass das ein Hase war.

Als sie zum Auto kam, betrachtete sie es mit Wehmut.

Zuerst hatte sie das neue Heim als reines Provisorium angesehen, doch dann hatte sie angefangen, sich darin einzurichten, und inzwischen hatte sie fast vergessen, wie man sich in einem gewöhnlichen Haus benahm. Sie erinnerte sich dunkel, dass sie zu Hause abends Hausschuhe trug, hellblaue Puschen, die sie unter das Bett stellte, wenn sie sich hinlegte. Und dann pflegte sie sich die Ellenbogen und die Knie mit irgendetwas einzucremen und *Essen und Trinken* zu lesen, bis ihr die Zeitschrift aufs Gesicht fiel und die rosa Lesebrille von der Nase schlug. Einen Wecker hatte sie auch gehabt. Wie überflüssig, wo es doch die Sonne gab.

Das Beste wäre es natürlich gewesen, weiter wegzufahren, sich hinters Steuer zu setzen und so lange zu fahren, wie das Benzin reichte. Dann an einem kleinen See oder in einem Buchenwäldchen anzuhalten und ihr Sommerheim erneut einzurichten.

Aber die Liebe hatte ihr Grenzen gesetzt. Ihr neues großes Projekt war es, für Ragnar das geglückteste und imponierendste Mittsommeressen seit Menschengedenken zu geben. Sie würde völlig ohne Herd einen überwältigenden Eindruck auf ihn machen – um zu wissen, wie das ging, musste man schon eine routinierte Hausfrau sein.

Die schrecklichen Sommerwochen auf dem Boot ohne richtigen Ofen und nur mit einem wackligen Spirituskocher hatten also doch irgendeinen Nutzen gehabt. In dem kleinen Laden beim Fitnesscenter gab es leider nur Papierservietten, doch auch die gewöhnlichste Papierserviette kann in der Hand einer Meisterin zum Schwan werden.

Nachdem sie einige misstrauische Blicke in die Runde geworfen hatte, machte sie die Türen zu ihrem Auto auf und lüftete es aus. War da ein Geräusch?

«Kommen Sie nur näher», rief Emily. «Ich fürchte mich vor niemand.»

«Das ist gut, mein Mädchen, das ist gut.»

Sie wandte sich dem Kiefernwäldchen zu. Hatte sie schon Hungerhalluzinationen? Das Frühstück im Fitnesscenter war zwar gut gewesen, aber seither hatte sie sich nichts mehr gegönnt.

Sie ging etwas näher auf die Kiefern zu, und da saß auf einem Baumstumpf ihr Vater, ganz selbstverständlich, als wäre er beim Montagsessen der Rotarier. Er streckte die Hand aus und tätschelte ihr etwas ungelenk den Unterarm. Emily sank neben ihm auf den Boden. Er sah sie forschend an, aber sie wurde aus seiner Miene nicht klug. «Bist du hoch gelaufen?» Sie sah besorgt auf sein rotes Gesicht und den dicken Bauch, der die Weste unter dem hellen Leinenanzug herausdrückte.

«Warum sollte ich? Ich bin mit Lisas Taxi gefahren.»

«Aber woher wusstest du denn, dass ich hier bin, Papa?»

«Das habe ich im Supermarkt gehört. An der Fischtheke.»

Sie saßen eine Weile lang in bedrückender Stille da.

«Also wissen es alle.»

«Das nehme ich an. Alle außer Blomgren wahrscheinlich. Das ist ja immer so.» Sein Blick blieb nach innen gewandt.

«Bist du böse auf mich, Papa?»

«Warum sollte ich, du wirst schon deine Gründe haben.»

«Warum bin ich keine Lehrerin geworden, Papa?»

«Ja, das ist eine gute Frage.»

«Warum habe ich Blomgren geheiratet?»

«Ja, auch das kann man sich fragen. Mit Fug und Recht.»

«Fragen, Fragen. Hast du denn gar keine Antworten?»

«Ja, aber mein liebes Mädchen, es ist einfach so, wie es ist. Ich werde nicht so dumm sein, dir irgendwelche Ratschläge zu erteilen. Denk nach. Hast du selbst Paula irgendwelche Ratschläge gegeben? Und wenn ja, was wäre daraus geworden? Nein, das ist sinnlos, das lernt man mit der Zeit.»

Emily starrte auf den Waldboden, wo sich eine Ameise mit einer Kiefernnadel abschleppte. Ihr war schwer ums Herz.

«Ich bin hierher gekommen, um zu sehen, wie es dir geht und ob du etwas brauchst.»

Emily schüttelte heftig den Kopf. «Ich brauche nichts.»

«Du weißt ja, jeder muss seine Entscheidungen selbst treffen. Denk nur an MacFie, der Klassenbester war, als wir klein waren. Was für ein kluger Kopf. Und wie ehrgeizig der war. Der spielte nicht mal beim Fußball mit, weil er dann ja die Nachrichten im Radio verpassen könnte, die darüber berichteten, was in der großen weiten Welt los war. Und so war er natürlich schon ein etablierter und berühmter Auslandskorrespondent, ehe ich auch nur mit meinem Medizinstudium fertig war. Er machte nicht Halt, ehe er ganz oben war. Du ahnst ja nicht, wie erfolgreich er war. Der größte Kenner der französischen Politik, den man in Schweden je hatte. Diplomaten und Regierungsmitglieder fragten ihn um Rat. Natürlich inoffiziell. Man konnte ihn bei Diskussionen im Fernsehen sehen und im Radio hören. Seine Berichte aus Paris waren ein wahrer Genuss.

Einmal habe ich ihn besucht, als ich auf einem Ärztekongress in Nizza war. Damals hatte ich ihn seit der Schulzeit nicht mehr gesehen; wir hatten uns allerdings manchmal geschrieben. Er hat niemals auch nur einen Fuß nach Saltön gesetzt, wenn er in Schweden war. Man konnte ihn glatt für einen Franzosen halten. Keine Kinder. Eine magersüchtige französische Frau und ein paar kleine Hunde. Aber er hatte so einen wehmütigen Zug. Das kannte ich nicht an ihm. Ich fragte ihn, ob er krank sei, aber das war er nicht.»

«Ach so, der alte Einsiedler MacFie, das wusste ich nicht. Ich weiß, wie er aussieht und dass er nur mit seinen Bienen redet.»

«Und dann hat er nach Jahrzehnten harter Arbeit, einer internationalen Karriere und der ganzen Berühmtheit ohne Vorwarnung all dem den Rücken gekehrt, inklusive Frau und Paris. Er kam nach Hause und kaufte das graue verfallene Haus auf der Landzunge. Seither ist er nicht mehr von hier weggegangen. Als ich ihn fragte, warum er das getan habe, sagte er nur, er sei alles leid. Er wusste schon immer, was er wollte.»

«Und was macht er jetzt?»

«Er hat, wie du schon gesagt hast, die Bienen von Emil Fransson übernommen, und alle Leute auf Saltön haben gesagt, jetzt ist MacFie verrückt geworden. Die von der *Saltö Tid-*

ning hat er rausgeworfen, als sie kamen und ihn interviewen wollten. Die Kinder haben mit dem Finger auf ihn gezeigt, und alle Leute haben hinter seinem Rücken über ihn geredet. Nicht einmal Strom im Haus, was für ein jämmerliches Leben. Jede Menge Gerüchte brauten sich zusammen, aber MacFie hat nie dazu Stellung bezogen. Nicht ein einziges Mal. Und inzwischen kaufen die Leute längst Honig und Kirschmarmelade von ihm.»

«Was für eine Geschichte, Papa, die habe ich ja noch nie gehört. Aber was hat das mit mir zu tun?»

«Keine Ahnung. Vielleicht ist es etwas, worüber du nachdenken kannst. Aber jetzt gehe ich, mein Mädchen. Ich nehme mal an, dass du Geld brauchen kannst.» Er holte seine schwarze Brieftasche hervor, die er schon immer gehabt hatte, und leerte das Fach für Scheine bis auf zweihundert Kronen. «Das Taxi wartet am Fitnesscenter auf mich», sagte er und erhob sich mühevoll.

Emily stand da und sah ihn mit hängenden Armen an, aber als er lächelte, warf sie sich ihm an den Hals.

«Du warst immer Papas Mädchen, kleine Emily.»

Emily nickte. «Paula war auch immer Blomgrens Mädchen. Ihn verachtet sie nicht. Er darf fast alles sagen, was er will, sogar über die Freikirchlichen, ohne dass sie böse wird. Seltsamerweise ist das ein Trost.»

Kristina erwachte davon, dass sie sich übergeben musste. Die Augenbraue war feuerrot, die Lippen waren geschwollen und taten weh, sie blutete aus dem Unterleib und hatte schreckliche Schmerzen.

Sie nahm eine qualvoll lange, lauwarme Dusche und zog sich einen pinkfarbenen Trainingsanzug aus der Schulzeit an, den sie aus Sentimentalität behalten hatte. Aus dem Keller holte sie eine Flasche Whiskey, und dann ging sie ins Gartenhaus und schloss von innen ab. Sie zog die Rollos mit kleinen hellblauen Wölkchen, die Karl-Erik Månssons erste Frau angebracht hatte, herunter und verkroch sich in einem alten grünen Schlafsack, der nach Feuchtigkeit roch. Im Schlafsack lagen zwei vergessene stockfleckige Frottésocken. Sie hatte das Handy dabei, ihr fiel aber niemand ein, den sie hätte anrufen können. Sie zitterte am ganzen Körper, und das Handy fiel zu Boden. Sie schaffte es nicht, es aufzuheben.

Emily öffnete benommen die Autotür und setzte sich auf den Beifahrersitz. Sie drehte die Rückenlehne schräg, schloss die Augen und stellte sich das wunderbare Treffen zwischen ihrem Vater und Ragnar vor. Sie hörte ihre Stimmen, die intelligente, ja intellektuelle Konversation, die so gar nichts mit dem mühsamen Schweigen zu tun hatte, das immer zwischen dem Doktor und Blomgren herrschte. Das Einzige, was die beiden gemeinsam hatten, war die Auffassung, dass die Jugend faul war. Wer arbeiten will, der findet auch welche. Und das Wetter ist gut. Der Wind bläst. Dann gingen ihnen am sonntäglichen Mittagstisch die Gesprächsthemen aus.

Es fiel ihr schwer, sich ein zukünftiges Leben in Blomgrens Haus am Plommonvägen vorzustellen. Blomgren konnte ruhig da wohnen bleiben. Er hatte ohnehin so lange gebraucht, um sich mit Schubladen und Schränken zurechtzufinden. Und jetzt waren ja auch die Fenster in Ordnung gebracht.

Sie versuchte, sich ihr Traumschloss vorzustellen. Vielleicht Ragnars Wohnung, aber da müsste sie etwas mehr darüber wissen. Ragnar war eigentlich nicht sonderlich gesprächig, was sein Leben in Kalmar anging. Sehr männlich.

Nein, sie musste auf ihr Elternhaus zurückgreifen. Viel einfacher. Also stand sie in der früheren Küche ihrer Mutter und legte letzte Hand an die Vol-au-vents, während Ragnar in Hausjacke sich vertraut im Wohnzimmer bewegte und den

Lieblingsdrink seines Schwiegervaters mischte: selbst gemachter Holundersaft mit ein paar Zentilitern Gordon's Gin und ein paar Spritzern Angostura. Jetzt hörte sie, wie ihr Vater aus seinem privaten Bereich in der Villa kam. Er hatte nämlich seine frühere Praxis zu einer einfachen Pensionärswohnung umgebaut (warum war ihm das eigentlich noch nie eingefallen?).

Mit sanftem Lächeln hörte sie, wie Ragnar seinem Schwiegervater den Drink gab und wie sie sich dann in den Sesseln niederließen und erst ein paar erwartungsfrohe Sätze über Emilys Kochkünste austauschten, ehe sie sich gesellschaftlich relevanten Themen zuwandten. «Ist es nicht erstaunlich, dass man im Zusammenhang mit der Renovierung des Grabes von Tutanchamon wirklich ein Stück perlmuttschimmerndes Elfenbein gefunden hat? Als ich das letzte Mal in Ägypten war, sagte ich meinem alten Freund Lord Hutchinson, ich habe das Gefühl, als würden gewisse Funde demnächst auftauchen.»

«Überaus erstaunlich. Aber du wirst nicht glauben, was ich kürzlich im *Lancet* gelesen habe – eine Medizin, die ursprünglich gegen die so genannte Praxishypertonie eingesetzt werden sollte, hat in verschiedenen Studien einen ganz deutlichen Effekt auf die großfleckige Malaria gezeigt. Stell dir vor, was das für die Dritte Welt bedeuten könnte, lieber Ragnar! Aber diese Diskussion müssen wir offenbar auf den Kaffee verschieben. Ich rieche den Duft von Emilys berühmter Wildente. Sie hat wirklich die kulinarische Begabung ihrer Mutter geerbt.»

Emily nahm Blomgrens Fahrtenbuch aus dem Handschuhfach und erstellte eine Liste der Dinge, die sie für ihr Mittsommerfest unbedingt benötigen würde, und der anderen, die dasselbe noch verschönern würden. Es wäre natürlich ein Leichtes gewesen, in der Dämmerung zum Einkaufszentrum vor Göteborg zu fahren und mit einem Krabbensandwich von der Tankstelle auf das Öffnen der Geschäfte zu warten.

Aber sie wagte nicht, das Auto zu nehmen. Wenn Ragnar zu Besuch käme und sähe, dass das Auto fort war, dann würde er womöglich nicht einmal eine deutliche «Bin-bald-zurück»-Nachricht auf dem platt gefahrenen Gras entdecken – und wenn diese nun dem Wind, den Möwen oder den Elchen zum Opfer fiele? Vielleicht würde er traurig annehmen, dass sie auf immer verschwunden wäre.

Nein, sie musste zu Fuß nach Saltön gehen. Der Supermarkt machte erst um 22 Uhr zu, und es war höchst unwahrscheinlich, dass sie kurz vor Ladenschluss jemanden aus dem Ort dort treffen würde.

Die einzigen Kunden um diese Zeit waren seltsame Städter, Segler oder Jugendliche vom Campingplatz, die plötzlich Chips, Zigaretten oder Grillwürste brauchten.

Sie würde einen Brief für Ragnar an die Windschutzscheibe stecken, und dann würde sie sich hinunterschleichen und einkaufen. Das Wasser lief ihr im Mund zusammen, als sie an all das dachte, was sie besorgen würde – eingelegten Hering, frische Kartoffeln, Dill und Erdbeeren, literweise Sahne …

Kristina erwachte diesmal von donnernden Schlägen an die Tür, die so hart waren, dass das ganze Gartenhaus vibrierte. Sie rührte sich nicht und hatte auch kaum eine andere Wahl, denn bei der kleinsten Bewegung schmerzte ihr Körper von Kopf bis Fuß. Sie lag ganz still da in ihrem pinkfarbenen Trainingsanzug und starrte an die Decke, während sie Månssons Flüchen und Drohungen lauschte, die immer wieder von Bitten und Betteln unterbrochen wurden.

Kristina war eiskalt, obwohl der Schlafsack schweißnass war und die Luft im Zimmer drückend. Ihre Augen waren weit geöffnet. Tränen hatte sie keine mehr.

«Jetzt hole ich die Axt und komme rein», zischte Månsson. «Ich kann ja nicht ewig hier draußen rumstehen. Was sollen denn die Nachbarn denken?»

Sie schloss die Augen, und im nächsten Moment splitterte die Tür, und Månsson kam mit hochrotem Gesicht hereingestürzt. Kristina glitt noch tiefer in den grünen Schlafsack, bis sich ihre Haare im Reißverschluss verhedderten. Sie kniff die Augen zu und wartete auf den ersten Schlag. Er blieb aus.

Månsson holte einen alten Kamelhocker aus Nordafrika hervor und setzte sich umständlich und schwerfällig genau in die Mitte, damit er damit nicht umfiel. «Entschuldige, Kristina, ich wollte dir vorhin nicht wehtun. Mach dir keine Sorgen. Du bist jung, da heilt alles schnell. Morgen bist du wieder auf den Beinen und springst herum. Und dann ist Mittsommer. Da werden wir es lustig haben, sollst mal sehen. Vielleicht möchtest du ein neues Kleid zu Mittsommer. Ein weißes wäre doch schön. Warum liegst du eigentlich hier? Wir haben schließlich ein Schlafzimmer mit Auslegeware und allem. Ich habe mir furchtbare Sorgen gemacht, ehe ich begriffen habe, dass du hier bist. Also, du bist doch wohl ein wenig zu alt zum Versteckspielen. Nee, jetzt antworte doch, Kristina. Himmel nochmal.»

Er schüttelte sie. Ihr Körper rollte wie leblos hin und her. «Musst du auch so ungeschickt sein. Ich weiß, dass ich einen Fehler gemacht habe, aber ich war nun mal so furchtbar wütend. Und was man im Zorn anrichtet, ja, dafür kann man doch nichts. Du weißt genau, dass ich dir noch nie zuvor wehgetan habe.»

Kristina hustete.

«Es ist wirklich zum Auswachsen, wie nachtragend du bist. Ich weiß, dass es schon mal passiert ist, auch an Mittsommer, aber da war ich betrunken, wenn du dich freundlicherweise daran erinnern würdest. Ich habe mich ja noch nicht einmal daran erinnert, bis du mir die blauen Flecken gezeigt hast. Ich bin übrigens nicht mal sicher, ob ich es damals überhaupt war.»

Er stützte seinen schweren Kopf auf die Hände und fing an zu weinen.

Der schwere Oberkörper wiegte hin und her, während die Schluchzer langsam weniger wurden. Eine fette Fliege surrte am Fenster herum. Månsson stand auf, holte ein Taschentuch aus der Tasche, schnäuzte sich kräftig und beugte sich über den Schlafsack. «Warum antwortest du nicht? Liegst da wie ein verdammtes Bündel. Du weißt ja gar nicht, wie gut du es hast. Saure Frauenzimmer sind das Schlimmste, was ich kenne. Zieh dich sofort an und setz die Sonnenbrille auf. Nimm die echte von Ray Ban, und dann fahren wir nach Göteborg und kaufen dir für übermorgen ein schönes Kleid. Du wirst schon sehen, da werden die anderen Weiber neidisch. Es ist erst vier Uhr. Du wirst noch genug Zeit haben, um alles in Ruhe anzuprobieren. Und ich kann mir so lange ein Bier genehmigen. Also, wenn du dann zurückfährst. Du darfst das große Auto fahren. Verdammt, jetzt reiß dich doch mal zusammen, Kristina ... Ich habe mich doch schon entschuldigt. Hör jetzt auf zu schmollen.»

Sie hustete wieder. Der Speichel schmeckte nach Blut. Alles schmeckte nach Blut.

«Ich weiß, dass ich übertrieben habe. Entschuldige. Entschuldige. Entschuldige. Reicht das jetzt? Noch nie habe ich so eine eigensinnige und verwöhnte Person gesehen. Ich weiß, dass ich falsch lag und dass die Kondome für Johanna waren.»

Kristina hustete.

«Glaub bloß nicht, dass ich dumm sei. Ich war in jedem verdammten Laden, und am Zeitungskiosk habe ich dann Erfolg gehabt. Britta Kvist hat gesagt, dass du vier Stück gekauft hast. Und dass sie für Johanna waren, weil die draußen stand und wartete, das hat Britta Kvist sofort gewusst. Ich habe es mir übrigens auch von Johanna selbst bestätigen lassen. Was immer sie auch mit den Kondomen vorhat. Das fragt man sich wirklich. Ich wusste nicht mal, dass du Johanna kennst. Aber mit der Freundschaft ist Schluss, meine Schöne. Du sollst dich an deinesgleichen halten, und das sind Månsson und Månssons Freunde.»

Nachdem Sara die Einladungszettel zum Frauenabend aufgehängt hatte, verspürte sie den alten Kaffeedurst von den Pausen im Personalraum der Schule. Sie betrat die Bäckerei «Kipfel und Kranz», erstand nach langen Überlegungen zwei Sarah Bernhardt und begab sich mit der Tüte in der Hand zu den Klippen. Sie musste sich beeilen, damit die Schokolade nicht schmolz.

Am Gartentor blieb sie stehen in der Hoffnung, dass MacFie irgendwo im Garten zu sehen sei. Ungebeten wollte sie nicht hinein, da hatte sie zu ihrer eigenen Überraschung Hemmungen. Sie entdeckte ihn hinten bei den Bienenkörben, wo er sehr langsam und konzentriert arbeitete. Sara versuchte, die Papiertüte in die Elsbeerenhecke zu halten.

Endlich wandte er sich von den Bienen ab und ging auf das Haus zu. Er trug einen gelben Overall, einen breitkrempigen Hut mit herunterhängendem Netz und große Stulpenhandschuhe. Sara rief. MacFie winkte abwehrend, ging ins Haus und schloss die Tür.

Wenn nun MacFie ihr einziger Freund auf Saltön war – und nicht einmal da war sie sich sicher –, dann wollte sie die Freundschaft nicht aufs Spiel setzen. Auf der anderen Seite mochte sie nicht mehr warten und brüllte aus voller Kehle. «MacFie, ist der Kaffee fertig? Die Kuchen schmelzen, verdammt nochmal.»

Er kam nach einer Weile in normalen Klamotten heraus, das heißt für seine Verhältnisse normal – heute ein orangefarbenes

T-Shirt, auf dem «Imkerprodukte» stand, und sackartige schwarze Hosen, die vielleicht einmal zu einem Frack gehört hatten. «Das Fräulein möchte Kaffee?»

Sara nickte, öffnete das Tor und betrat den Garten.

«Vielleicht gar keine schlechte Idee», sagte MacFie und verschwand wieder im Haus.

Sie setzte sich auf den Brunnenrand, um zu warten, und nach einer Weile stand er unter dem Apfelbaum und gab ihr eine von zwei dampfenden Kaffeetassen.

Sie holte die Kuchen hervor. «Die nennt man Sarah Bernhardt. Das war eine französische Schauspielerin, die zu ihrer Zeit ziemlich berühmt war. Leider musste sie sich nach einer strahlenden Bühnenkarriere ein Bein amputieren lassen. Ich habe sie nicht gekauft, weil ich Sara heiße. So egozentrisch bin ich nicht. Aber ich bin so verrückt nach Sarah Bernhardt, weil man sagt, dass sie so unglaublich gut gewesen sein soll.»

MacFie hob ein Stöckchen vom Boden auf und rührte den Kaffee um.

«Ich liebe Frankreich und alles Französische. Mein Mann war Maler, und ich bin mit ihm auf ein Stipendium nach Paris gegangen. Das war im Frühling. Was für Spaziergänge wir an der Seine unternommen haben! Das ist ein riesiger Fluss.»

MacFie trank seinen Becher in einem einzigen Zug leer und stellte ihn auf dem Brunnenrand ab.

«Wollen Sie sich nicht setzen? Oder setzen nur wir Großstädter uns, wenn wir Kaffee trinken?»

«Jetzt werde ich mich um meine Winterharten kümmern», sagte MacFie. «Danke für den Kuchen.»

Emily füllte glücklich ihren Einkaufskorb mit allen möglichen Dingen: Filetfleisch, ein kleiner Grill, Öl, Zwiebeln und Dill, frische schwedische Erdbeeren, ein Stück Brie, Hering und Schnittlauch in einem Topf, den wollte sie vor dem Auto einpflanzen, Törtchen, Sahne und einen Quirl. Das Sahneschlagen würde zwar einige Zeit dauern, aber in ihrem verliebten Zustand würde ihr alles leicht fallen.

Als sie sich der Kasse näherte, fiel ihr ein, dass sie die Kartoffeln vergessen hatte, und sie ging zurück. Am Obststand suchte Johanna sich gerade zwei Zitronen aus. Es war lange her, dass sie einander direkt begegnet waren.

«Hallo Johanna», sagte Emily fröhlich. «Willst du Zitronenkuchen backen?»

«Nein, ich werde sie mir auf die Ellenbogen legen», antwortete Johanna säuerlich. «Die Haut wird jünger davon, aber das Problem hast du ja wohl nicht. Du bist schließlich ein Stück jünger als ich.»

«Ja, und gar kein kleines», lachte Emily.

«Und Falten hast du auch keine.»

«Sag doch, was du denkst: Ich bin so dick, dass die ausgepolstert werden.»

«Das hast du gesagt.» Johanna kniff den Mund zusammen.

«Ja ja, dann mal ein schönes Mittsommerfest!» Emily nahm die Kartoffeltüte und trug den Korb in der anderen Hand.

«Bist du also zu Blomgren zurückgegangen?», rief Johanna ihr nach.

Emily wandte sich rasch um. «Davon habe ich kein Wort gesagt. Bin ich auch nicht. Du musst auch nicht in der Fabrik und in der ganzen Stadt herumlaufen und erzählen, dass du mich getroffen hast.»

Johanna antwortete nicht.

Das Mädchen an der Kasse seufzte, als Emily ihren Tausender rausholte. «Ja, dann bekommen Sie siebenhundertneunundzwanzig Kronen zurück», sagte sie und starrte in die Kassenschublade. «Da muss ich nochmal ins Büro gehen und wechseln.»

Sie ging los, und Johanna wandte sich nachdenklich Emily

zu und zeigte mit einem knochigen Finger auf ihren Bauch. «Wenn ich so viel Geld hätte wie du, Emily. Dann würde ich mir zu Mittsommer ein neues Kleid kaufen. Ich habe bei Barbros so ein süßes weißes Kleid für sechshundertneunzig Kronen gesehen. Ich habe es sogar schon anprobiert ... es saß perfekt.»

«Wozu brauchst du ein neues Kleid zu Mittsommer?» Emily schüttelte den Kopf. «Du sitzt doch sowieso nur zu Hause und siehst fern. Man kann vom Marktplatz aus jeden Abend das blaue Licht in deinem Fenster sehen.»

«Ganz und gar nicht. Weißt du, ich bin verliebt.»

Emily rümpfte misstrauisch die Nase. «In wen denn?»

«Das verrate ich nicht.»

«Jemand bei deiner Arbeit, nehme ich mal an.»

Johanna lächelte überlegen. «Ja, das kann man sagen. Wie schlau du bist, Emily.»

«Liebe ist doch was Schönes.»

«Ja, er sieht mich auf andere Weise an. Das hat er eigentlich schon immer gemacht. Schon in der Schulzeit. Wir sind gleich alt. Zweiundfünfzig.»

«Ich weiß.» Emily nickte so heftig, dass ihre Wangen wackelten.

«Was weißt du?»

«Ja, ich weiß, wie sich das anfühlt.»

«Dann kannst du mir ja vielleicht das Geld für das weiße Kleid leihen. So ein Kleid habe ich nicht besessen, seit ich klein war. Ich habe immer gedacht, ich hätte hässliche Beine, aber er, also Er, findet, dass meine Beine gut aussehen. Er mag fleischige Beine nicht. Lieber Streichhölzer als Holzscheite, sagt er. Komm, Emily, du kriegst das Geld nächsten Monat zurück. Du kannst dich darauf verlassen.»

«Kann ich da nein sagen?»

Emily lächelte Johanna etwas steif zu und wandte sich der

Kassiererin zu, die gerade mit dem Wechselgeld in der Hand zurückkam.

«Geben Sie ihr das Geld», sagte Emily und zeigte auf Johanna. «Tschüs. Und einen schönen Mittsommer sagt man, jedenfalls bei uns zu Hause.»

Das Mädchen an der Kasse wedelte mit einem kleinen Papier, auf dem ein Mittsommerbaum abgebildet war. «Ihr Bon. Sammeln Sie keine Sommerpunkte? Wenn Sie zweitausend Punkte haben, können Sie eine Hollywoodschaukel gewinnen.»

Aber Emily war bereits aus der Tür.

«Hauptsache, alle sind zufrieden», sagte Johanna zu der Kassiererin.

Kristina konnte sich nicht entscheiden, wo sie den Zettel hinlegen sollte. Auf den Küchentisch, wie in alten schwedischen Filmen, oder an den Badezimmerspiegel, wie in den amerikanischen? Vielleicht auf das Kopfkissen oder in die Bar.

Der Beautykoffer und die Sporttasche standen bereits fertig gepackt vor der Haustür, und sie lief vor lauter Angst, dass er noch vorher nach Hause kommen würde, verwirrt herum. Am Ende legte sie die Nachricht auf den Tisch vorm Fernseher. Da setzte er sich normalerweise hin, sowie er durch die Tür gekommen war.

«Lieber Karl-Erik Månsson,
ich lasse mich von dir scheiden. Du weißt schon, warum. Wo du immer alles kannst, bereite doch bitte die Papiere vor.
Ich melde mich wieder.
Kristina»

Sie breitete eine Decke über den Beautykoffer, den Teddybären und das Kopfkissen auf dem Rücksitz des Autos, damit keine neugierigen Blicke etwas Ungewöhnliches bemerken könnten, wenn sie durch die Stadt fuhr.

Der Kofferraum war voll mit ihren Schuhen, ein paar Flaschen Wein, dem *Kochbuch für Prinzessinnen*, das sie von ihrer Mutter geschenkt bekommen hatte, dem CD-Spieler und dem Heimsolarium. Sie fuhr langsam durch den Ort, wobei sie unruhig nach Månsson oder seinem Volvo Ausschau hielt. Erst an der Ausfahrt atmete sie auf und nahm die Straße zum Fitnesscenter. Auf dem Parkplatz standen lediglich ein paar Fahrräder.

Sie wählte die Nummer von Johanna, die nach siebenmaligem Klingeln endlich ranging. «Johanna, hier ist Kristina. Du musst mir helfen, Månsson hat mich geschlagen.»

«Das Schwein. Da musst du zum Krankenhaus fahren. Ich kann leider kein Blut sehen. Aber im Krankenhaus sind die wirklich gut und jetzt im Sommer sowieso an alles gewöhnt.»

«Aber Johanna, darum geht es doch gar nicht. Ich brauche keine Pflaster. Das meiste sind blaue Flecke. Aber ich habe Angst vor ihm. Und ich kann seine Gegenwart auch nicht mehr ertragen. Kann ich heute Nacht bei dir schlafen? Bei dir sucht er mich nicht.»

«Da kannst du aber wetten, dass er das macht. Er hat mich schon wegen der Kondome angemeckert. Ich war kaum zu Hause angekommen, da hat er angerufen und rumgebrüllt. Aber nicht mit mir in dem Ton, habe ich ihm gesagt. Er ist ja nicht mehr mein Boss.»

«Kann ich trotzdem zu dir kommen? Nur eine Nacht. Ich kann in der Küche schlafen, oder auch auf dem Balkon.»

«Wie würde das denn aussehen? Nein, das passt mir wirklich gar nicht. Fahr lieber zu deiner Mutter nach Göteborg. Du hast doch ein Auto.»

Ragnar Ekstedt betrat den Gemeinschaftsraum in der Pension Saltlyckan. Der Fernseher lief, und acht Leute saßen da und sahen sich die Nachrichten an. Eine ältere Frau wandte sich

Ragnar zu und sah ihn mit schelmischem Blick an. «Wir warten auf die Wettervorhersage. Für Mittsommer.»

Ragnar blätterte in dem Zeitungsstapel auf dem Bücherregal. Die Jahreshefte der Touristenvereinigung, das Apothekerblatt zum Thema Magenverstimmungen im Urlaub, Broschüren vom Saltöner Touristbüro über geeignete Ausflugsziele mit dem Fischerboot *Oden* oder zur Seehundsafari.

Ragnar verspürte eine gewisse Unruhe, als er in sein Zimmer kam, und seine Hände zitterten, während er seine Pflanzen untersuchte. Sie waren jetzt fast so weit, dass man sie mitnehmen konnte, aber es würde ohne Frage noch riskant sein. Das entschied die Sache. Wegen des Zustands der Pflanzen würde er den Mittsommerabend mit der Warmen Emily verbringen. Fat Mammy Schenker. Er freute sich darauf.

Sicherlich würde sie ihn trotz ihrer schwierigen Wohnsituation, die ja fast noch unbequemer war als Camping, zu allerlei Delikatessen einladen. Es war bestimmt ziemlich schwierig für sie, alles heimlich zu besorgen, aber es war ihr sicher eine sehr liebe Mühe.

Kurz vor den Ferien hatte ein jüngerer Kollege sich erdreistet, mit Ragnar zu scherzen: «Und dass Sie mir anstelle der Pflanzen nicht etwa Frauen sammeln auf Ihrer Radtour.» Ragnar hatte mit dem besonderen Blick geantwortet, den er sonst nur bei Referendaren anwendete.

5 Karl-Erik Månsson trat mit der Kaffeetasse in der Hand auf die Terrasse hinaus. Durch das geöffnete Fenster des Gartenhauses hörte er seinen Cousin Bengt, den Anwalt, schnarchen. Es war am Abend spät geworden – viel Papierkram, viel Whiskey. Karl-Erik war verkatert, aber er biss die Zähne zusammen und tat so, als ob er fit sei.

Wie peinlich, dass die eigene Frau sich ins Gartenhaus gelegt hatte, sowie es ihr mal nicht gut ging. Kein Stil. Hoffentlich hatten die Nachbarn ... Jetzt saß sie wahrscheinlich in der tristen Dreizimmerwohnung in Göteborg und weinte sich bei ihrer Mutter aus, dieser ermüdenden Person, die sich anzog, als wäre sie so alt wie ihre Tochter.

Er ließ sich mit dem ersten Zigarillo des Tages in einen Rattanstuhl im Schatten fallen und entdeckte, dass das Leben ohne Frau ganz beschaulich sein konnte. Der Kaffee, den sie ihm gekocht hatte, war zum Beispiel immer nur traurig gewesen.

Kristina trank selbst morgens nicht einmal Kaffee, sondern nur kalten Kakao, wie ein Kindergartenkind. Wenn sie keinen Champagner bekam, versteht sich. Er hatte sie ein paar Mal zum Champagnerfrühstück eingeladen, und sie hatte zwar den falschen Kaviar und die Gänseleber auf dem Teller gelassen, aber das Glas hatte sie mit Behagen geleert.

Leider schien immer mehr Alkohol nötig, damit die junge Ehefrau ihren Mann noch anregen mochte. Karl-Erik hatte feststellen müssen, dass die Behauptung, Macht würde den Sex-Appeal steigern, übertrieben war.

Er würde Bengt noch zwanzig Minuten schlafen lassen. Die Zeit würde er nutzen, um sein Leben neu zu planen.

Blomgren sah Johanna wohlwollend an. Eine kluge und reife Frau mit einer Taille wie ein Teenager. Untertänig, zumindest lernwillig.

«Du musst mir alles erklären, Thomas. Ich kann nichts außer Fisch putzen. Aber es wird lustig werden.»

Blomgren zeigte Johanna, was alle Schubladen enthielten, wie das Tippsystem funktionierte, wann die Retouren mit den nicht verkauften Zeitungen erledigt werden mussten. Manchmal berührten sich ihre Hände wie zufällig, und einmal stießen sie in der Teeküche zusammen.

«Wo ist Emily eigentlich?» Blomgren zuckte mit den Achseln, und Johanna beschloss, nicht weiter zu fragen.

Als die Kirchenglocken neun schlugen und Blomgren aufschloss, kam sofort der Mann mit der Baskenmütze herein. «Glaube, es wird windig.»

«Kann sein.»

«Hoffentlich auch aus der richtigen Richtung.»

«Man steckt nicht drin.»

«Was macht denn Johanna hier?»

«Was meinst du?»

«Hast du noch mehr Millionengewinne verkauft?»

«Nein, und ich weiß noch nicht mal, wer das große Los gezogen hat. Ist mir auch egal.»

«Hans-Jörgen Mårtensson war das. Mein Vater hat das gehört, als er mit dem Friseur Schach gespielt hat. Er hat gehört, wie Hans-Jörgen jemanden angerufen und es erzählt hat.»

«Das ist ja unglaublich. Hans-Jörgen. Ich dachte, der interessiert sich nur für Bücher.»

«Intellektuelle dürfen ja wohl auch Träume haben. Ich bin übrigens auch sehr intellektuell.»

«Hans-Jörgen ist ja nicht verheiratet.»

«Vielleicht träumt er deswegen.»

«Und wem hat er es erzählt?»

«Wahrscheinlich seiner Mutter. Den Friseur hätte er ja nicht anzurufen brauchen. Jetzt kann seine Mutter aus der Fabriksgatan ausziehen. Also, wenn Hans-Jörgen ihr ein Haus kauft. Das machen die Leute ja, wenn sie gewonnen haben.»

Johanna schaffte es, drei Kunden ohne Probleme zu bedienen. Ein wenig nervös suchte sie in den Zeitungen herum, während die Fragen auf sie einprasselten. Hast du in der Fabrik gekündigt? Nase voll? Hört das Mädchen auf? Hast du auf deine alten Tage noch Rechnen gelernt?

Blomgren trug ein weißes sauberes Hemd.

«Heute ist doch noch nicht Mittsommer», sagte der Mann mit der Baskenmütze.

«Du kannst jetzt eine Stunde Mittag machen, Johanna. Du möchtest doch bestimmt mal aus meinem langweiligen Laden in das schöne Sommerwetter kommen, oder?»

Johanna stand da und spiegelte sich im Messingschild der Reederei-AG Kattegatt, ehe sie weiter in Richtung Bibliothek ging. Vor «Saltö Mode» blieb sie stehen. Auf dem Bürgersteig war es eng, weil ein Haufen Sommergäste in den weißen T-Shirts mit aufgedruckten Erdbeeren herumsuchten, die im Herbst zum halben Preis zu haben waren und jetzt wieder das Doppelte kosteten.

Sie holte den Lippenstift heraus, den sie von Kristina hatte leihen dürfen. Dabei dachte sie kurz an ihre Exfreundin.

Bestimmt lag Kristina faul an ihrem Pool und schnatterte mit ihren Freundinnen am Telefon. Ein bisschen Prügel von Månsson bedeutete sicher einen neuen aufregenden Anfang im Liebesleben. Die Reichen wussten oft einfach nicht mehr, was sie noch tun konnten, um sich zu unterhalten. Sie mussten alles Mögliche ausprobieren.

Es war fast dreißig Grad warm, und die Luft stand still. Johanna lief langsamer und ließ sich dann für den letzten Weg zur Bibliothek hinauf viel Zeit. Sie wollte ja keine Schweißflecken unter den Achseln haben.

Hans-Jörgen saß auf seinem üblichen Platz und sah wie immer aus. Keinen Kragen am Hemd. Er beendete gerade ein Gespräch mit dem Vater des Mannes mit der Baskenmütze, der ein Buch über die Frachtrouten auf der Nordsee während des Zweiten Weltkrieges bestellt hatte, und sie einigten sich abschließend darauf, dass das Wetter an Mittsommer außergewöhnlich gut werden würde.

Als der Mann gegangen war, lehnte sich Johanna über den Tresen, sah Hans-Jörgen in die Augen und flüsterte: «Herzlichen Glückwunsch zum Lottogewinn, Hans-Jörgen. Das freut mich wirklich für dich.»

Hans-Jörgen lächelte nicht. «Danke.»

«Ja, es freut mich riesig für dich. Wirklich.»

«Ja, das sagtest du bereits. Und warum hast du das neulich nicht schon gesagt, als du mich nach Hause eingeladen hast?»

Johanna merkte, wie ihr das Blut ins Gesicht schoss. Hals und Wangen wurden flammend rot. «Ja, aber da wusste ich es doch noch nicht. Ich habe es erst jetzt im Laden erfahren.»

Jetzt lachte Hans-Jörgen. «Das ist gut, Johanna, wirklich gut. Entschuldige, aber jetzt muss ich die Königliche Bibliothek in Stockholm anrufen. Grüße Magnus von mir. Den hast du gut hingekriegt.»

«Entschuldigen Sie, dass Sie warten mussten», sagte Sara zu dem schmalen sonnenverbrannten Nacken, der über ein Buch gebeugt war.

Er las noch ein Stück fertig, ehe er aufschaute. «Kein Problem. Ich möchte drei Sorten Hering und einmal schwarzen Johannisbeersaft. Starken Kaffee und vier Zentiliter Grönstedts.»

«MacFie! Ich habe Sie gar nicht erkannt!»

«Ach so, muss also in Ihrer kleinen Welt alles an seinem Platz sein? Die Schulkinder im Klassenzimmer, die Hausbesitzer im Garten und die Fischer auf dem Meer?»

«Ja, verdammt nochmal», sagte Sara. «Genauso ist es. Was lesen Sie da? Die Bauernfibel?» Sie stellte fest, dass seine Augen strahlend blau waren.

Er legte das Buch weg. «Und was macht der Frauenverein?»

«Großartig. Es wird ein toller Erfolg. Die Mädels werden sich um sieben Uhr nur so drängeln. Ich habe schon überlegt, ob ich das hiesige Käseblatt bitte, zu kommen und die Schlangen zu fotografieren.»

«Sind Sie sicher, dass Sie hier richtig sind? Würden Sie sich in einer größeren Stadt nicht wohler fühlen?»

Sie wischte den Tisch so ab, dass sein Buch auf den Boden fiel. «Das ist ja reizend von dem einzigen Freund, den man in diesem Kaff hat.»

«Stell dir vor, wir wären uns begegnet, als wir jung waren.»

«Du bist jung. Für mich bist du jung.»

«Du wirst es vielleicht nicht glauben, aber ich bin achtundvierzig. Und ich habe auch die Hosengröße achtundvierzig, aber das ist eigentlich ein Geheimnis.»

«Hast du ein Fahrrad?»

«Fahrrad? Natürlich habe ich ein Fahrrad. Was meinst du damit?»

«Ich würde gern mit dir nach Öland radeln. Die unteren Gesteinsschichten dort! Die Natur auf Öland ist großartig. Es wäre mir eine Ehre, dir die Stadt Borgholm und die südliche Halbinsel von Öland zeigen zu können. Das wäre ein großes Erlebnis für dich, das kann ich dir versprechen.»

«Ich war sogar schon einmal auf Öland, Ragnar, aber das macht gar nichts. Entschuldige, dass ich es erwähnt habe.

Nein, mit dir über die Ölandbrücke radeln zu dürfen! Wann machen wir das, Ragnar? Soll ich meinen Kalender aus dem Auto holen? Vielleicht hast du deinen ja im Kopf.»

«Nein, nein, das ist gar nicht nötig. Wir fahren irgendwann einfach. Hast du noch solche kleinen Knoblauchwürste? Die passen wirklich gut zum Pils. Du bist eine Meisterin darin, leckere Mahlzeiten mitten in Gottes freier Natur zu zaubern.»

«Schade, dass die Nächte so hell sind, sonst könnte ich das Fahrrad schon heute Nacht holen. Aber warum eigentlich nicht, es hat mich im Supermarkt beim Einkaufen ja auch niemand gesehen. Das ist eine herrliche Idee, danke, geliebter Ragnar. Du machst alles so leicht und hast einen wunderbaren Einfluss auf mich. Auf diese Weise kann Blomgren unser Auto zurückbekommen. Ich fahre heute Nacht dorthin, stelle den Motor schon am Hügel ab und parke lautlos. Nicht im Carport, sondern draußen auf der Straße. Dann schleiche ich in den Garten und hole mein Fahrrad. Das Beste wäre es natürlich, wenn ich reingehen und duschen und die Waschmaschine einmal durchlaufen lassen könnte, aber das geht wohl nicht. Und dann pumpe ich das Fahrrad an der Tankstelle auf, und an dem Tag, an dem wir fahren wollen, kommst du einfach her und holst mich ab. Vielleicht möchtest du ja, dass wir direkt nach dem Mittsommeressen fahren? Früh am Mittsommermorgen, wenn der Tau noch auf dem Gras liegt und kein Verkehr ist. Du könntest ja etwas früher aus der Pension auschecken, ehe du herkommst und mich abholst, Ragnar. Was meinst du?»

Ragnar lag auf dem Rücken, die Arme unter dem Kopf verschränkt, und folgte dem Zug der leichten Wolken. «Das klingt wie etwas, was gut vorstellbar ist.»

Emily beugte sich mit ängstlicher Miene über ihn. «Hast du nicht richtig gehört, was ich gesagt habe, Ragnar? Das passiert leicht mal. Soll ich es wiederholen?»

«Nein, meine Liebe. Das ist ganz und gar nicht notwendig.»

Als Sara zurückkam, um MacFie den Kaffee und den Kognak zu bringen, hatte er das Buch in den Rucksack getan und schrieb stattdessen etwas in ein großes Notizbuch mit schwarzem Wachstuchumschlag. Ab und zu sah er aus dem Fenster.

Sara setzte sich ihm gegenüber und roch an seinem Kognak. «Hallo, MacFie, schreiben Sie ein Buch? Mein Leben auf dem Lande?»

Er legte den Stift beiseite und wärmte den Kognakschwenker in der Hand. Er hatte große, aber schmale Hände mit blassen Nägeln. Er atmete den Duft des Kognaks ein, ehe er ihn probierte. «Immer schön, wenn man Damengesellschaft hat.»

«Allerdings, verdammt nochmal. Man kann sagen, dass es eine Spezialität von mir ist, ältere Männer zu amüsieren.»

Er hob die eine Augenbraue. Das war eine neue Angewohnheit.

Im selben Augenblick tauchte Kabbe auf und stützte sich auf das kurze Ende des Tisches, sodass der Kognak ins Schwanken kam.

«Ich weiß ja nicht, wie man es damit in Göteborg hält, aber hier auf Saltön ist es nicht üblich, dass die Bedienung sich zu den Gästen setzt und von deren Kognak trinkt.»

Sara erhob sich.

«Ich habe sie gebeten, sich ein wenig zu mir zu setzen.»

«So war es überhaupt nicht, verdammt nochmal. Sie haben ja nur dagesessen und in Ihr verdammtes Buch geschrieben. Glauben Sie ja nicht, dass ich mich nicht selbst verteidigen kann.»

Jetzt lächelte MacFie. Das war auch etwas Neues. Er hatte ziemlich anständige Zähne, dafür dass er mindestens siebzig war. «Du, Kabbe, bist du so gut und holst noch zwei Kognak, einen für die Dame und einen für dich selbst. Es sind doch keine anderen Gäste da, und wir müssen schließlich auf Mittsommer anstoßen, oder?»

«Natürlich, MacFie, natürlich müssen wir das.»

Sara setzte sich wieder, sah MacFie in die Augen und lachte. «Gut gemacht. Ich nehme das mit den älteren Männern zurück.»

«Aber ich bin doch ein älterer Mann.»

«Da haben Sie Recht, zum Teufel, und das nehme ich auch nicht zurück, sondern nur, dass ich gesagt habe, ich sei gut darin, ältere Männer zu amüsieren.»

MacFie hob wieder die Augenbraue. Sara konnte sich nicht vorstellen, dass er das auf Saltön gelernt hatte. Sein markantes Kinn war ihr bisher auch noch nicht aufgefallen. Er sah recht gefährlich aus. «Sehen Sie sich gut vor.»

«Danke gleichfalls.»

«Du und Hans-Jörgen, ihr wart doch in der Schule ziemlich gut befreundet, oder?», fragte Blomgren.

«Echt, daran erinnere ich mich gar nicht.»

«Als wir in der Sechsten auf Klassenreise nach Dänemark gefahren sind, habt ihr auf jeden Fall immer zusammengehockt.»

«Ehrlich? Weiß ich gar nicht mehr.»

«Immerhin habt ihr die ganze Rückfahrt lang allein hinter einem Rettungsboot auf dem Sonnendeck gesessen. Alle haben gesagt, ihr würdet miteinander gehen.»

«Keine Ahnung mehr. Ich finde, dass wir von diesen großen Losen, die Holgersson heißen, zu wenige verkaufen. Können wir die nicht in einen Ständer hier auf den Tresen stellen? Wir nehmen diesen lächerlichen Keramik-Mittsommerbaum weg, und dann haben wir Platz für einen Holgersson-Ständer.»

«Aber morgen ist Mittsommer.»

«Ja, aber das weiß doch sowieso jeder. Hat Emily den gebastelt? Der nimmt viel zu viel Platz weg, finde ich.»

«Ich finde ihn schön.»

«Hans-Jörgen Mårtensson will eine Weltreise machen», sagte der Mann mit der Baskenmütze. «Frage mich nur, wen er mitnimmt. Einmal um die Erde. Der Sonne entgegen.»

«Das habe ich auch schon immer machen wollen», seufzte Johanna. «Eine Weltreise.»

«Wirklich?», fragte Blomgren. «Und ich dachte, es würde dir hier auf Saltön gut gefallen. Was ist denn falsch an Saltön? Es ist uns doch allen immer gut gegangen?»

«Stimmt ja. Wenn ich nur nicht in eine Wohnung eingesperrt wäre. Wenn ich in so einem schönen Haus mit Garten wohnen würde wie du, dann würde ich hier niemals weggehen wollen.»

«Soll ich das Horoskop für den Stier vorlesen?», fragte das Mädchen.

«Woher kommst du denn? Hast du keine Arbeit?»

«Doch, im Moment noch.»

Gegen halb sieben kam Johanna mit müden Füßen nach Hause. Am Hardrock, der ihr auf der Treppe entgegenschallte, erkannte sie, dass Magnus zu Hause war. Die Küche und der Flur sahen aus wie ein Schlachtfeld. Er selbst wühlte in Johannas Seite des Badezimmerschranks. «Was machst du denn da?»

«Na, wie sieht das wohl aus? Ich packe.»

«Du packst. Willst du verreisen?»

«Was sonst?»

«Wohin willst du? Hast du einen Job bekommen? Ist es die Mieterin?»

«Ich werde um die Welt reisen. Hans-Jörgen, der Bibliothekar, hat mich eingeladen. Den kennst du doch. Er hat im Lotto gewonnen. Warum guckst du so komisch?»

«Hans-Jörgen und du? Kennt ihr euch?»

«Ja, was glaubst du denn? Er war schon immer total nett zu mir. Wir werden bei einem Typen in Göteborg wohnen, bis das

Geld gekommen ist. Dann hauen wir ab. Hier auf Saltön hält man es doch nicht aus. Viel zu eng.»

Johanna sah zu dem Deckenleuchter hinauf, den sie von ihrer Mutter geerbt hatte. «Aber ich habe gedacht, du hättest dich in unsere Mieterin verliebt.»

«Ach, Mama, das habe ich ja auch versucht. Es ist nicht immer alles so leicht, das sage ich dir. Aber umso besser, dass sie so unfreundlich ist. Pass bloß auf, dass sie dir die Miete bezahlt.»

Johanna ließ sich auf die Küchenbank sinken. «Soll das heißen, dass Hans-Jörgen und du zusammen um die Welt reisen werdet?»

«Mal sehen, Mama. Ich muss jetzt mein eigenes Leben leben. Ich kann nicht ewig hier bleiben und auf dich aufpassen. Das sagt Hans-Jörgen schon lange.»

«Dann kommt ihr ja vielleicht nach Italien.»

«Mal sehen. Jetzt geh doch in dein Zimmer, Mama. Ich komme und sage dir auf Wiedersehen, ehe ich fahre.»

«Warum soll ich in mein Zimmer gehen?»

Magnus starrte sie an. Er sah wirklich gut aus mit seiner olivfarbenen Haut, der großen Nase und dem dunklen dicken Haar. Er war nur etwas zu klein. Plötzlich lächelte er seine Mutter unsicher an. «Aber was willst du denn sonst tun?»

Johanna ging folgsam in ihr Zimmer und legte sich der Länge nach aufs Bett. Das war zu viel. Viel zu viel.

Sie hatte das Gefühl, als seien die letzten fünfundzwanzig Jahre wie zäher Honig vergangen, und dann hätte jemand plötzlich wie mit einem Quirl die Welt schneller gedreht, und jetzt schaffte sie es nicht einmal, ein Ereignis zu begreifen, ehe schon das nächste eintrat.

Womit hatte das eigentlich angefangen? Mit der Mieterin? Mit Kristina? Damit, dass sie selbst sich zu einer Veränderung aufgerafft und beschlossen hatte zu kündigen? Ja, sie selbst war es gewesen, die alles ins Rollen gebracht hatte. Und jetzt, wo es rollte, da merkte sie, dass nichts davon überraschend kam. Sie hatte nur die Augen davor verschlossen.

Magnus steckte den Kopf zur Tür herein. Er hatte denselben Hundeblick wie Claudio. «Es ist gut so, Mama, für dich und für mich, verstehst du das? Du musst lernen, allein zurechtzukommen.»

«Natürlich. Ich werde mich daran gewöhnen.» Sie lag da und starrte an die Decke, unfähig, irgendetwas zu tun. Als sie die Türklingel hörte, stand sie schnell auf und rief ihren Sohn. Etwas Bestimmtes in ihrem Tonfall ließ ihn sogleich kommen.

«Du bist doch nicht böse, Mama?»

Man konnte Magnus wirklich nichts abschlagen, wenn er sich die Mühe machte, einem in die Augen zu schauen. «Warum sollte ich böse sein?»

«Auf Saltön ist kein Platz für mich.»

«Wie meinst du das?»

Jetzt lachte Magnus. «Du bist wirklich herrlich, Mama. Du kannst immer zu allem Witze machen. Ich liebe dich sehr.»

«Ich will Hans-Jörgen nicht begegnen. Wir verabschieden uns hier drinnen.» Sie ging zu ihrem Schreibtisch, zog die unterste Schublade heraus und nahm zweitausendvierhundert Kronen und zehntausend Lire heraus, die da in dem Zwischenraum zwischen der Schublade und dem Boden des Schreibtisches festgeklebt waren. Magnus protestierte kaum.

«Versteck das Geld gut», sagte Johanna und sah ihm in die Augen. «Hör zu. Verwende es nur im Notfall. Und zeige es vor allem nicht Hans-Jörgen. Es ist für den Fall, dass ihr getrennt werdet oder euch streitet. Sonst nicht.»

Er sah erstaunt aus. «Wir werden uns nicht streiten. Aber ich mache natürlich, was du willst. Das habe ich doch immer gemacht. Ich rufe dich von Thailand aus an. Du bist wahrscheinlich noch nie aus dem Ausland angerufen worden, oder?»

«Ruf an, wenn du in Göteborg angekommen bist.»

Er umarmte sie. «Du kannst meinen Fernseher und all das benutzen. Was immer du willst. In meinem Zimmer gibt es keine Geheimnisse. Jetzt nicht mehr. Aber du darfst es auf keinen Fall vermieten. Und schon gar nicht an die furchtbare Schreckschraube da oben.»

Sie lächelte ihm aufmunternd zu, als sei er noch ein Schuljunge.

Dann stellte sie sich ans Küchenfenster, so vorsichtig es ging, und sah, halb hinter der Gardine verborgen, zu, wie die beiden, eifrig ins Gespräch vertieft, zum Bahnhof gingen.

Johanna weinte erst, als sie sich wieder aufs Bett gelegt hatte.

Es war kein dramatisches Weinen. Sie lag auf dem Rücken, und die Tränen rannen ihr wie von selbst an beiden Seiten des Kopfes herunter, bis die Ohren nass waren. Das fühlte sich richtig gut an. Sie war nicht sonderlich traurig, als sie sich zu einem befreienden Abendspaziergang entschloss.

«Ich fühle mich so sicher bei dir, Ragnar!»

«Wie schön. Aber wilde Tiere würden sich ja wohl kaum an dich heranwagen, oder?»

«Meinst du, weil ich so dick bin?»

«Das meinte ich natürlich nicht. Für mich bist du eine wohlgeformte Frau. Du darfst mich nur nicht in meiner Freiheit einengen.»

«Aber bald sind wir ein richtiges Paar, Ragnar. Wenn die Scheidung erst durch ist. Darf ich fragen, wie groß deine Wohnung in Kalmar ist? Wenn du mir dein Zuhause beschreibst, dann kann ich versuchen, es mir vorzustellen.»

«Ja, das geht ganz schnell. Es ist nur ein Zimmer.»

«Ein Zimmer und eine Küche, also.»

«Nein, nein, nur ein Zimmer, ich wohne zur Untermiete bei einer Cousine.»

«Oh, ist sie auch Junggesellin?»
«Ja, sie hat auch keine Familie.»
«Herrscht denn in Kalmar Wohnungsnot?»
«Jetzt aber still, mein süßer Mund.»

Sara hatte unter den Garderobenhaken im Vorraum zum *Kleinen Hund* einen Barhocker und einen kleinen Tisch aufgestellt. Nun dachte sie darüber nach, ihren kleinen Empfangstisch für den Frauenabend zum Tor hinunterzuverlegen. Da der Abend zwar ein wenig bewölkt, die Luft aber warm war, saßen die meisten Besucher auf der Terrasse. Die Sonnenschirme mit der Martiniwerbung würden als Regenschirme dienen, falls es einen kleinen Schauer gäbe.

Sie hatte Herzen aus roter Pappe ausgeschnitten, die die Mitgliedskarten im Frauenclub darstellen sollten. Ebensolche Herzen wiesen darauf hin, dass die sechs kleinsten Tische zwischen sieben und neun Uhr für Frauen reserviert waren. Plötzlich fand sie, dass das kindisch aussah. So hatte sie das auch in der Schule gemacht, wenn es um Kennenlernspiele ging.

Eine Stunde war vergangen, ohne dass eine einzige Frau ohne Herrenbegleitung aufgetaucht wäre. Bald fing Saras Schicht an.

Die beiden langen Tische auf der Terrasse mit Aussicht auf die Strandpromenade waren von Männern um die zwanzig belegt, wahrscheinlich eine Fußballmannschaft im Trainingslager, dem Dialekt nach offenbar aus dem Innern des Landes. An den kleineren runden Tischen saßen Familien mit Kindern und ältere Paare.

Plötzlich wurde der Himmel schwarz, und über dem Meer konnte man einen großen Blitz sehen, gefolgt von Donnergrummeln und einem kräftigen Regenguss. Die Fußballmannschaft drängte sich lachend in die Tür, die Bierkrüge in den Händen. Die anderen harrten ergeben unter den Schirmen im Regen aus.

Kabbe kam aus dem Büro und machte ein paar neckische Kommentare über den geglückten Frauenabend. Er sagte, alle Frauen aus dem Club dürften sich kostenlos Kaffee nachschenken.

«Sehr witzig», sagte Sara. «Unglaublich witzig.»

Das Unwetter hatte die Fußballspieler offenbar hungrig gemacht. Steaks mit Pommes, aber doppelte Portionen mussten es sein, mit Ketchup und echter Bernaisesoße. Sara und Lotten eilten wie die Wiesel mit ihren Tabletts hin und her, während Klas der Koch nicht einmal mehr Grimassen über dem Bräter ziehen konnte.

Es war furchtbar heiß in der Küche, und draußen hatte das Gewitter die Schwüle noch nicht bereinigt.

Blomgren ging zum Hafen hinunter. Es roch nach dem Regen einfach wunderbar. Die Pfützen auf der Strandpromenade trockneten bereits in der Abendsonne.

Blomgren wischte sich einen Wassertropfen aus dem Nacken und fragte sich, wo Emily wohl bei diesem Regen steckte und wie sie so grausam sein konnte. Er hatte wirklich Sehnsucht.

Auf einer Plastiktüte auf einer Bank saß Johanna und betrachtete ein paar Walderdbeeren, die sie am Weg gepflückt hatte. Sie sah müde aus und hatte ein wenig rote Augen, doch als sie Blomgren erblickte, hellte sich ihre Miene auf und sie stand auf.

«Schön, so ein kleiner Spaziergang nach dem Unwetter.» Sie schob ihren Arm unter seinen. «Komm, Thomas, wir drehen eine Runde. Das erleichtert einen.»

«Ja, vielleicht hast du Recht.»

Sie gingen schweigend Arm in Arm durch den Ort, und Johanna hoffte, dass möglichst viele Leute gerade aus dem Fenster schauten. Sie wollten doch sicherlich wissen, wie wohl das Wetter an Mittsommer wurde.

Erst als sie auf der Höhe von MacFies Haus waren, erzählte Johanna Blomgren, dass Magnus und Hans-Jörgen gemeinsam um die Welt reisen würden.

«Das ist doch gut», meinte Blomgren. «Es wird Magnus gut tun, auf eigenen Füßen zu stehen.»

«Hast du etwas von Emily gehört?»

Blomgren antwortete nicht, sondern nickte MacFie zu, der am Zaun stand und Platterbsen an einem Spalier festband. «Hat das denn Sinn, MacFie? Die werden doch morgen nach Mittsommer wieder heruntergetrampelt sein.»

«Das muss ja nicht jedes Jahr passieren! Außerdem werde ich nicht hier sein, sodass ich mir die Vandalen wenigstens nicht ansehen muss.»

«Wohin fahren Sie denn zu Mittsommer? In die Stadt?»

MacFie lachte Johanna aus. «Glauben Sie, dass ich völlig den Verstand verloren habe? Jedes Jahr an Mittsommer nehme ich die Jolle und segele auf eine der Inseln weiter draußen. Meistens nach Fårö. Wunderbare Aussicht, Ruhe und Frieden. Die ganze Nacht hell. Ich mache mir dann ein Feuer und koche Muscheln.»

«Und Schnaps haben Sie wohl auch dabei, oder?»

«Aber natürlich. Völlig unzivilisiert bin ich ja nicht.»

«Nächstes Jahr werden Sie das Haus wohl mal wieder streichen müssen.»

«Ja, es ist eine Schande, was die Winde von der See damit machen. Schade, dass Eternitplatten hier verboten sind. Ansonsten hätte ich das ganze Haus, gleich nachdem ich es gekauft habe, damit verkleidet. Das ist das einzige Material, das der See trotzt. Und hübsch ist es auch.»

Blomgren und Johanna konnten auf den verschlungenen Pfaden zu den Klippen hinaus nicht mehr Arm in Arm gehen. Jetzt hielten sie einander wie zufällig an der Hand.

«Der arme MacFie, immer ist er allein. Er wird auch allein

sterben. Ob er das nicht bedacht hat? Stell dir vor, du hättest nur dich selbst und deine Bienen. Keine Kinder und nichts.»

«So alt ist er ja noch gar nicht. Er war mit meinem Schwiegervater in einer Klasse. MacFie will allein sein, sonst wäre er es wohl kaum.»

«Dass er in Paris gewohnt hat! Würdest du auch gern mal nach Paris fahren?»

«Nicht unbedingt. Was gibt es denn da, was es hier nicht gibt?»

«Igitt, ich glaube, es gibt Regen. Weißt du was, Thomas, ich müsste vielleicht nochmal nach den Katzen des Hafenkapitäns schauen. Ich habe vergessen, dort in der Küche das Fenster zuzumachen. Kommst du mit? Es sieht wirklich sehr nach Regen aus.»

«Aber Johanna, jetzt machst du Witze, der Himmel ist doch blau.»

Sie nahm ihn bei der Hand und zog ihn über die Klippen. «Ich weiß eine Abkürzung.» Sie ging direkt auf einen Busch Wildrosen zu.

Blomgren lachte. «Gibt es diesen Weg immer noch? Den habe ich vierzig Jahre lang nicht genommen.» Er blieb etwas atemlos vor der Tür stehen.

«Komm, Thomas.» Johanna ging in die Küche, doch Blomgren stand wie festgewachsen vor der Haustür.

«Ich war noch nie hier drin, das wäre nicht in Ordnung.»

Johanna war dabei, die Treppe zur Schlafkammer herunterzuziehen. «Der Hafenkapitän liegt in einer netten kleinen Koje auf seinem Schiff, glaube mir, Thomas. Komm, wir probieren das hier mal aus. Das ist nichts für dicke und behäbige Menschen …»

Blomgren zog die Schuhe aus und ging zögernd hinein. Eine der Katzen saß auf dem Fußboden und leckte sich mit misstrauischer Miene die Tatze. «Ich mag keine Katzen.»

«Komm schon, Thomas.» Johanna schlang ihm die Arme um den Hals.

Emily lag in Ragnars Armen im Auto, die Heckklappe stand offen, und betrachtete die Wassertropfen an den langen Grashalmen. «Vielleicht sollten wir einen kleinen Spaziergang unternehmen. Nach dem Regen riecht es so gut im Wald. Das weiß ich noch aus meiner Kindheit, als ich immer mit Papa hier war ...»

Ragnar war eingeschlafen. Sie kniete sich vorsichtig hin und kroch rückwärts durch die Klappe aus dem Auto. Niemand lachte. Keine Menschenseele war hier im Wald. Langsam sehnte sie sich danach, etwas Nützliches tun zu können. Wenn sie nur im Herbst am Lehrerseminar anfangen könnte. Dann hätte sie etwas, auf das sie sich freuen könnte.

Unten am Fuß des Abhangs hörte man den dichten Verkehr auf der Landstraße. Die Luft war lieblich, und die Abendsonne schien blass. Alle dunklen Wolken waren verschwunden.

Wenn sie nun einfach die Handbremse lösen würde. Im Leerlauf würde Ragnar dann direkt den Abhang heruntergleiten und im Auto des Ehemanns seiner Geliebten umkommen. Und sie wäre richtig frei.

Manchmal hatte sie so absurde Gedanken. Sie musste besser essen. Oder vielleicht waren es auch die Hormone. Da war man dann machtlos. Und außerdem hatte sie den Rückwärtsgang eingelegt. Sie setzte sich auf den Fahrersitz und hupte. Ragnar hob erschrocken den Kopf.

«Sollen wir eine Runde fahren?»

«Nein, auf keinen Fall. Die Zeit ist allzu knapp für eine Tour, liebe Emily. Ich muss heute Abend noch viel erledigen, was meine Pflanzensammlung betrifft.» Er schob sich rasch aus dem Auto und reckte sich. «Und morgen, meine schöne Venus, komme ich zu deinem Mittsommerfest. Sollen wir sagen, so gegen achtzehn Uhr?»

«Wie rücksichtsvoll du bist. Das erleichtert mir das Leben sehr, wenn du eine bestimmte Zeit nennst. Das hast du noch nie gemacht!»

Er lachte und strich ihr über den Arm. «Ach nein, weißt du, es sind doch Ferien, und da will ich mich nicht von der Uhr lenken lassen. Aber bei einer Mittsommer-Einladung verstehe ich natürlich, dass du gern wissen würdest, wann ich komme. Also, um sechs Uhr. Ich hoffe, dass ich meine Fliege im Gepäck habe. Und vielleicht kann mir in der Pension ja jemand beim Bügeln des Hemdes helfen.»

Er küsste sie leicht auf die Stirn und war schon auf dem Weg, den Hügel hinunter.

Sie lief ihm nach. «Warte, Ragnar, meinst du, dass ich heute Nacht das Auto zurückbringen soll? Dann hole ich ja das Fahrrad, und, wie gesagt, wenn du willst, bin ich bereit ... Vielleicht können wir über Värnamo fahren, mein Vater hat da eine Cousine.»

«Mach das, wie du willst, meine Liebe. Du bist schließlich ein großes Mädchen. Ein sehr großes Mädchen.»

Nach dem Regen kam MacFie in den *Kleinen Hund* geschlendert. Alle roten Herzen waren weg, und die Kellnerinnen hatten viel zu tun. Kabbe stand an der Bar. Das Lokal war verraucht, und die Gäste versuchten, einander zu übertönen.

«Wie oft muss man hier um die Rechnung bitten?»

«Ick hev een Bier bestellt.»

«Herr Ober ...»

MacFie setzte sich in aller Ruhe an die Bar.

«Maltwhisky?»

MacFie nickte.

«Doppelter?»

«*Yes.*» MacFie trug ein kariertes Flanellhemd und einen schmalen Lederschlips.

Sara, die gerade acht große Starkbier auf ein Tablett stellte, verdrehte die Augen. «Warum habe ich plötzlich das Gefühl, in einen Western geraten zu sein?»

«Wie laufen die Geschäfte?», fragte MacFie und hielt das Glas gegen das Licht.

Kabbe steckte sorgfältig seine Zigarre an. «Kann nicht klagen. Bis jetzt. Wenn das Wetter nur den Juli durch hält. Nichts ist so unzuverlässig wie die verdammten Touristen. Wenn es mal zwei Tage kalt und regnerisch ist, dann stürmen sie gleich wie eine Schar verschreckter Hühner zurück in die Stadt. Nach Hause zu Pelzmützen und Trenchcoats. Kein Durchhaltevermögen. Und dann sitzen wir hier, und es muss für elf Monate reichen.»

MacFie fischte das Eis mit den Fingern aus seinem Glas und legte es in den Aschenbecher.

«Entschuldigung», meinte Kabbe. «Das ist so mit reingeraten. Trinke selbst *on the rocks*. Sara ist ein tüchtiges Mädchen, aber sie hat eine Menge verrückter Ideen. Und ist – unter uns – furchtbar angezogen. Sieht aus wie eine Vogelscheuche.»

«Nett, finde ich.»

«Nett? Darüber habe ich noch nicht nachgedacht.»

«Sechs Jägermeister für Tisch zwei», rief Sara in Richtung Bar, ehe sie in der Küche verschwand. Der Koch stand in der Tür zum Hinterhof, rauchte und trank Kaffee aus einem Glas.

«Neun Pyttipanna, Klas!», schrie Sara.

«Ich habe gedacht, du kommst gar nicht mehr. Gerade wollte ich mich meiner Briefmarkensammlung zuwenden.»

«MacFie, der da an der Bar sitzt, wie alt ist der?»

«Zu alt für dich. Sollen die Eier auf beiden Seiten gebraten sein?»

«Ich glaube nicht, dass die Gäste in einem Zustand sind, wo sie noch solche Entscheidungen treffen können.»

«Warst du nicht mit einem älteren Typen verheiratet, der dann gestorben ist?»

«Das kann man wohl sagen.»

«Sieh dich bloß vor.»

«Pass du lieber auf, dass dir die Eier nicht anbrennen.»

Ragnar Ekstedt setzte sich die Brille auf und studierte die Waren in den Regalen des Supermarktes. «Sommerpreise», das klang verlockend, doch er wusste bis auf den letzten Öre, was die Grundnahrungsmittel im Supermarkt in Kalmar kosteten. Da war offenbar lange kein Sommer mehr gewesen, und das war ein Glück.

Dennoch hatten sich seine Ausgaben für Lebensmittel deutlich verringert, seit er Emily kannte. Doch jetzt war es höchste Zeit, der Sache ein Ende zu bereiten. In den letzten Tagen war Emily doch recht zudringlich geworden, als glaubte sie ernstlich, ihre kleine Affäre könne in eine feste Beziehung münden!

Er begann begeistert seine weitere Fahrt durch das westliche Götaland zu planen. Er freute sich auf die Herausforderung – und auf das neue Schuljahr. Endlich neue Arbeiten korrigieren, philosophische Überlegungen mit dem Religionslehrer und dem alten Werklehrer austauschen. Sich immer nur dem süßen Wohlleben zu ergeben war nicht gut – und schon gar nicht für die schlanke Linie.

Er kaufte zweimal Mineralwasser in Pfandflaschen, Rosinen und eine Banane für das Abendessen auf dem Zimmer. Eine Dose Sonnenblumenkerne hatte er schon.

Das reichhaltige Frühstück in der Pension war im Zimmerpreis enthalten, und er beschloss, am Freitagmorgen auszuchecken, sowie er so viel wie möglich gegessen hatte.

Karl-Erik Månsson ging zum Park hinauf. Wenn er nur genug frische Luft und etwas Bewegung bekäme, dann würde die

Übelkeit schon verschwinden. Ihm tat alles weh, und als er den rechten Arm hob, um an der Kasse den Eintritt in den Park zu zahlen, schmerzte und stach es darin. Er hatte wirklich einen anstrengenden Tag hinter sich.

Nisses Trio spielte *Strangers in the night*, und Sommergäste mittleren Alters drehten sich in einem langsamen Tanz über die runde Tanzfläche. Hier hatte Månsson schon mit den anderen Saltönkindern herumgehangen, als sie noch klein waren. Erst hatten sie den Großen heimlich zugesehen, wie sie auf dem Tanzboden herumschoben, und dann hatten sie halb betrunkene Männer um Geld für ein Eis angebettelt. Und später als Teenager hatten sie aus taschenwarmen Flaschen getrunken, nach Mädchen geschaut, enger getanzt und sich geprügelt ... Das war lange her.

Ihm war so übel, dass er keine Lust hatte, sich unter die Leute zu mischen. Ob er es noch schaffen würde, *My way* anzuhören? Wahrscheinlich war es am besten, er ging nach Hause. Er nickte dem Parkwächter zu und schlenderte los.

In Blomgrens Küche war noch Licht, obwohl es mitten in der Nacht war. Fast hatte er Lust, anzuklopfen und ein wenig zu plauschen, aber vielleicht war ja nur Emily auf, und wer wollte schon mit diesem Fleischberg über verschiedene Kaffeesorten reden.

Blomgren war bekannt dafür, dass er mit den Hühnern schlafen ging. Oft arbeitete er schon gegen sechs Uhr morgens im Garten, ehe er den Laden aufmachte.

Gerade als er vorm Tor stand, kam Blomgrens Auto angerollt, ohne Licht und mit abgestelltem Motor. Es hielt am Bürgersteig vor dem Haus an. Waren das Leute, die das Auto hatten klauen wollen und sich jetzt eines Besseren besonnen hatten?

Karl-Erik sah genau hin und entdeckte die fette Emily. Sie war kaum wiederzuerkennen. Sie fuhr nicht in das Carport, sondern stieg leise aus dem Auto. Sie sah ganz verkommen aus, sonnenverbrannt und zerzaust wie eine Wilde. Als sie ihn sah, schrak sie zusammen. «Aber Månsson, wie siehst du denn aus? Du bist ja totenbleich!»

«Bleich! Was ist denn das für ein Unsinn. Und warum kommst du hier mitten in der Nacht wie ein Dieb angeschlichen?»

«Entschuldige bitte, aber ich habe ein paar Sachen zu erledigen. Schönen Mittsommer.»

Wie unfreundlich sie klang! «Ich komme mit rein und sage Blomgren hallo. Wir haben vor dem Jahrestreffen des Bauvereins noch was zu bereden.»

«Ich finde, du solltest jetzt nach Hause gehen und schlafen. Es ist gleich Mitternacht. Man macht doch nach neun Uhr abends keine Besuche mehr.»

«Ja verdammt, aber es brennt noch Licht in der Küche. Wie ich Blomgren kenne, der ginge nie ins Bett, ohne vorher das Licht auszumachen.»

«Na, das Fluchen will ich überhört haben.»

Er ging grummelnd davon.

Emily fragte sich, warum Månsson auf dem Rücken so verschwitzt war. Ihr selbst war eher kühl. Den Fahrradschlüssel hatte sie in der Hand.

Månsson brauchte ungewöhnlich lange, um die Treppe zu seinem Haus hinaufzukommen. Manchmal blieb er stehen und ruhte sich ein wenig aus, stützte sich auf das Geländer und sah über den Hafen. Am Steg mit den Dauermietern waren viele Liegeplätze leer, was daran lag, dass viele Bewohner von Saltön es über die Jahre leid geworden waren, ihre Blumenbeete zu bewachen, und stattdessen Mittsommer auf dem Wasser feierten. Nach dem Feiertag mussten sie dann nur feststellen, ob der Garten zertrampelt war oder nicht. Ob es einen dieses Jahr getroffen hatte oder nicht – das war wie bei der Lotterie.

Man konnte sowieso nichts machen. Die meisten ließen irgendwelche Lampen im Haus an, was ziemlich blöd aussah, wenn man bedenkt, dass Tag und Nacht das Licht brannte.

Månsson hatte diese Sorgen nicht. Er besaß sowohl einen Timer als auch eine Alarmanlage, sowie im Gartenhaus ein Gerät mit automatischem Hundegebell, das er in Deutschland gekauft hatte. Das wurde ausgelöst, wenn die Türklinke heruntergedrückt wurde.

Das Haus wirkte leer, als er es betrat. Wie schön es wäre, wenn etwas mehr Leben darin wäre. Wenn Lizette auf Saltön blieb, dann würde er ihr eine nette Jungmädchenwohnung in dem neuen Wohngebiet auf dem östlichen Hügel kaufen, mit Blick über die ganze Stadt.

Vielleicht sollte er sich einen Hund anschaffen. In seinem Elternhaus hatte es zwei Labradore und einen Dackel gegeben. Der Dackel starb, als Karl-Erik vierzehn war, und da hatte er das Gefühl, binnen einer Nacht erwachsen geworden zu sein. Als er konfirmiert wurde, hatte er weder an Gott noch an die goldene Uhr, den Wein oder seinen Anzug gedacht, sondern nur an Fiffi.

Er würde sich einen Hund kaufen, einen wuseligen kleinen Dackel, genau wie Fiffi einer gewesen war. Ein Welpe müsste es sein, damit er ihn richtig erziehen konnte. Vielleicht könnte er Bibbi heißen. Fiffi Zwei klang ja eher nach einem Boot. Er würde mit ihm rausfahren zum Angeln. Fiffi hatte es geliebt, im Wald herumzurennen und die erstaunlichsten kleinen Kreaturen zu jagen. Schade, dass es keine Fischerhunde gab. Aber wenn man früh anfing, dann konnte man Hunden alles Mögliche beibringen. Das wäre vielleicht auch mit Kristina so gegangen, wenn er früher angefangen hätte.

Es tat ihm Leid, dass er sie geschlagen hatte. Völlig unnötig.

Bibbi würde er nie schlagen. Er würde seine Sekretärin bitten, Kristina irgendetwas Nettes an die Anschrift ihrer Mutter zu schicken, denn da war sie ja bestimmt und leckte ihre Wunden. Vielleicht einen Strauß gelber Rosen oder eine Pralinenschachtel. Ja, eine fette Schachtel Pralinen sollte sie bekommen, der sie nicht würde widerstehen können. Sie legte nämlich schnell ein paar Pfund zu.

Er goss sich einen Whiskey ein, stellte sich ans Fenster, nahm den Feldstecher aus dem Futteral und wollte nach den Booten und dem Treiben im Hafen sehen, als ihn die Übelkeit übermannte und er auf das Ledersofa sank.

Sara hatte nicht bemerkt, dass MacFie ging. Gegen zwei Uhr morgens verschwanden die meisten Gäste. Klas hatte ein Krabbenomelett für sich selbst, Sara und Lotten gemacht. Lotten stellte sich hinter Sara und massierte ihr den Nacken.

«Verdammt, was machst du da? Reicht es nicht, dass mein Frauenabend total in die Hose gegangen ist? Musst du mich jetzt auch noch misshandeln?»

«Entspann dich», sagte Lotten und machte weiter.

«Das machst du richtig gut. Ich weiß, wann es sich richtig anfühlt, denn mein Papa ist Reiki-Spezialist.»

«Halt einfach die Klappe», sagte Lotten. «Gib ihr ein Glas Wein, Klas.»

Sara schüttelte den Kopf. «Nein danke, ich muss früh aufstehen. Ich will tauchen gehen.»

«Du darfst nicht allein tauchen.»

«Habe ich auch nicht vor. Der Tauchclub hat mir einen Tauchlehrer bereitgestellt.»

«Mittsommer ist ein verdammt komischer Feiertag. Warum entspannt man sich nicht einfach nur? Sollen wir ein Nachtbad nehmen?» Lotten sah Sara fragend an, die den Kopf schüttelte.

«Ja, sind nicht mehr viele Stunden von der Nacht übrig», sagte Klas düster. «Ich hoffe sehr, dass Kabbe die Lieferungen morgen früh anständig wegräumt. Wehe, ich komme morgen hier rein und der Dill ist schlapp.»

Sara erhob sich. «Bis morgen. Tschüs.»

«Bis morgen.» Lotten umarmte Sara kurz.

6 Sara war von der langen Arbeit so überdreht, dass ihr klar war, dass sie nicht würde einschlafen können, obwohl sie bereits um sechs Uhr zum Tauchlehrgang am Hafen erscheinen sollte. Sie machte einen Spaziergang mit den Schuhen in der Hand, wanderte zum Steg und hielt die Füße ins Meer. Dann machte sie einen Umweg an MacFies Haus vorbei und bemerkte, dass die Tür weit offen stand. Schnell machte sie auf dem Absatz kehrt und lief durch den Park nach Hause.

Knapp drei Stunden später klingelte der Wecker. Sara sah verständnislos erst auf die Uhr, dann auf das Laken, das voller frisch gemähtem Gras von ihren Füßen war. Dann machte sie den Wecker aus.

«Jetzt zu tauchen, das geht verdammt nochmal zu weit», sagte sie zu ihrem Kissen und schlief wieder ein.

MacFie hatte eine perfekte Ordnung in seinen Dingen, was ihm eine besondere Freude war, seit er sich von seiner unordentlichen Frau getrennt hatte. Und auch die Tauchutensilien lagen an ihrem Platz. Er fuhr mit seinem Moped zum Hafen herunter und dann durch das Industriegebiet zum eigenen Hafenbecken des Tauchclubs.

Dort setzte er sich auf eine Bank in den Sonnenschein und beobachtete zwei Grillen, die mit einem seltsamen Tanz auf der östlichen Wand des Clubhauses Mittsommer feierten.

Um Viertel nach sechs war der Tauchschüler immer noch nicht erschienen. MacFie zündete sich einen Zigarillo an und kniff die Augen zusammen, als er versuchte, den Zeitplan zu entziffern. «Sara Aus Der Stadt» stand da bei sechs Uhr.

Sara Aus Der Stadt. Ja, das konnte ja wohl nur eine sein.

Klarer Fall. Sie hatte keine Lust zu kommen, weil sie erfahren hatte, wer der Lehrer war. Wen hatte sie denn erwartet? Leonardo di Caprio?

Es war wohl besser, wenn er den Tatsachen ins Gesicht sah. Dann würde sie jetzt ja auch aufhören, ihm andauernd die Bude einzurennen. Er hatte kaum Branntwein zu Mittsommer kaufen können, weil er aus lauter Angst, sie zu verpassen, nicht aus dem Haus gehen wollte. Die Bienen waren ganz verstört von all seiner Zuwendung, und sogar die Erdbeerpflanzen wirkten irritiert über die ständige Aufmerksamkeit.

Außerdem konnte er schon seit Tagen seine Unterwäsche nicht mehr zum Trocknen raushängen. Es war ihm zuvor nie aufgefallen, welch freien Blick man vom Weg und dem Gartentor aus auf sein Haus und über das ganze Grundstück hatte.

Das Haus hatte er, genau eine Woche nachdem die Scheidung von Marianne durch gewesen war, gekauft – und am Tag nach seinem letzten Arbeitstag als Auslandskorrespondent. Mariannes Abschiedsworte: «Na, ein Glück, dass du dich in dieses Kaff in Schweden zurückziehst. In Paris hast du ja immer nur lächerlich gewirkt.»

Er war entschlossen gewesen, niemanden mehr in sein Leben hineinzulassen, und das war ihm sehr gut gelungen. Einige äußerlich notwendige Kontakte auf Saltön gab es, aber dabei blieb es auch.

Im letzten Monat in seinem Job war er im Kopf bereits zurück auf Saltön gewesen. Er hatte sich alles genau überlegt. Ein Kinderheim in Peru hatte die Anzüge und die Möbel bekommen. Nur den Laptop, die Handbücher seines Vaters über die Bienenzucht, ein kleines Gemälde eines unbekannten schwedischen Malers und die Taucherausrüstung hatte er behalten.

Niemand hatte je sein Haus betreten. Er hatte sich eine anständige Bibliothek aufgebaut, hatte einen Holzherd und einen

Kamin. Der Kater Clinton war ihm zugelaufen und musste sich selbst versorgen, genau wie MacFie.

Er hatte die alte Holzjolle übernommen, die schon sein Vater und sein Großvater besessen hatten und die halb vergammelt in einem Garten gelegen hatte. Nach und nach hatte er sie repariert, abgedichtet und das alte rote Baumwollsegel von Hand geflickt. Er war zufrieden mit seinem neuen Leben. Oder besser gesagt: Bisher war er damit zufrieden gewesen.

Auf dem Marktplatz war um neun Uhr schon eifriges Treiben. Die Sonne schien, und es duftete nach frischem Dill, aber unter den Kunden herrschte Anarchie. Gestresste Sommergäste stritten um das absolut letzte Schälchen Erdbeeren, und gerade als der garantiert allerletzte Karton über den Tresen gegangen war, liefen kleine flinke Jungs zum Pick-up auf dem Parkplatz und holten neue.

Die Bewohner von Saltön selbst nahmen alles gelassener, denn sie hatten seit Wochen Erdbeeren, frische Kartoffeln und Dill reserviert.

Das Fischauto hatte Nummern eingeführt, weil es im vorigen Jahr eine Schlägerei um den Matjes gegeben hatte. Die Nummern hatte der Fischhändler auf dem Dachboden gefunden, denn seine Mutter hatte einmal ein Bürogeschäft. Es waren kleine Tafeln aus Sperrholz mit schwarz aufgemalten Ziffern.

Ein Sommergast bot zweihundert Kronen für die Nummerntäfelchen, und ein paar Minuten später waren sie für dreihundertfünfzig Kronen verkauft, und es herrschte wieder Chaos. «Das ist Kult!», rief der neue Besitzer der antiken Nummern, während er sich einen Weg zu seinem Wohnmobil bahnte.

«Wenn ich nicht so viel Gepäck dabeihätte, dann könnte ich jetzt auch laufen», sagte Lizette Månsson zu dem Taxifahrer, der sie vom Flughafen Landvetter bei Göteborg hergefahren hatte.

Lizette war ein blondes Mädchen mit aufrechter Haltung,

klaren Gesichtszügen und ruhigen Bewegungen. Aber als sie Magdalena Månsson auf dem Marktplatz entdeckte, rief sie laut: «Oma!»

Sie sprang aus dem Auto und umarmte ihre Großmutter, und die bis dahin ziemlich säuerliche Miene von Magdalena Månsson hellte sich sofort auf. «Ach, meine kleine Lizette. Endlich bist du wieder hier. Jetzt lassen wir dich nie mehr gehen. Alles wird gut, wenn wir nur die kleine Schlampe aus Göteborg loswerden, die Karl-Erik und uns allen hier das Leben schwer macht.»

«Ich muss schnell hinter dem Taxi her, sonst haut es mit all meinen Taschen ab. Komm doch mit, Oma.»

«Und mein eigenes Auto überlasse ich hier den Vandalen, oder was? Nein, heute ist Mittsommer. Da muss man auf seine Sachen aufpassen. Aber sowie ich es zu Hause abgestellt habe, komme ich.»

Lizette lachte. Dass ihre Großmutter die neue Schwiegertochter nicht leiden konnte, nahm sie nicht ernst. Lizettes Mama hatte sie auch nicht gemocht. Kristina war sicher nett, sonst hätte Papa sie sich ja nicht ausgesucht. Bei der Apotheke hatte Lizette das Taxi eingeholt und sprang hinein, diesmal auf den Beifahrersitz.

«Warum hat Ihre Großmutter Sie mit dem schönen, teuren Auto denn nicht vom Flughafen abgeholt? Das wäre billiger geworden.»

Lizette lächelte. «Ich hatte ganz vergessen, wie es auf Saltön ist. In Sydney kümmert sich niemand um den anderen. Meine Großmutter wäre sicher gekommen, wenn ich sie gefragt hätte, aber ich habe niemandem in meiner Familie gesagt, wann ich ankomme. Ich wollte ganz allein in den schwedischen Sommer eintauchen. Und genauso habe ich es auch gemacht. Es war die perfekte Reise. Schicken Sie die Rechnung bitte in die Fabrik.»

Hinter der Strandpromenade wurde der Verkehr weniger, und die Serpentinenstraße den Berg hinauf lag ganz leer da.

«Es scheint, als seien sämtliche Ortsbewohner vor der Invasion der Touristen geflohen.»

«Von mir aus. Ich könnte trotzdem Tag und Nacht Taxi fahren, wenn ich wollte. Die Sommergäste gehen nicht einen Meter zu Fuß, vor allem die Damen nicht. Man muss es nur Frauentaxi nennen, dann bezahlen sie jeden Preis.»

Lizette versuchte, ihren Papa vom Handy aus anzurufen. «Er geht nicht ran. Seltsam.»

«Arbeiten Sie an der Oper, wenn Sie in Sydney sind?»

«Nein.»

«Was kann man denn sonst da machen, auf der anderen Seite der Erde? Vorigen Winter gab es im Gemeindehaus ein Aborigineballett. Mit Trommeln und so.»

«Ich habe fünf Jahre lang Betriebswirtschaft studiert und habe gerade das Examen gemacht. Das weiß mein Vater noch nicht. Es soll eine Überraschung sein. Ich werde in den nächsten Jahren die Firma von Papa übernehmen. Deshalb werde ich jetzt hier bleiben. Ich muss allerdings noch eine Wohnung finden.»

Das Taxi bog in die hohen Eisentore zu Månssons Residenz ein. «Ich kann Ihnen mit den Taschen helfen.»

«Nein, nein, das ist gar nicht nötig. Etwas Bewegung tut mir gut nach all dem Rumsitzen. Stellen Sie einfach alles hier vor die Garage, dann werde ich es nach und nach reinholen.»

Lizette wartete, bis das Taxi abgefahren war, ehe sie zum Haus hinaufsah. Es war ein wunderbares Gefühl, in das Haus, in dem sie aufgewachsen war, zurückzukommen. Genau wie sie es sich vorgestellt hatte. Nur dass das Haus ihr irgendwie kleiner vorkam. Auch den Weg zwischen Tor und Haus hatte sie länger in Erinnerung, und steiler, und die Villa selbst war ihr prächtiger erschienen. Sie musste über sich selbst lächeln. «Du bist erwachsen geworden, Lizette.»

Irgendwie hatte sie das Gefühl, als sei sie nach Saltön zurückgekehrt, um zu bleiben. Sie fragte sich, wie das für ihre Mutter wäre, die ja auch auf Saltön geboren war. Die Eltern hatten sich getrennt, als Lizette noch zur Schule ging. Sie wusste nicht genau, warum, nur dass die beiden nie auf einer Wellenlänge gewesen waren. Ihre Mutter hatte Fleischbällchen gemacht und ihr Vater Geschäfte. Dann war ihre Mutter Blaustrumpf und Feministin geworden – so nannte es jedenfalls Karl-Erik Månsson, als seine Ehefrau Kurse an der Volkshochschule belegte und sich ein Busticket und einen Rucksack anschaffte.

Auf der Treppe saß eine Kröte und blinzelte. Die Pflanzen im Steingarten hatten angefangen zu blühen. Es duftete nach schwedischem Mittsommer.

Der Mittsommerbaum stand noch nicht, also hielt ihr Vater offenkundig an der Tradition fest, dass es Tanz auf dem Fabrikgelände gab, ehe die Leute nach Hause gingen. Sie war erstaunt, dass die Flagge nicht gehisst war, schließlich war Mittsommer, Ferienbeginn, und dann kam auch noch Månssons einziges Kind nach Hause. Merkwürdig! Sie ging über den Rasen und versank mit ihren Absätzen darin. Er war dicht und grün wie ein Golfgreen. Weder Löwenzahn noch Moos. An der Tür zum Gartenhäuschen prangte ein protziges Keramikschild: «Hier wohnt Lizette».

Sie lächelte gerührt, aber auch irritiert. Hielt ihr Vater sie für eine Zwölfjährige?

Die Gartenmöbel waren mit Plastik überdeckt. Wenn er nun nicht zu Hause war? Er hatte sie doch wohl nicht vergessen? Unmöglich. Wenigstens Kristina müsste zu Hause sein mit der Order, Lizette zu begrüßen. Die Haustür war nicht verschlossen, und sie hörte ein Radio in der Küche spielen. Ziehharmonika und Flöte. *So schimmernd schön war nie das Meer.*

Die Küche war leer und strahlend sauber. Nur ein paar Bierdosen standen herum. Neue Tapeten. Sie schlich ins Wohnzimmer, um ihn zu überraschen. Wenn Karl-Erik zu Hause war, dann saß er sicher an seinem Lieblingsplatz am Panoramafenster und sah über den Hafen von Saltön und die Bucht.

Als Lizette klein gewesen war, hatte sie auf einem Hocker neben ihm stehen dürfen und einen eigenen kleinen, aber richtigen Feldstecher gehabt.

Das Fernglas stand auf der Fensterbank und das Teleskop auf seinem Stativ, aber Lizettes Vater lag mit aufgerissenen Augen daneben auf dem Sofa. Er war tot.

MacFie packte seine Sachen zusammen, schloss das Haus ab, sah nach den Bienen und hielt Clinton eine kurze Ermahnungsrede. Dann begab er sich zum Yachthafen, die Segel in einem Sack unter dem Arm, das Zelt und alles andere in einem Rucksack mit Tragegestell.

Auf dem großen Steg waren jede Menge Menschen, und in der Bucht mit der Schwimmschule konnte man eine durchdringende Lehrerstimme und eine eifrige Trillerpfeife durch ein Megaphon hören. An die Poller bei Månssons Liegeplatz hatte jemand frisches Birkenreisig, blau-gelbe Schleifen und eine Traube Ballons gebunden. Nur Månsson selbst fehlte.

Der Friseur arbeitete offensichtlich über Mittsommer nicht, denn er saß bereits mit einer dänischen Bierflasche in der Hand auf dem Bänkchen. Sein Haar schimmerte glänzend und schwarz in der Sonne.

MacFie winkte ihm zu, ging über den Steg und sprang in seine alte offene Jolle. MacFie war beweglich. Alle, die ihn sahen, fanden, dass er für seine siebzig Jahre sehr fit war. Aber das hieß noch lange nicht, dass er der passende Liebhaber für ein Mädchen wäre, das noch keine dreißig war.

Im Boot war alles an seinem Platz, Ruder, Spriethaken, Bootshaken, Ruderpinne, alles blank und ordentlich an Steuerbord verstaut. Die gefirnissten Duchten und die Planken glänzten nur so. Er strich mit der Hand über das sonnenwarme Ruder. Es ging ihm gut.

Die Jolle hatte kein Deck. Er verstaute den Rucksack unter der Ruderbank am Bug und schlug zur Sicherheit noch einen Tampen darum. Zu den Inseln heraus würde er kreuzen müssen. Der Wind hatte zwar nur vier bis fünf Knoten, aber er wollte Hering und Branntwein nicht verlieren, falls die alte *Sture* mal krängte.

Sture – so hatte das Boot schon geheißen, als MacFies aus Schottland stammender Großvater sie 1896 gebaut hatte.

MacFie löste die Achtertaue und hisste Großsegel und Fock, während er aus dem Hafen steuerte. Schon bald hatte er gute Fahrt, holte die Schoten dicht und ging so hoch an den Wind, wie er nur konnte. Ungefähr eine Stunde erfrischendes Kreuzen lag vor ihm. Er setzte sich die Kappe auf. Es war schön, den ganzen Trubel und seine fehlgeschlagenen Mittsommerhoffnungen hinter sich zu lassen.

Auf der Bank saßen jetzt der Friseur, der alte Olsson von der Fabrik und der Immobilienmakler und warteten auf Månsson. An die Wand der Hafenmeisterei gelehnt, standen die drei starken Jungs der Gemeinde. Alle bedienten sich eifrig aus den Kisten mit dänischem Bier, die der Friseur mitgebracht hatte.

«Werde wohl nach Fredrikshafen rüberfahren und neuen Sprit besorgen müssen.»

«Kein Problem. Die Flaschen kannst du beim Supermarkt hier zurückgeben.»

«Komisch, dass Månsson so spät ist. Wo er sonst so viel Wert auf Pünktlichkeit legt.»

«Vielleicht decken wir das Boot schon mal ab und rollen die Persenning zusammen, dann ist das erledigt.»

«Das würde ihm nicht gefallen. Es soll so sein, wie es immer war. Und hier ist der Treffpunkt. Es geht uns doch nicht schlecht.»

Hauptsächlich die drei starken Jungs von der Gemeinde wurden ungeduldig und wollten die Einsetzung des Boots hinter sich bringen, damit sie so bald wie möglich nach Hause gehen konnten, um sich umzuziehen und dann zu sehen, was so auf der Strandpromenade lief. An After-Beach-Party.

Nicht Månsson kam, sondern Kabbe.

«Hallöchen, Kabbe», rief der Friseur. «Schönes Mittsommerfest!»

«Hier ist ein Bier, aber wo bleibt dein Schwager?», fragte der Makler.

Kabbe blieb vor dem Bänkchen stehen und sah zu Boden. «Karl-Erik ist tot.»

Der Friseur, der Makler und der alte Olsson stellten sich augenblicklich erschrocken zu einer Gedenkminute hinter den Bierkästen auf. Sie schlossen die Augen, der Friseur murmelte etwas. Dann setzten sie sich wieder.

«Jesses Amalia», bemerkte der Friseur.

«Er war noch nicht alt», stellte der Makler fest.

«Was passiert jetzt?», fragte der alte Olsson.

«Ja, da müssen wir das verdammte Boot wohl ohne ihn einsetzen», sagte einer der drei Kraftprotze und sah auf die Uhr. Kabbe zuckte mit den Achseln und ging davon.

Der Friseur, der Makler und der alte Olsson verfielen in tiefes, sorgenvolles Nachdenken, während die drei Jünglinge den Hänger schnell zum Kran manövrierten und Månssons Boot zu Wasser ließen. Noch nie war es so schnell und reibungslos gegangen.

«Ich finde», meinte der Friseur, «dass wir uns erheben und einen Toast zum Gedenken Karl-Erik Månssons ausbringen sollten.»

«Absolut!», stimmte der Makler ein.

«Das hätte Månsson so gewollt», befand Veteran Olsson.

Sie erhoben sich und ließen die Bierflaschen aneinander klingen.

Nachdem sie geduscht hatte, rannte Emily fast zu ihrem Platz zurück. Keine Spuren von Eindringlingen. Alles sah sehr hübsch aus. Sie nahm an, dass Ragnar Plastikbesteck und Papierservietten nicht stören würden. Alles andere wäre ein Ding der Unmöglichkeit gewesen. Es sah dennoch schön aus. Die blau karierte Papiertischdecke, die kleinen mit Zellophan abgedeckten Schälchen, der Mittsommerstrauß in einer richtigen Vase aus Steingut, die Emily sich im Fitnesscenter geliehen hatte.

Sie nahm eine Tasse Kaffee und setzte sich damit auf die Bank am Aussichtsplatz. Das Meer war so blau und schön. Weit draußen waren einige Segel zu sehen, und im Ort herrschte viel Leben. Sie konnte sehen, wie sich die Leute und die Autos um den Marktplatz drängten. Auf dem Steg und draußen auf der Halbinsel war alles voller badender und sich sonnender Menschen. Nur der Steg des Botschafters war leer und die Fensterläden seiner alten schönen Holzvilla wie immer geschlossen.

Im Park war der Mittsommerbaum aufgestellt, doch beide Flaggen zu den Seiten der Bühne waren auf halbmast. Was hieß das denn? Jetzt sah sie, dass überall auf Saltön die Flaggen auf halbmast hingen, auch an den offiziellen Fahnenmasten auf der Strandpromenade.

Blomgren, Himmel, war Blomgren etwa gestorben? Denn Ragnar konnte es nicht sein. Niemand kannte Ragnar.

Emily ging zu ihrem gedeckten Tisch, hob die Folie von den gekochten Kartoffeln und aß neun Stück, schneller, als ein Schwein blinzeln kann. Dann öffnete sie eine Dose Bier. Nach einer Weile verschlang sie den Brie. Von dem wusste Ragnar ja gar nichts. Während sie die Kekse aufaß, entdeckte sie immer mehr Flaggen auf halbmast in der Gemeinde. Die meisten hingen schlapp herunter, weil der Wind so schwach war.

Bestimmt war es nicht Doktor Schenker. Wenn es ihm schlecht gegangen wäre, hätte Emily das doch erfahren, denn er wusste ja, wo sie sich aufhielt, und damit wusste es die Taxi-Lisa auch. Die Pension konnte sie nicht sehen, aber den Fahnenmast gegenüber. Da hing überhaupt keine Fahne. Dann konnte es also auf keinen Fall Ragnar sein.

Schade, dass Blomgren einen Fahnenmast vor seinem Zigarrenladen schon immer für überflüssig befunden hatte. Und die Kirche verhinderte, dass sie ihr Haus und den Fahnenmast dort hätte sehen können. Auch die Arztvilla war nicht zu sehen, da sie auf der anderen Seite des Hügels lag. Natürlich war es nicht Blomgren. Die offiziellen Fahnenmasten wurden nie benutzt, um gewöhnliche Bürger von Saltön zu ehren, wenn diese nicht im Gemeinderat waren oder zum Amt gehörten. Sicher war es jemand auf Landesebene. Irgendein Verwandter des Königshauses oder vielleicht ein Literaturnobelpreisträger oder ein Eishockeyspieler.

Ragnar stand draußen und ölte die Kette seines Fahrrades, als die Wirtin der Pension herauskam, um die Flagge zu hissen. «Aha, jetzt hoch mit der Fahne.»

«Nein, Karl-Erik Månsson ist gestorben. Also, erst kommt sie hoch, und dann wieder herunter auf halbmast.»

Ragnar lächelte wohlwollend. «Ja, so muss es sein. Es gibt nicht mehr viele, die heutzutage noch die Regeln der Beflaggung kennen. Oder überhaupt so etwas wie unsere schwedische Flagge, die ja offiziell erst 1906 eingeführt wurde. Man nimmt an, dass die Farben vom schwedischen Reichswappen aus dem dreizehnten Jahrhundert herrühren. Auch das Wappen von Gustav Vasa enthielt ein Banner mit goldenem Kreuz auf blauem Grund. Wer war Månsson?»

«Sie wissen nicht, wer Månsson war? Ihm gehörte halb Saltön. Die eine Hälfte ihm, und die andere Hälfte gehört dem Botschafter, aber der kommt ja aus Stockholm, deshalb ist Månsson der größere Verlust. Der Botschafter lebt ja auch noch, soviel ich weiß.»

«Ja, meine Güte, und woran ist Herr Månsson gestorben?»

«Er hat wohl zu gut gelebt. Er aß und trank und rauchte sich kaputt. Und jede Menge Frauengeschichten.»

Ragnar schüttelte mitleidsvoll den Kopf. «So weit darf es nicht kommen. Man muss die Frauen kurz halten, ansonsten kommen sie auf dumme Ideen.»

«Trotzdem, Månsson war ein guter Mann. Er hat uns zum Beispiel das neue Dach für die Pension bezahlt.» Sie wendete sich ab und ging zum Fahnenmast.

Ragnar Ekstedt stellte das Ölkännchen zurück und fing an, sein Fahrrad zu beladen. Er hatte ein bestimmtes Arrangement von Schnüren und Gummiseilen, um die Pflanzenpresse und die übrigen Packteile an ihrem Platz zu halten.

Er trug seine Kleidung für lange Touren und hatte den Regenschutz leicht erreichbar oben im Gepäck. Die Klingel glänzte frisch poliert. «Dann ade!», rief er in Richtung Fahnenmast.

«Ade, und kommen Sie im nächsten Sommer wieder!», antwortete die Wirtin.

«Mal sehen, ob etwas daraus wird. Ich steige nur ungern zweimal in denselben Fluss.» Ragnar Ekstedt lächelte innerlich und warf das rechte Bein über den Rahmen des Fahrrads. Er fuhr direkt zum Zigarrenladen.

«Da haben Sie aber Glück, denn wir wollen gerade schließen.» Eine magere Frau war dabei, die Postkartenständer hineinzutragen.

«Mit Glück hat das nichts zu tun. Ich bin mir völlig bewusst, wie spät es ist und wann Sie schließen», antwortete Ragnar würdevoll und ging in den Laden, um die neue Kreuzworträtselzeitung zu erstehen. Er konnte sich kaum eine bessere Art vorstellen, den Mittsommerabend zu verbringen, weit entfernt vom lauten Treiben und allen Forderungen, vielleicht an einem stillen Waldsee.

Während Blomgren Ragnar Ekstedt bediente, rief er nach Johanna.

«Kannst du mir bitte mal helfen, deine Mieterin fragt nach so einer Frauenzeitschrift. Kannst du mal kommen?»

Sara lächelte ihre Wirtin an. «Ich wollte fragen, ob Sie *Newsweek* besorgen können. Ob ich die bestellen kann oder, wenn das nicht geht, vielleicht die *Times*. Frauenzeitschriften sind das allerdings nicht gerade.»

«Also, das weiß Blomgren ja wohl besser als Sie. Der hat schon Zeitungen an Städter verkauft, da waren Sie noch gar nicht geboren.»

«Von mir aus. Schade übrigens, dass Sie nicht zu dem Frauenabend im *Kleinen Hund* gekommen sind. Da war echt was los, unglaublich viele Frauen. Dann kaufe ich eben das *Monatsjournal* und zwei Dosen Snus. Schließlich ist ja Mittsommer.»

Johanna schloss hinter ihr zu und fragte Blomgren, der ihr den Rücken zuwandte und die Lottocoupons hin und her schob: «Wie wirst du denn Mittsommer feiern, Thomas?»

Er zuckte mit den Achseln.

«Wenn ich eine Torte backe, kann ich dann vielleicht rüberkommen und dich besuchen?»

Er drehte sich um. «Ja natürlich. Komm gern. Aber du musst keine Torte mitbringen. Ich habe Schnaps und Erdbeeren. Und Platz genug.»

Sie warf ihm die Arme um den Hals. Er lächelte, machte sich aber mit einem Blick auf die Straße, wo der Mann mit der Baskenmütze stand und durch das Schaufenster sah, los.

«Das wird der glücklichste Mittsommerabend, den ich je hatte», sagte Johanna.

«Soso», erwiderte Blomgren.

Sie warf ihm eine Kusshand zu, als sie hinausging. Er folgte ihr mit seinem Blick, wie sie in den Supermarkt lief, dann löschte er das Licht und räumte Zigarettenanzünder, Souvenirs und andere Dinge, die Diebe anlocken könnten, aus dem Schaufenster.

MacFie streunte mit düstrer Miene auf Fårö herum. Er ärgerte sich, dass sich die richtige Freude nicht einstellen wollte. Er hatte die Muscheln gekocht, die er am Morgen gesammelt hatte, und hatte sich einen kleinen Birkenast aufgestellt, um wenigstens anzudeuten, dass Mittsommer war.

Saltön lag angenehm weit weg. Er konnte aus der Entfernung das Lachen, Kreischen und die Musik aus den Lautsprechern auf der Terrasse des Hotels hören. Aus dem Park die Walzer. Ansonsten war es ganz ruhig. Das Wetter war für Mittsommer ungewöhnlich schön, und er erforschte Fårö nur in Shorts. Die Spalten zwischen den Klippen waren voller blühender blauvioletter Blümchen. In einer tiefen Spalte wuchsen Himbeeren mit weißen Blüten auf den stacheligen Trieben.

Im vergangenen Jahr war er extra nach Fårö gesegelt, um Himbeeren zu pflücken. Er hatte die großen, saftigen Beeren in eine Flasche Jamaicarum gesteckt, an der er dann den ganzen Weihnachtsabend lang genippt hatte. Das war das Beste an Weihnachten gewesen, abgesehen von der Mitternachtsmesse, die er immer besuchte.

Fårö war zwar eine sehr kleine Insel, aber auch vielfältig. Er hatte sein Zelt auf einer schmalen Wiese aufgeschlagen, die nach Osten wies. Wenn er das Zelt offen ließ, konnte er bequem auf der Luftmatratze liegen und sich den Sonnenaufgang anschauen. Das wurde ihm mit jedem Mittsommer wichtiger.

MacFie kletterte auf die höchste Klippe, die von einem kleinen Steinhügel gekrönt war, und beobachtete ein Paar Seeschwalben, die manchmal tauchten und mit kleinen Heringen und Stichlingen wieder hochkamen. Überall diese Paare.

Kristina parkte auf einem offiziellen Parkplatz vor dem Hotel *Saltöbaden.* Sie war schließlich nicht mehr Frau Månsson. Auf der Terrasse wurde laut gefeiert mit einem Discjockey aus Stockholm und Bier: Zwei zum Preis von einem. Chips, Zwiebelringe und Wurstscheiben umsonst.

Zwei Polizisten standen mit den Händen auf dem Rücken da und sahen zum Familientanz im Park hinüber. Kleine Mädchen hüpften mit Blumenkränzen auf dem Kopf wie Frösche um den Mittsommerbaum.

Vor dem Hotel standen fünf Fahnenmasten, an denen normalerweise alle nordischen Flaggen wehten, doch heute war an jedem die schwedische Flagge, alle auf halbmast. War der Botschafter gestorben? Sie hatte ihn im *Grand Hotel* in Stockholm kennen gelernt, als sie Månsson auf einer Geschäftsreise begleiten durfte. Sie hatten Austern gegessen.

«Schmeckt nach Salzwasser», hatte Kristina gesagt. «Da wäre es doch billiger, ins Meer zu springen und einen ordentlichen Schluck zu nehmen. Gibt es hier keine Pizza?»

«Jetzt schütten wir keinen Schampus mehr in uns rein, mein kleines Frauchen», hatte Månsson gesagt.

Kristina fragte, ob es ein freies Zimmer gebe. Ein Zimmer mit Bad und Frühstück ans Bett, für unbestimmte Zeit.

Der junge Portier hob eine Augenbraue. Ja, das wäre kein Problem. Er sprach mit schonischem Dialekt. Er könnte sich vorstellen, dass er ihr das Frühstück selbst servieren würde.

Sie checkte ein.

«Soll ich Ihnen mit dem Gepäck helfen?»

Kristina lächelte. «Ist nicht nötig. Ich habe nicht so viel dabei. Der Supermarkt hat ja wohl noch auf, oder?»

«Ja, wenn sie nicht geschlossen haben, weil Karl-Erik Månsson gestorben ist.»

«Månsson ist tot?»

«Oh, Entschuldigung, jetzt sehe ich, dass Sie Månsson heißen. Ich hoffe, Sie sind keine Verwandte. Das ist der starke Mann von Saltön, Karl-Erik Månsson, der ist gestorben. Heute Nacht. Das Herz. Seine Tochter hat ihn gefunden, die gerade erst aus Australien nach Hause gekommen war. So ein Pech. Ich hoffe wirklich, dass Sie nicht verwandt waren.»

Kristina hatte sich am Rezeptionstresen festhalten müssen. Sie schloss die Augen kurz. Dann sah sie den jungen Mann mit klarem Blick an. Sie war gut geschminkt, und man sah die blauen Flecken kaum. «Nein, das bin ich nicht. Nicht mehr. Ich habe nicht einmal vor, noch länger Månsson zu heißen. Das war mein Ehename.»

«Oh, Sie haben aber schon viel geschafft. Für Ihr Alter.» Der Portier zwinkerte fast unmerklich. «Zimmer zweihundertacht. Zweiter Stock. Blick aufs Meer. Ich hoffe, Sie werden sich wohl fühlen. Ich arbeite bis acht Uhr, falls Sie etwas brauchen.»

Als die Kirchenglocken drei Mal schlugen, was bedeutete, dass es Viertel vor sieben war, hielt Emily sich die Ohren zu. Sie hatte den Hering aufgegessen, die Erdbeeren, die Schlagsahne und den Käse. Sie hatte die Hälfte vom Schwarzgebrannten in der Coca-Cola-Flasche getrunken, fühlte sich aber immer noch wie ein riesiges Loch, das sich nicht stopfen lassen wollte.

Sie hatte alles direkt aus der Verpackung gegessen, um das schöne Tischarrangement nicht zu zerstören.

Aber jetzt war sie beschwipst, und als das Meer einfach zu schön war und die Ziehharmonikamusik, die vom Park unten heraufdrang, allzu aufdringlich, nahm sie die Papierteller und ließ sie einfach den Hügel hinunterschweben. Die blau-gelben Papierservietten folgen wie müde Schwalben hinterher, während die Windlichter einen schrecklichen Lärm machten, als sie unten auf der Landstraße aufschlugen. Inzwischen hoffte sie wirklich, dass Ragnar nicht mehr auftauchen würde.

Vor ihrem innern Auge sah sie seinen strafenden Blick, dass der gedeckte Tisch abgeräumt und alles aufgegessen war: «Liebe Emily: Ein kleiner Unfall mit meinem Herbarium machte die Verzögerung meiner Ankunft um eine Stunde unausweichlich, und ich hatte gehofft, dass du das mit deinem Intellekt nachvollziehen und akzeptieren können würdest!»

«Scheiß drauf, du alter Sauerkopf!»

Aber alles war nur Einbildung. Kein Ragnar Ekstedt weit und breit, obwohl es bereits sieben Uhr durch war.

«Der verdammte Oberlehrer hat mich versetzt! Und jetzt sitzt er auf seinem alten rostigen Fahrrad und lacht über mich. Verdammter Idiot.»

Sie ging auf ihre kleine Idylle los und schlug wild um sich. Der Gaskocher rauschte in ein Kiefernwäldchen, die Kissen und Decken und die Matratze, die sie so fürsorglich bereitgelegt hatte, wurden zerrissen. Eine Decke landete in einer Kiefer, ein Kopfkissen in einem Wacholderbusch.

Das Fahrrad blieb, wo es stand, unbeweglich und abgeschlossen, ihre einzige Verbindung zum Leben auf Saltön und zur Zivilisation. Ihr Waschbeutel thronte auf dem Gepäckträger.

Sie trank den Rest Schwarzgebrannten direkt aus der Flasche, ohne betrunken zu werden, und versuchte, ein Eichhörnchen mit hellblauem Kerzenwachs zu beträufeln. Dann ging sie zum Abhang vor und lachte laut, als es ihr gelang, ein Autodach mit der leeren Colaflasche zu treffen. Als sie fertig war, setzte sie sich auf das Fahrrad, um nach Hause zu radeln.

Blomgren putzte ein wenig halbherzig. Das Bett war wenigstens gemacht, und auf dem Küchentisch lagen keine Krümel. Das hatte er zu Hause gelernt und dass man die Unterseite der Waschbecken putzen muss. «Alle richtigen Hausfrauen sehen unter das Waschbecken, wenn sie irgendwo eingeladen sind, Thomas», hatte seine Mutter gesagt, als er noch ein Kind war. «Bring deiner Frau bei, dass sie immer die Unterseite vom Waschbecken sauber hält.»

Die Gedanken kreisten in Blomgrens Kopf. Warum habe ich keine Phantasie? Ein moderner Mann hätte sich jetzt sicher ein nettes Essen für seinen Gast ausgedacht. Vielleicht einen Drink oder eine Orchidee, die auf die eingeladene Dame wartet.

Er duschte und rasierte sich, nahm Palmolive Aftershave, eine verstaubte alte Flasche, die er einmal aus dem Laden mit nach Hause genommen hatte.

Als Johanna auf sich warten ließ, setzte er sich ungeduldig mit einer Tasse Kaffee und einem Muffin auf die Terrasse. Plötzlich hörte er Johannas Stimme. «Störe ich?»

Er erhob sich, während sie etwas verlegen das Gartentor hinter sich schloss. «Johanna, willkommen, wie gut du aussiehst. Ich habe dich noch nie in so einem schönen weißen Kleid gesehen.»

«Nein, es ist auch neu.»

«Was kann ich dir anbieten?»

«Ich wollte ja eigentlich backen, aber es nichts geworden. Ich habe das Bild dabei, was bei dem Rezept war. Möchtest du es sehen?»

Das wollte Blomgren. «Jetzt feiern wir Mittsommer», sagte er und legte ihr den Arm um die Schultern. «Mit Hering und Bier und Schnaps hier auf der Terrasse im strahlenden Sommerwetter. Erdbeeren gibt es auch, und dann wollen wir mal sehen, was sich noch findet.»

«Soll ich dir helfen?»

«Gern.»

Was für einen Spaß die Küchenarbeit plötzlich machte. Manchmal begegneten sich ihre Hände, und einmal stießen sie so überraschend an der Tür zur Speisekammer zusammen, dass sie gezwungen waren, sich zu küssen.

«Ich habe das Bett gemacht», sagte Blomgren.

«Darf ich es sehen?»

«Natürlich.»

Erst um acht Uhr saßen sie müde, zerzaust und glücklich wieder auf der Terrasse und aßen Matjes, Sahnesoße, Schnittlauch und frische Kartoffeln, und dazu reichlich Schnaps und Bier.

«Es geht mir so gut in deinem Laden, Thomas. Und in deinem Haus auch. Auf deiner Terrasse. Und in deinem Bett.»

Blomgren lächelte sie an. Als er nach Worten suchte, drängelte sie ihn ganz anders als Emily nicht. «Das ist gut. Wir kommen ja ziemlich gut miteinander aus.»

Das Gartentor schlug zu. Ein Damenfahrrad wurde unter das Carport geschoben, und Emily kam schnaufend im Schaukelgang über den Rasen, das Gesicht hochrot.

Blomgren fuhr hoch, setzte sich dann aber zögerlich wieder neben Johanna in die Hollywoodschaukel. «Emily.»

Emily starrte Johanna an, aber Johanna rutschte auf dem geblümten Bezug, den Emily vorigen Sommer genäht hatte, ein kleines Stückchen näher an Blomgren heran.

Blomgren sah unschlüssig aus. «Was willst du eigentlich, Emily?», sagte er schließlich. «Jetzt ist es zu spät, das ist dir ja wohl klar.»

Johanna legte den Arm um ihn. Ein sanfter Eisengriff.

Emily ging auf sie zu. Sie sah bedrohlich aus. Wütend. «So, so», sagte sie. «So, so, jetzt seid ihr also ein Paar?»

Johanna nickte und lächelte. «Ganz genau, Emily. Jetzt sind wir ein Paar. Thomas und ich.»

Thomas stand auf. Er ging ein Stück rückwärts auf dem Rasen, blieb stehen und stützte sich dann mit einer Hand auf die Sonnenuhr. Die kam ins Schwanken und fiel um. Er betrachtete die Sonnenuhr erstaunt, und dann wandte er sich Johanna zu. «Vielleicht ist es am besten, wenn du jetzt nach Hause gehst, Johanna. Wir sehen uns ja am Montag, darauf kannst du dich verlassen.»

«Darauf kannst du dich verlassen!», rief Emily, und ihre Stimme klang hohl und spröde. «Das hast du zu mir noch nie gesagt.»

Blomgren begleitete Johanna zum Tor, während Emily im Garten stehen blieb. «Du weißt ja, hier hat Emily das Sagen», sagte er, und seine Augen waren grau und sehr feucht. «Ich kann jetzt nicht anders.»

«Liebster Thomas», erwiderte Johanna eilig und mit lauter Stimme. «So schnell wirst du mich nicht wieder los.» Sie stellte sich auf Zehenspitzen und küsste ihn auf die Nase. Er lächelte.

Gleichzeitig hörten sie, wie die Kühlschranktür geöffnet wurde. Emily war in die Küche gegangen.

Im *Kleinen Hund* war viel zu tun. Man war laut und fröhlich. Einige Gäste standen auf den Tischen, und andere wieder standen mit Gläsern in beiden Händen zwischen den Tischen und sangen. Die kleine Tanzfläche war gedrängt voll.

Sara machte drei Stunden lang nicht die kleinste Pause, und jedes Mal wenn sie in die Küche kam, lehnte Lotten da an der großen Arbeitsplatte und trank Whiskey. Ab und zu betätigte sie sich ein wenig als Kaltmamsell, doch meistens stand sie im Weg.

Sara nahm sie in den Arm. «Ich weiß doch, dass dein Bruder gestorben ist, Lotten.»

«Mein Lieblingsbruder. Der alte Kalle.»

«Geh nach Hause. Schlaf ein wenig und komm morgen wieder, wenn du unbedingt willst. Du kannst doch in diesem Zustand nicht arbeiten.»

«Ich will aber am Mittsommerabend nicht allein nach Hause gehen. Kabbe hat sich nach Göteborg verdrückt. Oder etwa nicht?»

«Doch, das hat er. Klas hat ihm geholfen, das Auto zu beladen. Du weißt doch, dass er hinfahren musste, weil lauter falsche Dinge geliefert worden sind. Und an Mittsommer sind die Leute sehr hungrig und durstig.»

«Glaubst du, ich bin blöd? Er hat eine Tusse in Göteborg. Ich will, dass du mich tröstest, Sara. Nach der Arbeit kommst du mit mir nach Hause. Ich verspreche, dass ich nett sein und nicht weinen werde. Du kriegst alles, was du willst.»

«Ich rufe Månssons Tochter an.» Klas zog hinter Lottens Rücken Grimassen.

Zehn Minuten später kam Månssons Auto mit Lizette hinter dem Steuer angefahren, und Lotten wurde versorgt. Sara stand in der Türöffnung zur Küche und winkte ihr nach. «Nun sind wir eine Bedienung weniger.»

«Wie gut, dass du wenigstens superfit bist», meinte Klas.

«Was soll das heißen?»

«Du bist heute Abend wirklich furchtbar durcheinander. Wie viele Gerichte hast du eigentlich falsch serviert? Und wie du abrechnest, darüber wage ich gar nicht nachzudenken.»

Sara lächelte schwach. «Brat du deine Spiegeleier und halt verdammt nochmal die Klappe.»

Klas vollführte eine Pirouette mit dem Bratenwender in der Hand.

Es war zwar die Hölle los, aber sie waren drei Bedienungen, die unter Hochdruck arbeiteten, und ihr Job wurde ganz entschieden dadurch erleichtert, dass für diesen Abend ein richtiger Türsteher engagiert worden war, ein Bodybuilder aus Grebbestad.

Die Sonne ging unter und sofort wieder auf, und irgendwann war es auch zwei Uhr.

«Man sollte immer einen Rausschmeißer hier haben», bemerkte Sara, als sie beobachtete, wie elegant der Bodybuilder das Lokal leerte.

«Warum hast du es denn so eilig?», fragte Klas. «Hast du dich mit deinem Opa auf einer Klippe verabredet, um den Sonnenaufgang anzuschauen? Rollstuhl mit Aussicht?»

Sara lehnte sich zu ihm herab und küsste ihn auf die Stirn. «Schönen Mittsommer, Klas», sagte sie. Ihr Haar roch nach Bratenfett, Rauch, Pommes frites und Bier, die Kleider ebenso. Sie spazierte langsam nach Hause. Auf den Booten tobte das Leben. Man sang Volkslieder und feierte.

Sara ging barfuß, die Sandalen in der Hand, und lag mental bereits in ihrem Bett, als sie plötzlich das See-Taxi *Die Seegurke* bemerkte, ein weißes Boot mit blauer Plane.

Die Seegurke selbst saß auf der Gangway, las die *Göteborgs Posten* und trank Cola. Sara blieb stehen. «Sind Sie im Dienst? Und fahren einen auf dem Meer herum?»

«Was meinen Sie, wozu ein See-Taxi sonst wohl da ist? Ich versuche nur gerade den Sportteil zu lesen, ehe wieder ein paar besoffene Touristen kommen, die übers Meer nach Hause zum Campingplatz gebracht werden wollen.»

«Wissen Sie, wo Fårö ist?»

«Natürlich. Auf Gotland. Da werde ich wohl ein paar Mal zwischendurch tanken müssen.»

«Ich meine natürlich Fårö hier in der Gegend, Sie Schlaumeier.»

«Danke, dann meinen Sie die Schäre draußen an den Tallholmarna.»

«Wahrscheinlich. Können Sie mich dorthin fahren?»

«Nein, denn die Insel ist unbewohnt. Ich fahre doch in meinem Taxiboot keine Selbstmordkandidaten herum.»

Sara hatte schon ihre Sandalen angezogen und war an Bord gesprungen. «Einmal einfach nach Fårö», sagte sie und öffnete ihre Handtasche. «Momentan ist die Insel nämlich keineswegs unbewohnt.»

Die Seegurke startete den Motor, und sie fuhren aus dem Hafen.

Die Wasseroberfläche war völlig glatt. Aus dem Park hörte man deutlich die Ziehharmonika und manchmal die Platscher von Nachtbadenden. Neun Möwen hockten am Kai.

«Nennt man Sie wirklich die Seegurke?»

«Natürlich nicht. Der Name ist nur dazu da, die Touristen zu erheitern. Und das klappt ziemlich gut. Mein Boot ist in allen Fotoalben. Gute Werbung. Ich heiße Balthazar Måneskiöld.» Er bot ihr ein Halsbonbon an. «Was heißt eigentlich ‹nicht unbewohnt›?»

«MacFie ist dort, das habe ich jedenfalls gehört.»

«Sie wollen zu MacFie. Wissen Sie denn nicht, dass er die Einsamkeit bevorzugt?»

Sara blinzelte in die Sonne. «So was kann man nicht immer selbst bestimmen.»

Sie öffnete ihren Rucksack, holte ein Schälchen mit Erdbeeren heraus und bot ihm welche an. Es war schön, auf einem marineblauen Kissen mit weißer Kordel zu sitzen, nachdem man so viele Stunden im *Kleinen Hund* herumgerannt war. Das Motorengeräusch wirkte einschläfernd.

«Jetzt nicken Sie mal nicht ein, denn jetzt sind Sie da.»

Balthazar nahm die Fahrt weg, glitt still in die Bucht und sanft neben die alte Jolle von MacFie, an der die Fender ausgelegt waren. Er nahm den Fünfhundertkronenschein entgegen.

«Brauchen Sie eine Quittung? Die Touristen wollen das sonst immer.»

«Ich bin kein Tourist.»

«Passen Sie auf, die Klippen sind in der Nacht glatt wie Schmierseife.»

Sara sprang an Land. Balthazar fuhr rückwärts aus der Bucht und zurück Richtung Saltön.

Sara setzte sich mit klopfendem Herzen den Rucksack auf und fing an, den Berg hinaufzuklettern. Sie sah seine Silhouette, wie er dasaß und den Himmel und das Meer betrachtete. Vor sich einen zerbeulten Zinntopf mit Muscheln. In der Hand eine Bierflasche. Es war sehr still, aber von Saltön her hörte man die Ziehharmonika einen Walzer spielen.

Sara zog die Sandalen aus und ging auf Zehenspitzen über die roten Klippen. Er wandte sich um.

«Ich will einen Mittsommerwalzer mit Ihnen tanzen.»

«Sieben Wörter ohne einen einzigen Fluch. Wo soll das noch hinführen?»

Teil II

Das Hummerfest

7 Das Meer war so warm wie selten. Das Wasser plätscherte friedlich gegen die Boote, die am Kai vertäut lagen, und die Möwen auf dem Dach der Hafenmeisterei wirkten matt und schlapp. Die Stege fühlten sich, wenn man barfuß ging, angenehm warm an.

Es gab keine schönere, aber auch keine wehmütigere Zeit auf Saltön als die Verlängerung des Sommers in einen warmen September. Wie still es war. Die Ferien waren vorbei und die Sommergäste abgereist. Keine Halbwüchsigen, keine Bierdosen. Keine Touristen, die mit ihren seltsamen Hüten und Mützen die Hafenpromenade bevölkerten.

Die Sonne stand hoch und brannte erstaunlich heiß von einem tiefblauen Himmel herab, die Luft war – wie eine Vorwarnung auf den Herbst – glasklar, die Konturen messerscharf. Die Steinklippen zeichneten sich fast graphisch gegen den Himmel ab.

Aber noch duftete es nach Sommer. Die Brennnesseln drängten sich an der Kaimauer, und das Heidekraut leuchtete violett auf den Berghängen.

Die drei Männer auf der Bank am Hafen sahen aus wie Statisten für eine Ansichtskarte von den Schären. Zwei trugen blaue Latzhosen, einer einen Overall und alle drei schwarze Holzschuhe. Einer rauchte sogar Pfeife. Sie saßen breitbeinig und selbstsicher da und blickten mit zusammengekniffenen Augen auf den Horizont, und jeder, der sie sah, konnte sich gut vorstellen, dass sie über den derzeitigen Makrelenfang oder die bevorstehende Hummersaison diskutierten.

Respekt einflößende Männer, praktisch veranlagt, mit einem Verhältnis zu Zahlen. Die Stirnen in tiefen Falten.

«Seht mal», sagte der alte Olsson, ohne die Pfeife aus dem Mund zu nehmen. «Da hinten am Bootsschuppen geht Blomgrens Emily.»

Fredberg spuckte seinen Snus aus. «Dass sie es überhaupt noch wagt, sich in der Stadt zu zeigen, das ist doch unglaublich. Ganz Saltön lacht sich halb tot über die dicke Alte.»

«Armer Blomgren», sagte der Friseur. «Nicht nur, dass er von seiner Frau sitzen gelassen wird, nein, sie muss sich auch noch mit einem Touristen hinter den Trimmplatz legen, wo jeder zuschauen kann.»

«Und wer will das schon?»

«Aber das Schlimmste war ja, dass sie ihrem Mann das Auto geklaut hat.»

«Es war doch auf sie angemeldet.»

Die Männer wandten die düsteren Blicke dem Bugsierer *Arvid* zu, der vom Kai lostuckerte. Fredberg schüttelte den Kopf. «Nein, das Allerschlimmste war ja wohl, dass sie so unverschämt war zurückzukommen.»

«Und das ausgerechnet am Mittsommerabend, als der Tourist genug von ihr hatte und über alle Berge geradelt war. Das hat Blomgren mir selbst erzählt.»

«Der arme Mann. Das kann er ihr nicht verzeihen.»

«Ja, was hat sie denn gedacht? Ich glaube, mit den Frauen ist irgendwas nicht mehr in Ordnung, seit sie angefangen haben, ins Fitnessstudio zu gehen. Davon kriegen sie komische Ideen.»

Sie wurden von Gustafsson unterbrochen, der auf seiner hellgelben Kehrmaschine angefahren kam, mit der er den Sommer gleichzeitig hinausfegte und ihm nass hinterherwischte. Er ließ das Radio laufen, während er stehen blieb und sich erkundigte, worüber die Jungs redeten. Das Wetter? Das Trabrennen? Die Rente?

«Mensch, natürlich über die Hummersaison», antwortete der Friseur eilig, denn Gustafsson war ein Zugezogener.

Im selben Moment begann im Radio die Tanzmusik. «Still», brummte der alte Olsson. «Sie spielen *Die letzten schlimmen Jahre*. Das ist ein verdammt gutes Lied.»

Eine Windbö kam, und die Leinen am größten Segelboot knarrten, und die Wanten schlugen. Die einäugige Möwe hielt sich kerzengerade gegen den Wind, bis das Lied zu Ende war. Dann flog sie aufs Meer hinaus.

«Alles ist leer und schön ruhig, Olsson», versuchte Gustafsson, «jetzt, wo alle Touristen weg sind.»

«Vor allem das Auftragsbuch.»

«Haben ja nicht alle eine Frau mit einer Bäckerei, so wie Fredberg. Inzwischen habt ihr wahrscheinlich schon wieder genug gespart für eine Reise nach Thailand, oder?»

«Das glaubst auch nur du.»

«Auf andere warten harte Zeiten.»

«Das musst gerade du sagen, der seine Wiese zum teuersten Parkplatz von den ganzen Schären gemacht hat.»

Gustafsson setzte seine Kehrmaschine wieder in Gang und ließ den Motor aufheulen. Seine Augenbrauen leuchteten kreideweiß in dem rotbraunen Gesicht. «Jetzt kann man die Tage bis zur Hummerpremiere schon an einer Hand abzählen. Herrlich!»

«Das kann auch nur einer sagen, der noch alle Finger hat», sagte der alte Olsson und hielt seine rechte Hand hoch, an der Daumen und Zeigefinger fehlten.

«Ja, dann geht es für dich vielleicht zwei Tage früher los, Olsson», sagte Fredberg und zwinkerte.

«Hummerpremiere, das klingt fast wie Oscarverleihung mit roten Teppichen, Limousinen, magersüchtigen Frauenzimmern und weibischen Kerlen mit Sonnenbrillen.»

«Hummerpremiere auf Saltön – da kommen sie alle wieder,

aus Stockholm und aus Göteborg und sogar aus Deutschland. Aber nur für ein paar Tage.»

«Früher war alles einfacher, als Sommergäste noch Sommergäste waren und Fischer noch Fischer.»

Im selben Augenblick kam Emily kräftig strampelnd auf dem Fahrrad die Hafenpromenade heruntergefahren. Sie nickte den Männern zu und schenkte ihnen ein gnädiges Lächeln.

«Ganz schön eingebildet», konstatierte der alte Olsson.

«Frage mich, ob sie das auch war, als sie hinter dem Trimmplatz auf der Wiese lag.»

«Dieser Tourist, also, der hatte Fahrradklammern an den Hosenbeinen!»

«Fahrradklammern? Meine Güte», sagte der Friseur.

«Angeblich waren es die Fahrradklammern, die Emily so verrückt gemacht haben.»

«Was du nicht sagst! Vielleicht sollte man das auch mal probieren.»

«Es ist so schön, dass du wieder zu Hause bist, Emily.»

Blomgren strich seiner Ehefrau linkisch über den Rücken. Sie stand am Wohnzimmerfenster und sah hinaus. Weit hinten balancierte ein Lastkahn über den Horizont.

«Soso», sagte Emily.

«Eins sage ich dir: Es war furchtbar, als du verschwunden warst. Ich dachte schon fast, du hättest mich verlassen.» Blomgren lachte nervös.

«Das hatte ich ja auch.» Emily wandte sich um und sah ihren Mann an. Diesen Ausdruck in ihren Augen kannte er gar nicht. Er erkannte sie überhaupt seit Mittsommer kaum wieder.

«Bitte sei nicht mehr sauer. Dieser unglückselige Mittsommerabend ist jetzt schon Monate her. Du machst das nicht nochmal, oder, Emily? Du bleibst doch jetzt für immer, nicht? Jetzt, wo wir ein neues Bett haben und so.»

Sie warf ihm einen gequälten Blick zu. Nach Emilys großer Revolte, ihrer grandiosen Mittsommerflucht, von der die halbe Insel redete, war sie sehr plötzlich zurückgekehrt. Doch als sie ihren Irrtum eingesehen hatte, musste sie Johanna Karlsson auf dem Schoß von Blomgren entdecken, und das alles auf den Gartenmöbeln, die Emily von ihrem Papa zum vierzigsten Geburtstag bekommen hatte. Die schöne druckimprägnierte Oberfläche der Möbel war von der unkultivierten Frau besudelt worden, die bis dato nur Blomgrens Klassenkameradin und Jugendschwarm gewesen war.

Während einer unangenehmen Nacht hatte sie Blomgren dazu gebracht, einzugestehen, dass er und Johanna auch im Ehebett gelegen hatten, einem Hochzeitsgeschenk von Emilys Onkel väterlicherseits.

Sowie Blomgren am nächsten Tag in seinen Laden gegangen war, hatte sie *Donner und Sturm* angerufen, die *Spezialisten für alles*. «Hier spricht Emily Blomgren. Kommen Sie bitte sofort mit Ihrem Lieferwagen her. Ich habe einen Auftrag für Sie.»

Emily hatte vierzig Minuten lang am Küchenfenster gestanden und hinausgestarrt, bis es endlich an der Tür klingelte. Sie hielt sich die schmerzende rechte Schulter. Während ihrer Flucht im Auto hatte sie bequemer gelegen als jetzt auf dem Wohnzimmersofa.

Donner und Sturm wurden nicht großartig begrüßt. «Das Bett und die Gartenmöbel.» Emily zeigte darauf.

«Aber die Sachen sind doch noch prima», sagte Donner. «Können wir die Gartenmöbel nicht zum Tischtennisclub bringen? Da sitzen die Leute beim Kaffeetrinken regelrecht auf dem Fußboden.»

«Und das Bett könnte man an *Saron* abgeben», schlug Sturm vor, der in der Erweckungsbewegung war. «Dann kommt es irgendwo in Afrika zum Einsatz. Da ist doch Ihre Tochter und missioniert. Vielleicht erkennt sie es wieder!»

Donner räusperte sich und verdrehte die Augen.

«Schon gut», korrigierte sich Sturm, «Afrika ist groß. Das weiß ich selbst. Außerdem glaube ich eher, dass die von *Saron* es verkaufen und das Geld nach Afrika schicken, damit sich die Eingeborenen davon einen Traktor kaufen können.»

«Sie sehen zu viel fern», sagte Emily. «Wie gesagt: Alles soll zur Brache hinter Månssons Delikatessenfabrik gebracht und dort verbrannt werden. Ja, ich weiß, dass das verboten ist. Wenn Ihnen jemand Schwierigkeiten macht, dann schicken Sie ihn zu mir.»

«Zu schade, dass das Mädchen vom Doktor verrückt geworden ist, wo doch der Doktor selbst so gut ist», sagte Sturm, nachdem Emily die Tür hinter ihnen geschlossen hatte. «Er hat mir 1962 die Mandeln rausgenommen. Davon hast du kaum was gemerkt, das sage ich dir.»

Als Blomgren an jenem Abend Ende Juni nach Hause kam, war die Tür zum Haus unverschlossen und alles unheilschwanger still. Aber das Auto und Emilys Fahrrad standen an ihrem Platz. «Emily?»

Er ging, den kleinen traurigen Strauß Chrysanthemen fest umklammert, durch das Haus. Die Spüle war blank geputzt, aber kein Essensgeruch, keine Musik aus dem Küchenradio. Er ging weiter ins Schlafzimmer. Das Doppelbett war verschwunden. An der Stelle des Kopfendes war die Tapete knallgelb. Seltsam, war die Tapete nicht blassgelb gewesen? Aber offenbar war das ganze Zimmer ursprünglich knallgelb gewesen. Wann denn bloß? Vor zehn Jahren vielleicht, als Paula noch zu Hause wohnte, dem Leben einen Sinn gab und das Haus mit ihrem Lachen erfüllte. Auf der Missionsstation in Afrika hatte sie nicht sonderlich viel zu lachen. Wenn doch nur Paula nach Hause käme und ihn unterstützte, jetzt, wo ihre Mutter ausgeflippt war.

Auf dem Porträtfoto auf seinem Nachttisch trug Paula eine

Studentenmütze, hielt den Kopf ein wenig schief und hatte retuschierte Zähne. Er fand das schade, denn er mochte es, dass ihre Zähne unregelmäßig waren und ein wenig hervorstanden wie bei seiner Mutter.

Blomgren öffnete die Tür zum Badezimmer. Auf dem Spiegel stand mit rosa Lippenstift und in runden Buchstaben *Fuck You* geschrieben. Blomgren schüttelte den Kopf, als er das Putzmittel für Spiegel, Fenster und Fernsehschirme hervorholte. Er konnte nicht sonderlich viel Englisch. «Ach, Emily», seufzte er, «was soll ich denn machen?»

Er trank etwas Wasser aus dem Zahnputzglas, um den schlimmsten Hunger zu stillen, und ging dann in den Garten hinaus. Emily saß in einem Decksliegestuhl unter einem Sonnenschirm und las ein Buch. Die Gartenmöbel waren weg. Man sah auf dem Rasen deutlich, wo sie gestanden hatten.

«Ich bin jetzt zu Hause, Emily.»

«–»

«Ich habe dir Blumen mitgebracht, Emily.»

«–»

«Es war heute sehr anstrengend im Laden, Emily. Wie ist es dir ergangen, Emily?»

«–»

«Was ist denn im Schlafzimmer passiert, Emily? Das Bett ist weg.»

«–»

«Was gibt es zum Abendessen, Emily?» Allmählich verstummte er, sah sich vergeblich nach einem Sitzplatz um und lehnte sich dann gegen die Hauswand.

Emily sah von ihrem Buch auf, nicht ohne vorher ihren dicken Zeigefinger auf die siebente Zeile platziert zu haben. «Keine Ahnung, was du heute Abend isst. Ich für meinen Teil habe im *Kleinen Hund* gegessen.» Sie wandte sich wieder ihrem Buch zu.

Blomgren sah zum Kellerfenster hinunter. Ein paar weiße Farbspritzer waren auf der Fensterscheibe gelandet, als er die Rahmen neu gestrichen hatte. Er hatte plötzlich das Gefühl, wenn er nur lange genug auf die Farbflecken schauen würde, dann würde alles wieder so werden wie vorher. «Vielleicht gibt es ja noch was in der Tiefkühltruhe, das ich in der Mikrowelle warm machen kann», schlug er schließlich vor.

«Ja, wer weiß», antwortete Emily, ohne aufzusehen.

Jeden Morgen dieser pochende Kopfschmerz, als wolle ihm der Kopf zerspringen. Die Morgensonne verhöhnte ihn, und er versuchte, das Geklapper der frühstückenden Sommergäste auf der Terrasse vom *Kleinen Hund* zu verdrängen, wenn er dort vorbeiradelte.

Nur Johanna lächelte ihn fröhlich an, und er bereute nicht eine Sekunde, dass er sie während Emilys Abwesenheit eingestellt hatte. Vielleicht hatte sie keine besonders gewinnende Art mit den Kunden, aber die Einwohner von Saltön hatten für eine gewinnende Art ohnehin nicht sonderlich viel übrig.

Die erste Nacht hatte er im Gartenhäuschen verbracht. Wo Emily geschlafen hatte, wagte er nicht zu fragen, doch als sie einander am folgenden Tag im Flur begegneten, hatte er mit Tränen in den Augen vorgeschlagen, ein neues Bett zu kaufen.

«Neue Betten», verbesserte Emily ihn. Am selben Nachmittag war er mit ihr nach Göteborg gefahren – er hasste Göteborg –, um in dem schicksten Möbelgeschäft am Danska Vägen neue Betten zu kaufen. Emily hatte sich bereit erklärt, die neuen Gartenmöbel in einem barackenähnlichen Laden in der Nähe des Wasserwerkes an einer der hässlichen Einfallstraßen von Göteborg zu erstehen, obwohl sie damit Gefahr lief, dass ganz Saltön dieselben Möbel kaufen würde.

Aber sie hatte ja ihren Kapitänsstuhl, und der war einzigartig, denn er hatte auf dem Sonnendeck der *Kungsholm* gestanden und war tausendmal in salziger Gischt zwischen New York und Göteborg hin- und hergefahren. Emilys Vater hatte den Stuhl erworben, als die Amerikaschiffe an eine Kreuzfahrtlinie verkauft wurden und man in dem Zuge das Inventar an einen ausgewählten Kundenkreis veräußert hatte.

Doktor Schenker hatte an jenem Mittsommertag den Stuhl mehr als bereitwillig abgegeben, obgleich er darin saß, als Emily kam und fragte. «Meine liebe Tochter, ich würde dir alles geben, das ich besitze, wenn es dich nur ein wenig aufheitern könnte.»

«Der Kapitänsstuhl reicht schon, Papa. Und dass es dich gibt.» Emily fand, dass ihr Vater während des Sommers in sich zusammengesunken, ja, fast eingefallen war. Als sie ihn eines Tages im Supermarkt von hinten gesehen hatte, hatte es ihr das Herz zusammengeschnürt. «Es geht dir doch wohl gut, Papa? Alles so, wie es sein sollte?»

Er hatte erstaunt vom Gemüsestand aufgeschaut, eine Artischocke in der Hand. «Mein liebes Kind. Es geht mir seit fünfzehn Jahren nicht gut. Und um die Frage zu beantworten, ob alles ist, wie es sein sollte, bin ich wirklich nicht der Richtige.»

Der Kapitänsstuhl war aus Walnussholz handgearbeitet, mit einem marineblauen Markisenstoff und knubbeligen weißen Hauben an allen Ecken. Man konnte den Stuhl dreistufig verstellen, und er hatte einen separaten Fußschemel. Er roch nach Atlantik.

Emily träumte davon, den Liegestuhl auf eine Nostalgiereise mitzunehmen. Auf einem Deck in Richtung New York würde ihre Fähigkeit zum Tagträumen und zum Hoffen wiederkehren, und der schicke Liegestuhl würde ihr leise Ratschläge fürs Tontaubenschießen und Shuffleboardspiel zuraunen.

Leider gab es nur noch wenige Passagierschiffe. Auf einem Tanker hingegen würde eine dicke Endvierzigerin mit einem noch älteren Decksstuhl ganz schön auffallen. Die Wirklichkeit würde nie mit den Träumen mithalten können. Und doch hatte sie endlich einmal versucht, sie zu verwirklichen. Sie hatte ihren Bogen gespannt.

Die ungemütliche Atmosphäre zu Hause wich nicht, obwohl die Wochen vergingen und die Sommergäste schließlich ihre Autos mit Steinen, Muscheln, Paddeln und perforierten Luftmatratzen beluden und zurück in die Stadt fuhren.

«Hallo, Johanna», hatte Blomgren um neun Uhr morgens am ersten Arbeitstag nach Mittsommer mit seiner sanften Stimme gesagt. Sie hatte nicht geantwortet, und darauf war er vorbereitet gewesen. Er hatte geübt. «Ja, nun hat uns der Alltag wieder. Meine Güte nochmal, wie schnell Mittsommer diesmal vorbeigegangen ist. Würdest du vielleicht so nett sein, als Erstes mal die Retouren zu zählen? Und dann werden wir wohl die Mittsommerdekoration abnehmen müssen, oder? Die dicke Stange aus grün bemaltem Gips nehme ich mit NACH HAUSE. EMILY hat sie gemacht.»

Ja, er würde es schon hinkriegen. Natürlich hatte er es nicht hingekriegt. Ihm waren die Augen übergelaufen, und die Gipsstange war kaputtgegangen, als er sie fallen ließ. Der Mann mit der Baskenmütze hatte neugierig hinter der *Industrie Heute* hervorgeschaut. Johanna, die blass war und verschlossen aussah, fing sofort an, die Scherben aufzufegen.

«Guten Morgen, Johanna», musste er schließlich rufen, damit sie Notiz von ihm nahm. Immerhin war er ihr unmittelbarer Vorgesetzter.

«Guten Morgen, Thomas», murmelte sie, ohne aufzusehen, während er sich intensiv bemühte, den vermaledeiten Knoten in dem Bindfaden um die Tageszeitungen aufzubekommen.

Die Jacke des Typen mit der Baskenmütze war zugeknöpft, obwohl das Thermometer vor dem Kioskfenster zwanzig Grad anzeigte. Er legte *Industrie Heute* weg und griff nach dem

Playboy. «Hat Emily sich gestern über die Blumen gefreut?», fragte er.

Blomgren sah verkniffen aus.

«Chrysanthemen waren es, oder? Das hat jedenfalls Agnes vom Supermarkt gesagt. Sie hat Sie noch nie zuvor Blumen kaufen sehen.»

«Wir haben übrigens noch geschlossen!», schnauzte Blomgren den Mann mit der Baskenmütze an. Das war noch nie vorgekommen.

Johanna kehrte die Treppe zum Zigarrengeschäft, dass es nur so staubte. Blomgren hustete ein wenig, als sie an ihm vorbeifegte, aber er wich ihrem Blick aus. Er nahm sein Taschenmesser und schnitt den Bindfaden einfach durch.

Sowie Johanna außer Sichtweite war, rief Blomgren zu Hause an und trommelte nervös auf den Tresen, während er wartete. Nach dem siebten Klingeln ging Emily endlich ran. «Habe ich dich gestört? Warst du in der Waschküche?»

«Nein.»

«Emily, wir müssen reden.»

«Worüber?» Sie legte auf.

Blomgren seufzte so schwer, dass ein Lottoschein zu Boden segelte.

Der Mann mit der Baskenmütze sah interessiert von seiner Zeitung auf. «Ziemlich wenig los hier heute, Blomgren», murmelte er. «Denn jetzt ist ja schließlich geöffnet.»

«Wahrscheinlich verjagst du alle.»

«Meinst du? Sei ganz beruhigt, ich werde jetzt mal eine Runde zum Friseur hinauf drehen und hören, was es Neues gibt.»

«Dann hat er ja wohl Zeitungen, die ich nicht habe.»

Der Mann mit der Baskenmütze lachte.

«Wo soll ich den Karton mit dem Mittsommerkram hinstellen?»

Blomgren sah Johanna verstohlen an. «Stell ihn einfach irgendwohin.»

Johanna stellte den Karton krachend auf den Glastresen genau auf Blomgrens linke Hand. Sie zwang ihn, ihr in die Augen zu sehen. «Na, ist jetzt alles wieder so wie vorher? Die fette Emily ist wieder da, und ich bin abgemeldet?»

«Aber Johanna ...»

«Johanna hier und Johanna da. Pass bloß auf, Thomas, ich bin noch nicht fertig mit dir.»

«Aber Johanna ...»

«Ja, ich weiß, dass du verheiratet bist und dass Frau Fleischberg zurück ist, aber du liebst mich. Sie kann uns nicht länger alles kaputtmachen!»

Gegen seinen Willen breitete sich ein kleines Lächeln auf Blomgrens Gesicht aus, und seine Augen waren feucht, als er sich abwandte.

«Ich muss die Aushänger anbringen», sagte er. «Die Abendzeitungen. Einer unserer schwedischen Popstars erzählt von ihrem Vater und seinen Alkoholproblemen. Das wird Platten-Birger freuen, denn sie hat gerade eine Platte herausgebracht. Wenn es mit dem Verkauf richtig gut läuft, dann wird Orvar vielleicht wieder einen Job bei ihm kriegen. Was des einen Not, ist des anderen Brot. Oder umgekehrt.»

Emily hielt ihre Hände gegen das Licht. Es waren immer runde, weiße, hausfrauliche und mütterliche Hände gewesen, mit mittellangen Nägeln, Perlmuttlack und blankem Ehering. Doch während der Mittsommerwoche hatten diese Hände Schrammen und Schwielen bekommen. Fünf Tage in der Natur. Seither hatte sie die Nägel kurz geschnitten und aufgehört, sie zu lackieren. Sie hatte die Gartenhandschuhe weggeworfen und mit den bloßen Fingern im Mohrrübenbeet gegraben. Sie stach sich, als sie Brombeeren und Himbeeren pflückte, und sie war stolz auf ihre neuen Hände. Mit diesen Fäusten war ihr am Mittsommerabend gelungen, Johanna aus ihrem Heim zu treiben.

Nun, drei Monate später, drückte Emily die Hände gegen das geputzte Küchenfenster, ohne sich darum zu scheren, dass sie Abdrücke hinterließen. Das Leben zerrann ihr zwischen den Fingern.

Mama, Papa, Schule, Hund, Heim, die Post, Kino und Café mit Blomgren, Hochzeit, Schwangerschaft, Paula, Depression, Kindergeburtstage, wieder Schule, Heim und Herd, Weihnachten, Schlankheitskuren, Blomgrens Reise zum Vierzigsten, Krampfadern, Paula zieht aus, die Knie, Frühstücksbedienung, Ekstadt. Für all das war sie weder froh noch dankbar.

In Blomgrens sanfter Stimme schwang eine grausame Härte mit, wenn man aufmerksamer hinhörte als die Kunden in seinem Zigarrenladen. Nur von ihrem Vater hatte sie Wärme und Freundlichkeit erfahren. Er war der Einzige, der sich um sie scherte. Ihre Mutter war an anderen Menschen nicht interessiert gewesen. Sie hielt sich an ihre Kochrezepte. Die sahen sie nicht an und stellten keine bohrenden Fragen. «Emily, reiß dich zusammen. Steh nicht einfach nur da.»

Der unwillkommene Schwiegersohn Blomgren hatte mit schwimmenden Augen während der quälenden Sonntagsmahlzeiten bei den Schwiegereltern geschwiegen und gelitten. Keiner widersprach Doktor Schenker, der da bräsig am Kopf der Tafel seine Phrasen drosch. Wenn seine Frau zwischendurch klagte und meckerte, dann taten alle so, als würde sie über das Wetter reden.

Die Fahrradklammern an Oberstudienrat Ekstedt, in die sich Emily zuerst verliebt hatte, erschienen ihr jetzt plötzlich lächerlich. Je länger sie an ihn dachte, desto mehr floss sein Gesicht mit dem Blomgrens zusammen. Streng genommen waren die beiden sich ganz schön ähnlich.

Sie fühlte sich allein gelassen, fror und erstickte gleichzeitig, war menschenscheu und hungrig nach Gesellschaft. Die Küche war ein Gefängnis, aber wenn sie auf die Terrasse, hinaus in die frische Luft, ging, fühlte sie sich noch eingesperrter.

Sie öffnete die Klappe zur Abstellkammer unter der Treppe, wo Blomgren aus unerfindlichen Gründen alte Zeitungen aufbewahrte. Sie suchte ziellos in ihnen herum. Jetzt, da das Haus nicht mehr ständig von dem Geruch nach frischem Backwerk und Braten durchzogen war, fand sie plötzlich, dass es nach Rentnern roch. Verfaulte Äpfel. Bald war das Leben vorbei.

Es klingelte in ihrer Tasche, und sie fischte das schnurlose Telefon hervor. Warum hatte sie überhaupt so ein Ding, wenn sie doch niemand brauchte? Ihr Vater war dran. «Warum kommst du nicht zu mir herauf, und wir trinken zusammen Kaffee?»

«Ich weiß nicht, Papa. Mir geht's nicht so gut.»

«Ich weiß, was da hilft. Prinzesstörtchen! Ich werde sogleich zur Konditorei hinuntergehen und welche holen. Grün, oder?»

«Ja, Papa, ich komme. Aber ich nehme lieber rosa oder gelb.» Emily ging ins Badezimmer und knipste die Neonleuchte an. Sie besah sich im Spiegel, ohne die übliche Miene mit den hochgezogenen Augenbrauen und dem freundlichen, aber würdigen Lächeln aufzulegen. Wer war diese fremde, aufgedunsene Frau mit den traurigen hellblauen Augen? Der korrekte graue Pagenschnitt mit den hellen Strähnchen passte überhaupt nicht zu der Mondlandschaft, die er einrahmte. Angst, Einsamkeit und Fett. Wie hatte es so weit kommen können?

Gerade eben war sie doch noch ein kleines Mädchen mit kräftigen Waden gewesen, das im Faltenrock Himmel und Hölle spielte. Dann ein verschwitzter unglücklicher Teenager mit Fettwülsten überall. Und jetzt eine verschwitzte unglückliche Hausfrau, die nur am Sonntagmorgen auflebte, wenn sie die Frühstücksbedienung in der Pension Saltlyckan spielen durfte.

Im selben Moment klingelte wieder das Telefon, und Emily roch förmlich den trockenen Geruch der Missionsstation, in der ihre Tochter arbeitete.

«Paula!»

«Was, du bist da? Ich wollte mit Papa reden. Du hattest ihn doch verlassen. Schon vor Monaten!»

«Alles nicht so einfach.» Emily sah aus dem Fenster. Eine Bachstelze hüpfte hektisch auf den Steinen herum, wo sonst immer fein geschnittener Bacon für sie lag.

«Ich hoffe, dir ist klar, dass du dich blamiert hast», sagte Paula am Telefon mit einer Paula-Stimme, die genau zu den ärgerlichen Bewegungen der Bachstelze passte. «Als ich mit Mirja von der Bank telefoniert habe, hat sie mir gesagt, dass du im Auto wohnen würdest. Im Wald! Und dass du Sex mit einem Touristen hattest. Draußen! Möge Gott dir deine Sünden vergeben. Aber daran denkst du ja wahrscheinlich nicht mal. Du interessierst dich natürlich nur für dich selbst.»

«Es waren ja nur fünf Tage», murmelte Emily. «Ich wollte ein neues Leben anfangen.»

«Das ist doch lächerlich, Mama. Übrigens brauchen wir hier jede Menge Werkzeug. Würdest du bitte einen Rundruf auf Saltön starten und gebrauchtes Werkzeug sammeln und herschicken? Nicht zu gebraucht allerdings. Nicht so wie letztes Mal.»

«Ich weiß nicht, ob ich die Zeit habe ...»

«Zeit? Du hast doch alle Zeit der Welt. Mal im Ernst: Wäre es nicht ein schönes Gefühl, zur Abwechslung mal etwas Nützliches zu tun? Einmal Gott zu dienen und nicht nur dem Mammon?»

Als Teenager hatte Emily Tagebuch geschrieben. Sie hatte jedes Jahr ganz genau ein rot eingeschlagenes Buch gefüllt. Große Begebenheiten hatten manchmal nur eingeschränkten Raum bekommen können. Ein rotes Tagebuch mit einem Goldherz für jedes Jahr. Sie hatte sie nicht nur mit einem kleinen Schloss versiegelt, sondern dazu noch mit einem roten Seidenband, das sie zu einer Rosette geknotet hatte.

Neun komplette Tagebücher hatte sie in ihr Haus mitgebracht, doch Blomgren hatte sie verbrannt. Er hatte sie ganz einfach in den Ofen gesteckt. «Jetzt bist du eine erwachsene Frau», hatte er mit sanfter Stimme gesagt. «Schluss mit dem Mädchenquatsch.» Der stille, feine Blomgren, den alle Kunden verehrten.

Sie ging in die Spätsommerwärme hinaus und schloss die Tür hinter sich. Abends kamen immer noch Weberknechte hereingeflattert. Sie nahm das Auto den kurzen Weg zur Arztvilla hinauf, um niemandem begegnen zu müssen.

Routinemäßig schaute sie in den Briefkasten ihres Vaters. Ein paar Zeitschriften für das Wartezimmer und ein farbenfrohes Reklameblatt mit einer unglücklichen und verschwitzten dicken Frau, die mit verbundenen Augen auf einer Waage stand.

«Jetzt ist es Zeit. Freunde dich mit deinem Körper an. Hier und jetzt, auf Saltön. Startpaket für den Monatskurs nur 1.695 Kronen. Kochbuch inklusive.»

Ihr Vater hatte ein wenig ungeschickt gedeckt, wie immer mit dem Besteck auf der falschen Seite. Er sah seine Tochter erstaunt an, als sie den Teller mit den Törtchen wegschob. «Was ist denn mit dir los, Emily? Was ist passiert?»

«Keine Prinzesstörtchen mehr für mich, Paps. Jetzt fängt mein neues Leben an.»

«Ausgezeichnet», sagte der Vater, «dann kriege ich zwei.»

Das Haus lag am äußeren Rand des Ortes, direkt oberhalb der Konservenfabrik *in the middle of nowhere*. In den fünfziger Jahren war Rut Janssons Kurzwarenladen darin gewesen, und danach hatte es mit seinen beiden großen Schaufenstern rechts und links von der Eingangstüre lange leer gestanden. Eine kurze Zeit in den Siebzigern hatten die Hare-Krishna-Leute es bewohnt und neugierigen Saltönbewohnern Linsensuppe angeboten. Das Kollektiv hatte mit Hilfe von Rut Janssons Ladeneinrichtung kleine gemütliche Feuerchen auf dem Holzfußboden gemacht. Die Mahagonischubladen hatten besonders gut gebrannt. Am Ende hatten sie keine Lust mehr und waren nach Göteborg zurückgekehrt, wo sie sich Anzüge gekauft und Plattenläden und Solarien eröffnet hatten.

In den achtziger Jahren war das Haus von einem Erfinder gekauft worden, einem Inventor. Das hatte jedenfalls in Neonbuchstaben auf dem Dach gestanden: *Inventor Big Boy*. Niemand hatte so richtig gewusst, was da drin vor sich ging, aber es mussten große Sachen sein. Der Gang an die Börse war nicht mehr weit, und bald würde es Ausbau und neue Arbeitsplätze geben!

Der Besitzer, Geschäftsführer und gleichzeitig Vorstandssprecher Percy Lillen Boy hatte sich vor dem Eingang der Firma von dem radelnden Reporter der *Saltö Tidning* interviewen lassen. Vor den Schaufenstern hingen schwarze Gardinen. Dann interessierte sich der Gerichtsvollzieher für das Haus, und Percy Lillen Boy wanderte ins Gefängnis.

Und dann kam das solide, multinationale Unternehmen *Freunde-dich-mit-deinem-Körper-an* und kaufte die Bruchbude. Das alte Haus wurde rosa angestrichen und bekam eine kleine Pizzeriamarkise über dem Eingang. Ein Rasen wurde ausgerollt, und die Fassade wirkte jetzt wie aus *House and Garden* ausgeschnitten. Rut Janssons Schaufenster wurden von riesengroßen Bildern mit lachenden und laufenden Menschen in Sporttrikots ausgefüllt. Schmal wie Bleistifte, aber mit riesengroßen weißen Zähnen. Auf giftgrünen Pfeilen stand, wie viel diese Menschen zuvor gewogen hatten und wie viel weniger sie jetzt wogen, da sie so große Zähne bekommen hatten.

Emily keuchte schwer außer Atem, als sie den Hügel hinaufkam. Sie hasste sich selbst und ihr rotes verschwitztes Gesicht. Sie öffnete ihre kleine Handtasche aus Schildpatt und holte das Lippenstiftetui heraus. Die Sonne brannte schonungslos, als Emily einen Blick in den Verkleinerungsspiegel (als ob das helfen würde!) warf. Sie war noch viel roter und verschwitzter, als sie gedacht hatte.

Gott im Himmel, es war wirklich hoffnungslos. Der Einzige, der sie hätte trösten können, war ihr Vater, aber in diesem Fall wäre er keine große Hilfe, denn er war ebenso dick wie sie. Sie sah sich gründlich um, ehe sie zur Tür ging. Für den Fall, dass irgendein übel gesinnter Mensch und womöglich die dämliche, magere und promiskuitive Johanna auftauchen sollte, hatte sie sich ein paar Antworten zurechtgelegt: «Ja, mein Gott, hat der Kurzwarenladen zugemacht? Und das, wo ich für die Freizeithose MEINES MANNES Knöpfe kaufen wollte. Himmel nochmal, wie die Zeit vergeht!»

Aber die Straße war leer und sonnenbeschienen. Emily atmete schwer und starrte auf die Tür. Könnte dies der Schlüssel zu allem sein?

Fünf Minuten vor drei versuchte sie die Glastür zu *Freunde-dich-mit-deinem-Körper-an* aufzumachen. Sie war verschlossen. Wie peinlich. Draußen am Bürgersteig parkten einige glänzende Autos, und sie meinte, aus dem offenen Fenster im zweiten Stock ein Radio zu hören.

Emily beschloss augenblicklich, wieder nach Hause zu gehen, und sie hatte gerade mit dem Abstieg begonnen, als sie eine gellende Jungmädchenstimme hörte. «Hallo, sind Sie Emily? Warten Sie doch, ich mache Ihnen auf!»

Emily wandte sich mit düsterer Miene um und sah eine junge gut geschminkte Frau in einem weißen Baumwollkleid mit fest gezurrtem Gürtel in der Türöffnung stehen.

Die Frau drohte scherzhaft mit dem Finger. «Das waren

doch Sie, die angerufen haben, oder? Ich erkenne Sie wieder! Ich habe Sie nämlich irgendwann um Mittsommer herum unten beim Trimmplatz gesehen. Waren Sie das nicht, die da in einem Auto gewohnt hat? Eigentlich haben wir noch nicht auf, aber weil ich gesehen habe, dass Sie schon drauf und dran waren, wieder zu gehen, mache ich eine Ausnahme.»

Emily lächelte, denn sie war doch erleichtert, reingehen zu können, und fühlte sich noch sicherer, als das Mädchen die Tür hinter ihnen zuschloss. Die Eingangshalle war hellgelb wie Sahneeis mit echter Vanille, und in großen Ständern drehten sich Vollkornpakete und Packungen mit fettfreiem Mikrowellenpopcorn. Sie streckte ihre Hand aus. «Emily Blomgren.»

Das Mädchen nahm Emilys warme rechte Hand zwischen ihre beiden knochigen Hände. «Céline. Wir reden uns hier nur mit Vornamen an.»

Emily sagte sich, dass sie Céline überlegen war, weil ihr Vater Arzt war, ihr Mann den Zigarrenladen des Ortes besaß und sie selbst eine wohlgeratene, gut gewachsene Tochter hatte, die in Afrika verlobt war. Außerdem sprach sie deutsch, und das konnte Céline sicher nicht.

«Bitte schön, kommen Sie doch in mein Büro», sagte Céline. «Ich bin hier die Geschäftsführerin, und ich war einmal fast so dick wie Sie. Hätten Sie das gedacht?»

Sie lachte herzlich und wies auf eine Fotografie auf dem Tisch, die einen fetten Teenager zeigte, der breitbeinig an einem Pool saß und Folienkartoffeln mit Crème fraîche aß. «Ja, sehen Sie nur hin, Emily. Das bin ich, die da sitzt. Unglaublich, nicht? Und Sie können so werden wie ich! Hätten Sie das gedacht?»

Emily betrachtete mit düsterer Miene Céline, die gewiss schlank war, aber aus gierigen Fettzellen zu bestehen schien, die sich danach sehnten, dass alles wieder so werden würde wie früher. Vor dem breiten Gürtel, dem kurzen Rock und dem fettfreien Popcorn.

«Ein halbes Jahr meines Lebens», konstatierte Céline. «Natürlich kommt Ihnen das furchtbar lang vor (sie maß die Entfernung mit den Händen ab). Ich weiß genau, was Sie denken, Evelyn.»

«Emily.»

«Ich weiß genau, was Sie denken, Emily. Sie wollen in drei Wochen dreißig Kilo verlieren. Aber überlegen Sie doch mal selbst, Emily. Wie lange haben Sie gebraucht, um all diese Pfunde zuzulegen? Doch nicht nur drei Wochen, oder?» Sie zwinkerte bedeutungsvoll. «Ja, ich habe mein Ziel erreicht, und dann wurde ich hier angestellt, und jetzt bin ich Geschäftsführerin.»

Emily bezahlte den Kursbeitrag und bekam eine Quittung, auf der eine durchgestrichene Zimtschnecke als Logo abgebildet war. «Und jetzt kommt das Geschenk: Ehe die anderen kommen, bekommen Sie ein kleines Mantra von mir. Es gibt ein Wort, das Sie nie mehr sagen dürfen. Und das ist ‹Abnehmen›. Wenn Sie ‹Abnehmen› denken wollen, dann denken Sie einfach stattdessen das Mantra. Und Ihr Mantra ist: ‹Freunde dich mit deinem Körper an›.»

Wäre das hier immer noch ein Kurzwarenladen gewesen, dann hätte Emily jetzt ein paar Knöpfe kaufen, sich bedanken und auf Wiedersehen sagen können. «Ich will schnell abnehmen», sagte Emily. «Ich habe es eilig.»

Céline öffnete den Mund wie ein Fisch, aber im selben Augenblick klingelte es an der Tür. Sie schaute auf ihre kleine goldene Uhr.

Draußen vor der Tür warteten mehrere Frauen unterschiedlichen Alters und Formats und ein großer, kräftiger grauhaariger Mann in den Vierzigern. Emily reckte ihren Hals, sog die Wangen ein und zerrte an ihrem Perlenhalsband, das sie einschnürte und unter dem Kinn schweißnass geworden war. Sie zog Céline am Arm. «Kann ich nicht so eine Art Privatstunden bekommen?»

Céline schüttelte ihren Arm ab und zog am Gürtel um ihre Taille. «Das kann ich Ihnen leider nicht bieten, Emily. Unser Hauptgeschäft in Stockholm hat in der Tat Einzelpersonenbetreuung für Prominente, die nicht von gewöhnlichen Leuten angeglotzt werden wollen. Aber Sie sind ja nicht berühmt. Machen Sie sich keine Sorgen, Emily. Bald finden Sie hier Kameraden. Oder Mitglieder, wie wir es nennen.»

Nachdem sie sich gewogen hatte, setzte sich Emily ganz nach hinten und studierte die anderen. «Hallo, fette Kameraden», murmelte sie leise vor sich hin. Der einzige Mann in der Gruppe kam ihr bekannt vor. War er nicht der Polizist, der ihr geholfen hatte, als ein Tourist am Mittsommerabend vorigen Jahres ihren Zaun umgefahren hatte? Ganz genau. Nicht von hier. Er sah nicht einmal schwedisch aus mit seinem dicken grauen Haar. Er hatte keinen Hals.

Als Aufwärmübung mussten alle Mitglieder erzählen, wie sie zu dem Treffen hingekommen waren.

«Ich wollte ja eigentlich zu Fuß gehen», sagte der Polizist, «aber ich habe das Auto genommen, weil ich so furchtbar ins Schwitzen gekommen wäre.»

«Und wie ist das, wenn Sie Streife gehen?», kicherte ein riesenhaftes Mädchen in einem rosa T-Shirt. Die Arme standen ihr fast gerade vom Körper weg, und sie hatte erstaunlich kleine Füße. Emily schielte auf ihre eigenen.

«Witze auf Kosten anderer verbitten wir uns hier», sagte Céline.

«Ist schon in Ordnung. Da sollten Sie mal hören, was die anderen auf der Wache sagen. Die vergleichen mich mit dem Polizisten bei den Simpsons.»

Alle, die Kabelfernsehen hatten, lachten. Dann wandte sich

der Polizist plötzlich um und zwinkerte Emily zu, die sofort zu Boden sah.

Céline rief die Mitglieder zur Ordnung. «Mitglieder ist doch ein netteres Wort als Kunden! Schon bald werden Sie sich ganz einfach wie eine Familie fühlen.»

«Eine Familie von Mitgliedern?», fragte Emily und zog eine Augenbraue hoch. Der Polizist drehte sich um und lächelte mit weißen Zähnen.

Die Mitglieder wurden jetzt aufgefordert, in ein Kästchen ganz unten auf der Gewichtskarte, auf der ihr aktuelles Gewicht in roten Ziffern leuchtete, ihr Wunschgewicht einzutragen. Emily, die neunundneunzig Komma neun Kilo wog, schrieb siebenundfünfzig, denn Blomgren hatte unvorsichtigerweise behauptet, dass Johanna das wiegen würde. Sie sah aus dem Fenster auf eine Hecke Ölandsginster und musste unwillkürlich an Ragnar Ekstedt denken. War er wieder in Kalmar? War er vielleicht stolz auf seine Mittsommerromanze? Gab er damit im Lehrerzimmer seiner Schule an? Oder hatte er Emily als schimpfliche Affäre aus seiner Erinnerung getilgt, während er neue Damen mittleren Alters umwarb, die in ihren Ehen nicht genügend Aufmerksamkeit bekamen? War sie nur eine neue Kerbe in seinem Holz? Wenn er sich auf ebenso freigebige und des Kochens mächtige Liebhaberinnen wie Emily spezialisiert hatte, dann war der Sommerurlaub für ihn ein voller Erfolg gewesen.

Von fern her hörte sie Céline ihre (über)gewichtige Geschichte erzählen, während sie mit einem kleinen Zeigestock in Form einer Porreestange auf einen Fettwulst auf dem Overheadbild zeigte. «Wahrscheinlich werden Sie nicht glauben, dass ich das bin.»

Die Mitglieder murmelten höflich. Einige schüttelten die Köpfe. Dann berichteten mehrere Mitglieder von ihren schlechten Essgewohnheiten, ein paar in entschuldigendem Tonfall, andere scherzhaft. Der Polizist lebte, seit seine Freundin ihn verlassen hatte, rund um die Uhr von Fastfood, und das Mädchen konnte an keinem Geschäft mit Süßigkeiten vorbeigehen. Da hagelte es Ratschläge. «Kein Geld in der Tasche. Gehen Sie einen anderen Weg.»

Céline hörte höflich zu, lächelte ein wenig, reckte dann den Hals und ergriff das Wort: «Jetzt hat nur Emily noch nicht von ihren Problemen gesprochen.»

«Probleme? Meine Sorgen betreffen eher den Bereich Soufflé und Paté», sagte Emily und lächelte wie eine Königin.

8 MacFie saß auf dem Brunnendeckel und betrachtete seine Katze. Sie sah alt und mitgenommen aus und hatte vom Schlaf verklebte Augen.

«Ja, du, Clinton», sagte MacFie.

Clinton leckte sich die rechte Vordertatze.

«Ich habe gesagt, ja, du, Clinton.» Er betrachtete seine Hände, die Hände eines alten Mannes, stark, mitgenommen und mit braunen Flecken. Verdickungen an allen Knöcheln. Vom Hühnerhaus her hörte er Gregory Peck mitleidsvoll kollern. Clinton schielte auf seine Tatze. «Frauenzimmer sind eigentlich ein abgeschlossenes Kapitel für uns. Das waren sie jedenfalls.»

Clinton erhob sich, reckte sein Hinterteil und ging zehn Meter weiter und setzte sich unter einen Birnbaum. Zwei Hühner flatterten aufgeregt davon. «Aber als Sara in der Mittsommernacht zu mir auf die Insel gekommen ist, da wusste ich mit einem Mal, warum ich eine ganze Woche lang so rastlos gewesen war. Dass sie und ich eben kein abgeschlossenes Kapitel waren.»

Clinton folgte mit dem Blick einem Huhn, das zum Sandhaufen spazierte, wo es ein Bad nahm, sich plusterte und die Sandkörner durch Federn und Daunen rieseln ließ. MacFie musste lauter reden, damit die Katze ihm auch zuhörte.

«Und wie soll das jetzt weitergehen? Wir sind vierzig Jahre auseinander. Zweiundvierzig, wenn man ganz ehrlich sein will. Es wäre leichter, wenn ich eine Katze wäre. Dann wäre ich schon tot.»

Man konnte ein unterdrücktes Kichern von der anderen Seite der Schneeballhecke hören, und im nächsten Augenblick liefen sechs kleine Mädchen mit eingezogenen Köpfen auf dem Weg zum Badeplatz vorbei.

MacFie stand auf und holte Handschuhe und den Hut mit Schleier, der auf einem Haken an der Hauswand hing. Er ging zu seinen Bienenkörben hinüber. Clinton stand ebenfalls auf und folgte ihm.

Es wurde langsam Zeit, zu entscheiden, welche Völker überwintern durften. Vielleicht könnte er zwei zusammenlegen. Die schwächste Königin wegnehmen und das schwache Volk mit einem stärkeren zusammenbringen, wenn er ein paar Zeitungen dazwischen tat.

«Ja», sagte MacFie zu den Bienen, «die Zeiten werden schlechter. Ich muss Ihnen leider sagen, dass es noch sehr lange hin ist, bis die Stachelbeerbüsche wieder in Blüte stehen.»

Er wandte sich erneut der Katze zu. «Hast du dir schon mal überlegt, was Saras Vater wohl sagen wird? Er ist zehn Jahre jünger als ich. Er wird mich umbringen wollen. Das würde ich jedenfalls an seiner Stelle tun.» MacFie brach in Lachen aus. «Aber das ist es wirklich wert.»

Clinton strich ihm um die Beine. «Es ist schlimm, wie geschwätzig ich in diesem Sommer geworden bin.» Clinton strich ihm um das andere Bein. «Das ist mit der Liebe gekommen. Ich habe in all den Jahren, seit ich nach Saltön zurückgekommen bin, nicht so viel zusammenhängend geredet wie in den paar Wochen, seit ich Sara getroffen habe. Die Liebe hat mich verändert. Und Sara auch. Sie hat doch so furchtbar geflucht, als wir uns kennen lernten. Jetzt kommt kein hässliches Wort mehr über ihre Erdbeerlippen. Wenn sie nur endlich aus Stockholm zurückkommen würde.»

MacFie ritzte auf die Tür zum Holzverschlag einen Strich, den fünften Strich ordentlich horizontal. Das würde Sara gefallen, denn sie war ja im Grund ihres Herzens doch Lehrerin.

Einen Monat hatten sie gehabt, ehe Saras klappriger alter Vater sich beim Joggen auf Djurgården das rechte Bein an zwei Stellen gebrochen hatte. Peinlich für den Alten und eine große Tragödie für Sara, die MacFie verlassen musste, um im Reformhaus ihres Vaters die Stellung zu halten.

«Komm doch mit, MacFie», hatte sie gebettelt. «Stockholm ist nicht schlimm.»

Er hatte nur den Kopf geschüttelt. Saras Bild von ihm war, dass für ihn Saltön die ganze Welt sei, und das gefiel ihm gut so. Als sie einmal Radio Schweden gehört hatten, hatte sie zufällig mitbekommen, dass MacFie Spanisch konnte, und da war sie richtig erschrocken gewesen.

«Wenn sie das mit dem Altgriechisch und dem Latein erfahren würde oder dass ich zweiundzwanzig Jahre in Paris gelebt habe, dann würden wir nichts mehr von ihr zu sehen kriegen», sagte MacFie und beugte sich herab und strich Clinton fest und methodisch über den Rücken, so, wie Clinton es liebte. «Sie will einen Bauern, und einen Bauern soll sie bekommen», fuhr er fort.

Er sah zu den Sonnenblumen hinüber, die an der Ecke zum Holzverschlag standen und in der Sonne badeten. Die längste war über zwei Meter hoch. «Ja, du, Clinton, es ist wirklich unser Glück, dass Sara so mit sich selbst beschäftigt ist.»

Es knackte nicht schlimm in den Knien, und MacFies langer, sehniger Körper schmerzte kaum, als er sich herunterbeugte, um die Hühner zu füttern. «Ja, ja», sagte er zu seinem Lieblingshuhn Esther Williams, «nun könnte sie langsam mal zurückkommen. Ich werde noch ganz heiser von all dem Reden.»

Clinton sah ihn müde an, ehe er dazu überging, sich den Rücken zu lecken.

«Ich habe ja nur gesagt, dass ich hoffe, dass sie bald wiederkommt», sagte MacFie zu Clinton. «Du wirst dich schon daran gewöhnen. Es ist ja nicht so, dass sie hierher ziehen wird. Nur manchmal hereinschauen. Einen Besuch machen, wie man so schön sagt. Auch im Haus. Es kann keine Rede davon sein, dass sie sich aufgedrängt hätte, deshalb wäre ich dir sehr dankbar, wenn du das Fauchen das nächste Mal unterlassen könntest.»

Clinton verschwand, den Schwanz gerade hoch in den Spätsommerhimmel gereckt.

«Du alte Schwatzbude», sagte MacFie zu seinem Spiegelbild in der riesigen Zinkkanne, die an einem Haken an der Hauswand hing.

Er ging näher heran, damit das Spiegelbild unscharf wurde. Er sah wirklich nicht sonderlich alt aus.

Im Reformhaus war es ruhig. Sara versuchte die Sehnsucht nach MacFie zu verdrängen, indem sie, während sie Ginseng, russische Wurzeln und Leinsamen verkaufte, an ihre Kindheit zurückdachte, die sie in diesem Viertel verbracht hatte.

Sara hatte den Körperkult, den ihre Eltern betrieben hatten, nie gemocht. Sie war in der Schule dafür gehänselt worden, und man hatte ihre Eltern Mama Mohrrübe und Papa Porree genannt. Zu den Elternabenden waren sie in Trainingsanzügen erschienen, und Sara war schon dankbar gewesen, dass sie überhaupt etwas anhatten, denn zu Hause war das nur selten der Fall. Die Haut muss atmen, hatten sie gesagt.

Mit den kalten Abreibungen jeden Abend hatte ihr Vater offenbar auch nach dem Tod der Mutter weitergemacht und tat es jetzt sogar mit eingegipstem Bein. Jeden Morgen stand wunderbares Kartoffelwasser auf der Spüle und wartete nur auf sie. Und sogar jetzt noch, nach der Ausbildung auf der Pädagogischen Hochschule zur Lehrerin und als würdige Witwe, schlug Sara die Augen nieder und log, sie habe sowohl von der russischen Wurzel als auch von dem furchtbaren Pilz gegessen. Während ihr Vater sie strafend anblickte. Die Augen klar durch

Vitamin A. «Niemals Mohrrüben ohne Butter, Sara. Dann kann man das Karotin nicht aufnehmen.»

«Ja, ja, Papa.» Manchmal wünschte sie, sie wäre Ärztin geworden, um ihm etwas entgegensetzen und herzhaft über seinen Hang zu Fischlebertrankapseln und uralten Ginsengwurzeln lachen zu können.

Obwohl im Laden sehr viel zu tun war, konnte sie nachts nicht schlafen und wünschte, sie hätte wenigstens ein Foto von MacFie, das sie anschauen könnte. Doch wie ein verliebter Teenager sah sie sein Bild deutlich und klar vor sich, hörte sie seine Stimme und spürte seine Hände auf ihren Schultern.

Autos hupten, Katzen schrien, Bremsen quietschten, und Touristen palaverten auf der Straße. Bierdosen rollten, ein Feuerwerk erblühte.

MacFie hieß William mit Vornamen. Würde sie diesen Namen eines Tages aussprechen können, ohne laut loszulachen? Bill? Nein!

Sie hatte ihm jede Information aus der Nase ziehen müssen. Begriff er denn nicht, dass man, wenn man verliebt war, alles voneinander wissen wollte? Na ja, fast alles.

Axel hatte stundenlang, ohne je zu ermüden, von sich reden können.

MacFie erzählte nichts und fragte auch nicht. Das brauchte er streng genommen auch gar nicht. Er erhielt alle Informationen, ohne darum gebeten zu haben. Reine Großzügigkeit, dachte Sara und lächelte in ihrem Bett auf Södermalm.

Zunächst hatte sie gedacht, dass er zwar intelligent, aber nicht intellektuell sei, doch eines Tages zitierte er Sartre, und dann kam er irgendwann mit der *Göttlichen Komödie*. Ganz zu schweigen von der *Ilias*. Die konnte er komplett auswendig.

Als sie nach einem langen Abend im *Kleinen Hund* Mozzarella und sonnengereifte Tomaten aus der Restaurantküche mitgebracht hatte, hatte er in seinem Kräutergarten etwas Basilikum abgepflückt und dabei erwähnt, dass er eine Weile in Rom gelebt habe. Was verstand er wohl unter «einer Weile»? Dreißig Jahre oder eine Woche? Seine Zeitvorstellungen waren eigenartig. Sara war auch einmal eine Weile in Rom gewesen, genauer gesagt sechsunddreißig Stunden, als sie im Sommer nach dem Abitur Interrail gefahren war.

Es war wirklich schade, dass MacFie so gar nicht bereit war, Saltön zu verlassen. Ansonsten hätte er mit ihr nach Rom oder Athen fahren und dort ein wenig mit seinem klassischen Wissen brillieren können. Hatte er vielleicht ein Fernstudium absolviert? Oder vielleicht mit jemandem korrespondiert? So wie man es früher angeblich viel gemacht hatte? (Das hatte jedenfalls ihr Methodiklehrer gesagt.)

Wahrscheinlich war es seine klassische Bildung, wegen der MacFie nicht den hiesigen Dialekt sprach wie sonst alle auf Saltön.

Auf der anderen Seite des Nybroviken eilte der Botschafter die Treppen des *Hotel Diplomat* herunter. Die Morgensonne spiegelte sich in den bunten Glasscheiben des Treppenhauses wider. Zwei Japaner mit großem Gepäck passierten ihn in langsamer Bewegung auf ihrem Weg nach oben in dem alten Fahrstuhl. Sie betrachteten ihn interessiert durch die Stäbe des verschnörkelten Eisengitters.

Die Morgensonne schien auch in das Foyer. Der kleine runde Türsteher streckte sich, so gut er konnte, in seiner maßgeschneiderten Uniform und öffnete dem Botschafter mit einer großartigen Geste die Tür, der dann leichtfüßig in Richtung Djurgårdsbron davonlief. Er hatte sich im Hotelzimmer bereits aufgewärmt und deshalb schon Schwitzflecken zwischen den Schulterblättern. Er war noch keine vierzig. Sein Haar war gut geschnitten, die Fingernägel manikürt, er war sonnengebräunt, eingeölt und relativ gut trainiert. Sein Haar war von einem etwas unnatürlich wirkenden Silberweiß, und er trug sehr teure Laufschuhe, doch sein unruhiger Blick verriet ihn. Er war nicht sonderlich selbstsicher und nicht einmal zufrieden mit sich.

Der Botschafter hieß eigentlich Philip und war überhaupt kein Botschafter, sondern Designer. Nach ein paar Minuten lief er an den alten Schiffen am Strandvägen vorbei und erlaubte sich, ein paar Sekunden bei dem Kutter *Elin von Saltön* stehen zu bleiben, scheinbar aus Interesse, doch in Wirklichkeit aus panischer Angst vor den Herzrhythmusstörungen, die ihn manchmal ereilten. Er las die kleine Informationstafel am Steg:

> «Gebaut 1898 auf Henån. Besitzer: Fischer Edgar Antonsson auf Saltön, als Krabbenkutter verwendet. An den Neffen Orvar Anton vererbt. In der ersten Hälfte der fünfziger Jahre als Touristenschiff auf der Linie Smögen–Saltön–Marstrand gefahren. Bei Pater Noster 1957 gesunken. Geborgen 1958–59. Renovierung von der derzeitigen Besitzerin Elin Svensk in den sechziger Jahren begonnen. Dauert noch an.»

Elin von Saltön. Kein Ortsname in ganz Schweden war für ihn so mit Erinnerungen besetzt wie Saltön an der Westküste, wo Philip alle Sommer seiner Kindheit verbracht hatte. Er spürte den Geruch von Salz in der Nase, als er jetzt über den Nybroviken schaute.

Schon bald würde er dort sein. Die Hummerpremiere verpasste er nie. Zwar hatte er keine richtigen Freunde auf Saltön und konnte deshalb beim Krebsfang selbst nicht mitmachen. Das hätte er ganz gern getan, wenn das Meer, anders als um diese Jahreszeit üblich, einigermaßen ruhig gewesen wäre. Aber auf den Festen war man nicht kleinlich, vor allem nicht, wenn die Gäste von außerhalb genügend Whiskey im Gepäck hatten.

Das beste Fest von allen fand immer in dem alten rot angestrichenen Magazin des Hafens statt, wo es streng roch, auch wenn man dort schon seit vielen Jahren keinen Lengfisch mehr trocknete. Die rohen Planken auf der Innenseite waren ein schöner Kontrast zu den weißen Tischdecken und den Kandelabern, die bei dem Fest Tradition hatten. Die knallroten Hummer lagen fertig geöffnet in eleganten Pyramiden zwischen ein paar riesigen Kerzenleuchtern, die der Konservenfabrikant Månsson in Polen gekauft hatte. Die Leute setzten sich im Sonntagsstaat auf lange Bänke, und inzwischen beging auch Philip nicht mehr den Fauxpas, in Clubjacke, schräg gestreiftem Schlips und weißen Hosen zu erscheinen.

Philip wurde auf ganz Saltön der Botschafter genannt, weil sein Vater Diplomat gewesen war und auch schon der Botschafter genannt worden war. Als der Vater vor vier Jahren gestorben war, hatte dessen etwas jüngerer Bruder den Besitz übernommen und auf der Fähre nach Norwegen schnell alles außer dem Wohnhaus, dem Strandgrundstück, dem Steg und dem Bootshaus beim Roulette verspielt. Der kleine Bruder des Botschafters war auch Botschafter genannt worden, und als sein fettes zufriedenes Lächeln eine Woche nach Mittsommer für immer erloschen war, hatte Philip die ganze Sache übernommen, und bei einem kleinen Besuch im Hafen von Saltön hatten die Einwohner nun auch angefangen, ihn den Botschafter zu nennen, wahrscheinlich aus wohlwollendem Respekt oder auch aus reiner Bequemlichkeit.

Philip hatte eine Reinigungsfirma die leeren Portwein- und Punschflaschen wegschaffen lassen. Zum Beginn der Hummersaison wollte er endlich das Haus, in dem er die Sommer seiner Kindheit verbracht hatte, in Besitz nehmen.

Der neue Botschafter lebte ansonsten in Paris, wo er Damenbadeanzüge und Kimonos entwarf. Er lebte ein elegantes, aber einsames Leben und kam nur zwei Mal im Jahr nach Schweden. Eine Woche im *Hotel Diplomat* in Stockholm war Tradition. Tagsüber besuchte er verschiedene Boutiquen für Badeanzüge,

Galerien und Museen, und abends saß er in der Opernbar, wo er keinen mehr kannte.

Er ergriff selten die Initiative, denn die Frauen und Männer, die ihn anzogen, entsprachen dann doch nie seinen Erwartungen. Es interessierte ihn nicht im Geringsten, dass man ihn in Paris für schwul hielt, solange die Frauen seine Gesellschaft und seine Weltläufigkeit in Vier-Sterne-Restaurants genossen. Einige bedauerten dann, dass die Romanze im Taxi zu Ende war, doch die meisten fanden das ganz praktisch.

Er riss sich aus seinen Träumen und vom Anblick des alten Kutters los und nahm seine Joggingtour wieder auf. In diesem Augenblick kam eine schöne Frau direkt vom Junibacken her auf ihn zu. Ihr Gesicht strahlte. Sie war groß, schlank und um die dreißig, hatte gerade Schultern, war ungeschminkt und trug eine Art Trainingsanzug aus den siebziger Jahren und scheußliche Turnschuhe. Sie schwang beim Gehen energisch mit den Armen und hätte beinahe ein Reklameschild für ein neu erfundenes Eis umgerissen, als sie um die Wurstbude bog.

Philip lächelte. «Das war knapp.»

«Knapp daneben ist auch vorbei», antwortete Sara fröhlich, ohne langsamer zu gehen.

«Warten Sie», rief Philip. «Laufen Sie oft hier?»

Sara lachte. «Überhaupt nicht.»

«Wie heißen Sie?»

«Sara. Und Sie?»

Er zögerte einen Moment. Philip in Stockholm, Phil in Paris, jetzt noch der Botschafter auf Saltön, ein Titel, auf den er lächerlich stolz war. Vielleicht würde es Eindruck auf die junge Frau machen, wenn er seinen Nachnamen sagte. «Krusenstierna», sagte er laut, aber seine Stimme kiekste, als sei er im Stimmbruch.

«Vielleicht sehen wir uns ja nochmal», rief sie. Sara war in dem schwer verliebten Stadium, wo sie allen Männern gegenüber großzügig sein konnte, denn bald würde sie wieder MacFie studieren, Knochen für Knochen und Rippe für Rippe. Unglaublich, dass ein siebzigjähriger Mann so sehnig und spannend sein konnte.

Sie waren schon viel zu lange voneinander getrennt.

Sie lief weiter über die Brücke, und Philip sah sie langsam den Strandvägen hinunter verschwinden. Was war nur in ihn gefahren? Er war noch nie spontan gewesen. Er hatte noch nicht einmal mit den Stewardessen geflirtet, auch nicht zu den Zeiten, als diese noch wie Stewardessen gelächelt hatten.

Mit Bitten und Drängen hatte Sara ihren Vater endlich dazu gebracht, den Laden zuzumachen, bis er keinen Gips mehr hatte und wieder arbeiten konnte. Für den Abschiedsabend hatte sie in der Markthalle auf Östermalm Soja-Bratlinge in Form von Heringen, hausgemachten Kartoffelbrei und roh verarbeitete Preiselbeeren gekauft. Sie hatte auf dem Balkon den Tisch festlich gedeckt, mit Servietten, Öllampe und eiskaltem Cidre, aber er war still und gedankenverloren gewesen.

Während sie den ganzen Nachmittag lang den Laden geputzt hatte, hatte er mit Taschenrechner und Schreibblock dagesessen und vorwurfsvoll ausgerechnet, wie groß der Verlust im September sein würde, wo die Stadt voller Touristen aus aller Welt war.

«Dann musst du dir wohl eine Aushilfe besorgen. Ich will nach Hause.»

«Nach Hause! Nennst du diese Steinwüste an der Westküste jetzt schon Zuhause!» Er wandte den Kopf ab.

«Du warst ja noch nicht mal da. Besorg dir eine Vertretung für den Laden und komm ein paar Tage vorbei.»

«Du weißt ja nicht, was es kostet, Arbeitgeber zu sein.»

«Nein, das weiß ich nicht, und das will ich auch nicht wissen. Willst du jetzt Sojahering oder nicht?»

Ja, das wollte er. Sie aßen schweigend. «Und wer wird jetzt für mich kochen, wo du weg bist?»

«Du klingst, als wärst du hundert. Du bist aber erst vierundsechzig. Ich kenne einen Mann auf Saltön, der ist über siebzig und kommt ohne Strom aus!»

«Du bist hart, Sara. Genau wie deine Mutter. Hast übrigens auch dieselben langen, mageren Beine. Dieser Typ auf Syltön, den du andauernd von meinem Telefon aus angerufen hast, muss ein starker Charakter sein. Ist er Vegetarier?»

«Es heißt Saltön. Und ich habe nur einmal angerufen. Und er ist es nicht. Er isst rohen Fisch, wahrscheinlich auch rohes Fleisch.»

Ihr Vater schüttelte sich. «Interessant. Ein Mann, der Trichinen liebt. Ist er auch ein Taugenichts?»

«Was heißt auch?» Ihr Vater wandte den Blick ab. Sara erhob sich. «Axel war ein hart arbeitender Künstler, der jede Krone ehrlich verdient hat, im Gegensatz zu dir, der du den Laden mit Geld gekauft hast, das Mama gewonnen hat.»

«Entschuldige, meine Liebe. Ich habe einfach Angst, hier mit dem Gips und allem allein zu sein. Du musst natürlich dein eigenes Leben führen. Ich hoffe nur, dass du diesmal einen Gleichaltrigen gefunden hast und nicht wieder so einen alten Knacker von fast fünfzig wie Axel. Mama hat gesagt, du suchst dir eine Vaterfigur, weil ich kein Vorbild war.»

«Nicht ganz, Papa. Ich gehe jetzt schlafen. Möchte morgen fit sein, wenn ich nach Saltön komme. Die Schlüssel zum Laden habe ich oben auf die Hutablage gelegt.»

«Als ob ich da drankäme ...»

Sie starrte ihn so lange an, bis er anfing zu lachen. Es war lange her, dass sie so nett miteinander gelacht hatten. Sie beeilte sich, ins Gästezimmer zu kommen, um sich die fröhliche Stimmung zu bewahren.

Gerade war der Himmel noch klar gewesen, doch ein paar Minuten später schob der Westwind bleischwere Wolken vor sich her, und plötzlich brach ein Sturzregen herab, der den Kies auf dem Weg zwischen MacFies Hühnerhaus und den Bienenkörben wegschwemmte.

«Muss den Weg mit Platten auslegen», sagte MacFie zu Clinton. «Alles geht zum Teufel, seit Sara weg ist.»

Er öffnete das Tor und schaute in den Briefkasten. Kein Brief.

Nach ihrem ersten missratenen Telefongespräch (worüber sollten sie schon reden?) hatte sie ihm stur nur noch E-Mails oder SMS geschickt, doch er mochte weder das eine noch das andere. Zwar besaß er sowohl Handy als auch Laptop, doch hatte er weder Elektrizität noch einen Telefonanschluss in seinem Haus, was das Ganze etwas umständlich machte. Das musste Sara doch verstehen. Den wirklichen Grund, dass er nämlich fand, beides sei eine gefühllose Art der Korrespondenz, gab er lieber nicht preis. Sie hatte ihn noch nicht ein einziges Mal wegen seines hohen Alters aufgezogen, doch der Tag würde sicher kommen. Das war unausweichlich. Und bis dahin vermied er sorgsam alles, was altmodisch klingen könnte.

Sara hingegen schien überhaupt keine Selbstzensur zu üben. Sie war ein richtiger Elefant im Porzellanladen. Und dennoch liebte er sie über alles und konnte sich nicht erinnern, jemals mit einer der ätherischen Frauen, mit denen er während der Jahre in Frankreich zu tun gehabt hatte so gelacht zu haben. Da er keine Schwestern hatte und seine Mutter strenge Anhängerin einer pietistischen Sekte gewesen war, hatte er überhaupt nicht erwartet, dass Frauen lachten konnten, und schon gar nicht in Liebesdingen.

Aber Sara hatte darüber gelacht, dass das Bett knarrte, die Kerzen ausgeblasen wurden und die Bücher vom Nachttisch auf den Fußboden fielen.

MacFie trug Öljacke, Südwester und hohe Stiefel, als er mit

düsterer Miene durch das Gras zum Tor marschierte. Er ging den Weg zum Badeplatz, der im Platzregen leer dalag. Schon bald würden Steg, Treppe und Sprungbrett für den Winter abgebaut werden.

Er ging weiter in Richtung Klippen, am Grundstück des Botschafters vorbei und wunderte sich darüber, wie man so dumm sein konnte, mitten in dieser schönen Natur Strandgrundstücke abzuzäunen. Wahrscheinlich hatte er seine Ehe, die Karriere und Paris doch wegen der Schären verlassen, und nicht etwa, weil seine Frau ihn einen großen Witz genannt hatte.

Er war überzeugt davon, dass Sara nicht lange auf Saltön bleiben würde. Sie war am Anfang des Sommers gekommen, als es am schönsten war. Das Richtige für eine Witwe, die neu anfangen wollte. Schon bald käme die Dunkelheit und tauchte die Umgebung in tiefe Nebelschwaden. In ein paar Monaten würde es tagsüber kaum noch hell werden. Dann würden die Herbststürme toben und alles wegfegen, was ihnen im Weg lag. In der Zeit war es sogar für Menschen, die auf Saltön geboren waren, unmöglich, auf den seifig glatten Klippen zu spazieren.

Und was machte man im Haus? Das Haus, das MacFie anbieten konnte, war zwar voller Bücher, aber es gab keinen Strom, und er empfand nicht das geringste Bedürfnis nach Glühbirnen oder Fernsehen.

Ansonsten bot der Ort noch den *Kleinen Hund* mit im Winter akzeptablen Preisen. Das einzige Kino hatte zwei Vorstellungen in der Woche – einmal Julia Roberts und einmal James Bond. Ein Theater gab es nicht, nicht einmal eine Volksbühne. Am lebendigsten während der dunklen Jahreszeit war es an der Volkshochschule, bei Kursen in Volkstanzen, Navigation, vegetarischem Kochen und leichter Konversation in verschiedenen Sprachen. Er würde Sara niemals hier halten können. Schon jetzt, da sie in Stockholm war, der Stadt, in der sie aufgewachsen war, würde sie sicher merken, dass es bei einem alten Knacker und seiner Katze in einem grauen Haus an der Nordsee keine Zukunft gab.

Er war an diesem dunklen Spätsommertag allein auf den Klippen und verspürte eine große Wehmut bei dem Gedanken, dass er zum ersten Mal auf diese lebensbejahende Art verliebt war und es doch vorbei sein würde, ehe es richtig begonnen hatte. Wahrscheinlich würde sie überhaupt nicht mehr nach Saltön zurückkehren.

Er beschloss, die lange Runde von ungefähr fünfzehn Kilometern zu gehen. Es gab für ihn ja keinen Grund zur Eile. Er hatte nach seinen Bienen gesehen und festgestellt, dass die erbitterte Schlacht der Drohnen für diese Saison beendet war. Ja, wer wollte schon eine verbrauchte Drohne mit im Bienenkorb haben, wenn es Winter wurde?

Er hob die Hand und grüßte zum Ruderhaus des Fischerbootes *Daisy* hinüber. Der Fischer war hier berühmt, weil er einmal einen Lengfisch gefangen hatte, der länger gewesen war als er selbst. Ansonsten waren nicht mehr viele Boote draußen. Ein paar Segelboote fuhren unter Motor im Gänsemarsch Richtung Süden, wahrscheinlich Deutsche auf dem Weg nach Hause aus dem Urlaub. Bei genauem Hinsehen konnte er die Flaggen erkennen. Das Leben war vorhersehbar, und der Hummer würde jetzt sicher einen Kilopreis von ungefähr vierhundert Kronen bringen.

Die meisten Leute auf Saltön, die für den Hausgebrauch fischten, planten, den größten Teil der Hummer bis Neujahr im Fischkasten aufzuheben. Wenn dann die Stockholmer kamen, um in ihren Sommerhäusern Silvester zu feiern, würden sie sicher tausend Kronen für ein Kilo Hummer bezahlen.

MacFie hatte seinen alten Fischkasten aus Holz abgestoßen, nachdem der in einem Herbst beschädigt worden war. Er hatte ihn einem verrückten Badegast verkauft, der ihn dann mit Begonien bepflanzt in seinen Garten vor der Sommerhütte gesetzt hatte. MacFie selbst benutzte jetzt die Trommel der ausrangierten Waschmaschine vom alten Olsson als Fischkasten, eine ausgezeichnete und dauerhafte Konstruktion.

In seiner Ehe hatte MacFie sich gefangen gefühlt. Mit Sara fühlte er sich frei. Liebe war wie ein Spiel, keine Verpflichtungen und kein Zwang. Sara trug auch keinen Schmuck, was hieß, dass sie ihn nicht bei nächster Gelegenheit zu *Lillys Goldschmiede* schleifen würde.

Sie stand mit beiden Beinen fest auf der Erde, vielleicht sogar ein wenig zu fest. War sie schon an der Grenze zum Unweiblichen? Er verwarf den Gedanken. Nur ihm, der mit einer bourgeoisen Pariserin verheiratet gewesen war, kam das so vor.

Sara war die Erste, die aus dem Zug stieg. Die Luft war warm, und sie atmete den salzigen Saltönwind ein. Ganz anders als Stockholm. Am Abend zuvor war sie auf Djurgården spazieren gegangen und hatte eine Duftmischung aus Sonne, Tannennadeln und Eis eingesogen, die sie so seit ihrer Kindheit nicht mehr gerochen hatte. Die Meerluft hier, mit Tang vermischt, war völlig anders, salziger, schärfer, gefährlicher. Jeder Schritt nach Westen vom Bahnhof aus wäre ein Schritt näher zu MacFie.

Doch sie hielt sich an ihren Plan und ging direkt zu Johannas Haus. Es war besser, alles gleich zu erledigen. Dann hätte sie mehr Zeit für MacFie, ehe sie wieder anfangen musste, im *Kleinen Hund* zu bedienen. Sie wollte nie mehr Lehrerin sein. Den Rucksack stellte sie in der verglasten Veranda ab und reihte die Packpapiertüten aus dem Reformhaus an der Wand auf. Sicher würde ihre Vermieterin darauf bestehen, sie auf einen Kaffee einzuladen.

Johanna öffnete fast sofort, aber mit zornigem Gesichtsausdruck. Ihr Haar war zerzaust, und sie sah irgendwie anders aus, als Sara sie in Erinnerung hatte. «Ich bin gerade aus dem Laden gekommen und habe mich noch nicht einmal hinsetzen können, nachdem ich den ganzen Tag gestanden habe, und jetzt klingeln Sie. Das kann auch nur ein Tourist sein, der hier so reintrampelt.»

«Hallo Johanna. Sie werden mich auf jeden Fall schneller loswerden, als Ihnen lieb ist. Ich ziehe zu MacFie. Er und ich sind nämlich ein Paar.»

«Ein Paar!» Johanna lachte freudlos.

«Also: Ich möchte hiermit das Zimmer unter dem Dach kündigen. Mit sofortiger Wirkung, wie es so schön heißt.»

Johanna senkte den Blick auf Saras Bauch. «Das ist ja erstaunlich. Es gibt drei Monate Kündigungsfrist.»

«Also jetzt machen Sie aber mal einen Punkt, Sie alte Zicke! Wir haben keinen schriftlichen Vertrag, Sie und ich. Ich werde großzügigerweise die Wochenmiete für diese Woche noch zahlen, aber danach kriegen Sie keine Öre mehr.»

«Aber kommen Sie dann bloß nicht auf Knien angerutscht, wenn MacFie Sie rausgeschmissen hat!» Johanna knallte die Tür zu.

Sara ging mit zögernden Schritten zum Dachzimmer hinauf und packte ihre Habe zusammen. Eine kurze Zeit blieb sie wehmütig vor Axels Bildern stehen. Aber die Gemälde verzauberten sie nicht mehr wie zuvor. Das mit den drei blauen Fischerbooten in einer italienischen Hafenstadt entlockte ihr jedoch ein Lächeln. Sie hatten zwei Wochen lang von Rotwein und Sardellen gelebt, bis das Geld von dem Stipendium gekommen war. Für das andere, eine Hommage an weiße Bohnen, gab es seit vielen Jahren einen Interessenten. Sie hatte seine Telefonnummer aufgeschrieben.

Eine Viertelstunde später war sie wieder auf der Straße und mit energischen Schritten auf dem Weg zu MacFie.

«MacFie, MacFie, verdammt, MacFie», sang sie, dass es von

den weißen Häusern nur so widerhallte, während sie durch die Gassen zu dem alten grauen Haus lief. Sie war größer als die meisten Männer, denen sie begegnete.

Blomgren stand in der Türöffnung zu seinem Laden und sah über den Hafen. Er konnte auch das Dach seines eigenen Hauses im Gewirr von Gebäuden entdecken. Seine Augen schwammen.

Was war nur geschehen mit all den Werten, die er von seinem Vater übernommen hatte? Was war nur mit Emily und überhaupt mit den Menschen geschehen?

Natürlich hatte er sie mit Johanna betrogen, aber erst mal war das nicht seine Idee gewesen, sondern die von Johanna, und außerdem hatte Emily ihn da schon verlassen gehabt. Und jetzt tat Emily so, als wäre alles seine Schuld. Unfassbar. Frauen konnten einfach nicht logisch denken. Er selbst dachte in geraden Linien. Er konnte richtig und falsch unterscheiden und gestern von morgen und Touristen von richtigen Leuten.

Er war wirklich nett und geduldig gewesen, seit Emily zu ihm zurückgekehrt war, nachdem *sie* doch abgehauen war. Obwohl sie dieses gefährliche Flackern in den Augen gehabt hatte, was er gar nicht von ihr kannte. Zerzaust, unordentlich und wütend. Er hatte sie noch nie so widerspenstig erlebt. Irgendwie fand er das ungeheuer aufregend – aber das ging doch nicht.

Jetzt musste mal Schluss sein. Immerhin war auch Blomgren nur ein Mann. Er konnte Johannas warmen Körper spüren, wenn sie neben ihm am Tresen stand, und er wusste, dass sie nichts mehr wünschte, als die Verbindung von Mittsommer fortzusetzen.

«Das hier ist erst der Anfang», hatte Johanna eines Morgens gesagt und ihn leicht auf den Nacken geküsst, als er mit der Buchführung in einer Ecke vor dem Laden saß.

«Erst der Anfang?» Erst der Anfang vom Ende, hatte er bei

sich gedacht. Oder vielleicht das Ende vom Anfang. Er war verwirrt gewesen, lächelte aber dabei. Johanna hatte mit einer Zeitung vor seinen Augen gewedelt. «Träumst du von mir, Thomas?»

«Du grübelst zu viel», hatte der Mann mit der Baskenmütze gesagt. «Mach es so wie dein Bruder und ich. Setz auf Pferde.»

Blomgren fuhr mit dem Fahrrad nach Hause, doch als er bei seinem Gartentor ankam, funktionierten plötzlich die Bremsen nicht mehr. Das war ja nun wirklich erstaunlich, dass sowohl der Rücktritt als auch die Handbremse wirkungslos waren, und das bei einem relativ neuen und tipptopp gepflegten Fahrrad. Was sollte ein einfacher Mann da tun? Was sonst als weiterzufahren. Und plötzlich hatte das verrückte Fahrrad ihn zu dem Haus geführt, in dem Johanna wohnte. Dann konnte er ja auch gleich bei ihr klingeln, denn vor ihrer Tür waren viele freie Plätze im Fahrradständer.

Er schloss das Fahrrad mit dem Bügelschloss an, drückte die Tür auf und nahm die Treppe mit drei großen Schritten. Johanna öffnete sogleich und bekam rote Bäckchen. Er lachte ein wenig. «Du siehst so schüchtern aus», sagte er mit seiner freundlichsten Stimme.

«Thomas, ich wusste, dass du kommen würdest.»

Das wusste sie natürlich nicht. Die Wohnung war in einer furchtbaren Unordnung. Obwohl sie das Zimmer von Magnus als eine bequeme Abstellkammer zur Verfügung hatte, lagen überall im Wohnzimmer und in der Küche Sachen herum. Blomgren war verblüfft. So etwas hatte er noch nie gesehen.

«Oje, ich habe vergessen, das Bett zu machen. Setz dich so lange, Thomas», sagte Johanna und verschwand im Schlafzimmer.

Er hörte sie da drinnen arbeiten, während er sich vorsichtig auf einen Küchenstuhl setzte und aus der Balkontür schaute.

Månssons weiße Motoryacht am Liegeplatz Nummer eins

konnte man von hier aus besser sehen als von zu Hause. Ein wirklich mächtiges Boot, aber das nützte Månsson nun auch nichts mehr. Inzwischen war die Delikatessenfabrik von seiner eifrigen Tochter Lizette übernommen worden, und nach dem, was man sich im Zigarrenladen erzählte, hatte die anderes zu tun, als auf einem Luxusschiff herumzukreuzen.

Täglich gab es Veränderungen in der Fabrik. Es sollte renoviert werden und Computer sollten angeschafft werden, aber das Schlimmste war, dass alle Abteilungen neu zusammengesetzt worden waren. Die älteren Mitarbeiter wurden müde, aber die jüngeren witterten Morgenluft. Warum verkaufte sie das Boot wohl nicht? Aber das ging Blomgren ja nichts an. Schade, dass das Dach von seinem Haus von hier aus nicht zu sehen war. Sonst hätte er mal kontrollieren können, wie es um die Dachfenster stand.

9 Kurz vor Ladenschluss unternahm Emily einen kurzen Spaziergang zum Supermarkt. Vor Fredbergs Konditorei blieb sie stehen und zögerte, ob sie hineingehen sollte oder nicht. Vor dem Mietshaus direkt gegenüber entdeckte sie Blomgrens Fahrrad. Bestimmt war er im Eisenwarenladen und kaufte Schleifpapier für irgendeine langweilige Renovierungsarbeit in der Garage. Doppelt abgeschlossen. Sie rümpfte die Nase. Was für ein Pedant. Phantasielos.

Im Schaufenster lagen frische rosa Prinzesstörtchen. Céline hatte gesagt, dass totale Askese keinen Sinn habe. Nach einer Weile sollte man sich etwas von dem gönnen, was man am liebsten mochte. Die Weile war zwar noch recht kurz, aber eine Belohnung wäre schon angemessen, weil Emily ja überhaupt den mutigen Schritt unternommen hatte, das *Freunde-dich-mit-deinem-Körper-an*-Haus aufzusuchen.

Sie könnte das Törtchen in drei Teile aufteilen, einen essen und die anderen zwei in zwei Plastikdosen verpackt wegstellen. Eigentlich sollte sie in den Supermarkt gehen und neue schöne Plastikdosen mit guten Deckeln für diese kleinen Belohnungen kaufen.

Als sie gerade die Tür zur Bäckerei öffnen wollte, spürte sie einen Zeigefinger auf höchst unbehagliche Weise in ihre Taille pieken.

«Auf frischer Tat ertappt.» Der Polizist stand in voller Uniform da und lachte sie an.

Emily lächelte nicht zurück. «Ich wollte Grahambrötchen kaufen. Die isst mein Mann so gerne.»

«Gut, dann komme ich mit. Wir, die wir die einzigen wirklich erwachsenen Teilnehmer im Schlankheitsclub sind, müssen zusammenhalten. Die jungen Mädchen da, die werden ihr Übergewicht doch los, indem sie einfach nur mal die Hamburger oder die Pizza weglassen. Ja, ja, das müsste ich auch, aber das Bier ist natürlich genauso schlimm. Du trinkst wahrscheinlich nicht so gern Bier, oder, Emily? Ich heiße übrigens Christer.»

«Emily Blomgren.»

«Ja, das weiß ich. An deine Personalien kann ich mich noch von damals erinnern, als du die Sache da mit dem Zaun gemeldet hast. Steht der eigentlich wieder?»

«Ja, natürlich, mein Mann ist sehr praktisch in solchen Sachen.»

«Nein, dass Blomgren so mager ist. Hat er deiner Kochkunst immer widerstanden, oder ist er einfach von Geburt her so einer?»

Emily betrachtete ihn feindselig. «Ist das hier ein Polizeiverhör?»

«Nein, nein, das hier ist der private Christer. Der dicke nette Christer, der sich fragt, ob du nicht Lust hast, heute Abend mit zum Handball zu gehen. Die Polizeimannschaft spielt. Aha, also nicht.»

Emily schüttelte den Kopf.

«Man soll den Bogen auch nicht überspannen», sagte Christer und betrat die Konditorei. Emily folgte ihm.

Als sie dann nach Hause kam, war es leer und still im Haus. Sie ging in die Küche und wollte gerade den Karton mit den Prinzesstörtchen aufmachen, als sie sich daran erinnerte, dass sie die Gedanken in neuen Bahnen ziehen lassen sollte. Ach ja, das Schwimmbad.

Da hörte sie, wie die Haustür leise geschlossen wurde. Blomgren ging direkt ins Badezimmer. Sie konnte sich nicht erinnern, dass er schon einmal direkt ins Badezimmer gegangen wäre, nachdem er nach Hause gekommen war. Ohne auch nur guten Abend zu sagen. Nach einer Viertelstunde und einer Menge laufenden Wassers sah er in die Küche.

«Hallo, Emily, bist du zu Hause. Wie schön, dich zu sehen. Sag mal, steht die Waage jetzt woanders?» Seine Stimme war so sanft wie warme Milch mit Honig.

Emily leistete sich ein Lächeln. «Die habe ich weggeworfen. Im Club sagen sie, dass man sich nur da wiegen soll, und auch nur einmal die Woche. Sonst kann man fixiert werden. Man soll sich nicht zu Hause wiegen, sagt Céline.»

«Céline, was ist das denn für ein Name. Klingt wie ein Putzmittel.» Blomgren sprach nicht lauter, aber seine Augen schwammen, als er sich Emily zuwandte, die mit ungewöhnlich energischen Bewegungen die Spülmaschine ausräumte.

«Ich wiege mich seit sechsunddreißig Jahren jeden Tag, Emily. Ich hatte vor, das auch weiterhin zu tun.»

«Ach so, sehr interessant. Könntest du Kalle bitte etwas mehr Hirsekörner geben, falls du imstande bist, nur für einen kleinen Moment mal an ein anderes Wesen als nur dich selbst zu denken. Er ist so mager wie ein Spatz geworden.»

Die Sonne schaute herein. Blomgren lächelte plötzlich, als er den Vogelbauer öffnete. «Ja, wozu soll man sich überhaupt wiegen», rief er mit einem kleinen Lachen aus. Der Wellensittich starrte ihn erstaunt an.

«Ich fahre ins Schwimmbad», sagte Emily.

Jetzt lachte Blomgren so, dass seine Augen überliefen. «Ist dir noch nicht aufgefallen, dass du die ganze Nordsee zum Schwimmen hast? Genau hier vor der Tür, und umsonst. Ist dir das noch nicht aufgefallen, Emily?»

Sie knallte die Haustür zu.

«Was kostet das eigentlich, da oben zu schwimmen?», rief Blomgren ihr hinterher, aber Emily saß bereits im Auto.

Die Kassiererin stand draußen und rauchte, und Emily kam sich dumm vor, als sie am Tresen wartete. Plötzlich spürte sie einen warmen Atemzug im Nacken, es war Christer, der sich allzu dicht neben sie stellte. Sie rutschte einen Meter weiter, er kam hinterher.

«Nein, hast du Töne, gehst du auch gerade schwimmen? Du wirst doch nicht völlig fixiert auf dein Gewicht werden, was? Oder willst du nur die Bauchmuskeln trainieren? Das ist doch super.»

«Ich denk, du bist Polizist und nicht Detektiv!», erwiderte sie schlecht gelaunt.

Er lachte herzlich und zeigte seine weißen Zähne. Emily betrachtete ihn kühl. Was für ein ungehöriger Typ, aber sicher nicht über vierzig. Vielleicht konnte er ja noch lernen. Vielleicht konnte man ihn formen? Wenn man also gerecht war, dann hatte er schon noch Zeit zum Lernen. Auf jeden Fall hatte er schöne Augen und nette Hände mit kurz geschnittenen Nägeln.

Die Wut brannte Emily im Körper, als Christer ausgerechnet in dem Moment aus dem Herrenumkleideraum kam, in dem sie das siebenunddreißig Grad warme Entspannungsbecken verließ, um in das große Schwimmbecken zu steigen.

Ohne seinen riesigen Körper eines Blickes zu würdigen (zum Glück trug er Boxer-Badeshorts), ging sie langsam rückwärts die Marmortreppe herunter. Wie schön, eine solide Treppe zu haben. Wenn sie in der Bucht badete, hatte sie immer Angst, dass die Kunststofftreppe nachgeben könnte. Sie trug einen Badeanzug mit schlank machenden Längsstreifen, hielt den Blick auf die fünfzig Meter entfernte andere Seite des Beckens gerichtet und versuchte, Christer zu übersehen. Vielleicht würde die Wut ja ihr Training befördern. Sie machte sich eifrig an die erste Bahn.

Er kam mit erstaunlicher Schnelligkeit hinter ihr her und

holte sie mitten im Becken ein. Er sah aus wie ein geleckter Wal, aber die Augen waren dunkelbraun und warm.

«Du schwimmst unökonomisch», sagte er. «Du musst weniger mit den Armen rudern, dich mehr durch die Wassermassen graben, dann geht es schneller. Diese riesigen Windmühlenbewegungen da hast du wohl in der Grundschule gelernt. Sehr ineffektiv.»

Emily antwortete nicht, sondern machte extra große Armbewegungen, sodass es in den Oberarmen wehtat. Christer lachte und kraulte davon. Am Ende des Beckens wendete er wie die Schwimmer im Fernsehen. Er pflügte durch das Wasser und atmete nur ab und zu in die Armbeuge.

Emily kämpfte und hielt den Kopf so hoch wie ein Schwan. Schließlich hatte sie sich Mühe gegeben mit den Haarspangen und der Frisur. Die Bahnen zogen sich hin. Céline hatte gesagt, dass Schwimmen und Radfahren die besten Bewegungsformen für extrem Übergewichtige seien. Als ob Emily das nicht wüsste. Sie hatte in den letzten dreißig Jahren die ganze Literatur zu dem Thema gelesen, die seriöse und die verrückte, und ihr dicker Vater war schließlich Arzt. Was sie gestört hatte, war die Bezeichnung «extrem Übergewichtige» gewesen. So extrem war ihr Übergewicht nicht! Christer war dick, aber in seinem Fett jugendlich fest. Auf dem Treffen hatte er gesagt, dass er jedes Mal, wenn er sich anstrengte, furchtbare Angst hatte, einen Herzinfarkt zu bekommen.

Emily fragte sich, wobei er sich eigentlich anstrengte? Beim Banditenverfolgen? Holzhacken? Rudern?

Sie selbst hatte nur ein kosmetisches Interesse daran, dünner zu werden. Aber die Bahnen zogen sich wirklich furchtbar lang hin. Nach einer Viertelstunde war sie sechs Bahnen geschwommen.

Sie war nicht etwa besonders erschöpft, ihr war einfach nur langweilig. Der Kopf war leer. Kein Tagtraum war mehr da, an dem sie sich erfreuen konnte. Ihre Mittsommerromanze hatte sie abgeschlossen, und an Blomgren mochte sie überhaupt nicht mehr denken. Sie erkannte ihn auch gar nicht wieder. Eben in der Küche hatte er gelacht.

MacFie war nach der langen Wanderung im Regen trotz des Ölzeugs völlig durchnässt. Er fror, und das passierte ihm nur selten. Das Tor, das er zu ölen vergessen hatte, quietschte.

«Kalt heute, MacFie», sagte er zu sich selbst. Er war also schon so senil, dass er angefangen hatte, mit sich selbst zu reden. Vor dem Haus blieb er stehen.

Auf der Treppe saß Sara, mindestens genauso nass wie er, und das ohne Wanderung. Sie stand mit griesgrämiger Miene auf. «Ich dachte, ihr auf dem Lande schließt eure Häuser nicht ab.»

«Das tun wir auch nicht», sagte MacFie, «aber wir sind es gewohnt, richtig zuzupacken.» Er stemmte die Schulter gegen die Tür und drückte gleichzeitig die Klinke herunter. Dann hob er Sara hoch, als sei sie ein Bündel Holz, und trug sie durch die Tür. Er legte sie aufs Bett, zog ihr die nassen Sachen aus und wickelte sie in eine norwegische Daunendecke. Dann ging er raus.

«MacFie!», schrie sie. «Verdammt nochmal!»

Er kam zurück, ohne seine nassen Kleider, aber mit einem Glas, einer Flasche Calvados und einer Flöte versehen. «Jetzt werden wir uns warm trinken. Und so lange werde ich die Mondscheinsonate für dich spielen.»

«Auf der Flöte! Und wenn uns davon nicht warm genug wird?»

«Dann werde ich ein Feuer anmachen.»

«Jetzt hör aber auf, verdammt nochmal, MacFie.»

MacFie schloss die Augen, denn endlich durfte er wieder das Lachen hören, das er wochenlang so vermisst hatte.

Philip ging den knappen Kilometer vom Bahnhof zu Fuß, denn seine Reisetasche hatte Rollen, und er wagte es nicht, das einzige Taxi von Saltön zu rufen. Oft musste man der Frau des Fahrers begründen, warum man Taxi fahren wollte, und Philip war, worauf sie ihn schon voriges Jahr hingewiesen hatte, sowohl jung als auch kräftig.

Er ignorierte die Männer auf der Bank im Hafen, die sich offensichtlich über die Rollen der Reisetasche amüsierten. Er wusste genau, dass sie, wenn es nicht die Reisetasche gewesen wäre, irgendetwas anderes an seiner Person unpassend gefunden hätten. Er hatte aufgehört, sich daraus etwas zu machen. In Paris konnte man mit einem Blumentopf auf dem Kopf herumlaufen, ohne dass irgendjemand nur die Brauen hochzog – und das war auch nicht gut.

Als der Asphalt aufhörte, funktionierten die Rollen nicht mehr, und Philip setzte seinen Weg mit der großen silberfarbenen Reisetasche in der Hand an MacFies Haus vorbei fort. Das war nicht gerade bequem, zumal er einen dunklen Anzug anhatte, aber er hielt den Kopf hoch und bemerkte Sara gar nicht, die gerade dabei war, eines ihrer Ölgemälde an die Hauswand zu nageln.

«Hallo, Sie!», rief sie. «Da ich keine drei Hände habe – können Sie mir mal den Hammer geben, der da im Gras liegt?»

Als er ihn ihr reichte, erkannte er sie wieder. «Aber das sind doch Sie, die neulich auf Djurgården gelaufen ist. Sara heißen Sie.»

Sie lächelte ihn an. «Ja, aber das sind ja Sie. Fabian!»

«Philip.»

«Ja klar, aber es war auf jeden Fall irgend so ein altmodischer Name.»

Er nickte zufrieden. «Wohnen Sie hier? Ist das nicht das Haus von dem alten Auslandskorrespondenten? Der dann zurück nach Hause gekommen ist?»

«Auslandskorrespondent?» Sara schüttelte den Kopf und stopfte sich drei Nägel in den Mund. Im selben Augenblick kam MacFie mit langen Schritten den Weg hinunter.

«Ja, dann, auf Wiedersehen», sagte Philip zu der Leiter und ging zurück auf den Weg zu seiner Tasche. Die war gerade von einer Möwe als Klo benutzt worden. «Das bringt Glück», sagte Philip.

MacFie nickte ihm zu und schloss das Tor sorgsam von innen.

Er stellte vorsichtig die Tüte vom *Systembolaget* im Gras ab und sah zu Sara hoch. «Was machst du da, verdammt nochmal?»

«Jetzt fluch nicht so. Ich hänge ein Bild auf, das siehst du doch. Wenn ich sie drinnen schon nicht aufhängen darf ...»

Philip hielt den rechten Arm fast gerade vom Körper weg, damit die Reisetasche seinen Anzug nicht berührte, während er den alten Kuhpfad zu den Klippen hinausging. Am Badeplatz hörte der Weg auf, und er kletterte über die Steinhügel. Oben auf dem höchsten Punkt angekommen, lehnte er sich an das rot gestrichene Seezeichen. Er sah sein Haus, seine Bootshütte und seinen Steg. Alles sah karger und grauer aus, als er es in Erinnerung hatte.

Er ging die Steintreppe herunter, die sein Vater hatte anlegen lassen, schloss das Tor zu dem hohen Elektrozaun, der oben noch mit Stacheldraht versehen war, auf und schaltete hier die Alarmanlage aus.

Sein Vater hatte viele Jahre lang eine befahrbare Straße zum Haus beantragt, aber die Gemeinde hatte nicht einmal geantwortet. Deshalb hatte er eine überdachte Karre bauen lassen, die sein Chauffeur zum Laden und zum Auto hatte ziehen müssen, das hinter den Tennisanlagen seinen eigenen Parkplatz gehabt hatte.

Aber jetzt war er tot und der Chauffeur wahrscheinlich

auch. Philip hatte zwar ein Auto, aber nicht auf Saltön. Und einen Führerschein, obwohl er nur auf einem Auge etwas sehen konnte. Mit Hilfe dieses einen Auges hatte er in diesem Jahr die siegreiche Badeanzugkollektion in Paris gezeichnet und hatte mit dem Wirtschaftsminister zu Mittag essen dürfen. Jetzt studierte das preisgekrönte Auge das Türschild aus Messing. Das musste mal geputzt werden.

Er stellte die Alarmanlage des Hauses ab und schloss auf. Dumpfe und feuchte Luft schlug ihm entgegen. Unbewohnt und düster. Er drehte alle Heizungen auf und beschloss, sobald er ausgepackt hatte, ein Feuer im offenen Kamin anzuzünden.

Das Haus war niedrig und aus Holz. Von außen war es ziemlich unauffällig. Innen war es nicht protzig, aber doch luxuriös und stilvoll mit nordischen Möbeln aus hellem Holz. Vier Schlafzimmer, ein Wohnzimmer, eine Bar, Billardzimmer, Sauna, Solarium und eine riesige Küche mit gemauertem Herd mitten im Raum und einer großen verglasten Veranda zum Meer hinaus. Unter der Veranda war eine Terrasse, für Mittsommerfest und Krebsessen wie geschaffen. Philip würde mindestens zwei Tage brauchen, um die Salzränder von den Doppelfenstern zu putzen.

Der Steg sah ohne Boot verlassen aus, und die flache Badebucht, die für alle die Kinder und Enkel, die es nicht gab, angelegt war, war voller Tang und Quallen.

Philip ging die Treppen vom Haus hinunter und auf den Steg. Er verstand, warum seine Mutter, die aus dem Süden Schwedens stammte, die weichen Sandstrände und das offene Meer den Schären vorgezogen hatte. Nach der Scheidung hatte sie bis zu ihrem Tod allerdings in einer kleinen Wohnung in Cannes mit Blick aufs Meer gewohnt. Ihre Asche war in einer Januarnacht heimlich im Mondschein vom Pier in Falkenberg gestreut worden.

Philip sah mit düstrer Miene über das Meer. Er hatte das

Meer immer beängstigend gefunden, die Klippen schicksalsschwer und die Menschen hier unmöglich. Aber als er in Paris war, verliebten sich seine mondänen Freunde so sehr in die Bilder und Aquarelle von Saltön, die er ihnen zeigte, dass er sich davon anstecken ließ. Die Freunde wollten gern einmal dorthin fahren. Philip dann auch. Die Freunde kamen nie. Philip aber fuhr weiter hin. Und beim Hummerfest im Magazin, das im September stattfand, war er seitdem immer mit dabei.

Sein Vater, der Botschafter, hatte nach dem Krieg das Strandgrundstück gekauft und das Haus auf Saltön ungeachtet der Proteste seiner Frau bauen lassen. Als sie zu sehr darüber klagte, dass es keinen Sandstrand gab und dass die Klippen so unzugänglich waren, ließ er in der flachsten Bucht des Grundstücks einen Sandstrand aufschütten. Ganz Saltön lachte, als ein Sandlaster nach dem anderen durch den Ort fuhr und die Last beim Tennisplatz ablud, von wo aus Männer mit Handkarren den Sand zur Bucht transportierten, wo er ins Wasser geworfen wurde. Das Meer nahm den meisten Sand mit, und jedes Frühjahr musste man neu aufschütten. Eines Jahres war der Botschafter die ganze Sache so leid, dass er einen Frachter anheuerte, und dann wurde der Sand mit kleinen Booten zum Strand gebracht.

Einer der Matrosen war Deutscher gewesen. «Kein öffentlicher Strand?»

«Nein», hatte der Botschafter gesagt. «Nichts ist öffentlich, wo ich wohne.»

Nach seinem Tod waren die Sandtransporte eingestellt worden, und sogar die flachste Bucht sah wieder so aus, wie der Erschaffer der Schären sie sich gedacht hatte.

Emily lag da und wartete darauf, dass Blomgren das Haus verließ, damit sie endlich aufstehen konnte. Sie hatte sich für diesen Morgen für die Frühstücksalternative zwei von den vier vom Club vorgeschlagenen entschieden. Voller guter Vorsätze war sie nachts aufgestanden und hatte die Teile des Prinzesstörtchens in den Mülleimer geworfen. Sie hoffte, dass die Müllabfuhr bald kommen und verhindern würde, dass sie sich erniedrigte, indem sie sie wieder herauswühlte. Bei ihrem Glück würde genau in dem Moment Christer vorbeikommen.

Irgendetwas war anders an Blomgren, und sie kriegte nicht heraus, was. «Ich hatte den Eindruck, als hättest du gepfiffen.»

«Gepfiffen? Wirklich?»

«Ich wusste nicht mal, dass du pfeifen kannst.»

«Ich auch nicht.» Er zog seinen quer gestreiften Pullunder über ein Hemd in Schottenkaro, und Emily betrachtete ihn abschätzig.

«Warum stehst du nicht auf, Emily? Es ist ein herrlicher Morgen!»

«Gehörst du jetzt modisch zur Avantgarde, oder was?»

Blomgren schüttelte den Kopf. «Was ist los mit dir, Emily? Du solltest dankbar sein, dass ich dir nicht vorwerfe, dass du mich verlassen hattest. Ich habe dich wieder aufgenommen. So bin ich, aber das scheint dich nicht zu interessieren. Avantgarde, ja, vielen Dank. Wer hat dir denn das beigebracht?»

Emily schwieg und reckte sich nach der *Welt der Frau.*

Vor dem Zigarrenladen standen zwei Männer und diskutierten, wie viele Hummerreusen sie aussetzen würden. «Wie viele Reusen hast du, Blomgren?»

«Das ist meine Privatsache», antwortete er und machte das Fahrrad mit der Kette am Haus fest. «Genau wie meine Bojen. Nur ich weiß, wo ich meine Reusen liegen habe.»

Johanna war schon da, hatte die Zeitungsbündel hereingeholt und putzte den Glastresen. Als Blomgren reinkam, hielt sie inne und streckte sich nach ihm wie eine Katze. «Kommst du heute Abend wieder?»

«Ich weiß nicht.» Blomgren ging in sein Büro. Er würde am

liebsten wegfahren, vielleicht nach Afrika, um Paula zu besuchen, aber nach dem, was Emily erzählte, war Paula die Missionsstation langsam leid und wollte stattdessen in den USA Model werden. Mussten Models nicht jünger sein als Paula, und vor allem schlanker? Blomgren wusste allerdings nicht mehr, was er von dem, was Emily neuerdings erzählte, noch glauben sollte.

Johanna hingegen war eine phantastische Frau und noch gut in Schuss. Das Problem mit Johanna war nur, dass sie wirklich überall war.

Auch wenn er die Sprache nicht konnte, vielleicht sollte er einfach nach Afrika fahren? Er konnte Johanna bitten, auf den Laden aufzupassen, nach Göteborg fahren und im Reisebüro einen Flug und ein Hotel in der Nähe der Missionsstation buchen. Vielleicht konnte er ja auch bei Paula wohnen. Eine Woche lang würde Johanna wohl klarkommen. Ob man wohl unter solchen Moskitonetzen liegen musste, wie er sie in *Jenseits von Afrika* gesehen hatte? Er hatte es nicht gern so beengt.

Dann könnten sie zusammensitzen, Vater und Tochter, und Kaffee trinken und über das eine oder das andere diskutieren. Vielleicht hatte sich Emily ja Paula anvertraut, sodass die wusste, was ihre Mutter vorhatte.

Das mit dem Schlankheitsclub konnte ja wohl kaum ein richtiges Ziel sein. Wenn sie abnehmen wollte, dann musste sie doch einfach nur aufhören, so verdammt viel zu essen, und ihren fetten Körper stattdessen etwas mehr bewegen. Nein, sicher führte sie etwas anderes im Schilde. Vielleicht hatte sie da oben in der rosa Villa einen neuen Typ kennen gelernt? Nach dem, was mit diesem Touristen mit den Fahrradklammern passiert war, konnte man ihr nicht mehr trauen.

Er merkte, dass es plötzlich im Laden völlig still geworden war, obwohl sein Bruder bereits die morgendliche Diskussion mit dem Mann mit der Baskenmütze über die Rennergebnisse des Tages eröffnet hatte.

Blomgren ging in den Laden und stellte fest, dass die neue Direktorin der *Delikatessenfabrik Månsson*, Lizette Månsson, hereingekommen war. Sie stand da und sah kühl und bestimmt aus in ihrem hellgrauen Kostüm mit Nylonstrümpfen und Pumps. Johanna ignorierte sie, und Lizette sah erleichtert aus, als Blomgren kam. «Ich nehme an, dass Sie ein Formular für einen Untermietvertrag haben.»

Ja, das hatte er. Sie brauchte zwei Stück.

«Wohnen Sie nicht in Papas Villa?», fragte der Mann mit der Baskenmütze.

Blomgren räusperte sich. «Sie führen große Veränderungen in der Fabrik durch, hörte ich. Neue Maschinen und all so was.»

«Nicht nur in der Fabrik», erwiderte Lizette. «Jetzt wird es hier mal Kultur geben. Ich werde das Magazin unten am Hafen für Kunstausstellungen und einen Antiquitätenladen vermieten.»

Das Einzige, was man im Laden hörte, war das Geräusch von einem zu Boden fallenden *Playboy*.

«Das Magazin vermieten? Und was ist mit dem Hummerfest?» Johanna piekte Lizette mit dem Zeigefinger in den Oberarm, aber die entzog sich ihr.

«Hummerfest? Was für ein Hummerfest?»

«Die Hummerpremiere. Die hat doch immer im Magazin stattgefunden. Seit Jahrzehnten.»

«Das müssen Sie doch wissen, wo Sie hier aufgewachsen sind, auch wenn Sie in Amerika gewesen sind», sagte der Mann mit der Baskenmütze.

«Australien», korrigierte Lizette. «Und ich kann mich an kein Hummerfest in meinem Magazin erinnern. Aber wenn das so war, dann sollten Sie sich schleunigst um ein anderes

Lokal bemühen, denn die Hummerpremiere ist ja sicher bald, oder?»

«Das kann man wohl sagen», sagte Blomgrens kleiner Bruder finster. «Am ersten Montag nach dem zwanzigsten September fängt das Hummerfischen an, und am Freitag ist Fest im Magazin. Das ist schließlich das Fest, das einen dazu bringt, in dieser Stadt zu bleiben.»

«Welche Stadt?» Lizette starrte ihn an, während er redete.

«Na, in dieser hier. Månsson war auch immer dabei. Ihr Vater.»

«Ja, die Zeiten ändern sich, nicht wahr?»

«Wann kommen denn diese Antiquitätenschnorrer?» Blomgrens Augen schwammen.

«Sie sind schon da.»

10 Sara nahm den Umweg über den Badesteg und sprang kurz ins Meer, ehe sie sich am ersten Tag nach ihrem Urlaub an ihrem Arbeitsplatz einfand. Kabbe stand vorm *Kleinen Hund* auf der Straße und prüfte den Lieferschein zu einer Bierlieferung. «Hallo, Kabbe. Nun ist es wieder so weit.»

Er sah sie an. «Bist du zurück? Und nicht in Stockholm?»

«Ich war in Stockholm, ja. Jetzt bin ich hier. Heute fange ich wieder an zu arbeiten. Du hast ja wohl überhaupt keinen Überblick über dein Personal, oder?»

«Doch, doch, ich hatte nur nicht damit gerechnet, dass du überhaupt zurückkommen würdest. Die Touristen kommen fast nie wieder. Und warum siehst du aus wie eine ertränkte Katze?»

«Weil ich auf dem Weg hierher kurz ins Wasser gesprungen bin. Teuflisch schön, wirklich.»

«Dass das verdammte Wasser die Wärme so hält! Wenn es nicht bald kalt wird, dann kriegen wir keinen einzigen Hummer in die Reusen.»

«Wieso denn? Mögen Hummer kein warmes Wasser?»

«Und du willst Lehrerin sein! Wenn das Wasser zu warm ist, dann bleiben die Hummer im Meer, das weiß jedes Kind.»

«Aber dann lasst die Reusen einfach etwas länger drin», schlug Sara vor. «Hummer kann man doch auch später noch essen.»

Kabbe schlug seinen Kopf drei Mal an die künstliche Ziegelsteinmauer.

«Ist doch schön, sich so willkommen zu fühlen, wenn man wieder zur Arbeit geht», meinte Sara und klopfte Kabbe fest auf den Rücken. Er war einen guten Kopf kleiner als sie.

Emily schminkte sich sorgfältig, ehe sie zum Treffen im Rosa Haus fuhr. Nach der dritten Lage Mascara lächelte sie sich im Spiegel zu und fand sich süß. Sie hatte bestimmt mindestens ein paar Kilo verloren, ihre Augen strahlten, und das Haar glänzte.

Sie hatte nicht einmal Angst, dass jemand sie beobachten könnte, als sie genau vor dem Haus parkte und hineinging. So schlank, wie sie sich vorkam, würde ein möglicher Beobachter sicher erkennen, dass sie aus einem anderen Grund zu *Freunde-dich-mit-deinem-Körper-an* ging als die anderen Mitglieder aus Célines Gruppe.

Die drei jüngsten Frauen kamen jede aus ihrer Richtung angeschlendert. Alle trugen riesige T-Shirts mit verschiedenen Blumenmustern und an den Beinen geblümte Leggins. Bestimmt waren sie neidisch auf Emilys Stil. Céline begrüßte alle an der Tür.

«Ich stehe hier, damit ihr euch richtig willkommen fühlt und nicht direkt auf dem Absatz wieder kehrtmacht, wenn ihr mich nur seht. Die schlanke Céline, denkt ihr wahrscheinlich, aber wartet nur ab ...»

Drinnen im Raum hatten sich bereits mehrere Mitglieder gewogen. Emily steuerte auf ihren alten Platz zu und bemerkte etwas verärgert, dass Christer ganz woanders saß als letztes Mal, nämlich neben einer der jüngeren Damen, mit der er sich eifrig unterhielt. Er merkte nicht mal, dass Emily gekommen war. Keine Kinderstube.

«Oh, Emily, hast du vergessen, dich zu wiegen?»

Céline lächelte mit dem ganzen Gesicht, und Emily spürte die Blicke aller im Rücken, als sie noch einmal aufstand und zum Podium mit der großen rosafarbenen Waage ging. Es war doch anders als damals, wenn sie in der Schule zur schwarzen Tafel gehen musste. Da war sie noch siegesgewiss gewesen, immer die Klassenbeste, ein Heimspiel. Nur in den Pausen war sie als Dicke gehänselt worden.

Jetzt fühlte sie sich den ganzen Weg lang wie eine Verliererin, und tatsächlich war sie achthundert Gramm schwerer geworden. Céline flüsterte Emily das Ergebnis vertraulich zu und trug es ein. Dann erhob sie die Stimme. «Was wir hier sehen, ist kein Scheitern. Waagen sind hinterhältige Wesen. Aber jetzt schlagen wir zurück, nicht wahr, Emily? Zeit für ein neues Spiel. Bist du vielleicht ein wenig nachlässig gewesen? Warst an einem Abend ein wenig traurig und hast einen kleinen Kuchen zum Kaffee gegessen? Du musst wissen, dass es lange dauert, alte Gewohnheiten zu durchbrechen. Bist du vielleicht ein kleines Schokoladenmädchen? Oder ist es das Softeis, was dich anmacht?»

Emily griff sich ihre Karte und ging zu ihrem Platz. Sie würde es allen zeigen. Nur um sich zu rächen, würde sie in einer Woche vier Kilo abnehmen. Christer blinzelte ihr zu. Sie verzog keine Miene.

«Heute werden wir über Kummeressen reden», sagte Céline und sah zu Emily. «Wir werden unterschiedliche Dinge und Möglichkeiten finden, mit denen wir uns trösten können, ohne Essen …»

«… oder Bier», fügte Christer hinzu, und die junge Riesendame neben ihm sah ihn bewundernd an.

Céline ging zum Flipchart und schrieb mit kindlichen Buchstaben:

Einen Freund anrufen!

Eine Zeitung lesen!

Ins Kino gehen.

Einen Spaziergang machen.

Alte Fotos sortieren.

«Ich möchte, dass ihr euch jetzt für euch selbst fünf Sachen ausdenkt. Die Möglichkeiten hier auf dem Flipchart sind meine eigenen Favoriten, die mir geholfen haben, die Figur zu bekommen, die ich heute habe. Ihr habt sicher andere Lieblingsbeschäftigungen, vielleicht mit eurem Hund Gassi zu gehen oder anstelle des bösen kleinen Schokoladenstücks, aus dem so schnell zwei oder drei werden, eine Handarbeit hervorzuholen.»

Emily drehte den Stift in der Hand. Die anderen beugten sich bereits wie eine gut erzogene Schulklasse über ihre Blätter.

Servietten falten!, schrieb sie resolut, strich es aber sofort wieder durch. Nicht gut. Hochgestochen, altmodisch und mit Essen verbunden.

Blomgrens Hemden bügeln. Sie seufzte.

Goethe lesen.

Neue Küchengardinen nähen.

Einen Feind anrufen (Johanna?). Sie sah aus dem Fenster. Was könnte denn besser sein als ein Stück Prinzesstörtchen? Nichts, was sie sich vorstellen konnte. Da landete ein zusammengefalteter Zettel auf ihrem Schoß. Als sie aufsah, bemerkte sie, dass Christer sie fröhlich anlächelte und ihr bedeutete, dass sie ihn lesen solle. Als ob ihr noch niemals jemand so ein Briefchen geschickt hätte!

Sie öffnete ihn und las seine gestochene Handschrift: *Meine Briefmarkensammlung ansehen?*

Emily sah nicht mehr auf. Sie steckte sein Brieflein in die Tasche und fuhr mit ihren eigenen Vorschlägen fort, die sie hinterher wieder strich.

Rosen trocknen.

Die Garage putzen.

Ein Bad nehmen.

Einen Brief nach Afrika schreiben.
Fettwülste zählen.

Sara fühlte sich ein wenig eingerostet und verwechselte dann auch zum großen Vergnügen des Kochs zwei Bestellungen. «Hast du Alzheimer, Sara? Hat dein Freund dich angesteckt?»

Sie lächelte müde und nahm sich eine Bratwurst aus der Pfanne.

«Warst du nicht Vegetarierin?»

«Das kann dir doch wohl scheißegal sein.»

Kabbe stieß mit hochrotem Gesicht die Tür auf. «Da draußen sitzen massenhaft Gäste, die noch nicht bestellt haben!»

Es war ein einziger neuer Gast da, der friedlich die Speisekarte studierte.

«Sie schon wieder!», entfuhr es Philip.

«Blitzmerker. Makrele ist aus.»

«Dann nehme ich die Fischsuppe.»

«Die ist auch aus.»

«Gibt es etwas, das nicht aus ist?»

«Ja, Wildente à la carte für einhundertneunzig Kronen. Touristenpreis.»

«Extrateuer, meinen Sie. Die nehme ich. Aber ich bin gar kein Tourist, denn ich besitze ein eigenes Haus hier.»

«Ach ja, und wo?»

«Ganz hinten auf der Landzunge, vor dem Strandbad. Im Winter wohne ich in Paris.»

«Da bin ich ja ganz beeindruckt. Sie sind wohl ein unterschätzter Künstler, was?»

Philip runzelte die Stirn. «Ich bin in der Damenkonfektionsbranche tätig. Oder, wenn ich weiterhin den Angeber mimen soll, der ich Ihrer Meinung nach offenbar bin: Ich bin ein ziemlich erfolgreicher Designer von Badeanzügen.»

«Aha, sind Sie schwul?»

Philip hüstelte. «Was machen Sie selbst denn in dieser heruntergekommenen Bruchbude, in der der Auslandsfritze wohnt? Ich dachte gar nicht, dass der noch lebt. Er muss doch mindestens neunzig Jahre alt sein.»

«Ich wohne da. Wir sind verheiratet. Darf es auch was zu trinken sein?»

Der Abend war warm und ruhig. Kaum zu glauben, dass der Sommer fast zu Ende war. In den Gärten blühten Erbsen, Kresse und Ringelblumen. An den Bäumen hingen noch die Sauerkirschen und feste Kochbirnen. Johanna beschloss, nach Feierabend einen Spaziergang zu machen, um die Dinge in und um Blomgrens Haus ein weniger näher in Augenschein zu nehmen. Sie atmete den salzigen Wind ein und spürte, wie ihr Herz schneller schlug, als sie sich seinem Gartentor näherte.

Das Haus sah seltsam öde aus. Der arme Blomgren stand wahrscheinlich in der Küche an der Spüle und schlang irgendein Mikrowellenessen in sich hinein. Eine der Kassiererinnen vom Supermarkt hatte Johanna erzählt, dass es seit Mittsommer in diesem Haus kein richtiges Essen mehr gegeben hatte. Emily schämte sich nicht, im *Kleinen Hund* essen zu gehen, und der arme Blomgren musste wie ein Junggeselle leben.

Sie ging weiter am Kai entlang. Aus dem Magazin waren Hammerschläge zu hören, und sie ging näher auf das lange dunkelrote Holzgebäude zu, das noch außerhalb vom Kai selbst lag, sodass das Meerwasser unter den Fußbodendielen gluckerte.

Es war lange her, dass Månsson das Magazin zum Trocknen von Lengfisch benutzt hatte. In späteren Jahren hatte es als Lager gedient und natürlich für das traditionelle Hummerfest. Da ging es hoch her, und auf dem Steg wurde getanzt. Nicht einmal der Geruch nach Fisch konnte die Stimmung trüben.

In manchen Jahren hatte es fast Schlägereien um die Eintrittskarten gegeben, sowie der Vorverkauf im Zigarrenladen begann, und das, obwohl sie inzwischen fast fünfhundert Kronen kosteten. Sechzig Leute passten in das Magazin, mal mehr, mal weniger, aber jetzt war offenkundig Schluss mit dem kleinen Vergnügen. Die Hammerschläge wurden immer lauter, und Johanna ging zu einer der großen Flügeltüren und sah hinein. Im nächsten Moment stand sie Auge in Auge mit ihrem eigenen Sohn.

«Magnus!» Sie erschrak und fasste sich ans Herz.

«Hallo, Mama. Lange nicht gesehen. Gut siehst du aus!»

Er sah fröhlich aus. Etwas verändert, dünner und braun gebrannt. Sie bekam eine eilige Umarmung.

«Bist du mit dem Sechsuhrzug gekommen? Wo hast du denn dein Gepäck? Hast du schon zu Abend gegessen?»

«Nein, wir sind vorgestern zurückgekommen.»

«Vorgestern?»

Er nickte in die Dunkelheit, und dann sah Johanna Hans-Jörgen. Auch er sah dünner aus, fast sehnig, braun gebrannt und hatte exakt dasselbe T-Shirt an wie Magnus.

«Und die Weltreise?», fragte Johanna.

«Die ist zu Ende. Jetzt renovieren wir das Magazin. Gut, nicht?»

Sie zögerte. «Aber hier sollen Künstler und Antiquitätenhändler rein. Sie wollen Ausstellungen machen und Sachen verkaufen …»

«Das sind wir. Aber es wird keine Ausstellung geben. Wir werden mehr oder weniger antike Sachen verkaufen. Ein Hängeregal ist ja wohl nicht antik. Oder ein Laserdrucker. Wir suchen alte Mandelmühlen und solche Sachen. Wenn du irgendetwas Ulkiges von Großmutter hast, dann bring es einfach her.»

«Etwas Ulkiges von Großmutter! Meine Ansichten habe ich wohl noch von Großmutter.»

Magnus lachte mit kreideweißen Zähnen. Seine Augen glänzten. Sie musste mit Verbitterung feststellen, dass er viel besser aussah als zu der Zeit, wo er zu Hause gewohnt hatte. «Kommst du jetzt denn nach Hause? Ich laufe schnell vor und mach dein Zimmer fertig.»

«Nein, um Himmels willen, ich bin doch von zu Hause ausgezogen, als wir losgefahren sind. Ich wohne bei Hans-Jörgen.»

«Ach so.» Wie gesprächig er geworden war. Dass er ihr so fremd vorkam, musste an Hans-Jörgen liegen. Hans-Jörgen trug einen großen Karton. Er hatte die Ärmel hochgekrempelt und sah jünger aus denn je. Und Magnus sah älter aus. Was hatten sie gemacht? Hans-Jörgen nickte und lächelte Johanna über den Karton zu.

Sie schob die Hände in die Jeanstaschen. «Dann störe ich besser nicht mehr.»

Sie wartete darauf, dass einer von ihnen, am liebsten Magnus, ihr widersprach, aber er ging wieder ins Magazin und kletterte auf eine Leiter. Johanna ging mit klappernden Absätzen davon.

«Du kriegst eine Einladungskarte zur Eröffnung, Mama», rief Magnus. «Erinnere mich dran, falls ich es vergesse.»

Johanna ging zum Marktplatz hinüber. Einladungskarte. Erinnere mich daran. Wie gewählt er sich ausdrückte. Gewählt, erwachsen geworden und schrecklich verletzend. Sie setzte sich auf eine Plastikbank.

Eigentlich sah alles aus wie immer. Eine Frau mit schwarzem Kopftuch wühlte in einem Papierkorb herum. Am Tombolastand standen zwei ältere Damen und starrten aufs Meer hinaus. Um acht Uhr würden sie aufhören, Lose zu verkaufen. Der erste Preis war ein Kilo Kaffee und der zweite ein Kilo tiefgefrorene Krabben. Vor der Würstchenbude stand das Polizeiauto von Saltön. Der jüngere, schlankere Polizist aß eine Portion

Spezial und hinterher ein Eis, während der andere an das Auto gelehnt eine Fanta light in sehr kleinen Schlucken trank. Kabbe ging langsam mit seinem riesenhaften Hund spazieren und sah sich heimlich das Angebot im Schaufenster des Videoverleihs an. All das kannte Johanna, und doch fühlte sie sich bedroht. Es war irgendwas mit Magnus. Mit einem leeren Gefühl ging sie nach Hause und trank eine Kaffeetasse Weihnachtspunsch aus einem Tetrapak, den sie in ihrem Vorratsschrank gefunden hatte.

Sie setzte sich auf den Balkon und rauchte geistesabwesend zwei Zigaretten. Sie merkte es erst, als sie die Kippen in der Konservendose entdeckte. Sie musste sich zusammenreißen. Ein neuer Lebensinhalt würde alles leichter machen. Da lag der Gedanke an Blomgren am nächsten.

Wenn Thomas käme, um sie zu trösten, würde er eine wunderbare Stunde bei ihr verbringen. Etwas anderes fiel ihr nicht ein. Auf Magnus konnte sie nicht länger aufpassen. Aber sie war doch keine schlechte Mutter gewesen? Es musste eine Sinnkrise sein, die Magnus mit dreißig dazu gebracht hatte, sie zu verlassen und mit Hans-Jörgen zusammen zu reisen und zu leben.

Was hatten denn alle anderen in den letzten dreißig Jahren nach Feierabend gemacht? Hatten die immer nur herumgehangen, Süßigkeiten gegessen und versucht, die Zeit totzuschlagen, bis das Unterhaltungsprogramm im Fernsehen anfing, bis zur Invasion der Touristen, bis zum Hummerfest? Und was machten die Leute bloß am Samstagabend? Was machten die anderen Leute alle, die immer so entschlossen aussahen?

Dass sie sich das dreißig Jahre lang nie gefragt hatte.

Als MacFie in den Zigarrenladen kam, holte Blomgren automatisch ein Paket Greve Hamilton heraus und legte es auf den Tresen.

«Sehr freundlich von dir, Blomgren, aber ich wollte ganz was anderes. Hast du schon angefangen, die Eintrittskarten für das Hummerfest zu verkaufen? In dem Fall möchte ich gern zwei Karten haben.»

Hinter einem Zeitungsständer tauchte der Mann mit der Baskenmütze auf, aber Johanna war schneller. «Sie waren aber noch nie auf dem Hummerfest, MacFie. Wollen Sie die Karten für sich selbst und für Ihre Katze?» Sie lachte.

«Es wird kein Hummerfest geben», sagte Blomgren finster und legte den Tabak zurück. «Das Mädel von Månsson hat das Magazin vermietet.»

«Was höre ich da?», schrie Kabbe, der gerade zur Tür hereinkam. «Die kennt ja wohl gar keine gesellschaftliche Verantwortung! Karl-Erik Månsson war zwar ein übler Teufel, aber er wusste doch, was sich gehört ...»

«Ich würde gern zwei Karten kaufen», sagte MacFie.

Kabbe drehte sich um. «Zwei Karten? Was wollen Sie mit zwei Karten? Vielleicht eine für Ihre Katze?»

«Das habe ich auch schon gefragt», sagte Johanna.

«Er will natürlich eine Karte für Sara», sagte der Mann mit der Baskenmütze und zwinkerte.

«Sara? Wer ist denn das, zum Teufel?» Blomgren und Kabbe starrten ihn an.

«Das ist seine junge Mieze», sagte er.

«Welche Sara, verdammt nochmal?» Kabbe rümpfte die Nase. «Als ob ich nicht alle jungen Mädchen auf Saltön kennen würde.»

Der Mann mit der Baskenmütze lachte. «Sara sollten Sie wohl kennen, denn die arbeitet schließlich in Ihrem eigenen Restaurant.»

«Wenn ich's mir recht überlege», sagte MacFie, «nehme ich zwei Pakete Greve Hamilton. Eins für die Katze.»

Er verließ den Laden. Der Wind hatte aufgefrischt, und er atmete tief ein. Als er zum Hafen hinunterkam, überlegte er, ob er den Umweg machen und im *Kleinen Hund* ein Bier trinken sollte, aber dann bestünde Gefahr, dass Sara sich beobachtet vorkäme. Er war sehr bemüht, nichts zu tun, was lächerlich oder altmodisch wirken könnte. In Saras Augen war das wahrscheinlich ein und dasselbe.

Nachdem Philip gegessen und das Essen gelobt hatte, bat er um die Rechnung. «Denn ich nehme mal an, dass Sie hier keine Espressomaschine haben.»

Sara schüttelte den Kopf, während sie Block und Stift aus ihrer Weste holte.

Philip hatte seine Serviette nicht benutzt, jedenfalls schien es so. Nun faltete er sie mit kantigen Bewegungen wieder zusammen.

«Ist es nicht seltsam und langweilig für Sie, hier zu leben, wo Sie doch aus Stockholm stammen?»

«Ich stamme zwar aus Stockholm, aber in den letzten Jahren habe ich in Göteborg gewohnt», antwortete Sara und reichte die Rechnung herüber. «Da gibt es reichlich Espresso, und hier auf Saltön gibt es ihn übrigens auch, wenn Sie es schaffen, sich über den Hügel zum *Hammer und Ziege* zu quälen.»

Philip holte amüsiert zwei Hunderter aus der Brusttasche, streckte seine Hand nach ihrer aus und bog ihre Finger um die Scheine.

Sie sah die Scheine an und stopfte sie in die Weste.

«*Hammer und Ziege* ist nicht so mein Fall. Ich habe eine bessere Idee. Ich sollte mal wieder nach Göteborg fahren und meinen Steuerberater treffen. Ich schlage vor, dass Sie mitkommen und mir zeigen, wo es den besten Espresso gibt. Ich verspreche, dass ich Sie rechtzeitig zur Schlafenszeit wieder zu Hause absetze.»

«Gut», meinte Sara. «Morgen habe ich frei. Wir können uns hier vorm *Kleinen Hund* treffen, um neun Uhr.»

Er verbarg seine Überraschung, indem er sich eine Zigarette anzündete.

Vor sich hin summend und ohne sich umzudrehen, ging Sara in die Küche und kitzelte im Vorbeigehen Klas unter seinem ausgestreckten Arm.

«Sara, hör sofort auf. Ich werde nie an den Knoblauch rankommen, wenn ich an meinem Arbeitsplatz sexueller Belästigung ausgesetzt bin. Kannst du mir vielleicht stattdessen helfen, wo du so lang bist. Wer hatte eigentlich die blöde Idee, den Knoblauch unters Dach zu hängen? Und warum bist du bei der Arbeit so fröhlich? Das ist ja kriminell. Gehst du heute Abend vielleicht zum Seniorentreff? Gibt es erst Kaffee und Kuchen, oder fangt ihr mit Bridge an?»

Sara holte den Knoblauch herunter, brach sich eine Zehe ab und biss gedankenverloren hinein. «Kann ich dir sonst noch irgendwie helfen?»

«Nun bilde dir bloß nichts ein. Aber nimm doch einfach das Steak da vorne mit, wenn du reingehst. Manche Gäste haben es gern, wenn ihr Essen noch warm ist.»

«Noch warm?»

«Sara, was ist los mit dir? Mal im Ernst.»

«Es ist doch seltsam», sagte Sara am nächsten Tag zu Philip, als sie am Kungälv vorbeifuhren, «immer wenn ich mich Göteborg nähere, bin ich ein wenig aufgeregt. Das liegt wahrscheinlich daran, dass ich hier die wichtigen Jahre zwischen zwanzig und dreißig verbracht habe. Und weil ich hier mit Axel gewohnt habe und immer geglaubt habe, dass wir ewig zusammen sein würden. Wenn ich die Festung Bohus sich gegen den Himmel abzeichnen sehe, dann weiß ich, dass es nur noch fünfzehn verdammte Minuten dauert, bis ich mitten in Göteborg bin. Bis ich den salzigen feuchten Wind spüren kann, vermischt mit dem Geruch von Asphalt.»

«Zehn, wenn Sie mit mir fahren», meinte Philip.

«Was?»

«Ich sagte, wenn Sie mit mir fahren, zehn Minuten, nicht fünfzehn.»

«Das hängt ja wohl vom Verkehr ab», murmelte Sara.

Sein Haar war anders als am Vortag im *Kleinen Hund*. Frisch gestutzte Koteletten und irgendwie dunkler. Er war braun gebrannt, aber wie ein Tourist, nicht wie ein Fischer mit weißen Rändern im Nacken und auf der Stirn. Solange er die Sonnenbrille aufbehielt, konnte man ihm die Sache mit der Weltgewandtheit abkaufen, dachte Sara, aber ohne die Brille sah er verwirrt und streckenweise richtig ängstlich aus. Noch nie hatte sie jemanden mit so unruhigen Augen gesehen. MacFie war ganz anders. Vielleicht besaß er auch deshalb, soweit sie wusste, keine Sonnenbrille.

Derweil überholte Philip auf der falschen Seite und schaffte es, kalt lächelnd fünf Autos abzudrängen.

«Wir haben es, verdammt nochmal, doch überhaupt nicht eilig», sagte Sara.

«Französischer Fahrstil», sagte Philip und warf ihr einen viel sagenden Seitenblick zu, den sie aber nicht bemerkte. Im Schutz des Tingstadstunnels wagte er es, eine persönliche Frage zu stellen. «Es ist Ihnen ja wohl nicht ernst mit dem alten Knacker, oder?»

«Welcher alte Knacker?» Sie waren bereits wieder im Licht, und sie konnte das Stadion sehen.

«MacFie natürlich.»

«Aha, ach so, der. An der nächsten Kreuzung abbiegen.»

Er fuhr schweigend weiter, bog am Zentrum ab und fuhr an der Mariakirche auf der anderen Seite des Fattighusån vorbei. «Was für eine süße Kirche. Da könnten wir heiraten.»

«Wissen Sie eigentlich, wie ermüdend Sie sind, Philip?»

«Ein Fortschritt! Sie nennt mich beim Namen. Sollen wir

vielleicht zur Avenyn hinauffahren und den Tag mit einer Tasse Espresso auf einer Caféterrasse beginnen? Im *Park* zum Beispiel?»

«Haben Sie nicht einen Termin?»

«Habe ich das?»

«Hier reinfahren.»

Er gehorchte brav und parkte vor dem Restaurant *Der Garten.* Aus der katholischen Kirche gegenüber kamen vier Nonnen, ihre schwarzen Trachten flatterten im Wind. Sie lachten fröhlich, während sie die Straße überquerten. Philip sah ihnen lange nach. «Ich habe Heimweh», sagte er.

Sara seufzte. «Nach Saltön? Da sind wir doch noch keine Stunde weg.»

«Nein, nicht nach Saltön. Nach Paris.»

Sie schielte zu ihm hinüber. Er war offenkundig ledig, schick, gut durchtrainiert, reich und erfolgreich. Warum war sie nicht ein wenig schlau und setzte auf ihn? Ade *Kleiner Hund* und damit auch ade den müden Beinen, dem schmerzenden Rücken, der schlechten Bezahlung und dem meckernden Chef. Und hallo Ausschlafen. Ausschlafen in Paris auch noch. Kaffee und Croissants auf dem Balkon. Der Gedanke machte sie wütend. «Ich sehne mich schon nach Saltön», sagte sie.

Sie gingen nebeneinander auf dem Bürgersteig her wie ein altes Ehepaar. Aber auf der Höhe des Bältesspännarparks verabschiedete Sara sich abrupt. «Ich möchte ein paar Stunden allein herumlaufen. Wir können uns um ein Uhr im *Kometen* treffen. Da dürfen Sie mich dann zu einem Heilbutt einladen.»

Sie zeigte die Avenyn hinauf. «An der Ecke da oben links. Aber mit Meerrettich bitte», sagte sie und war verschwunden.

Sara ging in ein Teegeschäft und gönnte sich eine kleine Duftstunde, um sich dann in einem Secondhandladen in einer Reihe indischer Kleider aus den sechziger Jahren mit kleinen

Glöckchen und Spiegelchen zu verlieren. Kleider, die an anderen Frauen mittleren Alters lächerlich wirken würden, sahen an Sara vollendet aus. Aber sie verzichtete. MacFie schien nicht interessiert daran, einen Kleiderschrank anzuschaffen, was sie ihm vorgeschlagen hatte. Er hatte ganz einfach nicht geantwortet, und er hörte ziemlich gut, zumindest auf dem einen Ohr.

Als sie auf die Landsvägsgatan kam, blieb sie stehen, denn ihr fielen die wilden Abende ein, die sie mit Axel in der Gillestugan verbracht hatte, und die sonntäglichen Katerspaziergänge im Hafen. Tränen stiegen ihr in die Augen, und sie machte auf dem Absatz kehrt und ging mit schnellen Schritten und ohne den wütend klingelnden Fahrradfahrern auszuweichen die Haga Nygatan zurück.

Es war jetzt schon nach zwölf, und sie ging in die Seemannsbar, lehnte sich an den Tresen und bestellte ein großes Bier. Der Besitzer der Seemannsbar, Joaquim, sah von der Abrechnung auf.

«Warst du verreist?», fragte er. «Wir haben Absinth reingekriegt, seit du das letzte Mal da warst. Sechzig Prozent. Hier. Das ist doch was, oder? Ein französischer Mönch auf dem Etikett. Frage mich, womit man den mischen könnte. Ich habe schon an Zingo gedacht. Abzingo.»

Sie lachte. «Ich habe das Gefühl, als sei ich vor einem Jahr nach Saltön gezogen, dabei sind es doch nur ein paar Monate.»

Er runzelte die Stirn. «Wo ist das denn, Saltön? Irgendwo bei Stockholm?»

Sara fühlte sich zu Hause.

Frühe Mittagsgäste saßen auf Barhockern am Fenster aufgereiht und aßen Fischsuppe, während sie das Leben auf der Straße beobachteten.

«Ich hatte schon vergessen, wie alles war», meinte Sara. «In Haga, meine ich. Rucksäcke, Fahrräder, hemmungslose Handytelefonate und kaputtgebissene Bleistifte. Kaffeehausleben und Aktenordner und unglückliche Liebe. Träume.»

«Es ist ja wohl ziemlich lange her, seit du Studentin warst», meinte Joaquim. «Warst du nicht verheiratet?» Sara starrte ihn verblüfft an. Joaquim lachte und fing an, kleine Tüten mit Kaffee in die Espressomaschine zu füllen.

«Wie Recht du hast», bemerkte Sara. «Von Kindern und Ausländern hört man die Wahrheit. Es ist ewig her, seit ich auf die Pädagogische Hochschule gegangen bin. Meine alten Kommilitonen haben jetzt gerade Pausenaufsicht oder sitzen da und essen mit den Schülern Würstchen. Garantiert haben sie Reihenhaus, Volvo, Kinder, einen kleinen Weinkeller und einen Kühlschrank mit lauter Magneten, die den Stundenplan, die Elternabende und den Trainingsplan vom Fußball festhalten. Auf keinen Fall wohnen sie hier in der Stadt. Es ist lange her, dass ihnen ein Fahrrad geklaut wurde.»

Keiner hörte ihr mehr zu. «Kann ich bitte bezahlen, ich muss nämlich weiter zum *Kometen*, wie lange braucht man dahin zu Fuß? Eine Viertelstunde? Ich habe da ein Date mit einem, der, glaube ich, bi ist.»

Als Sara zur Tür gehen wollte, lief sie direkt in Philip, der hinter ihr gestanden und wohl zugehört hatte. Sie wurde rot, aber ihre Miene hellte sich trotzdem auf. «Das ist ja verdammt praktisch», sagte sie. «Da kann ich ja mit Ihnen fahren. Ich hasse es, mich beeilen zu müssen.»

Das Auto stand genau vor der Tür auf der Haga Nygatan, die eigentlich Fußgängerzone war.

«Ein schlammiger Jeep würde Sie hier noch beliebter machen», meinte Sara und stieg ein. «Wir gehören nicht zusammen!», fügte sie laut hinzu, für eine Dame mit langem grauem Haar, die ihr Fahrrad wild gestikulierend an ihnen vorbeischob.

Als sie im *Kometen* angekommen waren, ging Sara direkt auf

einen Fenstertisch zu und ließ sich dort nieder. «Sie haben sich wahrscheinlich irgend so ein Luxusrestaurant vorgestellt, mit dem Fisch zu einem Türmchen gestapelt und Schnittlauch über Kreuz gelegt und einem Idioten, der da steht und einem erzählt, was man essen soll, als ob man nicht lesen könnte.»

Philip betrachtete sie ungewöhnlich ruhig über seine Lesebrille. «Nein, Sara. Ich bin kein Neureicher.»

Sie verdrehte die Augen. Sie hatte immer noch nur vor einem Menschen Respekt, und das war MacFie. Sie wünschte, das würde auf Gegenseitigkeit beruhen. Wenn sie heimlich in den Imkerverein von Saltön eintrat und alles über Drohnen lernte, vielleicht wäre er dann beeindruckt. Das wäre einen Versuch wert. Sie hatte schon einmal in einer Buchhandlung ein wenig in einem Buch über Bienen gelesen, war aber fast vor Langeweile eingeschlafen, als sie versucht hatte, sich natürlich klingende Bemerkungen auszudenken: «Ja, sag mal, MacFie, was machst du eigentlich gegen die Faulbrut? Bestimmt liegt das an dem Heidekraut, das im Herbst blüht, dass die Bienen die Feuchtigkeit nicht wegkriegen. Aber Apistan soll ja ganz gut helfen, zumindest ehe sie immun werden.»

«Wo sind Sie, Sara?» Philip hatte die Brille abgenommen und sah sie mit seinem üblichen verzweifelten Blick an.

Im Lokal herrschte eine ruhige, fast schläfrige Atmosphäre. An einem Tisch saß die elegante Besitzerin des Kometen, Fräulein Magnusson, mit perfekter Frisur und Pfirsichhaut. Sie prostete freundlich einem jungen Mann zu, der mit einer gewissen Gier aß.

Sara wusste, wer das war. «Er ist einer der Freitischler dieses Semesters», erklärte sie. «Seit den fünfziger Jahren sucht Fräulein Magnusson jedes Jahr einen Medizinstudenten, einen Studenten der Technischen Hochschule und einen von der Kunstakademie aus, die dann hier frei verköstigt werden. Sie werden vorher und nachher gewogen.»

«Sie muss sehr beliebt sein», murmelte Philip und sah neidisch aus.

«Als sie vor ein paar Jahren achtzig wurde, kamen alle Studentenorchester die Avenyn heruntermarschiert, stellten sich vorm *Kometen* auf und spielten ihr ein Ständchen. Am Ende gingen sie alle vor Fräulein Magnusson auf die Knie und weinten.»

«Ja, ich hatte immer gehofft, dass Popularität und Ruhm ein gewisses Glück mit sich bringen würden», meinte Philip und zündete sich eine Gauloises an. «Eine Zufriedenheit, die einfach all das ersetzt, was man nicht hat, wenn man ohne Frau und Kinder lebt. Doch als meine erste eigene Kollektion herauskam und völlig ohne Vorwarnung ein Riesenerfolg wurde, als ich in der Modewelt von Paris, Mailand und New York zum Geheimtipp wurde, da spürte ich gar nichts. Nur Unwirklichkeit und Leere. Ich lächelte, wie man es von mir verlangte, und antwortete brav auf die dümmsten Fragen, aber ich konnte es nicht genießen. Das Einzige, was ich wollte, war Ruhe, um mich auf die nächste Saison konzentrieren zu können. Das, wovon alle redeten, war schon Vergangenheit für mich, aber ich konnte es mir nicht leisten, das zu zeigen.»

«Es muss doch auch lustig gewesen sein, die Partys, die Kamerablitze, schöne Frauen, all die Aufmerksamkeit?»

Philip zuckte mit den Schultern. Seine Augen flackerten ungeduldig. «Der Traum vom Erfolg war lustiger. Und seither lebe ich an der Grenze zum Magengeschwür, weil ich mich ja jede Saison selbst übertreffen muss. Ich glaube nicht, dass ich überlebt hätte, wenn ich nicht jeden Tag joggen ginge. Das nimmt mir die Angst. Mir ist ständig bewusst, dass ich nicht schlechter werden darf, sondern immer nur besser. Wenn ich das nicht schaffe, bin ich gescheitert. Und darauf hoffen natürlich alle.»

«Das klingt hart.»

«Es ist hart, und dennoch wäre es für mich die schlimmste Katastrophe, wenn mit meiner rechten Hand etwas passieren würde. Kleider zu entwerfen ist das Schönste, was ich mir vorstellen kann. Es gibt nichts Besseres.»

«Auch nicht zu lieben?»

«Auch das nicht.» Er lächelte etwas schief.

Sara streckte sich über den Tisch und strich Philip rasch über den Handrücken. Er war unerwartet warm. «Es ist einfach herrlich, mit jemandem zu reden, der so freigebig mit sich selbst ist wie Sie. MacFie ist das ganz und gar nicht. Ich weiß nicht einmal, wann er Geburtstag hat.»

Sie sah aus dem Fenster und nahm zwei große Schlucke von dem Wein, ohne ihn anzusehen. Er hob eine Augenbraue. Vor der Würstchenbude standen ein paar Taxifahrer und diskutierten. Ihre Hosenbeine flatterten im Wind.

«Sollen wir über Nacht in Göteborg bleiben?», schlug er vor. «Ich wohne immer im *Park*, im achtzehnten Stock.»

«Sie haben mich missverstanden.»

Der Kellner kam glücklicherweise gerade mit dem Heilbutt, und sie begannen schweigend zu essen.

«Die anderen Gäste glauben bestimmt, dass wir ein Paar sind», meinte Philip schließlich.

«Bald wird es Herbst», erwiderte Sara.

Philip reckte sich ein wenig. «Der Herbst ist natürlich ein prima neutrales Gesprächsthema. Wenn der Herbst beginnt, sollte man auf Saltön sein. Wenn die Hummer gefangen werden, wird der Kranke gesund. Der Lahme kann gehen. Der Bootlose hat ein Boot. Der Zahnlose bekommt Zähne.»

«Sie klingen wie ein Wanderprediger.»

«Tue ich das? Ich dachte, es klänge seemännisch-knackig. Und das gefällt Ihnen ja offenbar, da Sie eine Vorliebe für alte Seebären zu haben scheinen.» Philip spießte eine Garnele auf die Gabel und studierte sie.

«Auf dem Rückweg gehen wir den Umweg über die Fischerkirche», sagte er, «und nehmen uns Krabben mit. Die letzten kargen Tage, bis die Hummer kommen, muss man sich ja irgendwie trösten.»

Sie lachte laut. «In Göteborg Fisch kaufen, um ihn mit nach Saltön zu nehmen!»

Er hob wieder eine Augenbraue und blieb bei seinem ruhigen Ton. «Haben Sie irgendwo auf Saltön einen Fischladen gesehen? Oder eine Fischtheke in einem normalen Laden? Ein Fischauto? Dafür, dass Sie sich da so zu Hause fühlen, wissen Sie aber ziemlich wenig.»

«Ich esse meistens im *Kleinen Hund*», sagte Sara. «Oder in *Gerts Würstchenbude*. Die machen wirklich gute Makrelenburger.»

Philip winkte einen Kellner heran, um den Heilbutt zu loben.

«Ihr Rostbraten ist auch berühmt.»

«Gut, dann bleiben wir in der Stadt und essen heute Abend hier Rostbraten und trinken ein gutes Glas Rotwein dazu.» Philip erhob sein Glas.

«Das können Sie ja machen, dann fahre ich mit dem Zug nach Hause.»

«Höre ich da ein leichtes Bedauern heraus?»

«Ja, ich fahre nämlich nicht gern Zug.» Sie betrachtete seine Hände, als er die Haut des Fisches auf eine Weise abzog, die sie weltgewandt nennen würde.

«Was ist denn so interessant?»

«Ich hasse Siegelringe.»

11

Emily blätterte in einem Reiseprospekt. Nichts war unmöglich. Schon bald würde sie einen Bikini tragen und hervorstehende Schlüsselbeine haben. Der Sonnenurlaub im Süden, den sie zu Blomgrens Fünfzigsten gemacht hatten, war diesbezüglich ein Misserfolg gewesen. Die Stewardessendiät, die sie fünf Tage vor der Reise gemacht hatte, war nicht wie erwartet ausgefallen. Sie hatte zweihundert Gramm abgenommen, nicht acht Kilo, wie es in der Werbung versprochen worden war. Deshalb war sie gezwungen gewesen, sich ein riesenhaftes T-Shirt über den Badeanzug zu ziehen, das sie bis zum Wasser anbehielt, wo rot verbrannte schwedische Väter saßen und mit ihren Kindern Sandburgen bauten. Sie zählte dann bis zehn, zog mit einem Ruck das T-Shirt aus und rannte, so schnell sie konnte, in die Wellen. Eine sehr anstrengende und ungewohnte Betätigung. Auf Saltön waren es glücklicherweise nur die paar Meter bis zur Badetreppe.

Doch die meisten Zuschauer schien es überhaupt nicht zu interessieren, wie dick sie war. Sie hielten Emily für mutig, weil sie so schnell untertauchte. Kopf und Frisur blieben natürlich trocken.

Bis Weihnachten würde sie es geschafft haben. Das hatte Céline gesagt, und warum sollte sie dann nicht eine nette kleine Reise in die Sonne unternehmen, nur mit einem Bikini und ein paar anderen attraktiven Sachen im Gepäck.

Hieß es nicht, dass in Griechenland massenhaft romantische Männer vor den Cafés saßen und auf reife Frauen aus dem Norden warteten? Sie brauchte nur eine neue Figur. In Dänemark ließen sich alle Frauen, die abgenommen hatten, fast unmittelbar danach scheiden. So selbstsicher konnte man werden. Na ja, zumindest in Dänemark, und da hatte Emily eine Cousine.

Emily Blomgren würde angebetet werden. Sie bedauerte, dass Ragnar Ekstedt nicht verheiratet war. Es wäre richtig lustig gewesen, ihm einen schlecht zugeklebten, gemeinen Brief nach Hause nach Kalmar zu schicken, um ihm die Hölle heiß zu machen.

Emily lächelte, sog die Wangen ein und streckte den Hals. Nur noch ein paar Monate, und dann ein sonniger Strand und ein Diamant im Bauchnabel. Céline hatte ihnen vorgeschlagen, sich ein Bild von einem engen Kleid oder einer engen Hose als Belohnung an den Kühlschrank zu hängen. Emily wollte keine Kleider am Kühlschrank haben, aber ein Reisepass würde sich unter einem der Magnete gut machen.

«Auf zur Passstelle», trällerte sie und enterte das grüne Familienauto, ohne sich darum zu scheren, dass es schaukelte, als sie sich zurechtsetzte.

Sie parkte kurz vor dem roten Ziegelgebäude und beschloss, eine kleine Zwischenmahlzeit zu sich zu nehmen, ehe sie zur Polizei hineinging. Ansonsten bestand laut Céline die Gefahr, dass man sich im Eifer des Gefechts mit Kuchen belohnte. Emily holte ihre Plastiktüte hervor. Blumenkohlröschen, rohe Champignonhüte und ein Bund Petersilie. Sie knabberte wie ein kleiner Papagei. Essen, nicht fressen.

Sie stellte den Rückspiegel ein und lächelte sich zu. Überraschenderweise sah sie nicht aus wie Julia Roberts, sondern vielmehr rot und verschwitzt. Und gerade als sie in ihrer Handtasche nach der Puderdose suchte, wurde die Autotür geöffnet und die Sonne wurde vollkommen von Christer verdeckt. «Dürfte ich mal den Führerschein sehen?»

Sein Lachen war laut. Emily schob seine Hand ärgerlich

weg, als er ihr aus dem Auto helfen wollte. Er sah interessiert auf ihre Tüte mit der Zwischenmahlzeit, die auf dem Beifahrersitz lag. «Ich habe auch so eine auf der Wache. Komm doch mit, dann zeige ich sie dir.»

«Heißt das nicht Headquarters?»

«Du hast zu viele Krimis im Fernsehen gesehen. Das kann gar nicht gut sein, so viel fernzusehen wie du. Da muss man ja die ganze Zeit zwischendurch essen, weil die Krimis so spannend sind. Wie bei uns Männern, wenn wir Hockey gucken.»

Emily schüttelte den Kopf. «Du bist wirklich furchtbar.»

«Bin ich das? Da bin ich aber etwas erstaunt. Die meisten Frauen finden, dass ich ein netter Kerl bin. Leichtfüßig und lebensfroh.»

«Leichtfüßig?»

«Ich kann auch wie ein trauriger Hund dreinschauen. Sieh selbst.» Sie gingen zum Polizeigebäude. «Was verschafft uns eigentlich die Ehre? Du hast doch wohl nicht wieder den Zaun niedergewalzt?»

Emily setzte ihre Lesebrille auf die Nase und füllte alle Kästchen auf dem Antragsformular aus, während Christer zusah. «Bestimmt hast du eine kleine Schwäche für schicke Männer in Uniformen, nicht wahr, Emily?»

«Ganz und gar nicht.»

«Aber du musst zugeben, dass die Uniform schlank macht. Ich fühle mich jetzt unglaublich viel windschnittiger als in meinem geblümten Hawaiihemd, das ich heute Abend anhaben werde, wenn ich auf dem Balkon sitze und Endiviensalat esse.»

«Mein Gott, du redest wie ein Wasserfall. Das kann einem auch mal zu viel werden!»

«Ja, das hat meine Lebensgefährtin auch immer gesagt. Nun, mal sehen, ob du alles richtig ausgefüllt hast. Größe: 179

Zentimeter. Meine Güte, du bist wirklich ein Brocken, Emily. Gut, dass das Gewicht nicht in den Pass kommt. Aber das kann sich ja auch ändern. Wohin willst du denn fahren?»

«Muss man das auch angeben?» Sie ging zur Tür.

«Emily, warte doch eben, ich will dich noch was fragen.»

«Wie bitte?»

«Wie fandest du denn meinen kleinen Zettel kürzlich im Kurs?»

«Welchen Zettel?»

Christer setzte sich auf die Tischkante und betrachtete sie. «Du bist wirklich eine Lady, Emily.»

Sie lächelte geschmeichelt. «Ja, tschüs dann, Christer. Wir sehen uns doch beim nächsten Treffen im Rosa Haus?»

«Ganz sicher, selbst wenn noch was anderes los wäre. Wie zum Beispiel die Hummerpremiere. Ich werde heute Abend eine kleine Tour mit dem Boot machen und mir Krabben holen, die ich mitnehme, wenn ich Flussbarsch angele. Kein Hummer, den ich kenne, kann einem halb verrotteten Flussbarsch widerstehen.»

«Wie kannst du denn so begeisterter Hummerfischer sein, wo du doch gar nicht von hier kommst?»

«Wir Zugezogenen sind die Schlimmsten.»

Sie gingen durch den östlichen Eingang der Fischerkirche und blieben stehen, um die in den Stein eingelegte Krabbe zu studieren. Als sie dann auf dem Fischmarkt standen, legte Philip den Arm um sie. «Als ich ein Junge war, habe ich auf Saltön mit dem alten Olsson Krabben gefischt. Wie kommt es nur, dass es damals immer so warm und sonnig war?»

«Es fällt mir ziemlich schwer, mir dich als Junge vorzustellen. Gibt es Armani-Shorts in Größe 120?»

«Ich hatte abgeschnittene Lee-Jeans an, wenn ich auf dem Bauch auf dem Steg lag und meinen Käscher schwang, und der alte Olsson saß mit seiner Angel neben mir, um mir Gesellschaft zu leisten.»

«Ich habe noch nie Krabben gefischt. Ich habe meist Haferbrei gekriegt.»

«Damals war alles so einfach. Man musste nur eine Muschel an eine Schnur binden, dann biss schon etwas an. Ein ganzer Eimer voll mit kleinen Krabben, die auf und ab kletterten. Ich kann nicht gut Blut sehen, und so habe ich die meisten nach einer Weile wieder reingeworfen.» Sie gingen schweigend zum Auto.

«Können wir noch an der Markthalle vorbeifahren?», fragte Sara.

«Natürlich.»

«Ich möchte ein Geschenk kaufen.»

Er parkte vor *Aldardo*, mit einem langen Blick auf zwei junge Damen, die lachend und mit großen Pasta-Tüten im Arm herauskamen. Er ging um das Auto herum, öffnete ihr die Tür und lächelte.

«Ich wollte ein Geschenk für MacFie kaufen, aber verdammt, ich weiß nicht, was ich ihm mitbringen soll.»

«Honig wäre doch passend, schließlich hat er Bienen.»

Sie lächelte und boxte ihn in den Bauch. «Sie sind mir einer. Er kriegt einen großen Eimer Honig.»

«Wie viel Reusen hast du eigentlich, Blomgren?», fragte Johanna und schmiegte sich hinter dem Glastresen an ihn.

«Vier Reusen und kein Boot, aber das bleibt unter uns», sagte er. «Vielleicht gehe ich am Montag mit Orvar zusammen raus, aber ich möchte meine Bojen eigentlich nicht mal meinen Bruder wissen lassen. Denn es gab im vorvorigen Jahr Diebe, die drei von den Reusen leer gemacht haben, und voriges Jahr war es noch schlimmer, da haben sie meine Fischkiste hinten an der Werft mit dreißig Hummern drin ausgeräumt. Also, da war ich schon ziemlich sauer, denn schließlich hatte ich viel Arbeit da reingesteckt.»

«Pech beim Angeln, Glück ...» Johanna drückte sich an ihn.

«... im Spiel», fiel der Mann mit der Baskenmütze hilfreich ein. «Ja, es ist höchste Zeit für das Spiel der Woche.»

«Früher war das Hummerangeln noch was», seufzte Blomgren. «Als Touristen noch Touristen waren und bei ihren Dingen blieben. Aber jetzt, wo sie sogar von Uppsala runterkommen und beim Fangen mit dabei sein wollen, da bringt es nichts mehr. Die Leute, die nicht von hier sind, die müssten mindestens vier Wochen warten müssen.»

Johanna drückte seine Hand. «Du hast ja so Recht, Thomas.»

Blomgrens Augen schwammen.

«Nichts ist mehr wie früher», bemerkte der Mann mit der Baskenmütze. «Mein Vater hat noch von der Fischerei gelebt, auch wenn es knapp war. Im Frühjahr Krabben, im Sommer Krebse, dann Makrelen und im Herbst Hummer. Jetzt kann er kaum mehr die Finger krumm biegen, wenn er mit dem Friseur Schach spielt.»

«Fang bloß nicht an zu heulen», meinte Orvar. «Schließlich ist er ja kein Pianist.»

Im selben Augenblick ging die Tür auf, und Magnus kam herein, dicht gefolgt von Hans-Jörgen. «Mama! Was machst du denn hier?»

«Ja, was macht man denn so auf der anderen Seite eines Verkaufstresens?»

«Hast du in der Fabrik aufgehört?»

«Der Junge muss wirklich nicht erst studieren», sagte der Mann mit der Baskenmütze.

Hans-Jörgen sah Magnus über die Schulter. «Jedenfalls möchten wir zwei Feuerzeuge und zwei Packungen Kondome.»

Alle starrten Hans-Jörgen an.

«Äh, ist das irgend so ein Spiel?», fragte Orvar schließlich.

«Nein, da müsst ihr woanders hingehen», sagte Johanna bestimmt. «Nicht hier in Thomas' Laden!»

Magnus wurde rot, aber Hans-Jörgen lächelte erwachsen und überlegen. «Kein Problem, Magnus. Wir können auf dem Nachhauseweg zum Magazin im Kiosk einkaufen.»

«Auf dem Nachhauseweg zum Magazin?» Der Mann mit der Baskenmütze schob die Mütze in den Nacken. «Was soll das denn heißen?»

Blomgren hielt sich am Tisch fest.

«Es sind Magnus und Hans-Jörgen», sagte Johanna.

«Die uns das Hummerfest geraubt haben», fuhr Orvar fort. «Sie sind schuld, dass wir für das Hummerfest keinen Raum mehr haben. Oder besser gesagt, dass es überhaupt kein Fest geben wird.»

Plötzlich lachte Magnus laut los. «Werdet mal alle erwachsen!», rief er. Und schon waren sie fort.

Blomgren, der Mann mit der Baskenmütze und Orvar starrten Johanna vorwurfsvoll an, die jedoch zuckte nur mit den Schultern. «Magnus hat Recht», sagte sie. «Die Dinge verändern sich. Ich gehe jetzt mal raus und rauche eine.»

Vom Meer war diesige Luft hereingekommen, und Johanna fröstelte, als sie auf dem Bürgersteig auf und ab ging und tiefe Züge einsog.

«Verdammte Dummköpfe», sagte sie zu einem Hydranten.

Vor ihr blieb ein Auto von der schickeren Sorte stehen. Johanna betrachtete es düster, während der Fahrer wie ein Amerikaner herausstürzte und seiner Beifahrerin die Tür öffnete. Johanna erkannte den neuen Botschafter, und weil an diesem Tag wohl alles schief ging, öffnete er auch noch die Tür für Johannas ehemalige Mieterin, die Tussi aus der Stadt, die sich einbildete, sie und MacFie seien ein Paar. Johanna trat wütend die Zigarette aus.

«Hallo, Johanna», sagte Sara fröhlich. «Hol dir keinen Krebs.»

Philip räusperte sich. «Das war nicht gerade nett.»

«Das war auch nicht meine Absicht. Es ist ja auch nur ein guter Rat. Meine Mutter ist an Lungenkrebs gestorben.»

Philip sah gründlich auf die Uhr. Er hatte gelernt, das in schwierigen Momenten des gesellschaftlichen Lebens zu tun. Doch plötzlich spürte er, wie sich ihm ein harter Zeigefinger in den Brustkorb bohrte.

«Sie sind doch steinreich», sagte Johanna. «Sorgen Sie mal dafür, dass wir einen Platz für das Hummerfest kriegen. Das Magazin kommt nicht mehr infrage. Das wird jetzt für Wichtigeres gebraucht.»

Philip lockerte seinen Schlipsknoten. «Auf das Hummerfest wollen wir ja nicht verzichten», sagte er freundlich. «Ja, genau, das Hummerangeln wird am ersten Montag nach dem zwanzigsten September erlaubt, und dann werden sie gekocht, und freitags gibt es dann ein Fest ...»

«Erzähl mir was Neues», brummte Johanna.

Sie sah ihn schon aus der Ferne. Er stand schlaksig da, beugte sich zu den Bienenkörben herab, mit dem Imkerhut auf dem Kopf und einer Petroleumlampe in der Hand. Sie war gerührt und ließ die Tüten am Gartentor stehen und lief zu ihm hin. Er nahm sie in den Arm.

«MacFie, das hast du nicht geglaubt, dass ich wiederkomme, oder?»

«Warst du weg?» Sie gingen ins Haus, und Clinton verschwand wie ein wütender roter Strich hinter dem Hühnerhaus.

«Endlich allein», sagte Sara und warf sich aufs Bett. «Aber halt, ich habe ja dein Geschenk vergessen. Obwohl es eigentlich für deine Bienen ist.»

Sie überreichte feierlich den Eimer, und er starrte sie an, ehe das Lachen von tief aus dem sehnigen Körper geblubbert kam.

«He, MacFie, hör mal auf zu weinen. Das ist kein bisschen romantisch.» Diesmal musste sie sich selbst ausziehen, denn MacFie konnte nicht aufhören zu lachen, aber am Ende konnte er es doch, und als sie nach ein paar Stunden aufwachte, lag er da, den Kopf in die Hand gestützt, und betrachtete sie.

Sie gähnte. «Dass du nicht einmal gemerkt hast, dass ich weg war. Und ich dachte, das würde die Spannung erhöhen, weil du dich dann nicht mehr so sicher fühlen könntest.»

«Ich bin zu alt für solche Spiele. Und auch nicht erstaunt.»

«Wie, nicht erstaunt.»

«Wenn die Königin drei, vier Tage alt ist, macht sie bei akzeptablem Wetter einen Ausflug. Das erste Mal fliegt sie nur aus, um sich zurechtzufinden. Dann fliegt sie jeden Tag aus, wenn es am wärmsten ist, zwischen zwölf und drei, und nach einer Reihe dieser Ausflüge wird sie brünstig.»

Sara setzte sich im Bett auf, zog ihren Pullover an und funkelte MacFie an. «Ich bin keine verdammte Biene!»

«Natürlich bist du das, und der Botschafter ist nur einer in einer Menge Drohnen, die in wildem Liebesdrang und heißem Wettkampf die Bienenkönigin jagen, ohne zu wissen, dass sie dabei ihr Leben riskieren.»

Sie sprang in die Shorts. «Du bist, verdammt nochmal, nicht ganz dicht.»

MacFie lächelte und ging zu den Hühnern hinaus, den Eimer in der Hand, in den er zwei Dosen Mais geschüttet hatte. Seine Hühner liebten Mais, vor allem Cyd Charisse, die sein fleißigstes Huhn war. Er überlegte, ob er vor dem Winter noch das Hühnerhaus umbauen sollte. Irgendwann nach dem Hummerfest. Vielleicht könnte Sara ihm die Bretter anreichen. Er lachte laut bei dem Gedanken, und Doris Day, die sich gerade plusterte, bedachte ihn mit einem misstrauischen Blick.

Emily seufzte. Sie wusste ziemlich sicher, was sie brauchte, und zwar einen Sinn und ein Ziel. Es war doch sehr langweilig, den ganzen Tag lang abzunehmen. Sie musste gegen die Depression anarbeiten und ihren Tag mit etwas Struktur versehen. Sie beeilte sich, ins Auto zu kommen, startete den Wagen schnell und fuhr nach Hause.

Eine halbe Stunde später hatte sie alles hervorgeholt, was im Vorratskeller lag. Weinflaschen, eingelegter Hering und Marmelade. Das stellte sie alles auf einen Mosaiktisch im Partykeller. Ebenso energisch räumte sie die Abstellkammer mit den Sportsachen aus, holte Langlaufski und Slalomausrüstung heraus, Surfbrett, Paddel und Taucherbrille. Dann telefonierte sie nach einem Container.

Zwei Stunden später fiel sie über Wohnzimmer und Küche her, dass Möbel und Teppiche nur so durch die Luft wirbelten. Sie musste noch einen Container haben. Bald würde sie klarer sehen.

Als Blomgren aus dem Laden nach Hause kam, war das Haus fast leer. «Besitzen wir nicht mehr, Emily?», fragte er sanft, nachdem er sich umgeschaut hatte. «Zwei Sessel, ein Fernseher, zwei Betten, ein Küchentisch und zwei Stühle. Ist das alles?»

«Is that all there is?», summte Emily.

«Wie bitte?»

«Ich habe nur versucht, wie Peggy Lee zu singen. So ist es doch viel schöner, oder?», sagte Emily, ohne den Blick vom Fenster zu nehmen. «Klarer.» Die Gardinen waren auch weg.

«Hast du alle unsere Sachen nach Afrika verschenkt? Dann machen sie wenigstens Paula glücklich.»

«Nein, ich habe die Sachen nicht nach Afrika verschenkt. Ich habe es für mich selbst gemacht und nicht für Afrika. Ich will klarer sehen.»

«Und wo sind unsere Sachen jetzt?»

«Im Magazin. Zum Verkauf angeboten. Der Sohn von deiner Geliebten Johanna hat sie bekommen. Er sammelt allen möglichen Kram, den er verkaufen will. Da bleibt es doch in der Familie, nicht wahr?»

«Aber die Hochzeitsgeschenke? Und die Vase aus Orrefors, die ich zum Fünfzigsten bekommen habe?» Er öffnete einen Küchenschrank. «Zwei Teller und zwei Gläser, zwei Kaffeetassen.»

«Ja, du hast ja doch nie gerne Gäste gehabt. Wenn man Johanna mal nicht mitzählt, aber da pflege ich dann ja nicht zu Hause zu sein.»

«Ein Wunder, dass die Teppiche noch da sind.»

«Ja, damit es nicht so hallt.»

Blomgrens Augen glänzten, und er ließ sich schwer in den einen Sessel fallen. «Wann wirst du aufhören, mich zu bestrafen, Emily?»

Als sie nicht antwortete, hob er den Kopf und sah auf ihren runden Rücken und ihren feindseligen Hinterkopf mit der perfekten Frisur. «Noch einmal: Wie lange willst du mich noch bestrafen, Emily?»

Emilys Blick folgte dem Bugsierer *Tor*. Das kleine Boot mit seinem runden, freundlichen Steven zog einen riesigen rostfarbenen Prahm. Sie wusste nicht, wie es sich verhielt: War Blomgren *Tor* und sie der Prahm, oder umgekehrt? «Wieso glaubst du, dass ich meine Energie darauf verschwenden würde, dich zu bestrafen? Ist das nicht ein wenig vermessen?»

Er antwortete nicht, aber sein Gesicht hatte einen grauen Farbton angenommen. Endlich drehte sie sich um. Er griff sich an die Brust und sah sie mit feuchtem Blick an. «Ich bekomme keine Luft, Emily.»

«Ja, Blomgren, wem geht es nicht so?» Sie ging in den Garten hinaus, um nachzusehen, ob der Dill bis zum Hummerfest groß genug sein würde. Obwohl die Ringelblumen hellgelb leuchteten und die Klettererbse die Längsseite des Carports mit ihren blauen Blüten bedeckte, spürte sie den Verfall in der Luft. September. In einem Monat würden die Blätter von den Bäumen geweht werden. In zwei Monaten müsste man das Eis von den Autoscheiben kratzen. Und in drei Monaten kam das schreckliche Weihnachten. Als sie wieder ins Haus kam, saß er vorm Fernseher. Volksmusik.

Die Kirchenglocke schlug elf, als Christer sein Boot in den Hafen steuerte. In der Hellegatt stand ein Plastikeimer mit vier großen Krabben darin.

Er fror fast nie, und zum Reusenkontrollieren hatte er den Overall ausgezogen und unter die Ruderanlage geschoben. Jetzt steuerte er nur in Jeans und kurzärmeligem Hemd mit warmen Händen aufs Land zu. Er dachte an Emily, während er auf einer Mohrrübe kaute und ein paar Schlucke Zitronenwasser trank, ehe er zum Anleger fuhr.

Er wusste ganz genau, wo er den Motor abschalten würde, nämlich auf Höhe der Kirche, und ganz genau, wann er die Achtervertäuung greifen würde, und sogar in pechschwarzer Dunkelheit wusste er, wo der Karabiner an der Fangleine saß. Als er an den Anleger kam, roch es nach Tang und Geißblatt.

«Was für einen wunderbaren Altweibersommer wir haben», sagte er zu einer Möwe, die dasaß und von einem Poller herunteräugte. Nachdem er dem Vogel, der jede seiner Bewegungen interessiert beobachtete, einen warnenden Blick zugeworfen hatte, wuchtete er den Eimer mit den Krabben auf den Steg.

«Wenn du brav bist, kriegst du eine Zange», sagte er, «aber du musst schön brav warten, wie eine Dame beim Nobelpreisdiner.»

Er spritzte das Achterdeck ab, schloss den Motor ab und machte alle Haken der Persenning fest, ehe er die Kajüte abschloss. Dann nahm er den Overall und stopfte ihn in einen Seesack, den er sich unter den Arm klemmte.

«Das sieht man mir doch kein bisschen an, dass ich aus Stockholm bin», sagte er zufrieden zu der Möwe. Eine der Krabben hatte während des Todeskampfes mit ihren Schicksalsgenossinnen im Eimer eine Zange verloren. Christer trat die Zange mit dem Holzschuh kaputt und warf sie in einem weiten Bogen fort. Die Möwe war schnell.

«Doch, natürlich sieht man, dass Sie aus Stockholm sind, wo Sie hier Möwen füttern!», sagte eine Stimme. Es war MacFie. Obwohl das harte Worte waren, lächelte er.

«Möchten Sie eine Krabbe?»

MacFie schüttelte den Kopf. «Nein, ich wollte nur nach dem Boot sehen. Ich habe einen Draggen verloren, aber vielleicht ist er ja doch zu Hause im Holzschuppen.»

«Ja, ja, im Alter wird man vergesslich», antwortete Christer freundlich.

MacFie sah ihm lange mit saurer Miene nach.

Christer nahm seinen neuen Spezialweg nach Hause und kam so an Blomgrens Garten vorbei. Als er durch den Fliederbusch schaute, begegnete er Emilys Blick.

«Jesses, Emily, sitzt du mitten in der Nacht draußen herum?»

Ihre Stimme war ungewöhnlich tief und warm. «Ich sitze hier und denke über mein Leben nach. Es ist so ein stiller und warmer Abend. Nur ein paar kleine Mücken. Schade, dass ich nicht rauche.»

«Möchtest du eine Krabbe? Ich habe zu viele gefangen.»

Sie zuckte mit den Schultern.

«Fast kein Fett, Emily.»

«Ja, Krabben sind gut. Wenn man sie nur richtig kocht, am besten sind sie frisch gekocht und lauwarm. Vor allem jetzt, im frühen Herbst.» Sie machte eine Geste auf das Haus zu. «Wir kochen sie zusammen, dann können wir sie hier auf der Terrasse essen. Hast du zwei, damit jeder eine bekommt?»

«Du bist wirklich eine Frau der Überraschungen, Emily.»

«Wieso?» Sie öffnete die Haustür. Von der Küche her roch es nach Putzmitteln.

«Ist Blomgren nicht zu Hause? Wo ist er denn? Wann kommt er?»

«Manchmal könnte man meinen, du wärest bei der Polizei.»

«Nicht gerade üppig eingerichtet», meinte Christer und sah sich in der Diele um. «Zieht ihr gerade um?»

«Nicht dass ich wüsste.» Sie holte den großen Topf hervor und ging raus, um etwas Dill zu pflücken.

«Hast du Bier? Nicht zum Trinken, meine ich. Ein kleiner Spritzer ins Wasser ist gut.»

«Ihr Stockholmer macht immer so ein Gewese um alles», sagte Emily, aber sie lachte. Sie öffnete rasch zwei Dosen Bier mit dem Daumen und hob die eine zum Mund.

«Also, das hätte ich jetzt nicht gedacht, Emily Blomgren, dass du Bier aus der Dose ...»

«Es ist doch ziemlich viel, was man von anderen Menschen nicht weiß.»

«Und dass ihr hier so ... luftig wohnt. Das hätte ich nie gedacht. Muss leicht sauber zu halten sein. Du bist ja immerhin Hausfrau, sagst du.»

Emily sah sich um und nickte.

«Wenn ich hier zu einer Hausdurchsuchung käme, dann würde ich sagen: Dieses Haus trägt nicht die Handschrift einer Frau.»

«Wie romantisch du dich ausdrückst», sagte Emily. «Wir essen die Krabben doch im Garten, oder? Es ist phantastisch warm. Wie ein Hochsommerabend, nur schon dunkel ist es natürlich.»

«Ja, sie sollten ja eigentlich in ihrem Wasser abkühlen, aber das dauert jetzt zu lange. Wir lassen sie noch ein wenig ziehen, und dann essen wir sie warm. Hast du Brot und Käse?»

Die Nacht war pechschwarz, und als Emily den Tisch gedeckt hatte, war es nur der Duft der frisch gekochten Krabben, der sie ihre Plätze finden ließ. «Du hast nicht zufällig eine Kerze oder etwas Ähnliches, Emily?»

Sie schüttelte den Kopf.

«Schade, dass ich das Polizeiauto nicht dabeihabe, dann könnte ich das Blaulicht auf dem Dach anmachen. Ich habe nicht einmal eine Taschenlampe dabei.»

«Es ist doch gut so.»

«Hoffentlich gibt es trotzdem noch ein Hummerfest. Da möchte ich dann mit dir tanzen, Emily. Bestimmt tanzt du ganz wunderbar. Viele große schwere Menschen tanzen ungewöhnlich graziös. Das trifft zum Beispiel auf mich zu.» Er lachte und langte über den Tisch. «Du kannst vielleicht Dosen aufreißen, aber ich bin schlimmer: Gib mir die Zange, ich knacke sie dir mit der Hand.»

Sie lachte. «Wenn du nur nicht die Kraft verlierst, wenn du abnimmst.»

«Das hier war kein Beweis für brutale Stärke. Das war ein ganz einfacher technischer Polizeigriff. Obwohl auf der Polizeihochschule Krabben natürlich nicht auf dem Lehrplan standen.»

Emily hörte nicht, als Blomgren nach Hause kam, denn sie hatte zwei Tabletten genommen, ehe sie ins Bett ging. Zufällig hatte sie vergessen, den Medikamentenschrank zu leeren, als sie das Haus ausgeräumt hatte.

Als sie mit einem Ruck um neun Uhr aufwachte, war Blomgren bereits gegangen, aber er hatte die Morgenzeitung neben ihrem Bett auf den Fußboden gelegt.

Emily fühlte sich in dem leeren Haus eingesperrt und beschloss, ehe sie zu Céline ging, ihrem Vater einen Besuch abzustatten.

Auf dem Weg zur Arztvilla packte sie plötzlich ein schlechtes Gewissen, dass sie ihren Papa in letzter Zeit so selten besucht hatte.

«Das ist doch lächerlich», sagte sie zu sich selbst und ging barfuß den Hügel hinauf. Es fühlte sich gut an, die nackten Füße auf den Pflastersteinen.

An der Villa angekommen, musste sie denken, dass ihr Vater der einzige Mensch war, der sie wirklich mochte, obwohl sie einen Mann und ein Kind hatte. Einen Moment lang war sie kurz davor, zu weinen.

Sie beherrschte sich und gönnte sich ein paar Minuten lang die wunderbare Aussicht. Unter ihr lag Saltön in der klaren Morgensonne. Buchten und Schären zeichneten sich messerscharf gegen Meer und Himmel ab. Der Hummer lag förmlich in der Luft.

Das Rosenbeet vor dem Eingang war voller dunkelroter Rosen, durchsetzt mit verwelkten Blüten und verlausten Blättern. Doktor Schenker war kein begeisterter Gärtner. Während sie aus alter Gewohnheit in den Briefkasten sah, dachte sie daran, wie alt und mitgenommen er neulich im Supermarkt ausgesehen hatte. Die Morgenzeitung war weg, was bedeutete, dass er aufgestanden war. Natürlich. Er war ja jetzt alt.

Sie ging mit den Schuhen in der Hand ins Haus.

Die Tür zum Behandlungszimmer war abgeschlossen, und es brannte kein Licht. Jetzt hatte er nur noch an zwei Tagen in der Woche Patienten.

Sie ging in die Küche. Sauber und glänzend und aufgeräumt. Die Haushaltshilfe (um deren Asthma er sich gekümmert hatte, als sie nach Schweden gekommen war) war außerordentlich gründlich. Sie kam an den Tagen, an denen er Patienten empfing, denn er konnte es nicht leiden, wenn er zusehen musste, wie jemand räumte und putzte.

«Papa?», rief sie. Keine Antwort. Das Esszimmer glänzte auch frisch geputzt, und im Wohnzimmer lag nichts unnötigerweise herum. Sie ging zum Flügel und unterdrückte den Drang, den Flohwalzer zu spielen, den Papa ihr beigebracht hatte, als sie klein war. Sie betrachtete das Bild von ihrer Mutter. Ein Foto aus den fünfziger Jahren, abgesoftet und retuschiert. Daneben ein Bild, auf dem Emily und ihr Vater beim Urlaub in den Bergen zu sehen waren. Plastikski und fröhliche Mützen. Apfelsinen in den Taschen. Langlauf in den Bergen, während alle schlanken wohlgeratenen Kinder vorneweg fuhren.

Plötzlich hörte sie das donnernde Lachen ihres Vaters. Der Laut kam von der Veranda, und Emily ging hin und blieb an der Schiebetür stehen.

Auf dem Sofa saßen ihr Vater und Magdalena Månsson und tranken Sherry. Sie sah sie von schräg hinten. Magdalena Månsson trug trotz ihres hohen Alters einen knallengen Jungmädchenrock über ihren knochigen Beinen, und sie saß sehr dicht neben Emilys Papa.

Der erzählte gerade irgendeine lustige Anekdote und lehnte sich eifrig zu Magdalena Månsson, die mit ihren falschen weißen Zähnen lachte. Seine eine Hand ruhte auf Magdalenas Knie.

Emily schloss die Tür leise hinter sich. Ihr Herz pochte laut, als sie sich beeilte nachzusehen, ob Magdalena Månssons metallicfarbenes Auto auf der Straße stand. Das Auto, das ihrem ältesten Sohn, dem Konservenfabrikanten Karl-Erik Månsson, der in der Nacht vor Mittsommer gestorben war, die Galle hatte überlaufen lassen. Emily sah kein Auto.

Sie ging in die Gästetoilette in der Diele und öffnete den kleinen Badezimmerschrank, um nachzusehen, ob es dort irgendwelche fremden Gegenstände gäbe. Als ob das einen Unterschied machen würde.

Sara erwachte ausgeschlafen. Die Sonne schien in das Bett von MacFie, sie war unerwartet glücklich, warf sich Shorts und Hemd über und lief hinaus und küsste ihn, der auf der Leiter vom Hühnerhaus stand. Er konnte gerade noch den Nagel ausspucken.

«Wie ich es liebe, Frau MacFie zu sein! Warum stehen da so viele Kisten auf dem Moped, und warum hast du richtige Kleider an? Wohin fährst du?»

«Ich werde zum Monatsmarkt fahren, um meinen Honig zu verkaufen – aber davon verstehst du nichts – und die Pflaumenmarmelade. Das mache ich nämlich fast jeden letzten Freitag im Monat, wenn ich nicht etwas Besseres zu tun habe.»

«Stehst du auf dem Markt und verkaufst? Wie ein verdammter Bauer?»

«Na ja, Bauern stehen wohl nur selten auf dem Markt und verkaufen. Aber ich tue das.»

«Möchtest du vielleicht, dass ich mitkomme?»

«Auf keinen Fall. Aber du kannst die Hühner füttern, wenn du willst.»

«Welches Vertrauen. Wann und was und wie viel?»

«Nein, lass nur. Ich mache es, wenn ich nach Hause komme.»

Er sagte ihr zärtlich, aber eilig auf Wiedersehen, lud die letzten Kisten auf den Anhänger und verschwand mit heulendem Motor, als hätte er Angst, sie würde ihm folgen.

Sara ging hinein und zog ihre Joggingschuhe und einen Pullover an und machte sich auf den Weg zu den Klippen hinaus. Sie fühlte sich nicht im Geringsten motiviert, die gute Laune war verschwunden, und sie schmeckte beim ersten Berg, dem zwischen Badeturm und dem Zaun zum Grundstück des Botschafters, Eisen auf der Zunge.

Auf einer Steinbank, deren Füße in blühendem Heidekraut

standen, ließ sie sich nieder und betrachtete das Meer und das Anwesen des Botschafters. Sie sah Philip auf den Steg hinausschlendern. Er wirkte ebenso ziellos wie sie, als er sich auf eine Holzbank am Ende des Steges setzte.

12

«Meine Güte, was ist die schnell wieder verschwunden», sagte Magdalena Månsson, «dein Mädchen, meine ich.»

Der Doktor rieb die Handflächen aneinander. «Sehr erstaunlich. Ich hoffe, sie hat die Situation nicht missverstanden.»

Magdalena lachte laut. Ihre Zähne leuchteten unnatürlich weiß in dem sonnengebräunten faltigen Gesicht. Ihre Augen glitzerten frech. «Da gibt es doch wohl nichts misszuverstehen. Sie soll doch froh sein, dass ihr Vater auf seine alten Tage jemanden gefunden hat.»

«Nun aber mal langsam», murmelte der Doktor. «Glaubst du, dass Emily irgendwie sauer war? Das täte mir Leid.»

«Mein lieber kleiner Doktor, das kann ja wohl nicht unsere Sorge sein. Sie hat sicher ihre eigenen Probleme. Übrigens war das richtig mutig von ihr, dass sie im Sommer mit dem Auto von Blomgren abgehauen ist. Da hat er mal einen Nasenstüber bekommen.»

Der Doktor seufzte. «Das hieße vielleicht die Sache zu vereinfachen, glaube ich. Emily ist ein sensibles Mädchen.»

«Nichts kann zu einfach sein», sagte Magdalena fröhlich und goss nochmal Sherry nach.

Der Doktor erhob sich und ging zum Fenster. «Emilys Auto ist gar nicht mehr hier. Ich werde sie nachher mal anrufen.»

«Weißt du was», sagte Magdalena, «sie muss einfach lernen, dass du ein eigenes Leben hast. Das musst du dir wert sein, Herr Doktor.»

Er sah sie an und lächelte. «Wer weiß», sagte er. «Vielleicht hast du ja Recht.»

Emily hörte alles, denn sie saß wie versteinert auf dem Schuhregal in der Diele, das Bild, das sie eben gesehen hatte, noch im Kopf. Es war, als hätte sie ihren Vater zum allerersten Mal richtig gesehen. Ganz und gar nicht der nette Kuschelbär, mit dem sie aufgewachsen war. Auch nicht der müde gebeugte Alte, den sie neulich im Laden gesehen hatte. Sondern ein fetter, geiler, alter, verschwitzter Mann, der mit gespreizten Beinen dasaß und rotblaue Wangen hatte, Haare in der Nase und Augenbrauen, die über den wässrigen Augen kreuz und quer abstanden. Ein Lustgreis.

Lustgreis war vielleicht ungerecht. Der Doktor war gerade über siebzig, aber Magdalena war schon siebenundsiebzig. Natürlich war sie skrupellos, denn sie hatte den Konservenfabrikanten Abbe Månsson heiraten müssen, als sie siebzehn und schwanger gewesen war. Der Sohn, den sie bekommen hatten, Karl-Erik, war Abbe dann ein würdiger Nachfolger gewesen und hatte die Konservenfabrik mit fester Hand geführt. Emily versuchte, sich vom Schuhregal zu erheben, aber es ging nicht.

«Ich bin gelähmt. Was für ein Glück, dass mein Vater Arzt ist», murmelte sie.

Sie hörte, wie der Vater ein Fenster öffnete, um rausschauen zu können, und da endlich kam Bewegung in sie. Sie schlich sich durch den Gang zwischen Küche und Esszimmer, an der Schlafzimmertür ihres Vaters vorbei, die glücklicherweise geschlossen war, und verließ das Haus schließlich durch die Hintertür und den Eingang zur Sprechstunde.

Sie erinnerte sich, dass zwei ältere Mädchen in der Schule ihr eines sonnigen Tages erzählt hatten, dass der Doktor samstags mit Frauen auf der grünen Untersuchungsbahre schlief. Fast alle in der Schule hatten es schon durchs Fenster beobachtet.

Emilys Augen brannten, und ihre Beine waren besonders schwer. Trotzdem entschied sie, nicht die Hauptstraße an der Villa vorbei zu nehmen, wo man sie vom Wintergarten aus hätte sehen können.

Mühsam kletterte sie den steilen Waldpfad zum Industriegebiet hinauf und versuchte sich derweil einzureden, dass es sie nur geärgert hatte, dass es gerade die unkultivierte Magdalena Månsson war, die ihren Vater zu Fall gebracht hatte.

«Aber das ist es überhaupt nicht», sagte sie laut zu sich selbst. «Das hätte sein können, wer will.» Sie nahm die Holztreppe zu dem kleinen Aussichtsturm, von dem aus man fast ganz Saltön sehen konnte, und setzte sich auf eine Holzbank. Generationen verliebter Paare hatten ihre Namen, Herzen und Jahreszahlen in die Bank eingeritzt. Ihrer war nicht dabei. Blomgren hätte nie zugelassen, dass die Klinge seines Schnitzmessers von so etwas stumpf geworden wäre, nicht einmal in jungen Jahren. Außerdem waren sie niemals da gewesen.

«Wozu sollte das gut sein?» Sie hörte Blomgrens sanfte Stimme in ihrem Kopf.

Dort oben im Wald war an diesem sonnigen Tag nicht ein einziger Mensch. Emily sah über den Ort. Unterhalb des Hügels, auf dem die Arztvilla stand, ging es den Berg steil hinunter, und dort lagen die Gässchen mit den hübschen Schärenhäusern dicht gedrängt. In vielen Gärten hing hässlich die Wäsche auf Leinen. Emily hatte sich geweigert, eine Wäscheleine anzuschaffen, und hätte ihre private Wäsche nie nach draußen gehängt. Höchstens mal den Küchenteppich. Warum war ihr das bloß wichtig gewesen?

Es waren ungewöhnlich viele Menschen auf den Stegen und in den Booten unterwegs, obwohl bald Herbst sein würde, und da fiel ihr plötzlich ein, dass das Hummerfest vor der Tür stand. In ihrem Innern fühlte sie eine große Leere. Ihre Ehe war ruiniert, ihre Tochter hatte sie verstoßen, ihr Heim war kahl, und jetzt hatte sie auch noch den einzigen Menschen verloren, der sie geliebt hatte. Sie wusste nicht, wohin sie sich wenden sollte, auf jeden Fall nicht, an wen.

Auf ganz Saltön gab es keinen Seelenklempner, obwohl sie das Gefühl hatte, dass sie einen brauchen könnte. Aber wenn sie zur Ärztezentrale hier gehen würde, um eine Überweisung nach Göteborg zu bekommen, dann würde das Personal höhnisch lachen über die fette Tochter vom Doktor. Na ja, sie würden auf jeden Fall in der Kaffeepause sanft in ihre Tassen grinsen. Emily gab nicht viel auf die ärztliche Schweigepflicht.

Ihr Vater hatte einen Kutter besessen. In ihrer Kindheit hatten sie große Segeltouren unternommen, während ihre Mutter wegen verschiedener Unpässlichkeiten im Bett gelegen hatte. Wenn sie die Augen schloss, roch sie den Duft nach Teer, Holz und feuchten Kissen. Wenn sie sich ein Boot kaufen könnte!

«Pass mal auf, wie der Pegel im ganzen Hafen steigt, wenn du ein Boot betrittst», hatte Blomgren immer gespottet.

Da musste sie anfangen, sie musste leicht wie eine Feder werden und Respekt gewinnen. Sie würde dünner werden als Magdalena Månsson, auch wenn das unmöglich war, denn Magdalena hatte den Knochenbau eines Wellensittichs und sie selbst den eines Steinadlers. Aber sie könnte sich ja operieren lassen. Sie versuchte wieder zu lächeln. Jetzt ging es etwas besser.

Plötzlich war sie wahnsinnig hungrig, nicht auf vernünftiges Essen, sondern auf Prinzesstörtchen und Cappuccino, Sahneeis und Punsch. Sie schloss ganz fest die Augen und versuchte, sich an Célines Tipps für Notsituationen zu erinnern.

Als Sara das Gartentor öffnete, flohen sämtliche Hühner in Panik unter einen Rosenbusch, und Clinton, der auf der Treppe zur Eingangstür gesessen hatte, erhob sich und schritt davon. Sara war beleidigt.

«Ihr blöden Hühner», rief sie in Richtung Rosenbusch, «schon bald werdet ihr Mais aus meiner Hand fressen. Ich bin verdammt nochmal euer Frauchen!»

«Und du», rief sie der Katze zu, die sich wie ein Sicherheitsbeamter vor den Bienenkörben aufgebaut hatte, «du wirst noch auf Knien angerutscht kommen und bei mir um Sahne betteln.»

Sie beschloss, ein wenig herumzuschnüffeln, öffnete den Holzboden und inspizierte MacFies Hummerreusen, die in Erwartung des Montags ordentlich aufgereiht dastanden. Seine Taucherausrüstung hing an ein paar Haken. Sie schnüffelte an dem Trockenanzug, aber roch nichts.

Sie schob die Tür auf, ging ins Haus und legte sich aufs Bett.

Über Kinder hatten sie noch nicht gesprochen. Sie hatte nicht einen Gedanken in diese Richtung gehabt. Er vielleicht? Über den Altersunterschied hatten sie schon recht früh geredet. Der spielte überhaupt keine Rolle, jedenfalls nicht für sie. «Jeder von uns kann morgen sterben», hatte sie aufmunternd gesagt.

«Sicher», hatte MacFie geantwortet.

Sie sah sich im Zimmer um. Der Holzboden war schön, gescheuert und geschliffen. «Wie pflegt man denn einen alten Holzboden?», hatte sie gefragt. «Wir könnten vielleicht eine schicke Auslegeware kaufen, so einen Teppich, in den man bis zu den Knöcheln einsinkt.»

«Sei froh, dass ich keinen gestampften Lehmboden habe.» Wenigstens versuchte er nicht, so zu tun, als sei er jung und trendy.

Sie wollte sofort etwas für den Mann tun, den sie liebte. Irgendetwas, was ihn davon überzeugen würde, dass sie eine richtige Frau war.

Es gab nur wenig Möbel im Haus, und die waren uralt und schäbig. Sara hatte plötzlich eine umwerfende Idee und setzte sich voller Eifer kerzengerade im Bett auf.

Blomgren vergewisserte sich, dass Johanna außer Hörweite war, ehe er nach vorn zu seinem kleinen Bruder ging, der in der Spielecke seinen Wettschein ausfüllte. «Du, Orvar, ich verstehe Emily überhaupt nicht mehr.»

«Also, ich habe sie noch nie verstanden. Eine hochnäsige Kuh, wenn du mich fragst.»

«Aber ich frage dich nicht, was du von Emily hältst. Ich frage, was ich mit ihr machen soll.»

«Sie vergiften.» Johanna stand mit dem Bündel Abendzeitungen hinter ihnen.

Blomgren sah sie erschrocken an.

«Du machst wohl Witze», meinte er. «Da würde man aber ziemlich viel Arsen brauchen, um so viel Körper zu vergiften, oder?»

Orvar lachte.

«Sie benimmt sich einfach so komisch», sagte Blomgren. «Das ist alles.»

In dem Moment ging die Tür auf, und Christer kam in voller Uniform herein.

«Ich bin unschuldig», sagte Orvar.

«Oh, ein Witzbold», erwiderte Christer. «Haben Sie so zuckerfreie Kaugummis?»

«Na klar», meinte Blomgren, «aber die süßen sind viel besser.»

«Das ist Célines Idee», seufzte Christer. «Ich soll einen neuen Körper bekommen. Und in dem Rosa Haus lerne ich, wie.»

«Da geht meine Frau auch hin», sagte Blomgren. «Sie hat schon meine Waage weggeschmissen.»

«Ihre Waage?» Christer hob die Augenbrauen. «Ist das so, wenn man verheiratet ist? Ich dachte immer, da würde es heißen, was mein ist, ist auch dein.»

«Verheiratet sind Sie also auch nicht.» Der Mann mit der Baskenmütze sah hinter dem Ständer mit Herrenzeitschriften hervor.

«Ja, und?», fragte Christer.

«Ja, und, verheiratet sind Sie also auch nicht», sagte der Mann mit der Baskenmütze, «ich übrigens auch nicht. Ich werde im Februar heiraten, und zwar Johanna, wenn sie mir am Schalttag einen Antrag macht.»

«Das ist doch der Tag, an dem alle Computer abstürzen. Wer kann denn da an Frauen denken?»

Christer wollte den Laden eigentlich verlassen, nachdem er sein Kaugummi bezahlt hatte, doch der Mann mit der Baskenmütze hinderte ihn daran, indem er sein Bein ausstreckte, sodass der Polizist fast zu Boden gegangen wäre. «Was soll das? Das hätte böse ausgehen können, wenn ich nicht so fix wäre.»

«Ich möchte einen Diebstahl anzeigen. Ein paar Banditen haben mein Holz geklaut, das ich nördlich der Badebucht aufgestapelt hatte.»

Christer lächelte. «Glauben Sie, ich bin ein Tourist? Das Holz in der Badebucht ist von einem norwegischen Boot angeschwemmt, das die Last im Sturm verloren hat. Das gehört nicht Ihnen. Davon kann jeder nehmen.»

Die Männer im Laden und sogar Johanna sahen einander mitleidvoll an. «Wenn man ein Brett schräg über den Stapel legt, dann heißt das, dass das jemandem gehört und dass der es mit der Zeit holen wird. So ist das.»

Die anderen nickten.

«Ich habe zufällig Jura studiert», sagte Christer, «falls Sie das interessiert. Herzliche Grüße an Emily, Blomgren. Sie sollten netter zu ihr sein, sonst verlässt sie Sie noch.»

Christer machte, dass er aus dem Laden kam.

«Was für ein Holzkopf», sagte Orvar. «Das hat sie doch längst getan.»

«Aber sie ist ja zurückgekommen», bemerkte Blomgren, und seine Augen schwammen vor Tränen über. «Was meinte er bloß?»

«Nichts», sagte Johanna und schmiegte sich an ihn. «Er will sich nur wichtig machen.» Dann stellte sie sich auf Zehenspitzen und flüsterte ihm ins Ohr: «Komm heute Abend zu mir, Thomas. Dann zeige ich dir was Schönes.»

Die Tür ging wieder auf, und Christer steckte noch einmal seinen Kopf mit der schräg sitzenden Polizeimütze herein. «Ich habe etwas vergessen. Gibt es schon Eintrittskarten für das Hummerfest?»

«Sie wollen Polizist sein und wissen nicht mal, dass das Magazin vermietet ist und es diesmal kein Fest gibt?», meinte der Mann mit der Baskenmütze.

«Schweden ist doch kein Polizeistaat», erwiderte Christer. «Und wer hat das Magazin gemietet?»

«Fräulein Hans-Jörgen», antwortete der Mann mit der Baskenmütze.

Christer drehte eine Runde um das Magazin. Die Tür stand weit offen, und er fuhr mit seinem Moped hinein.

«Was soll das denn?», fragte Magnus, der auf einer Leiter stand und versuchte, eine Lichterkette zu entwirren, die aus kleinen roten Krebsen bestand.

«War nur ein wenig neugierig», sagte Christer. «Was soll das hier werden?»

«Das soll nicht werden, sondern das ist ein Antiquitätenladen», antwortete Hans-Jörgen. Seine Brille war staubig.

«Und wir haben einen Gewerbeschein», fiel Magnus ein.

«Das bezweifle ich keine Sekunde. Ja, das sieht gut aus. Wann ist die Eröffnung?»

«Am Montag, wenn das Hummerfischen beginnt. Dann kommen die, die glauben, es würde ein Fest geben, und kaufen stattdessen ein paar Sachen.»

«Das ist listig», meinte Christer und wühlte in einem Schuhkarton mit Gürteln. «Kann man schon mal so einen Cowboygürtel mit Nieten kaufen?»

Magnus lachte. Seine Zähne leuchteten im Dunkel. «Ja, wenn Sie glauben, dass er um Sie herumgeht.»

«Bald geht er um mich herum», sagte Christer und zwinkerte ihm zu.

«Der ist doch nicht ganz dicht», meinte Magnus, als er fünfzig Kronen bekommen hatte und Christer gegangen war. «Frage mich, was der vorhat.»

Philip lief in seinem unnötig schönen, großen und teuren Haus herum und sehnte sich nach Paris. Vor allem sehnte er sich nach der Arbeit in seinem Atelier, das hoch oben in einem Haus auf der Avenue Montaigne lag. Aber warum sollte er nicht ein wenig auf Saltön arbeiten, wenn er nun mal hier war? Seit er auf der Kunstakademie gewesen war, hatte er immer alles, was man zum Zeichnen brauchte, dabei. Er hatte Ruhe und Platz, und einen riesigen Arbeitstisch aus Birkenholz, der als Esstisch gedacht war. Er versuchte zu zeichnen, was ihm als Erstes einfiel. Das war Sara. Dann knüllte er das Papier energisch zusammen und zog sich die Laufschuhe an. Da er nicht gerne schwamm, war das Laufen die einzige Möglichkeit für ihn, sein seelisches Gleichgewicht wiederzufinden.

Er dachte darüber nach, wie er Sara zum Abendessen auf Saltön einladen könnte, ohne sie mit nach Hause nehmen zu müssen. Er konnte schon ihre kritischen Kommentare hören, wie sie im Haus herumging.

Er hatte vor, die Hummerpremiere noch abzuwarten, ehe er

abreiste. Schließlich war er wegen des Hummers hergekommen. Er musste sich noch einmal erkundigen, ob die Sache nicht doch noch vom Stapel ging. Gut, somit hatte er für diesen Tag zwei Aufgaben: Laufen und Hummerfest erfragen. Das sah mickrig aus. Er schrieb: 3. Duschen. 4. In die Sauna. 5. Calvados trinken. 6. Jules anrufen. 7. Bett machen. 8. Laufklamotten waschen. 9. Sie aufhängen.

Dann strich er alles wieder durch und holte sich einen Calvados. Es hatte Zeiten gegeben, da hatte er fast schon intime Freunde gehabt, Männer wie Frauen, doch die kamen ihm immer viel zu nah. Da machte er sich dann schnell aus dem Staub.

Sara hatte sich mit ihrer direkten Art an der Grenze befunden. Es würde sehr nett sein, mit ihr zu Abend zu essen. Sein weltmännisches Image schluckte sie mit Haut und Haar. Und das aufrechtzuerhalten war nicht mal besonders anstrengend, sondern so etwas wie ein lieb gewonnenes Hobby. Seine Eltern würden sich wundern, wenn sie sähen, wie gut er die Regeln der Etikette beherrschte, gegen die er früher ständig rebelliert hatte.

Philip lief nicht den alten Kuhpfad, sondern direkt über den Berg. Seine neuen Laufschuhe saßen perfekt, und er lief leichtfüßig. Hinter der alten Bruchbude von MacFie und dessen märchenhaftem Garten, wie er widerwillig zugeben musste, bildeten die Klippen eine tiefe Schlucht. Auf der anderen Seite der Schlucht schwirrten Bienen um ihre Körbe, sodass Philip gezwungen war, umzudrehen und an MacFies Haus vorbeizulaufen. Die Tür stand offen, und er hörte Sara und MacFie streiten.

Mit bedeutend besserer Laune setzte er seine Runde fort. Er verließ den Hügel und nahm den Weg durch den Stadtpark bis zur Kirche. Dann absolvierte er, an die Kirchhofsmauer gelehnt, seine Stretchübungen und ignorierte die Damen, die auf dem Weg zur Stadt hinunter waren und ihn böse anfunkelten.

«Gott liebt einen gesunden Geist in einem gesunden Körper», sagte er freundlich, aber sie wandten sich ab. Philip spürte Auftrieb, als er die engen Gassen zum Kai hinunterjoggte. Die großen Doppeltüren zum Magazin standen offen, was ungewöhnlich war, und Philip trat ein.

Hans-Jörgen, der dabei war, Gipsabgüsse von Komponistenköpfen auf einer Hochzeitskiste zu arrangieren, betrachtete Philips verschwitztes Hemd mit Abscheu. «Ist es heute Abend warm draußen?»

Philip streunte ungerührt herum, schaute sich hier eine Amphore mit Riss und da ein paar Damasttücher an. Er hielt eine Leinenserviette hoch.

«Was kostet die?»

«Steht drauf», erwiderte Magnus.

«Hundert Kronen, ja. Ein wenig teuer und das falsche Monogramm. Kann man da handeln?»

«Wir haben noch nicht geöffnet», sagte Hans-Jörgen.

«Ich dachte, Sie hätten es ganz eilig, anzufangen, wo sie unbedingt jetzt einziehen und das Hummerfest sabotieren.»

«Nichts ist heilig», erwiderte Hans-Jörgen und stellte dreißig Exemplare von *Saltön – ein Denkmalschutzort durch die Jahre* auf. Nach einer Weile hatte er die Eingebung, die Bücher wie eine Sonne aufgefächert zu legen.

«Woher haben Sie denn die Idee zu diesem erstaunlichen Laden? So etwas habe ich auf den Schären noch nie gesehen.»

«In Österlen», sagte Hans-Jörgen.

«Das liegt in Schonen», ergänzte Magnus. «Da gibt es solche Läden in jeder Garage.»

«Und in alten Mühlen und Meiereien», bemerkte Hans-Jörgen.

«Ich habe einen Spiegel mit Elvis Presley drauf gekauft. Da

fährt er in Deutschland Motorrad», sagte Magnus. «Er trägt eine Uniform, weil er zur Besatzungsmacht gehörte.»

Hans-Jörgen nickte zustimmend.

«Nach dem Zweiten Weltkrieg», sagte er.

«Und so sind wir darauf gekommen, etwas Eigenes aufzumachen.»

«Wir werden einen Existenzgründerbonus beantragen.»

«Aber, Hans-Jörgen, haben Sie nicht im Lotto gewonnen? Sind Sie nicht Millionär?»

«Wir machen am Montag auf», sagte Hans-Jörgen, «da sind Sie herzlich willkommen.»

Philip schlenderte hinaus und fing wieder so schwungvoll an zu joggen.

Nachdem er hundert Meter gelaufen war, fing er an zu lachen.

Er hatte eine wunderbare Idee, die bewirkte, dass er sich fast zehn Minuten lang nicht nach seinem Arbeitszimmer in Paris sehnte. Weder nach seinem vertrauten riesigen Zeichentisch noch nach seiner Katze, nicht einmal nach seinen geliebten Stiften und Pinseln. Er lief schneller und kam an MacFies Haus vorbei, ohne es zu bemerken. In der Bucht unterhalb seines Hauses schwamm ein Schwanenpaar, und er nahm das für ein gutes Zeichen, als er anfing nachzusehen, was er an Leinendecken und an Porzellan besaß. Requisiten wie geschaffen für ein Hummerfest.

MacFie ließ sein Moped stehen und ging mit den üblichen Siebenmeilenschritten auf sein Haus zu. Eine Frau wartete auf ihn. Seine Frau. Er hielt sich nicht gerade für einen Romantiker, sondern eher für praktisch und naturverbunden. Aber irgendwo in seinem Kopf zwitscherte es wie ein kleiner Vogel, dass sein Dasein vergoldet worden war. Sehr banal und außerordentlich schön.

Seit er seine Ehe in Frankreich, seine Karriere als Auslandskorrespondent und die meisten seiner Besitztümer hinter sich gelassen hatte, hatte er mehr Zeit, Philosophie zu lesen. Er war immer noch brennend an den globalen Fragen interessiert, doch er versuchte konsequent, die Politik von sich fern zu halten. Er war unrettbar desillusioniert, was Veränderungen außerhalb seiner Bienenvölker anging. Wenn er mit seinen Haustieren beschäftigt oder in seinem alten Holzboot unterwegs war, fühlte er sich in dem Wissen geborgen, ein Glied in einer langen Kette zu sein. Nichts, worüber man sich aufregen musste. In der Zeit, die man hat, das Beste aus der Situation machen.

Doch jetzt klopfte sein Herz, als er das Tor öffnete, denn die Haustür stand weit offen, und er wusste, dass Sara da drin war und auf ihn wartete.

Das tat sie allerdings nicht, denn sie hatte sich hinter der Hausecke versteckt, sobald sie ihn auf dem Weg gesehen hatte.

Und er stand fassungslos in der Türöffnung und sah auf sein Zuhause. Ein Erdbeben hätte nicht schlimmer sein können. Das Bücherregal blockierte die Küchentür, und ein lächerlicher Vorhang aus Muschelschalen rahmte das Bett ein. Nein, das war gar nicht das Bett. Das stand da, wo vorher der Schreibtisch war. Plötzlich merkte er, dass sie sich dicht hinter ihn gestellt hatte. Er spürte ihren Duft und ihre Arme um seinen Körper und hörte ihre Stimme: «Ist es nicht schön?»

Zornig riss er sich los und drehte sich so heftig um, dass sie zurückschrak.

«Freust du dich nicht?»

«Ob ich mich freue? Was hast du gemacht? Bist du nicht ganz bei Trost? Es wird mich Wochen kosten, mein Zuhause wiederherzustellen!»

«Unser Zuhause meinst du wohl.» Vielleicht scherzte er ja.

Das tat er nicht. Er roch sogar anders, fremd, bedrohlich, zornig.

Sara wurde, wie immer in solchen Fällen, so wütend, dass sie einen ganz trockenen Mund bekam. «Was für ein Einfaltspinsel ich bin! Und ich dachte, du freust dich.»

Er lächelte schief, aber es war kein freundliches Lächeln. «Intimsphäre. Hast du davon schon mal was gehört? Oder ist die vielleicht mit meiner Generation weggewischt worden? Wir haben nämlich noch gelernt, dass man nicht einfach über die Grenzen anderer Menschen stiefelt.»

Er stand in der Türöffnung, fest auf beiden Füßen und mit sehr geradem Rücken. Sie knallte ihm eine. Seine Wange wurde rot, aber er verzog keine Miene.

«Du und deine verdammte Intimsphäre! Wozu soll die denn gut sein? Du hättest ja vielleicht mal außerhalb des Bettes zu dir selbst einladen können! Du bist zum Teufel noch mal das Geizigste, was mir je untergekommen ist, MacFie. Man versucht, dir eine Freude zu machen, aber nicht einmal das ist möglich. Glaubst du, ich wüsste nicht, wie verdammt gebildet, ja gelehrt du bist, obwohl du so tust, als seist du irgendein dahergelaufener Fischerjunge? Glaubst du, ich hätte nicht jede Menge von den Leuten darüber gehört, was für ein erfolgreicher Journalist du warst und wie du von allen Bonzen umgeben warst und im Fernsehen und mit was für einer süßen Franzosentussi du verheiratet warst? Glaubst du, ich bin eine verdammte Idiotin, nur weil ich nicht so uralt bin wie du? Hör auf, mich wie ein Baby zu behandeln. Nein, du behandelst mich gar nicht wie ein Baby, sondern wie eine verdammte Schlafaugenpuppe, eine blöde willenlose Marionette! Fahr zur Hölle, MacFie!» Und weg war sie.

MacFie sank auf die Treppe. Sein Rücken war nicht länger gerade.

Clinton kam in vollem Galopp, sprang wie ein Hürdenläufer

über Doris Day und Leslie Caron, die gackernd in den Büschen verschwanden, und blieb vor MacFies Füßen abrupt stehen. Dann strich er ihm genüsslich um die Beine.

MacFie streichelte ihn zerstreut, dann ging er ins Haus, schenkte sich einen Gammeldansk ein und fing mit der gigantischen Arbeit an, sein Zuhause wiederherzustellen.

Als Blomgren nach Hause kam, war es leer im Haus, und zwar auf diese neue ungesunde Weise. Beim Öffnen der Tür klang es wieder wie in den Vorführhäusern, die er und sein Schwiegervater besucht hatten, als Emily schwanger war. Es war dann genau dieses Haus aus mexikanischen Ziegeln geworden, phantastisch nah an der Strandpromenade. Sein Schwiegervater war ein Rotarierbruder des Maklers.

«Emily», rief er kraftlos, aber Emily war offenbar nicht zu Hause.

Er schaffte es nicht einmal, in den leeren Kühlschrank und die Speisekammer zu sehen. Er ging in das Gartenhaus und fand dort im Kühlschrank ein paar Bierdosen. Eine davon öffnete er, trank aus der Dose und setzte sich vorsichtig in den Decksstuhl. Er fühlte sich wie ein Eindringling. Er sah auf die düstere Reihe windzerzauster schwarzer Johannisbeerbüsche und trank schnell noch ein Bier. Danach ging er nicht Paula anrufen.

Stattdessen ging er ins Badezimmer, schüttete sich ein paar Hände voll Rasierwasser über und radelte zu Johanna. Sie öffnete gleich beim ersten Klingeln und warf sich ihm an den Hals. Blomgren, der sich völlig ausgetrocknet vorkam, fing leise an zu weinen. «Komm rein, Thomas.»

Johanna behandelte ihn genauso, wie sie jahrelang ihren Sohn behandelt hatte. Sie zog ihm Schuhe und Strümpfe aus, führte ihn zum Bett, legte ihn hin, machte ihm warme Honigmilch, knöpfte ihm den Hemdenkragen auf, setzte sich auf einen Stuhl neben das Bett und strich ihm über die Stirn. «Jetzt sag mir mal, was dir fehlt.»

Doch da Blomgren ein Mann war und nicht ihr Sohn, lächelte er in dieser Lage sehr verführerisch und zog sie über sich in das Bett und murmelte: «Gleich wirst du sehen, was mir fehlt.»

Die Stunden vergingen, und Thomas Blomgren wuchs von so klein mit Hut zu einer ungeheuer bedeutenden und energiegeladenen Person.

Da begann Johanna zu fürchten, dass er bald mit seinem neuen Selbstwertgefühl nach Hause rauschen würde, um es an die dicke Emily zu verschwenden. Sie nagelte ihn am Kopfende fest. «Was wird jetzt aus uns, Thomas? Was passiert eigentlich? Wann wirst du dich scheiden lassen? Das kann ja nicht mehr lange dauern, nach dem, wie sie sich benimmt.»

«Aber ich weiß ja noch gar nicht, ob Emily mich verlässt.»

«Wenn Emily dich verlässt, dann wäre es sowieso das Beste, wenn ich gleich zu dir ziehe. Dafür müssen wir ja wohl nicht gleich heiraten, oder? Später ist es dann schon besser, sonst wird alles so schwierig mit dem Erbe und so.»

Blomgren bekam Kopfschmerzen. Er rieb sich die Schläfen.

«Vielleicht sollten wir zu einem Anwalt gehen», sagte Johanna, denn du weißt ja, wie die jungen Leute sind. Magnus hat keine Geldsorgen, aber wie es um Paula bestellt ist, weiß wohl niemand. Hörst du mir überhaupt zu, Thomas?»

Er lächelte müde. Plötzlich fiel ihm ein, dass er so schnell wie möglich Tannenzweige auf die Rosenbüsche legen musste. Zwar dauerte der Altweibersommer ungewöhnlich lange, aber man konnte nie wissen, wann der erste Nachtfrost zuschlagen würde.

«Wenn du stirbst, kommt todsicher Paula und wirft mich aus dem Haus. Dagegen müssen wir was unternehmen. Wir setzen ein Testament auf, wenn alles geregelt ist, meine ich.»

«Jetzt hör aber auf, Johanna. Hast du vielleicht ein Aspirin?»

Er bekam nicht nur ein Aspirin, sondern auch ein kleines Glas Eau de Vie und einen Schokoladenmuffin von der Tankstelle, den Magnus in der Kühltruhe vergessen hatte. «Jetzt geht es dir gleich besser, Thomas. Willst du vielleicht nochmal mit meinen Schlüsselbeinen spielen?»

Und wie er das wollte. Nachdem er jahrelang hatte bitten und betteln müssen, um Zugang zwischen die Speckfalten gewährt zu bekommen, war hier endlich jemand, der seine Wünsche verstand. Er hatte noch nie einen schöneren Körper als den von Johanna gesehen. Mager und charaktervoll, und was spielte es da für eine Rolle, dass er ein wenig trocken und abgearbeitet war. Gegen Mitternacht drehte Blomgren sich um und sah auf die Uhr.

«Willst du jetzt Haferbrei mit Apfelmus?»

Ja, auch das wollte er. Keine Umstände. Keine komplizierten Sachen im Ofen, die so empfindlich waren, dass man nicht einmal ein Fenster aufmachen durfte. Haferbrei mit Apfelmus. Das war das richtige Essen für einen Mann.

MacFies Kiefer waren angespannt, als er Saras Rucksack zusammenpackte und vor die Tür stellte. Sein Zuhause sah endlich wieder so aus wie früher. Nur konnte er sich nicht mehr erinnern, wo das hohe Bücherregal gestanden hatte. Er warf ein Buch an die Wand und ging hinaus zu seinen Bienen.

Sara war über die ganze Insel gelaufen, hatte aber immer noch das Bedürfnis, allein zu sein.

Auf dem Weg zu den Klippen war sie gezwungen, noch einmal an MacFies Haus vorbeizugehen, aber sie konnte ihn weder sehen noch hören. Der Wind blies ihr ins Gesicht. Wahrscheinlich saß er da und jammerte über seine umgestellten

Möbel. Und sie hatte gedacht, er sei richtig verliebt. Sie war es jedenfalls. Als sie endlich Lust bekam, runterzugehen und sich an die Brandung zu setzen, war ihr der Todeszonenzaun des Botschafters im Weg.

«Ich verstehe nicht, warum du im Schein der Glühwürmchen meine Krabben gegessen hast und jetzt nicht mal mit mir zum Fischen rausfahren willst.» Christer kam Emily viel zu nahe.

«Es war sehr angenehm, mit dir Krabben zu essen, aber es bedeutete wirklich nicht mehr als das. Krabben zu essen», sagte Emily.

«Ich hatte gar nicht vor, dich zu verführen, falls du das denkst. Eine viel zu umfassende Arbeit für mich.» Er lachte. «Ich würde nur gerne mit dir raus und Hummer fangen. Reusen auslegen. Und Reusen durchsehen.»

«Ach, diese verrückte Hummerfischerei», meinte Emily. «Das ganze Jahr über darf man sechs Krabben- und Krebsreusen haben, aber wenn Hummersaison ist, darf plötzlich jeder Idiot noch acht Reusen zusätzlich auslegen.»

«Danke», sagte Christer. Er knallte die Tür zum Polizeiauto zu. Sie waren sich zufällig an der Würstchenbude begegnet, wo sie beide nichts zu suchen hatten.

Emily überlegte es sich anders und klopfte kräftig an die Tür, als er gerade wegfahren wollte. «Eigentlich hätte ich schon Lust.»

«Dann darfst du vielleicht mitfahren, wenn du artig bittest.»

«Wenn ich artig bitte?»

«Ja, wenn du den Kopf schief legst und sagst: ‹Lieber Christer, der du weißt, wo die großen Hummer schwimmen›. Und so weiter.»

Emily wurde ernst. «Manchmal glaube ich, dass du viel vom Leben verstehst, obwohl du noch so jung bist. Vielleicht kannst du die ganze Sache deshalb besser auf die leichte Schulter nehmen als ich, obwohl ich sieben Jahre älter bin.»

«Das wirkt bloß so.»

«Aber es gibt etwas, was du sicher nicht weißt, und das werde ich dir jetzt verraten. Das kriegst du geschenkt, weil du mich einlädst, obwohl ich meistens ekelhaft zu dir bin. Es gibt eine Delikatesse, von der du nichts weißt, weil du nicht von hier bist», sagte Emily mit gesenkter Stimme, während sie zu Boden sah.

«Das klingt ja geradeso, als müsste man die Hummer nackt angeln.»

«Nun sei mal nicht so vulgär. Das Beste am Hummer, das ist der Laich, der ist besser als Maränen- oder Krabbenrogen. Sogar besser als Dorschlaich.»

«Ja, aber soweit ich weiß, muss man Hummerweibchen mit Laich wieder ins Meer werfen. Vergiss nicht, dass ich Polizist bin.»

«Genau. Man isst den Rogen roh. Man fasst den schwarzen, zappelnden Körper in einem bestimmten Griff über den Rücken, so dass das Hummerweibchen einen mit den Zangen nicht erwischen kann. Und dann kann man in Ruhe das Beste einsaugen, während man da im Boot sitzt und auf den Wellen schaukelt. Und danach wirft man das Weibchen wieder ins Meer. Völlig unversehrt.»

Christer starrte sie an. «Das ist also die Erklärung dafür, warum du so eine schöne, rosige Haut hast, Emily. Übermorgen um acht Uhr. Du weißt ja, wo mein Boot liegt. Bring eine Schwimmweste mit. Obwohl, nein, das wird nicht nötig sein.»

Der Montagmorgen kam mit Starkwind. Die Einwohner von Saltön wurden schon in der Morgendämmerung von ihm geweckt, wie er um die Ecken pfiff, sich unter Fensterscheiben durchzwängte und die Bäume im Stadtpark vieler ihrer noch grünen Blätter beraubte. Im Hafen riss der Wind an den Wanten. Boote ohne Fender scheuerten aneinander, und die Vögel suchten unter dem Steg Schutz.

Sara saß am Hafen und fröstelte nach einer unbequemen Nacht auf dem Sofa in der Personalküche des *Kleinen Hundes*. Sie beobachtete drei Elstern, die auf Blomgrens Fernsehantenne saßen und im Wind mit den Schwänzen wippten, während sie zuhörte, was auf dem Steg gesprochen wurde.

Gustafsson schaltete den Motor der Kehrmaschine aus und setzte sich neben die anderen Kerle auf die Bank. Die starrten ihn ein paar Sekunden missbilligend an, ehe sie ihre Aufmerksamkeit wieder auf die Boote richteten.

«Gibt's was Neues vom Hummerfang?», fragte Gustafsson.

«Ja, weißt du, ehe du hierher gezogen bist, gab es mal einen Bauern aus Västergötland, der stellte eine Hummerreuse auf eine Klippe, fertig mit Köder und allem», sagte der alte Olsson. «Und dann kam eine Krähe, die ist in die Reuse, um den Köder aufzufressen, während der Bauer zu Hause saß. Und ob du es glaubst oder nicht, da kam doch ein Fuchs vorbei, der hatte Hunger auf Krähe. Und dann gab es eine solche Schlägerei in der Reuse, dass das ganze Ding ins Meer gefallen ist. Und dann kam eine Scholle ... Du kannst dir vorstellen, dass der Bauer, als er die Reuse endlich wiederfand, stolz darauf war, so viele Tiere in der Reuse zu haben. Allerdings nicht so viel Hummer ...»

«Aber auf den Hummer ist man ja nun mal aus. Die Weibchen sind am besten», sagte Gustafsson und strich sich über den Bart. «Und das meine ich in allen Bereichen.»

«Die mit Laich musst du wieder ins Meer werfen.»

«Weiß ich. Ich bin ja nicht erst seit gestern hier. Woran erkennt man eigentlich, dass es Weibchen sind, wenn sie keinen Laich haben? Haben sie kleinere Zangen?»

Der Friseur lachte laut. «Sie sind hintenrum breiter.»

Saras Handknöchel wurden weiß, und sie stand auf und ging.

Als sie zum ersten Mal bei MacFie übernachtet hatte, hatte er sich erfreut darüber geäußert, dass sie oben schmal und unten breit sei, wie ein richtiges Hummerweibchen. «Verdammter alter Kerl», schniefte Sara und ging zum Bahnhof, um nachzusehen, ob im Automaten Kaffee war.

Vielen Bewohnern von Saltön fiel es in der Nacht zum Dienstag schwer, zu schlafen, aber am schlimmsten war es für Emily, die um acht Uhr mit Christer auf dem Steg verabredet war. Was für ein Segen, dass sie nicht auch alle Kleider weggeworfen hatte. Und wegen einer glücklichen Unaufmerksamkeit hing der Spiegel noch an seinem Platz im Kleiderschrank.

Sie zog sich vier Mal um, ehe sie sich zum Steg begab. Und das nicht, um einem sieben Jahre jüngeren fettsüchtigen Polizisten zu gefallen, sondern um sich selbst besser zu fühlen. Der Segelpullover mit den Querstreifen sah zu sehr nach Tourist aus. Außerdem hatte Céline auf die Wirkung von quer gestreifter Kleidung hingewiesen; dabei hatte Emily das schon gewusst, da war Céline noch gar nicht geboren.

Nach einigen Versuchen mit Jacken, die sich nicht schließen ließen, nahm Emily schließlich Blomgrens hellgrünen Anorak, nachdem sie den mit gerümpfter Nase im Wind ausgeschüttelt hatte.

Er saß schon im Boot, als sie kam. Damit hatte sie nicht gerechnet. Wie sollte sie jetzt da reinkommen, ohne Heiterkeit zu erregen?

Emily blieb auf dem Steg stehen und sah ihm zu, wie er die Planken mit einem riesigen Scheuertuch abtrocknete. Er hatte große, sehnige Hände. Blomgren hatte noch niemals eine Planke abgetrocknet, damit Emily sich hinsetzen konnte, ohne nass zu werden.

Christer spürte ihren Blick und sah auf. «Hallo, Emily. Willst du in den Wald, Pilze suchen?»

«Das ist ein Segelanorak», antwortete Emily. «Aber von so was versteht ihr Stockholmer nichts.»

Er nickte zufrieden und begab sich an den Bug des Bootes. Es war erstaunlich, wie leicht er sich trotz seiner Körperfülle bewegte.

Das Boot krängte natürlich, als er über die Seite der Aufbauten nach vorne kletterte. Auf dem Vordeck angekommen, lächelte er Emily zu, ergriff das Tau und zog das Boot auf den Steg zu. Als die Achterleine straff gespannt war, fehlte immer noch ein gutes Stück bis zum Steg.

Er streckte die Hand aus. «Spring, Emily. Das kleine Stück schaffst du ja wohl, oder?»

Sie wurde rot im Gesicht und schüttelte eigensinnig den Kopf. «Du musst achtern losmachen», sagte sie, «das traue ich mich nicht.»

Er sah sie ernst an, während sie auf dem Steg ein paar Schritte rückwärts ging. «Du hast doch wohl keine Angst vor Wasser, Emily?»

«Natürlich nicht», zischte sie. «Aber wer möchte schon gern zwischen dem Steg und deinem Polizeiboot ins Wasser fallen?»

«Das ist kein Polizeiboot», sagte Christer. «Das ist privat, genauso wie ich. Warum vertraust du mir nicht einfach?»

Er belegte die Leine mit einem doppelten halben Schlag um eine Klampe, stand auf und streckte die Arme aus.

«Spring, Emily», sagte er.

Sie sprang. Sie waren beide gleichermaßen erstaunt und brachen in Lachen aus.

«Da habe ich ja alle Hände voll zu tun», sagte Christer und setzte sie auf Deck ab.

Emily hielt sich an einer Want fest, ging vorsichtig über den

Aufbau und sprang dann leichtfüßig in die Plicht. Dann zog sie ihre Kleider zurecht, vermied es aber, ihn anzusehen.

«Und los geht's», sagte Christer und wandte ihr den Rücken zu.

Sie sah ihm zu, wie er den Motor startete, die Leinen an Heck und Bug losmachte, sich hinter das Steuer stellte und ablegte. Er hatte nackte braun gebrannte Füße. Ehe er durch die Hafenausfahrt steuerte, drehte er sich um und winkte dem alten Olsson und dem Friseur zu, die auf der Bank saßen und ihnen mit offenen Mündern nachstarrten.

Emily studierte seinen Rücken von ihrem Platz auf der Sitzbank aus. «Gibt es etwas, das ich machen kann?», rief sie.

Er drehte sich um. «Im Moment nicht, Emily. Aber nachher. Meiner schmutzigen Phantasie fällt schon was ein.»

Der Wind hatte etwas nachgelassen, aber die Wellen waren immer noch spitzig mit weißen Kämmen. Emily fühlte sich ungewohnt wohl und fing an zu summen.

«Lauter!», rief Christer. «Das mag ich.»

«Der Motor ist so laut», rief Emily zurück. «Dagegen komme ich nicht an.»

Christer drehte den Motor ein wenig herunter.

«Wir haben es nicht eilig», sagte er. Emily legte die Füße auf die gegenüberliegende Sitzbank, hielt das Gesicht in die Sonne und fing wieder an zu singen.

Christer zog den Pullover aus. Er steuerte jetzt mit den Zehen.

Das Boot kam etwas vom Kurs ab, doch er richtete es wieder aus.

Emily sah zufrieden in das Zickzackmuster der Bugwelle.

«Es ist gut, ein richtiges Schärenmädchen an Bord zu haben», sagte Christer. «Wenn ich ein Mädchen aus Stockholm dabeihätte, würde ich nervös sein, weil der Köder so stinkt. Ein halb verrotteter Flussbarsch ist kein Hochgenuss. Außer für die Hummer natürlich. Wenn wir die Reusen durchgesehen haben, werde ich sie neu bestücken.»

«Ich glaube, dass du die Flussbarsche als Hummerköder überschätzt», sagte Emily. «Gesalzene Makrele ist das Richtige, und außerdem bin ich kein Mädchen, sondern eine Dame.»

«Pardon, Madame, bin ich Ihnen auf die Zehen getreten?» Christer winkte mit dem Fuß einem vorbeifahrenden Fischerboot zu.

Emily lächelte, schloss die Augen in der Sonne und fing an, wieder ein Lied zu summen. Es war unbegreiflich, warum sie plötzlich so zufrieden war. So hatte sie sich seit langem nicht gefühlt.

Christer lehnte sich mit dem Rücken an die Seitenscheibe, damit er hin und wieder einen Blick nach achteraus schicken konnte. Am Morgen hatte er Kaffee gekocht und jede Menge Brote mit vegetarischer Paste und fettfreiem Käse geschmiert, doch davon wollte er jetzt noch nichts erzählen.

«Solche Hummerreusen wie meine hast du garantiert noch nicht gesehen», sagte Christer. «Die sind so modern, dass sie auf den Seiten besondere Eingänge haben, damit die kleinen Hummer wieder rauskrabbeln können, wenn sie aus Versehen reingeraten sind.»

«Gerät man nicht immer aus Versehen in einen Käfig?», fragte Emily, ohne die Augen zu öffnen.

«Nachher werden wir baden», sagte Christer und spähte ins Wasser hinunter. «Keine Qualle weit und breit, und mindestens zwanzig Grad. Da wirst sogar du es wagen, ganz unterzutauchen. Es ist nicht gut, mit der Kopfhaltung eines Schwans rumzuplantschen, wie du es im Schwimmbad gemacht hast.»

13

Johanna rückte Blomgrens Hemdenkragen zurecht. «Hast du über das nachgedacht, was ich gesagt habe?», flüsterte sie ihm ins Ohr.

Blomgren sah über ihre Schulter auf die Straße. Drei Wohnmobile standen hintereinander im Stadtpark.

«Verdammte Touristen», grummelte er. «Parken mitten im Park und fangen Hummer. Wenn ihr mich fragt, ist das Diebstahl.»

«Sag nichts gegen die Touristen», sagte der Mann mit der Baskenmütze. «Wenn sie dann fünf Ansichtskarten und eine Dose Snus kaufen, jammerst du auch nicht, Blomgren. Hast du eigentlich den neuen *Playboy* reingekriegt?»

«Das weißt du ja wohl besser als ich. Sind die Lotterielose schon alle, Johanna?»

«Ja, die Leute sind wie verrückt, seit wir einen Lotto-Millionär hatten», antwortete Johanna. «Alle wollen die Lose von Thomas Blomgren haben.»

Im selben Moment kam Sara zur Tür herein. Johanna musterte ihre ehemalige Mieterin. «Wir führen Kämme. Aus Plastik für zehn Kronen. Ein Stahlkamm kostet neunzehn fünfzig.»

«Sie ist doch keine Pennerin», sagte Orvar. Sara kaufte Zahnbürste und Zahnpasta.

Orvar schlug ihr auf die Schulter. «Sie könnten auf meiner Protestliste unterschreiben, weil Lizette Månsson das Hummerfest verhindert hat. Das war sonst immer im Magazin, und das ist jetzt an zwei Idioten vermietet.» Johanna trat ihn vors Schienbein. «Also keine richtigen Idioten, sondern an Magnus, Johannas Jungen, und an Hans-Jörgen, den Bibliothekar. Die wollen da einen Flohmarkt machen.»

«Ein Antiquitätengeschäft», verbesserte Johanna.

«Unterschreiben Sie doch auch bitte.»

«Aber ich wäre sowieso nicht hingegangen», sagte Sara, «und außerdem habe ich keine Adresse, die ich angeben könnte.»

«War's das schon wieder mit der Liebe?», fragte Johanna und verdrehte die Augen. «Und wo wohnen Sie jetzt? In einem Container?»

«Heute Nacht hat sie im Restaurant übernachtet», sagte der Mann mit der Baskenmütze.

«Obwohl», ließ sich Blomgren vernehmen, «es fast den Eindruck macht, als ob es trotzdem ein Hummerfest geben könnte. Nach all dem, was ich gehört habe.»

Alle starrten ihn an.

«Spuck's aus, Thomas.»

«Wer A sagt, muss auch B sagen.»

«Verkaufst du dann auch Karten? Das Fest wäre doch verdammt nochmal in drei Tagen.»

«Es ist alles geheim», erwiderte Blomgren und fing an, den Glastresen mit altem Zeitungspapier zu wienern.

«Für mich auch, Thomas?»

«Im Moment noch. Und die Karten werden auch nicht auf die übliche Weise verkauft.»

«Wie bitte? Kann man Karten auf mehr als eine Weise verkaufen?»

«Sei so lieb und mach uns einen Kaffee. Aber den koffeinfreien.»

Johanna schüttelte den Kopf. «Hast du wieder Magenschmerzen? Ich verstehe nicht, dass eine gewisse Person dich so behandeln kann! Erst all das fette Essen, und jetzt gar keins mehr.»

«Wir müssen augenblicklich erfahren, ob wir Karten kaufen können», sagte Orvar. «Ich bin schließlich dein Bruder.»

«Ich könnte doch einen Kamm nehmen», meinte Sara.

«Das habe ich mir doch gedacht.»

Sara ging in den *Kleinen Hund* und fand es zum ersten Mal schade, dass sie erst in fünf Stunden anfangen musste zu arbeiten. Sie frisierte sich auf der Personaltoilette und vermied Kabbes Blick, als sie durch die Küchentür herauskam.

«Ich wusste gar nicht, dass ich auch ein Hotel betreibe», meinte Kabbe, «aber Logis kann man ja gut vom Lohn abziehen, wenn eine Dauereinrichtung daraus wird. Bezüge nennt man das.»

«Davon kann keine Rede sein», entgegnete Sara und knallte die Eingangstür mit einem schrecklichen Donnern hinter sich zu.

Klas seufzte, denn nun musste er mit seiner liebevoll errichteten Hummerschwanzpyramide wieder von vorn anfangen.

«Warst du schon draußen und hast die Reusen geleert?» Gustafsson von der Kehrmaschine war in den Küchengang gekommen, hatte eine Tasse Kaffee getrunken und machte jetzt große Augen.

«Das sind kanadische Hummer, das sieht man doch von weitem», sagte Klas. «Die sind für das Mittagessen der zugereisten Dorschexperten.»

Sara ging mit langen, aber langsamen Schritten auf MacFies Haus zu. Sie hoffte, dass er das Tor quietschen hören und ihr entgegenkommen würde. Auf dem einen Ohr hörte er doch ganz ordentlich.

Doch der Garten lag leer und still da, fast unwirklich schön in der Septembersonne. Ringelblumen, Astern und Päonien blühten um die Wette, und die Wand zum Hühnerhaus war von roten, dunkelvioletten und pastellfarbigen Wicken überwuchert. Ihr süßer Duft schlug ihr entgegen. Von einem Spalier aus Olivenholz, das MacFie in Saras Beisein gebaut hatte, hingen große blanke Kürbisse. Eine riesenhafte Sonnenblume sah hinter dem Hühnerhaus hervor und nickte ihr zu. Doch das war auch schon die einzige Willkommensgeste, die ihr von dieser Märchenwelt zuteil wurde. Sie zögerte. Sollte sie das Tor öffnen oder nicht? War sie überhaupt willkommen?

Nicht einmal Clinton war zu sehen. Von den Bienenkörben kein Laut, und die Hühner waren ebenfalls ungewöhnlich schweigsam. Nur die elegante Cyd Charisse sah neugierig hinter einem Busch hervor.

«Hallöchen», sagte Sara. Cyd pickte ein Maiskorn auf und sah nachdenklich drein, ehe sie das nächste nahm. Sara war nervös, als sie das Gartentor öffnete, leise zur Haustür ging und anklopfte.

Sie ging ein wenig auf und ab und sog den Duft der Wicken ein, während sie darauf wartete, dass die Tür aufging. Lange genug, als dass acht verschiedene Personen auf dem Weg zum Strandbad vorbeikamen und sie interessiert beobachteten.

«MacFie ist nicht zu Hause», rief ein kleiner Mann, streckte sich über den Zaun und klaute eine blaue Pflaume.

«Ich dachte, die Badesaison sei vorüber», entgegnete Sara.

«Wir gehen jetzt Pfifferlinge sammeln», sagte der Alte. «Zum Hummer.»

Sara klopfte noch einmal, ehe sie mit aller Kraft an der Klinke zerrte.

Die Tür war abgeschlossen. Sie ließ sich auf der Treppe nieder. Die roten und violetten Herbstastern waren einen halben Meter hoch, und die Blumen wiegten hin und her und schlugen an das Fenster.

«Seht ihr was?», flüsterte Sara. Wenn er nun tot in seinem Bett lag. Er brauchte Hilfe. Sie stand auf, sprang von der Treppe direkt ins Asternbeet und sah durch die Scheibe.

«Nein», quiekte sie. «Verdammter MacFie.» Von ihrer mühsamen und liebevollen Umdekoration war nichts mehr zu sehen. Das Haus sah genauso aus, wie es ausgesehen hatte, ehe sie anfing. Er hätte sie genauso gut verprügeln können. Das Bett war leer.

Sara setzte sich auf einen Stein am Strand und sah auf Philips Besitz. Der Stacheldrahtzaun ringsherum war wirklich hässlich, aber das Haus fügte sich gut in die Klippenlandschaft ein. Am Eingang wuchsen ein paar Wacholderbüsche, und die eine Längswand war von Efeu überwuchert. In einer Senke lag ein kleiner Teich, der Sara noch nie aufgefallen war. Die Wasseroberfläche war fast ganz von gelben Mummeln bedeckt, und am Ufer blühten noch die dunkelgoldenen Trollblumen.

An den beiden Enden einer Steinbank standen zwei riesige Tontöpfe, die von leuchtend rot blühender Kapuzinerkresse überquollen. Plötzlich sehnte sich Sara nach einem Zuhause. Einem eigenen Zuhause.

Vergissmeinnicht und blaue Glockenblumen würde sie haben und ein höhenverstellbares Bett. Alles andere war Nebensache.

Von dem großen Söller des Hauses erstreckte sich in rechtem Winkel ein langer Steg, doch es lag kein Boot dort.

Plötzlich entdeckte sie, dass Philip aus dem Haus kam. Er stellte sich auf die Terrasse und sah über das Meer, während er sich eine Zigarette anzündete. Schade, dass sie seine Handynummer nicht hatte. Dann hätte sie ihn erschrecken können, indem sie wie ein Spion angerufen hätte: «Machen Sie die Zigarette aus. Sie sind umzingelt.»

Nach einer Weile warf er die Zigarette ins Wasser und ging mit unnatürlich langen Schritten auf und ab. Es sah aus, als würde er den Söller ausmessen. Wenn sie sich nur ein Luftschloss kaufen könnte.

Sie näherten sich Christers erster Reuse. Sie war mit einem blau-gelben Holzschwimmer gekennzeichnet.

«Wolltest du immer Polizist werden?», fragte Emily. «Ich meine, Polizist auf dem Lande?»

«Ich war Ermittler bei der Kripo in Stockholm. Ein paar Jahre hat es Spaß gemacht, aber es war ein undankbarer Job, unerträgliche Arbeitszeiten, zu viel Elend, der Geruch von Angst und Gewalt. Am Ende war ich ausgebrannt. Hatte auch Magengeschwüre. Die können nämlich auch dicke Menschen kriegen, falls du das noch nicht wusstest. Ich fühlte mich so machtlos, wenn ich mit ansehen musste, wie schlimm es Kindern und Jugendlichen erging, und dabei begriff, wie wenig ich tun konnte. Am Ende war das ganze Dasein nur noch von Gewalt, Drogen und Bösem bestimmt. Eine aufsteigende Spirale. Beim Personal und den Mitteln geht die Spirale in die genau andere Richtung. Ich habe mich auch in der Gewerkschaft engagiert. Meine Freundin ist abgehauen, weil ich niemals Zeit hatte, zu kuscheln und mit ihr zu IKEA zu fahren. Manchmal sind wir auf Djurgården spazieren gegangen, aber das zählte nicht. Das für sie Schlimmste war, sagte sie, dass ich eigentlich gar nicht kuscheln wollte. Wahrscheinlich hatte sie Recht. Ich mag nicht mal das Wort.»

«Ich wollte immer Lehrerin werden», sagte Emily.

«Das hätte gut zu dir gepasst. Du hast ja Autorität, und das braucht man für die Arbeit mit Kindern und Jugendlichen. Warum bist du denn keine Lehrerin geworden?»

«Na, weil ich Hausfrau geworden bin, was denkst denn du.»

«Du bist noch nicht mal fünfzig!»

«Nein, aber bald.»

Christer stellte den Motor ab, und als Emily die Augen schloss, wie sie es immer auf dem Boot ihres Vaters getan hatte, hörte sie nur noch das Plätschern der Wellen an der Bordwand und spürte die ziehenden Bewegungen des Bootes im Wasser. So sollte das Leben sein.

Christer kletterte auf die Sitzbank. «Wenn die Dame jetzt mal so nett wäre, ihren zierlichen Hintern etwas weiter vorne ins Boot zu verlegen, dann wird sie auch nicht klatschnass, wenn die Hummer raufkommen.»

«Es heißt nicht ‹weiter vorne ins Boot›, es heißt ‹zum Bug›», grummelte Emily und schob sich an der Reling entlang zum Ruderplatz vor.

Christer fing an, die Reuse hochzuziehen. «Jetzt wirst du gleich einen ordentlichen Hummer kriegen, Emily.»

«Sag das nicht. Es ist gefährlich, das Schicksal herauszufordern.»

Die Reuse war bis auf ein paar Krabben leer. Christer griff die Krabben am Rückenschild und warf sie zurück ins Meer, hieb ein Stück Flussbarsch mit einer Axt ab und tat den Köder in die Reuse, ehe er sie wieder abließ. «Die anderen drei habe ich an einer anderen Stelle, an der Untiefe bei den Fjäderholmarna», sagte er und begab sich ans Ruder. Emily rutschte schnell wieder auf die Sitzbank.

«Du bist ja richtig geschmeidig», sagte Christer. «Du trägst deine Pfunde sehr gut. Hat dir das schon mal jemand gesagt?»

«Nein», fauchte Emily und fixierte mit dem Blick den Horizont.

Christer startete wieder und steuerte auf die Untiefe zwischen den Fjäderholmarna und Fårö zu.

Emily hörte, wie er *Strangers in the Night* pfiff, während sie Richtung Horizont blinzelte. Er konnte gut und melodisch pfeifen, sah dabei aber sicher dumm aus, wie ein Goldfisch.

Er brach ab. «Du bist doch wohl nicht böse, weil ich über deine Pfunde gesprochen habe? Das war ein Kompliment.»

Emily starrte ihn an. «Ich begreife nur nicht, wie du so angestrengt fröhlich sein kannst, wenn du keinen einzigen Hummer gefangen hast. In dem Fall ist man ganz still. Man schweigt. Und Pfeifen kommt schon gar nicht infrage. Man merkt, dass du nicht von hier bist.»

«Aber hör doch, Emily, es geht wunderbar. Ich denke, ich werde den Arholmawalzer pfeifen, als Huldigung an meine Heimat.»

Sie hielt sich die Ohren zu, musste aber doch lachen. Christer sah sie fröhlich an.

Emily lehnte sich zurück und entspannte sich, auch wenn sie nicht verstand, wie sie so zufrieden sein konnte. Der Hafen von Saltön war immer noch zu sehen. Sie erkannte all die aufgereihten Autoreifen, die an dem alten Anleger für die Dampfschiffe hingen, und die Kirche, die wie ein Seezeichen hoch über dem Ort thronte.

«Hast du etwas zu essen dabei, Emily?», fragte Christer und zeigte auf ihren Rucksack. «Das pflegt bei euch Fischersfrauen doch wohl so zu sein, oder?»

«Ich zehre von meinem Fett», sagte Emily und merkte dabei, dass sie zum ersten Mal im Leben einen Witz über ihren Körper gemacht hatte. Und wenn sie genauer nachdachte, dann hatte sie auch noch nicht viel über ihre Seele gescherzt.

«Du schon, aber was ist mit mir?», lachte Christer und klopfte sich auf den Bauch.

Die Sonne war ein gutes Stück am Himmel hochgeklettert, und Emily hätte gerne den Anorak ausgezogen, doch sie wusste nur allzu gut, wie sie in dem zu engen blau-weiß gepunkteten Top aussah, das sie darunter trug. Sie öffnete den Rucksack und nahm zwei kleine Birnen heraus. Sie betrachtete sie gründlich und warf dann die weniger wurmstichige Christer zu.

«Eigene Ernte?»

Sie nickte.

«Habt ihr Freude am Garten, du und dein Mann?»

«Wie, Freude?»

«Ja, ich meine, lacht ihr manchmal, wenn ihr da arbeitet und grabt und sät oder Kaffee trinkt? Plant ihr, was ihr nächstes Jahr in den Beeten haben werdet?»

Emily zuckte die Achseln. «Ich glaube nicht, dass es in den Gärten auf Saltön sehr verbreitet ist, zu lachen. Das würde Aufsehen erregen. Wenn man nicht gerade Tourist ist, versteht sich.»

«Ja, versteht sich. Die Pietisten haben offenbar ihre Spuren hinterlassen. Aber du und ich, wir haben gelacht, als wir in deinem Garten Krabben gegessen haben.»

In der ersten Reuse waren wieder Krabben, aber Christer behielt nur die beiden größten. Die zweite war von einer Flunder besucht worden, was sehr lustig aussah. Die Flunder wanderte ins Wasser zurück.

«Ja, nun ist nur noch eine übrig», sagte Christer und lächelte Emily zu.

«Ich verstehe nicht, dass du nicht sauer bist», sagte Emily.

«Warum sollte ich sauer sein? Ich habe die ganze Woche frei. Ich bin draußen mit meinem eigenen Boot mit einer schönen Frau an einem wunderbaren Altweibersommertag.»

Emily zog den Anorak aus.

Die letzte Reuse lag fünfzig Meter entfernt, und Christer wollte für so eine kurze Strecke nicht den Motor anmachen. Er holte ein Paar Ruder heraus.

«Kannst du rudern?»

«Na klar kann ich rudern», sagte Emily. «Ich bin hier geboren. Als ich klein war, hatte mein Vater ein kleines Dinghi, das er hinter dem Kutter herzog, und wenn wir in ruhigen Buchten ankerten, ruderte ich mit dem Dinghi herum. Das war mein eigenes Boot.»

Christers Boot war nicht dafür gemacht, gerudert zu werden, und es hatte keine Dollen. Sie stellten sich jeder mit einem

Ruder an eine Seite des Bootes und paddelten auf die letzte Reuse zu, die mit einer Plastikkugel markiert war.

«Du hast schöne dicke Oberarme», bemerkte Christer. Er zeigte darauf: «Da sehe ich sogar einen Muskel sich bewegen.»

«Könntest du mal aufhören, mich andauernd zu kommentieren?», erwiderte Emily, musste aber trotzdem lachen. Sie waren an der Reuse angekommen, und Emily sah Christer gespannt über die Schulter, als er anfing, sie einzuholen.

«Das gibt eine ziemliche Schlagseite, wenn du auch hier stehst», meinte Christer. «Es ist wohl am besten, wenn du dich auf der linken Seite hältst, damit wir nicht kentern.»

«Das heißt backbord», sagte Emily.

»Das schwarze Gold des Meeres!», rief Christer aus, und als die Reuse im Boot landete und der Inhalt ihn nass spritzte, beugte er sich vor und gab Emily einen schnellen salzigen Kuss auf den Mund. «Glückwunsch!», sagte er.

Zwei große blanke männliche Hummer und ein kleineres Hummerweibchen krauchten in der Reuse herum. Christer machte schnell Gummibänder um die Zangen der beiden Männchen und tat sie in den Plastiktrog, der halb voll mit Meerwasser in der Hellegatt stand.

«Die sehen aus wie die Gummibänder, die die Briefträger den kleinen Kindern schenken», sagte Emily. «Mein Vater schnitt die Bänder für die Zangen immer aus alten Fahrradschläuchen aus. Jedenfalls nachdem es verboten worden war, die Sehnen in den Zangen zu durchtrennen, um sie in der Fischkiste unschädlich zu machen.»

«Diese Gummibänder sind von der Polizeibehörde», sagte Christer, «wollen wir also mal hoffen, dass sie halten. Ich will keine Schlägerei hier auf dem Boot, meine Lieben. Und von Fischkiste kann keine Rede sein. Ihr werdet kochen, sobald wir wieder auf Saltön sind.»

Christer setzte sich Emily gegenüber in die Ducht, sah ihr in die Augen und hob den dritten Hummer heraus, das Weibchen. Er packte es mit festem Griff über den Rücken und reichte es Emily. Die scharfe Schneidezange und die Greifzange fuhren in der Luft herum.

«Und jetzt der Beweis», sagte er.

Emilys silbergetöntes Haar war zerzaust, und ihre blauen Augen leuchteten frech in dem braun gebrannten Gesicht. Jetzt, wo die Schminke weg war, stellte er fest, dass sie Sommersprossen auf der Nase hatte. Sie nahm ihm den Hummer ab, drehte ihn um und sog mit kleinem spitzen Mund Laich von der Unterseite des Weibchens. Sie schloss die Augen vor Wohlbehagen und reichte das Tier Christer.

«Bitte sehr, Kommissar Landratte.»

Christer nahm ein paar Laichkörner ganz vorn auf die Zungenspitze, ehe er den Hummer wieder ins Meer tat. «Jetzt haben wir einen Bund geschlossen», sagte er. «Das ist genauso, als würde man Blut vermischen oder gemeinsam in einer Kirche eine Kerze anzünden.»

Emily sah zum Horizont. Sie hatte den Anorak um die Taille gebunden.

«Fast schade, dass wir schon alles erledigt haben», sagte er. «Sieh mal, das Meer glitzert, und der Seegang hat sich gelegt. Bald wird es spiegelglatt sein. Schöner als an einem Hochsommertag, finde ich.»

«Wie schnell fährt dieses Boot?», fragte sie.

«Wir können in ungefähr drei Stunden in Skagen sein. Kannst du mal die Seekarte holen? Sie liegt auf der rechten Seite in der Kajüte.»

«Steuerbord, Kapitän.»

Sara hatte sich auf einen Stein gesetzt und beobachtete Philip, wie er auf dem Söller herumging, dann auf den Steg hinaus und sich Notizen machte. Er hatte auch einen Zollstock dabei, wahrscheinlich wollte er umbauen, um das Haus noch teurer zu verkaufen. Manche Leute hatten einfach zu viel Geld.

Sara dachte an Axel. Sie hatte beschlossen, sich hauptsächlich an schöne Dinge zu erinnern, und die meiste Zeit war es sehr schön gewesen. Sie hatte Axel wahrscheinlich zu sehr bewundert, aber damit war er gut klargekommen, denn er war so viel älter und außerdem Künstler. Er hatte es nur nicht gemocht, dass sie Lehrerin war. Er hatte sich oft in Gegenwart anderer über sie lustig gemacht.

«Aber jetzt ist es wohl an der Zeit, dass unser Fräulein mal ein Nickerchen macht, damit es morgen keine Gähner am Katheder gibt.»

Alle Freunde, die sie durch Axel gehabt hatte, hatte sie verloren. Das letzte Mal, als sie sie gesehen hatte, hatten sie keine Gesichter gehabt, sondern nur Rücken, die nach vorne zum Sarg gingen. Keiner von ihnen hatte eine rote Rose dabeigehabt, wie normale Menschen. Knospende Apfelzweige, halbe Holzskulpturen und eine Weinflasche aus Bast waren auf dem Sarg gelandet. Als sie, wie es Sitte ist, versucht hatte, ihnen beim Beileidshändeschütteln in die Augen zu sehen, hatten sie sie bereits vergessen und den Blick auf die nächste Vernissage gerichtet gehabt.

Sie war für diese Leute nur ein langweiliger Anhang gewesen, der den Boden küsste, auf dem Axel ging. Und jetzt hatte sie dasselbe mit MacFie gemacht. Dabei stand es in jeder Frauenzeitschrift, dass Männer es nicht mochten, vergöttert zu werden. Nichts fanden sie so ermüdend. Sie jagten lieber nach einer unerreichbaren Frau. Wenn sie Glück hatten, trafen sie eine Hure. Dass sie die Möbel umgestellt hatte, war der Todesstoß gewesen. MacFie musste sich in die Ecke gedrängt gefühlt haben, und jetzt versteckte er sich in irgendeinem Busch, bis die Luft wieder rein war und er sein Altmännerheim zurückerobern konnte. Außerdem hatte sie immer gefunden, dass er nach getrocknetem Fisch roch.

«Hallo Philippos!», rief sie.

Er erschrak – er musste kurzsichtig sein – und blinzelte zu ihr hinüber.

«Wer ist es?», rief er.

«Wer es ist? Die rote Rose deiner Sehnsucht! Der Löffel in deinem Kaffee. Die Flamme an deinem Streichholz. Das Lenkrad in deinem Sportwagen.»

«Formidabel! Ich mache dir das Tor auf.»

Doktor Schenker saß in einem knarzenden Korbstuhl auf der Veranda und starrte mit düstrer Miene das Telefon an. Natürlich hatte Magdalena nicht Unrecht, wenn sie sagte, dass er mit fast siebzig Jahren das Recht auf ein eigenes Leben hatte, nach so vielen Jahren als Witwer. Aber es war doch ein sehr unangenehmes Gefühl, dass seine Tochter neulich kommentarlos verschwunden war und auch nicht mehr ans Telefon ging. Er hatte sich sogar zu Blomgrens Zigarrenladen begeben und seinen Schwiegersohn nach ihr gefragt, aber Blomgren hatte nur auf seine übliche schleppende Art mit feuchten Augen dagestanden und verkündet, dass er nichts wisse. «Ich bestimme ja wohl nicht über Emily.»

«Das war auch nicht, was ich damit sagen wollte. Ich habe dich nur gefragt, ob du vielleicht weißt, wo meine Tochter sich aufhält, zumal sie ja zufällig seit ewigen Jahren mit dir verheiratet ist, wenn ich mich recht erinnere.» Der Doktor bekam einen Hustenanfall und hielt sich das Herz.

Blomgren hatte nur den Kopf geschüttelt und schließlich eine Dose Läkerol aus der Hosentasche gezogen und seinem Schwiegervater eine Pastille angeboten. «Gut für den Hals», sagte er.

«Auf den ersten Blick vielleicht», sagte der Doktor, nahm

die ganze Schachtel und verließ den Laden mit hochrotem Gesicht.

«Eingebildeter Kerl», sagte Johanna.

«Er hat mir 1978 die Mandeln rausgenommen», sagte der Mann mit der Baskenmütze. «Das hat er gut gemacht.»

«Hoffentlich hat er nicht die Gelegenheit ausgenutzt, dass du gerade schliefst, und hat dir noch mehr geraubt», witzelte Orvar.

«Da weiß ich jetzt wirklich nicht, was du meinst.»

Der Mann mit der Baskenmütze nahm sich verärgert eine Ausgabe des *Hustler*, in die er sofort tief versunken war.

Der Doktor ging mit kleinen Trippelschritten den Hügel hinauf. Vielleicht sollte er auch mal in Emilys Schlankheitsclub mitmachen. Er wäre in gewissen Situationen gerne ein wenig dünner und weniger atemlos. Wenn Emily sich nicht so seltsam aufführen würde und ihm nicht solche Sorgen machen würde, dann könnte das Leben richtig nett sein. Sein Herz schlug fröhlich, wenn er mit Magdalena zusammen war. Und was für ein herrliches Essen sie kochte! Sie verlangte auch keine großen Liebeserklärungen, und sie fand überhaupt nicht, dass er fett war, sondern nur kräftig.

Vor ein paar Wochen hatte Magdalena ihn an einem Freitag in seiner Sprechstunde für alte, treue Patienten aufgesucht.

Sie hatte sich nicht ihm gegenüber auf den Besucherstuhl gesetzt, wie es sonst üblich war, sondern war sofort auf die Liege geklettert und hatte den Oberkörper frei gemacht.

«Kommen Sie mal her, dann zeige ich es Ihnen, Doktor», sagte sie, «was ich da für eine komische Erhebung am Hals habe. Wenn Sie mich fragen, ist es ein Knorpel.»

Der Doktor erhob sich mit einem kleinen Lächeln. Er hatte Magdalena schon immer gemocht, und das nicht nur aus Rache, weil ihr Mann in früheren Zeiten eine Romanze mit seiner

Frau gehabt hatte. Vielleicht gab es ja doch eine ausgleichende Gerechtigkeit.

«Bringen Sie das Vergrößerungsglas mit», sagte Magdalena und deutete auf den Schreibtisch. «Sie sehen doch sicher nicht besser als ich.»

Der Doktor tat, was man ihm sagte, und begutachtete eingehend den kleinen Fleck an Magdalenas magerem Hals.

«Wenn Sie mich fragen», sagte Magdalena, «dann kommt das hier davon, dass ich jahrelang, Tag und Nacht seit meiner Konfirmation in der Kirche von Saltön, ein goldenes Herz getragen habe. Gestern habe ich es abgenommen, weil ich auf die Idee gekommen war, dass ich die Kette putzen müsste. Und da habe ich diese Stelle hier entdeckt. Wenn Sie mich fragen, liegt das an dem goldenen Herz, und deshalb trage ich es auch nicht mehr. Ich habe es schon in den Safe legen lassen. Wenn Sie nun sich ordentlich die Hände waschen, lieber Doktor, und ein kleines Messer, Nadel und Faden holen, dann können Sie doch diese kleine Sache für mich in Ordnung bringen. Ich habe noch viel zu erledigen.» Magdalena sah auf die Uhr und legte sich auf die Liege, aber der Doktor schüttelte den Kopf.

«Wir müssen eine Probe entnehmen und zur Analyse schicken. Wenn die Dinge so liegen, wie Sie sagen, dann machen wir es genau, wie Sie wollen. Aber erst müssen wir eine Antwort aus Göteborg haben, dass es nicht irgendwas anderes ist.»

«Ja gut, dann machen wir es so», sagte Magdalena, sprang in Bluse und Jacke, nahm ihre Handtasche und marschierte nach einem fröhlichen Winken davon.

Als Magdalena gerade den Gartenweg hinunterging, rief er ihr vom Fenster aus hinterher.

«Was ist denn noch?», schrie sie und stellte sich in seine Hortensien.

«Ich frage mich nur gerade, ob Sie vielleicht Lust haben, mal mit mir Mittag essen zu gehen.»

Ihre Miene hellte sich auf. «Gern. Nur nicht im *Kleinen Hund*. Ich will nicht, dass meine Tochter und mein Schwiegersohn mir hinterherspionieren. Die halte ich kurz. Das tut ihnen gut. Und, übrigens nur mal so als Tipp: Wenn Emily Sie jeden Morgen anruft, dann tut sie das sicher zu einem großen Teil aus Liebe, aber auch als Kontrolle. Sie dürfen nichts machen, was ihr nicht in den Kram passt. Sie hat aber gar keinen Grund, ständig nach Ihnen zu sehen. Das Schlimmste, was passieren kann, ist doch, dass Sie tot daliegen, und dann sind Sie doch sowieso schon tot, oder? Was könnte sie da noch machen? Nicht viel, wenn Sie mich fragen.»

«Wie wäre es mit einer gebratenen Scholle im Bootshaus um zwölf?»

«Ein Uhr ist gut.»

Magdalena hatte Recht gehabt mit dem Fleck am Hals, ungefährlich, aber hässlich, und eine Woche später schnitt er ihn weg, ohne Rechnung und Betäubung, ganz nach den Anweisungen der Patientin. Die Freundschaft hatte sich dann rasch zu einer warmen und freundlichen Liebesbeziehung entwickelt. Ohne Verpflichtungen, nett, aber lustiger als Bridge und Volksmusik, wie Magdalena es ausdrückte. Sogar lustiger als Bach und Schach, meinte der Doktor.

Sein größter Wunsch war, dass Emily seinem Verhältnis mit Magdalena ihren Segen gab. Sein zweitgrößter Wunsch war gewesen, dass Magdalena ihre Dachwohnung am Marktplatz verließ und zu ihm in die Arztvilla zog.

Aber als er diesen Vorschlag ganz vorsichtig geäußert hatte, hatte sie einen Lachanfall bekommen: «Mein lieber Doktor, das kann ja wohl nicht dein Ernst sein. Du hast dein Zuhause, und ich habe meines. Wir werden doch keine Kinder mehr miteinander haben, oder? Nein, diese ganzen Kompromisse in Sachen Ordnung und Organisation, das lassen wir einfach alles aus. Auf die Art und Weise halten wir die Liebe am Leben und kommen uns bei unseren gegenseitigen Angewohnheiten nicht in die Quere.»

Seltsamerweise war er fast erleichtert gewesen. Er hatte schon darüber nachgedacht, dass er dann wohl noch einen Badezimmerschrank anbringen musste, und hatte diesen Gedanken sehr anstrengend gefunden.

Der Doktor seufzte tief, als er das Gartentor öffnete. Er hatte keine Ahnung, was er mit Emily machen sollte. Das Kind war ganz einfach eifersüchtig. Das war schlimm. Schade, dass er so eine Schwäche für sie hatte. Sonst hätte er einfach streng auftreten können.

Auf der Treppe zur Arztvilla saß MacFie und drehte und wendete seinen schwarzen Schlapphut.

Er stand auf, als der Doktor kam, und sie begrüßten einander mit festem Handschlag, wie sie es immer taten, wenn sie sich begegneten, und das, seit sie gemeinsam Abitur gemacht hatten.

«Wie nett, MacFie», sagte der Doktor und ging zur Veranda voraus. «Ein Bier?»

«Gern», sagte MacFie. Der Doktor holte zwei Bier aus dem Kühlschrank, warf dabei einen zärtlichen Blick auf Magdalenas Fischpudding, der da in einer Auflaufform stand und wartete. Den würde er mit niemandem teilen.

Sie setzten sich in die Korbstühle und öffneten die Bierflaschen.

«Hummerzeit», sagte MacFie.

Der Doktor nickte. «Da mache ich nicht mehr mit. Habe nicht mal mehr ein Boot. Auch keine Reusen. Es ist auch nicht mehr dasselbe wie früher. Ich gebe mich mit dem Hummerfest zufrieden, und ob das stattfindet, ist ja nicht sicher.»

MacFie nickte. «Ich habe meine Reuse auch noch nicht ausgelegt. Hätte das wie üblich gestern Morgen machen müssen, aber es wurde nichts draus.»

Der Doktor riskierte einen professionellen Blick. «Ist irgendwas, MacFie? Du bist doch wohl nicht krank? Normalerweise kommst du ja nicht gerade täglich hier angetanzt.»

MacFie wand sich.

«Nein, nein, nicht ich. Ich bin so gesund, wie ich nur wünschen kann.»

«Ja, man hört, du hättest eine junge Mitbewohnerin», sagte der Doktor und zwinkerte. «Diese Serviererin vom *Kleinen Hund*. Nettes Mädchen, aber flucht wie ein Kesselflicker. Kabbe sollte mal was zu ihr sagen. Aber das kannst du ja auch machen. Ihr sagen, dass das einfach dumm und unreif klingt. Ansonsten scheint sie ja ein aufgewecktes Mädchen zu sein. Ich habe gehört, dass es eine Hochzeit geben soll ... Also, wenn dich der Altersunterschied nicht stört, dann stört er mich auch nicht.»

Sie tranken schweigend, und der Doktor ging und holte zwei weitere Flaschen. Auf der Türschwelle blieb er stehen, kehrte zum Kühlschrank zurück und holte gleich noch zwei Flaschen. Diesmal warf er Magdalenas Fischpudding einen Handkuss zu. Zerlassene Butter würde gut dazu sein, und vielleicht ein kleiner Schnaps. Branntwein würde passen. Oder Heidegagel.

MacFie saß mit hängendem Kopf da, und der Doktor versuchte es mit einem neuen Ansatz. «Die Hummerfischerei ist wohl nicht alles in der Welt, nicht?»

«Nein, aber fast», erwiderte MacFie. «Ich glaube, ich lasse das mit dem Boot und setze die Reusen von Land aus ein, hinten beim Botschafter. Da hat es unter den lang gestreckten Riffen auf beiden Seiten der Bucht schon immer Hummer gegeben. Viele wechseln den Panzer dort drin. Daran erinnere ich mich seit der Zeit, als ich als Junge ein Kanu hatte. Ja, das ist sicheres Hummerwasser. Ein Männchen, das vor vier Jahren zu klein war, habe ich doch verdammt nochmal jedes Jahr rausgeholt. Dieses Jahr sollte er dreißig Zentimeter oder so sein. Ich erkenne ihn immer an den Meereicheln auf dem Rücken.»

«Alle Hummer haben Meereicheln auf dem Rückenschild.»

«Aber sie sitzen an unterschiedlichen Stellen. Wenn man ein geübtes Auge hat, sieht man das.»

Die Septembersonne brannte, und der Doktor zog das Sakko aus und rollte die Ärmel seines weißen Hemdes auf. «Man sollte so mager sein wie du, MacFie. Dann müsste man nicht so viel schwitzen.»

«Manchmal schwitze ich auch», sagte MacFie und lächelte etwas schief.

Der Doktor gluckste. «Ja, noch gibt es Leben in uns alten Kerlen.»

Sie sahen einander in die Augen, als sie sich zuprosteten. Der Doktor sah auf die Uhr.

«Sag mal, was hast du eigentlich auf dem Herzen, MacFie, dass du den ganzen Weg zu mir heraufkommst? Das letzte Mal ist doch ziemlich lange her. Ich glaube, das war, als du dir einen Nagel in den Fuß getreten hattest, als du vom Hühnerhaus gefallen warst. Das war an dem Tag nach dem Hummerfest, in dem Sommer, als Prozak in Schweden eingeführt wurde, wenn ich mich recht entsinne.»

MacFie trat gegen einen Stein und zwinkerte in die Sonne.

«Erinnere mich nicht daran. Ja, muss man ein Anliegen haben? Ich weiß eigentlich keines. Das heißt, meine Katze ist krank.»

«Glaubst du, dass ich auf meine alten Tage zum Tierarzt geworden bin?» Der Doktor lachte. «Nun mal raus damit.»

MacFie stand auf. «Nein, es gibt nur eins, was ich nicht so richtig begreife, und ich wollte dich fragen, aber es ist vielleicht auch nichts Besonderes. Katzen werden ja auch alt. Clinton ist einfach müde. Nicht in Form. Geht am liebsten in seinen alten Bahnen.»

«Ja, das ist nichts Ungewöhnliches für eine Katze.»

MacFie nahm seinen Hut, und sie schüttelten sich wieder die Hände. «Danke für das Bier.»

Am Tor zögerte er ein wenig. «Eine alte Katze will doch wohl alles so haben, wie sie es immer gehabt hat, oder? Mit den Möbeln zum Beispiel. Und wenn die Dinge an der falschen Stelle im Haus landen, dann ist das doch wohl nicht gut für die Katze, oder? Für ihre seelische Gesundheit, meine ich. So viel Veränderung, wenn sie es doch gewohnt ist, alles so zu haben, wie es ist.»

Der Doktor sah ihn prüfend an. «Das mit den Veränderungen kann sowohl gut als auch schlecht sein, würde ich meinen. Auch für alte Katzen. Es kann auch erfrischend sein. Ganz einfach verjüngend.»

«Ja, das ist wahr.»

Der Doktor stand auf und pflückte eine leuchtend gelbe Ringelblume, die er in ein Knopfloch seiner Weste steckte. «Kannst du wohl die Bierflaschen mit zum Glascontainer nehmen?»

«Ja, aber auf die gibt's doch Pfand?»

«Nein, denn dafür müsste ich nach Dänemark fahren, und das will ich nicht. Mir geht es gut hier oben auf dem Hügel. Manchmal kriege ich auch Damenbesuch. Apropos, hast du in der letzten Zeit Emily gesehen?»

MacFie schüttelte den Kopf und fing an, mit schwerem Schritt und den sechs Bierflaschen im Arm den Berg hinunterzugehen. Gedankenverloren lief er an dem grünen Container für Recyclingglas vorbei, ohne ihn auch nur zu sehen. Als er auf den Marktplatz kam, rümpften die beiden Damen, die dort Häkeldeckchen verkauften, die Nase über ihn. «Junge Frauenzimmer und Sauferei.»

«Das gehört einfach zusammen.»

«Und seine Hosen sind ausgefranst.»

«Von nichts kommt nichts. Das habe ich schon in der Schule

gesagt, als er nicht Sternenjunge im Luciazug werden wollte. Saß zu Hause und las ‹Das Kapital›.»

MacFie nickte ihnen zu und ging ins Alkoholgeschäft.

«Hast du das gesehen?»

«Manche können eben den Hals nicht voll kriegen.»

Erst im Laden begriff MacFie, dass er leere dänische Bierflaschen im Arm hatte. Aber die junge Blondine lächelte ihm inniglich zu und nahm die leeren Flaschen entgegen, nachdem er seine sechs Bier und einen Gammeldansk gekauft hatte.

«Wie gut er aussieht, dafür dass er so alt ist», sagte die Blondine zu ihrem Kollegen an der anderen Kasse. «Stell dir vor, das Mädchen aus dem *Kleinen Hund* ist mit ihm zusammen. Ist das nicht romantisch?»

«Geht so», fand der Kollege. «Warum verkaufen wir keinen Schnaps im Tetrapak? Jetzt zur Hummerzeit fragen alle danach.»

MacFie kehrte in sein sehr leeres Haus zurück. Nicht einmal Clinton war zu Hause, und er fing an sich vorzuwerfen, dass er die Möbel wieder zurückgestellt hatte. Sie hatte es doch aus Liebe getan. Sara tat niemals etwas aus Boshaftigkeit. Warum hatte er ihr dann so wehgetan? Jetzt wanderte sie sicher gekränkt durch die Gegend, wenn sie nicht arbeitete. Wo sie wohl geschlafen hatte?

«Frauen!», sagte er und starrte Audrey Hepburn an, die ein so wildes Sandbad nahm, dass ihm die Sandkörner in die Augen spritzten.

MacFie machte ein Bier auf, stellte es aber sofort neben dem Kompost ab.

«Wenn ich mich nur erinnern könnte, an welche verrückten Stellen sie all die Möbel gestellt hatte, dann schaffe ich es vielleicht noch», sagte er. «Ich darf keine Zeit verlieren.»

Audrey Hepburn sah ihn mit leerem Blick an, ehe Gregory Peck kam und sie ins Hühnerhaus jagte.

Mit langen Schritten eilte MacFie ins Haus, hängte den Schlapphut an die Kuckucksuhr und fing resolut an, die Möbel erneut umzustellen.

Philip zog die beiden Sonnenstühle auf den unteren Teil der Terrasse, der direkt bis an den Strand reichte. Nur knapp einen Meter waren sie vom Meer entfernt. Die Bohlen waren warm unter Saras Füßen, sie saßen windgeschützt, und die Sonne brannte. Sie zog ihren Pullover aus, und Philip folgte ihrem Beispiel, nachdem er um Erlaubnis gebeten hatte. Aus einem winzigen Kühlschrank holte er Bier, und sie legten sich nebeneinander.

«Du bist hier viel netter, als wenn wir uns unter vielen Leuten befinden», sagte Sara. «Nicht so überspannt und anstrengend. Erzähl mir von Paris.»

Philip hob eine Augenbraue. Dann erzählte er von Paris.

Von den frühen Morgenstunden, in denen er am Ufer der Seine entlang joggte, von den Läden, den Museen, der Modemafia, dem Leben in den Cafés, seinen Sonntagsausflügen, seinem Bekanntenkreis.

Sara hörte interessiert zu und unterbrach ihn nicht. Die darauf folgende Stille war angenehm. Sie schlossen die Augen. Plötzlich setzte Sara sich auf und sah ihm ins Gesicht. «Wie schön es ist, einmal nicht von Liebe reden zu müssen.»

Sie nahmen sich jeder ein Bier, und sie sank wieder auf den Liegestuhl.

«Wie schön, die Liebe überhaupt los zu sein», sagte Philip und schloss die Augen.

Sie sah ihn entsetzt an. «Bist du Mitglied in so einem Zölibatsclub?»

Er nickte. «Absolut. Seit sechs Jahren. Witzig, nicht? Obwohl es eigentlich kein richtiger Club ist.»

«Ist das nicht ziemlich langweilig?»

«Im Gegenteil. Nett, hygienisch und wirtschaftlich. Keine unangenehmen Überraschungen. Man läuft nie Gefahr, sich zu verschwenden. Und vor allem kann man sich auf seine Arbeit und seine Interessen konzentrieren, wenn man welche hat. Und ich habe welche. Aber davon wirst du ja wahrscheinlich keine Ahnung haben, wo du vor lauter Verzweiflung schon mit einem Rentner ins Bett gehst.»

«Das war jetzt nicht besonders nett. Wenn du keinen Respekt vor mir und meinem Leben hast, dann kann ich keinen Respekt vor deinem haben.»

«Dann bitte ich um Entschuldigung, aber ich habe euch neulich streiten hören, als ich an seiner Bruchbude vorbeiging, und da dachte ich, ich könnte mal einen kleinen Scherz wagen.»

«Da hast du total falsch gedacht. Erzähl lieber noch was von Paris. Von deiner Arbeit.»

Er erzählte von seiner Arbeit und von den Modehäusern. Und dann kam er unmerklich auf seine große Passion zu sprechen, nämlich Kunst in Kirchen zu besichtigen.

Sie setzte sich erstaunt auf. «Aber das ist doch meine Leidenschaft! Schon lange. Bin immer in alte Kirchen gerannt und habe mich umgesehen. In Frankreich und in Italien. Das hat mir verdammt nochmal Axel beigebracht.»

«Ich mag nicht, wenn du fluchst. Das ist vulgär.»

«Momentan stört es alle Welt, dass ich fluche.»

«Aha, MacFie also.»

«Nein, MacFie nicht. Dem ist völlig egal, was ich mache.»

«Wie schade ...» Philip holte eine Schale schwarze Oliven.

Als die Sonne später hoch am Himmel stand, hatten sie seit Stunden geredet, waren sich ins Wort gefallen und hatten diskutiert – über die Glasmalereien von Chagall, die Engel und die Rosettenfenster in Reims. Und viel über die Champagne.

«Aber», sagte Philip, «wenn du in Mailand gewesen bist,

dann hoffe ich doch, dass dir die Ziegelsteinkirche direkt am Dom aufgefallen ist. Sant'Ambrogio heißt sie. In der Apsis dort ist ein wunderbares Messias-Mosaik. Ob du es glaubst oder nicht, das hat mich zu einem meiner Badeanzüge inspiriert.»

Sie lachte und schüttelte den Kopf. «Die habe ich verpasst.»

Sara unterdrückte eine gewisse Verärgerung darüber, dass er so viel mehr über das Thema wusste als sie, aber sie lernte schnell, sodass sie schnell aufholen und ihn überholen könnte. Und das wollte sie. Eigentlich konnte sie nicht verstehen, dass sie sich ihrem Interesse außerhalb der Urlaubsreisen nicht mehr gewidmet hatte. Es war unglaublich, wie viel von ihrer Zeit Axel beansprucht hatte. Es war noch nicht zu spät, sich zum Frühjahr für Kunstgeschichte einzuschreiben, aber musste sie dafür wieder nach Göteborg ziehen, oder ging das auch als Fernstudium? Da musste sie sich erkundigen.

«Hallo», sagte Philip, «wo bist du hin?»

«Scusi.» Sie lächelte ihn an.

«Siehst du», meinte Philip, «solche Gespräche sind viel gefährlicher als Liebe.»

Sie war peinlich berührt und vermied seinen Blick.

«Gefährlicher als Sex auf jeden Fall.» Er stand auf und ging ins Haus.

«Philippos!», rief sie. «Kannst du mir etwas Sonnenöl oder so mitbringen? Die Sonne brennt.»

MacFie fand ihre Bräune schön. Warum hatte er nie etwas von Paris erzählt, wo er doch so lange dort gelebt hatte? Und trotzdem sehnte sie sich nach ihm, oder?

Oberhalb des Hauses kam MacFie mit langsamen, entschlossenen Schritten auf dem Weg vorbei, um seine Hummerreusen einzusetzen.

Er hatte es geschafft, die Möbel wieder nach Sara-Art zu stellen, und hatte die Tür offen stehen lassen, für den Fall, dass sie kam, während er nicht da war. Er hatte ein paar dunkelrote Herbstastern gepflückt und die Blütenblätter über das Bett gestreut. Nun war er sehr zufrieden mit sich, da er Dinge vollbracht hatte, die eigentlich außerhalb seiner Fähigkeiten und seiner gedanklichen Welt lagen. Er hatte vor, auf dem Nachhauseweg ein reinigendes Bad im Meer zu nehmen.

Plötzlich meinte er, Saras Stimme vom Strandgrundstück des Botschafters zu vernehmen, und er lächelte vor sich hin.

Hatte er jetzt auch noch Halluzinationen? Nein. Er hielt sich das schlechte Ohr zu. So alt war er wirklich noch nicht.

14

«Das hier geht doch eigentlich wirklich nicht», sagte Emily, als sie im Gästehafen von Skagen an Land gesprungen waren und in die Stadt gingen. «Was, wenn wir jemanden treffen, den wir kennen?»

«Was wäre daran so schlimm? Ich schwöre dann, dass du heute Abend unbeschadet wieder zu Hause bist und dass wir nur Freunde sind. Ich kann mich ja als dein jüngerer Cousin vom Lande ausgeben.»

Emily sah Christer mit runden blauen Augen an. «Aber das habe ich doch gar nicht gemeint. Sei nicht kindisch. Nein, mir geht es darum, wie ich angezogen bin. Weiße dicke Beine und den peinlichen Anorak von Blomgren.»

Christer legte den Arm um sie. «Du siehst zehn Jahre jünger aus, als wenn du die Dame spielst, mit Pagenkopf und im Sonntagsstaat.»

«Sonntagsstaat! Aus welchem Jahrhundert stammst du?»

«Jetzt lenk nicht ab. Zehn Jahre jünger, Emily.»

«Aha, dann bist du jetzt ja sogar älter als ich.»

Er nahm den Arm weg. Auf dem Weg zur schwedischen Seemannskirche trafen sie auf eine Hochzeitsgesellschaft, die mit Göteborger Akzent sprach.

«Ach schrecklich, diese Menschenmassen», sagte Emily.

«Eine Million Schweden kann nicht irren», meinte Christer.

«Trotzdem schrecklich», sagte Emily. «Und am liebsten würde ich auf die Sanddünen bei Grenen gehen, wo Kattegatt und Skagerrak zusammenfließen, aber das schaffen wir wohl nicht, wenn wir vor Mitternacht zu Hause sein wollen.»

«Wer hat etwas von Mitternacht gesagt?»

«Wusstest du, dass die Küste immer weiter ins Meer hineinwächst? Deswegen müssen sie neue Leuchttürme bauen. Der alte Leuchtturm von Skagen steht inzwischen auf dem Land!»

Christer zupfte ihr den Kragen zurecht, was in ihr ein sehr warmes und verrücktes Gefühl hervorrief, aber sie ließ sich nichts anmerken.

«Jetzt will ich aber wirklich etwas essen», sagte Christer. «Ich bin Célines Diät leid. Ich träume von einer Kutterscholle, in dänischer Butter gebraten, und einem großen kühlen Bier. Und übrigens habe ich Laternen an Bord. Ich meine, wenn wir schon von Mitternacht reden.»

«Na, Gott sei Dank sagst du nicht ‹Lampen›.»

In Skagen war es ebenso spätsommerwarm und touristenfrei wie auf Saltön. Die Souvenirläden hatten schon für den Winter geschlossen, und auf den Straßen liefen echte Dänen herum. Sie besichtigten die Häuser und Gärten im Vinkelvej und im Hans-Baghs-Vej, als wären sie ein ganz normales Touristenpaar. Sie blieben auf dem Havne Plads stehen und sahen sich die Schaufenster mit Marinekitsch und Scherzartikeln für die unterschiedlichen Bedürfnisse des Seglers an. «Möchtest du so ein Messingschild, auf dem *Captain's bar* steht? Oder *No women allowed?*»

«Auf keinen Fall. Höchstens: *All women allowed.*»

»Du kannst ja sogar Englisch.»

«Du bist wirklich voller Vorurteile, meine Schöne. Was glaubst du, was für eine Ausbildung ich habe? Klippschule?» Sie sah ihn von der Seite an, aber sein Gesicht blieb verschlossen, und er wandte sich ihr erst wieder zu, als sie zum Haus von Holger Drachmann kamen.

«Ein Dichterhaus. Ich habe ein Gedicht von ihm zu Hause eingerahmt. Hier müssen wir rein», sagte Emily. «Kommst du mit? Blomgren geht nie in Museen.»

«Wo du hingehst, will auch ich hingehen», sagte Christer und senkte den Kopf in der niedrigen Türöffnung.

Emily schlenderte mit träumerischem Blick zwischen Möbeln und Schreibutensilien herum, während Christer den Hut von Holger Drachmann aufprobierte, der an einem Holzhaken im Eingang hing. Die Frau, die am Eingang saß und den Eintritt nahm, lächelte auf seinen fragenden Blick hin: «Sie sind nicht der Erste. Es haben schon viele Männer mit diesem Hut auf da gestanden, während ihre Geliebten das Bett von Holger Drachmann anschauten.»

Die Luft war warm, als sie wieder herauskamen. Emily nieste dreimal hintereinander und durfte Christers großes Herrentaschentuch ausleihen. «Solche hatte mein Vater auch. Blomgren nimmt immer nur Papiertaschentücher aus der Klinikpackung.»

«Ich glaube, jetzt möchte ich nichts mehr über Thomas Blomgren erfahren. Ich könnte schon ein Quiz im Fernsehen mit Thomas Blomgren als Spezialgebiet bestreiten. Trägt er Boxershorts?»

«Entschuldigung», sagte Emily. Sie lächelten sich wieder an und flanierten in der prallen Sonne die schmalen Gassen herunter und sahen sich die Ziegeldächer mit den charakteristischen weiß angestrichenen Kanten und die prachtvollen, wild durcheinander blühenden Gärten an.

«Wo wollen wir essen?», fragte sie. «Denn *was* wir essen, steht ja bereits fest.»

«Ja, keine Ahnung», sagte Christer. «Ich bin erst ein einziges Mal in Skagen gewesen, und da waren wir drei Kerle. Wir sind in einen ehemaligen Seemannskrug gegangen, wo ein Paar auf dem Tisch stand und sang, und das möchte ich nicht noch einmal machen. Sternhagelvolle Schweden singen zu hören und voll gekotzt zu werden ist etwas, wonach ich mich außerhalb der Arbeitszeit nicht gerade drängle.»

«Dann werde ich dir ein wunderbares Lokal zeigen», sagte Emily. «Wir gehen natürlich zu Brondum. Da ist Anna Ancher aufgewachsen. Ihre Mutter war es nämlich, die Hans Christian Andersen mitten in der Nacht eine Scholle braten musste, und das, obwohl sie fast immer gleichzeitig irgendwelche Kinder stillte.»

Emily wusste ziemlich viel über die Künstler von Skagen und war schon seit früher Jugend in den Maler Peder Severin Kroyer verliebt. Sie erzählte eifrig und hastig von seinem Leben und seiner Liebe zu der schönen schlanken Marie, die ihm so viel Schmerz bereitete. Es drängte sie so sehr, all ihr Wissen zu erzählen, dass sie sich verhaspelte. «Die verwöhnte Marie», seufzte sie schließlich.

«Das ist ja ein erstaunlicher Satz von einer Frau, die selbst beinahe damit prahlt, verwöhnt zu sein.» Er verstellte seine Stimme: «Mein Problem liegt eher in Sachen Paté ...»

«Es stimmt, dass ich von meinem Vater alles bekommen habe. Von meiner Mutter habe ich aber nichts bekommen, und wie sich das bei Marie verhielt, das weiß niemand. Aber obwohl Kroyer ihr alles gab, was sie sich nur wünschen konnte, massenhaft Liebe und nicht zuletzt eine Tochter, Vibeke, war sie nicht zufrieden, sondern verließ ihn für Hugo Alvén, der sie natürlich verlassen hat, als er sie endlich hatte.»

«Höre ich da eine gewisse Bitterkeit heraus? Oder hast du vor, Blomgren zu verlassen? Würdest du das vielleicht tun, wenn er dir alles gegeben hätte? Ich glaube nicht, dass er dir irgendetwas gibt. Aber sieh mal, was du von mir bekommst.»

Christer beugte seinen fülligen Körper langsam herab und nahm eine runde kleine Muschel aus dem feuchten gelben Sand auf, der bis in den Garten von Brondums gekrochen war.

«Möchtest du sie haben?»

Sie nickte und öffnete die Hand. Er legte sie vorsichtig genau in die Mitte ihrer Handfläche, und sie schloss mit klopfendem Herzen ihre Finger darum. Sie sah weg. «Vielleicht schaffen wir es ja noch zum Museum, wenn wir gegessen haben.»

Sie steckte die Muschel in die Brusttasche des Anoraks und zog den Reißverschluss sorgsam zu. «Es gibt ein paar Bilder, die ich dir unbedingt zeigen will. Ein paar von Anna Ancher, aber vor allem die besten von Kroyer, und damit meine ich nicht nur ‹Hipp, hipp, hurra!›, das alle kennen und das ja auch im Kunstmuseum von Göteborg hängt. Ich meine ein paar andere, und auch ein paar von Marie Kroyer.» Ihr Gesicht strahlte vor Eifer.

«Du bist schön, Emily», sagte Christer.

Sie hielt inne. «Machst du dich über mich lustig?»

«Nein, ich mache mich nicht über dich lustig. Warum glaubst du, dass man, wenn man etwas Freundliches zu dir sagt, sich über dich lustig macht?»

Als sie in Grenen ankamen, rollte Christer seine Hosenbeine auf und fing an, ins Wasser hinauszuwaten. «Ich habe einen Fuß im Kattegatt und einen im Skagerrak!», rief er und lief schneller.

Emily stand noch auf dem Trockenen. «Mach das nicht. Das ist gefährlich, da gibt es Unterströmungen. Komm zurück.»

Er drehte sich um und lächelte ihr zu, ehe er weiterging.

«Nein!», schrie Emily. «Das darfst du nicht. Komm!»

Er kehrte um und ging langsam zu ihr zurück. «Nur ein kleiner Test», sagte er.

Emily nahm ihn bei der Hand.

«Jetzt fahren wir nach Hause», sagte sie.

«Ich kann mich nicht erinnern, wann das jemand zuletzt zu mir gesagt hat.» Christer startete den Motor. Das Meer lag völlig glatt da. «In ungefähr zwei Stunden sind wir zu Hause.»

«Es kommt mir vor, als wären wir ein paar Tage weg gewesen.»

«Möchtest du mein Boot steuern, Emily?»

«Nein danke, aber ich kann die Seekarte für dich lesen.»

«Dann setz dich doch hierher zu mir.»

Emily nahm sich ein paar Kissen und setzte sich in die Hellegatt am Ruder, lehnte den Kopf an den Hummertrog, und ehe sie die Lichter der dänischen Küste hinter sich gelassen hatten, war sie eingeschlafen.

Christer holte eine Decke aus der Kajüte, breitete sie über Emily und nahm dann Kurs auf Schweden und Saltön. Er mochte die Stille und den Geruch des Meeres. Und er ahnte, dass er endlich seine erste Freundschaft auf Saltön geschlossen hatte.

Christer war es immer leicht gefallen, Freunde zu finden, aber auf Saltön hatte er gar keine. Er hatte es auch im Internet versucht, aber die Verbindungen, die er da bekommen hatte, wohnten alle mindestens so weit entfernt wie Småland. Einmal hatte er sogar eine Kontaktanzeige aufgegeben. «Großer entspannter Polizist in seinen besten Jahren sucht Bekanntschaft, gern eine Frau, die Meer, Gartenarbeit und kleinere Schnitzereien mag. Antwort mit Foto bitte an: Großer Teddybär in Uniform.»

Nicht eine einzige Antwort war gekommen, wenn man eine alte Frau in Göteborg nicht mitrechnete, die glaubte, er würde altes Spielzeug sammeln. Sie wollte die Zinnsoldaten ihres verstorbenen Mannes verschenken, ehe ihre Kinder sie sich unter den Nagel rissen.

Manchmal, wenn Christer in den *Kleinen Hund* gegangen war, um ein Bier zu trinken, hatte er die Leute so was wie ‹Bulle› murmeln hören.

Nicht ein einziger Mensch hatte seine Wohnung betreten, seit er dort eingezogen war. Niemand außer ihm selbst und einem Mann, der mund- und fußgemalte Weihnachtskarten verkaufte. Er hatte vier Packungen gekauft.

Als Emily mitten in der Nacht nach Hause kam, saß Blomgren auf dem Spültisch und wartete. Die Neonröhren waren eingeschaltet, und neben ihm lagen Kataloge von verschiedenen Billigwarenhäusern und Eisenhandlungen, mit denen er sich offenbar die Zeit vertrieben hatte.

Er sah sie mit ausdruckslosem Blick an und sagte mit sanfter Stimme: «Emily, jetzt wird es höchste Zeit, dass du wieder normal wirst, denn du wirst Großmutter.»

Emily strahlte, hüpfte mit beiden Beinen ein paar Mal auf und ab und setzte sich schließlich freudestrahlend auf den Herd. «Nein, wie schön, wunderbar! Ich muss Paula sofort anrufen. Ach, für heute ist es zu spät. Wann kommt es? Und wie will sie da ein Baby kriegen, im Busch zwischen all den Mücken und Schlangen?»

«Das braucht sie auch nicht. Sie wird nach Hause kommen und in ihrem alten Zimmer wohnen. Deshalb wirst du dich morgen ein wenig sputen müssen und die Möbel zurückholen.»

Emily lachte ein heiseres, ungewohntes Lachen. «Wieso das denn? Wenn sie hier wohnen will, dann wird sie sich bestimmt auch selbst Möbel aussuchen wollen. Ich werde übrigens ins Gartenhaus ziehen.»

«Ins Gartenhaus? Das kannst du nicht machen.»

«Watch me.»

«Was?» Blomgren hielt sich den Kopf. «Was sollen denn die Leute denken?»

Emily rutschte vom Herd herunter und spazierte mit ruhigen Schritten davon. Blomgren wagte nicht, sie darauf hinzuweisen, dass sich ein Herdplattenschutz mit einem roten Herz darauf an ihre Shorts geheftet hatte. Emily erschrak, als er abfiel, hob ihn aber nicht auf, sondern öffnete im Vorbeigehen die Kühlschranktür und nahm sich ein Bier. Im Türrahmen drehte sie sich um. «Ja, Blomgren, was sollen die Leute denken? Da liegt wahrscheinlich genau das Problem.» Sie nahm sich eine Decke von der Garderobe und ging pfeifend in die Dunkelheit hinaus.

Blomgren saß immer noch auf dem Spültisch. Er fing an, in einem der Kataloge nach Kantenschneidern zu suchen, aber wegen seiner tränenden Augen konnte er die klein gedruckten Beschreibungen nicht lesen. Er warf den Katalog in die Spüle, verfehlte sie jedoch trotz der kurzen Entfernung und sah ihn ausgebreitet auf dem Fußboden landen. So saß er noch eine Stunde da und starrte auf die weiße Wand gegenüber, ehe er Paula anrief.

Ihre Stimme klang fröhlich. «Schön, dass du anrufst, Papa. Das passiert ja so gut wie nie, dass du etwas spontan tust, und deshalb macht es gar nichts, dass du mich geweckt hast. Ich weiß es wirklich zu schätzen. Es ist doch wohl nichts passiert?»

Er holte tief Luft. «Ich wollte es dir nur sagen, ehe du nach Hause kommst, Paula. Mama ist nicht mehr normal.»

«Nicht mehr normal? Wie meinst du das?»

«Ja, also, sie hat die Möbel rausgeworfen, und jetzt wohnt sie im Gartenhaus. Und sie hat aufgehört, sich zu kämmen.»

Paula schwieg eine Weile. «Ich hatte auch das Gefühl, als würde es bei euch hallen. Aber wir können ja neue Möbel kaufen. Das ist doch nicht so schlimm. Die waren sowieso ziemlich alt.»

Blomgren schnäuzte sich.

«Mal ehrlich, Papa, wir wussten doch alle, in welche Richtung es gehen würde, seit sie dich im Sommer lächerlich gemacht hat und in deinem Auto hinterm Fitnesscenter gewohnt hat, während du sogar am Mittsommerabend einsam und allein warst und dir Sorgen gemacht hast.»

Blomgrens Augen füllten sich erneut mit Tränen. Jetzt, wo

Paula das sagte, konnte er es noch weniger fassen, wie Emily ihm das hatte antun können.

«Ich weiß nicht, wie viele meiner alten Klassenkameraden mir gemailt und von Mamas Seitensprung erzählt haben. Du Armer.»

Blomgren schüttelte den Kopf. «Ich verstehe ja auch nicht, was in sie gefahren ist. Haus und Herd mehrere Tage hintereinander zu verlassen. Und ich habe dumm dagesessen. Aber ich wollte alles wieder ins Lot bringen. Das will ich immer noch, Paula. Wenn sie wenigstens wieder so werden könnte wie vorher. Aber sie kommt und geht, wie sie will, und die Möbel hat sie rausgeworfen, sagt sie.»

«Meinst du, dass es vielleicht die Wechseljahre sein könnten? Da können Frauen total verrückt werden, schlimmer als wenn sie schwanger sind. Viel egoistischer. Schwitzen und meckern. Kann Opa da nicht helfen? Er ist doch Arzt.»

«Das Einzige, was ich will, ist, dass alles wieder so wird wie vorher. Dass Emily hier ist und dass alles so ist, wie es immer war.» Seine Stimme versagte.

«Mach dir nichts draus, Papilein. Ich kann auch gut kochen. Und ich koche nicht dieses fette und klebrige Essen, sondern nährstoffreiches Essen mit Keimen, Kokos und Ölen, wie ich es hier gelernt habe. Ich achte auf die Gesundheit. Ich wiege nur sechzig Kilo, obwohl ich im siebten Monat bin.»

«Mein Gott, bist du so abgemagert? Ich glaube nicht, dass das gut ist. Ich erinnere mich gut, dass deine Mutter, als sie dich erwartete, über neunzig wog. Aber das tat sie vorher, glaube ich, auch schon. Jetzt ist sie in einen Schlankheitsclub gegangen, wahrscheinlich nur, um mich zu ärgern. Ich habe deren Werbebroschüre schon vor Jahren mal an den Kühlschrank geklebt, als kleinen Spaß, aber sie fand das damals gar nicht witzig. Die Waage hat sie auch rausgeworfen. Gibt es in Afrika Sahne? Wenn du einen Becher Sahne zum Frühstück trinkst, dann wirst du schon wieder zu Kräften kommen. Das hat Doktor Schenker Mama damals gesagt, als Orvar so klein und schmächtig war. Es ist nur schade, dass er ihm hinterher nicht gesagt hat, dass man auch wieder damit aufhören muss.»

«Mach dir keine Sorgen um mich, Papa. Ich weiß alles über gesunde Ernährung. Ich habe den Stoffwechselkreislauf auf einem Bild auf dem Kühlschrank. Wenn man in Armut lebt, muss man lernen, was für den Körper notwendig ist und was überflüssig. Es würde Mama gut tun, eine Weile hier unten zu arbeiten, dann würde sie sich vielleicht mal für andere Menschen interessieren und nicht immer nur für sich selbst.»

«Aber du weißt doch, wie sehr sie unter der Hitze leidet. Nein, ihr Platz ist hier zu Hause, bei mir. Ich bin ein anspruchsloser Mann, das weißt du. Außerdem arbeitet sie aus irgendeinem unerfindlichen Grund sonntagsmorgens in der Pension. Übrigens, wovon willst du leben, wenn du herkommst?»

Paula lachte. Das klang nah und warm. «Aber ich habe doch einen Vater, der mich versorgen kann. Und dann kriege ich ja Kindergeld. Von Unterhalt will ich nichts wissen. Wir sind fertig miteinander, und Botte wird hier bleiben, wahrscheinlich für immer, nehme ich an. Wir werden keinen Kontakt mehr miteinander haben, weißt du, denn ich werde ja mit der Gruppe brechen. Ich hatte alles schon genau durchdacht, ehe ich dich angerufen habe, um dir zu sagen, wie die Dinge liegen. Mit dir kann man ja reden. Da kommt nicht nur ein Haufen Kuchenrezepte. Aber natürlich werde ich auf Saltön nicht untätig herumsitzen. Ich habe vor, bei dir im Laden zu arbeiten. Das Mädchen arbeitet ja nur im Sommer, aber ich kann bis zur Entbindung jeden Tag bei dir sein, und im schlimmsten Fall können wir das Baby ja hinterher ins Büro stellen. Aber du musst den Laden rauchfrei machen und ordentlich lüften.»

«Rauchfrei in einem Zigarrenladen? Die meisten Kunden gehen natürlich mit ihren Waren auf die Straße, aber was ist mit den Stammkunden?» Blomgren trocknete sich die Augen mit etwas Küchenpapier.

«Die müssen ihre Waren ja nicht bei dir im Laden auch verbrauchen, oder? Passivrauchen kommt für mich natürlich nicht infrage und schon gar nicht in der Schwangerschaft. Das siehst du wohl ein. Du bist einfach zu süß! Ist dir auch schon aufgefallen, dass sich alles ganz wunderbar fügen wird?» Paula lachte. «Ich finde, du solltest gleich heute noch mit dem Mädchen reden. Sag ihr, dass du sie an den Samstagen auch nicht mehr brauchst. Eigentlich ist es nicht in Ordnung, dass Mama dich den ganzen Sommer allein im Laden stehen lässt.»

«Nein, aber sie ist es einfach gewohnt, dass sich alles nur um sie dreht. So ist sie erzogen worden. Du bist doch wohl keine Vegetarierin?»

«Nein, Papa. Nicht einmal in der neuen Bibelübersetzung haben sie mit solchen Ideen was am Hut. Oh, wie ich mich nach Makrele und Dorsch sehne!»

«Makrele kannst du kriegen, aber der Dorsch ist verschwunden. Jetzt werden stattdessen das ganze Jahr Krabben gefischt. Die werden nämlich immer mehr, weil es kaum noch Dorsche gibt, die kleine Krabben fressen. Und die Saltönfischer geben wohl bald auf, denn die verrückten Seehunde, die die Touristen so süß finden, fressen Reusen und Netze, wenn jemand noch versucht, innerhalb der Schären zu fischen. Inzwischen gibt es sogar Seehunde, die an die Reling schwimmen und die Makrelen direkt von der Winde holen.»

Es klang, als würde Paula gähnen. «Was ist bitte schön an einem Seehund süß?»

«Ja, nun weißt du, wie es hier steht. Das Einzige, wovon es noch viel gibt, sind Krabben, deshalb gehen alle mit den großen Trawlern immer weiter ins Meer hinaus und staubsaugen den Meeresboden. Und dann die Touristen. Es ist ein Elend. Aber ich will nicht klagen. Die sind schließlich mein täglich

Brot. Und falls du es vergessen hast, jetzt ist Hummerzeit. Das gibt ein Festessen!»

«Oh, wie herrlich, Papa. Kannst du dann Mama bitten, ihre berühmte Mayonnaise zu machen? Es gibt nichts Besseres zu frisch gekochtem Hummer.»

Blomgren seufzte.

«Du armer Papa. Aber mach dir keine Sorgen. Wenn ich nach Hause komme, wird sich alles für uns fügen. Könntest du wohl Mama bitten, mich anzurufen? Ich habe jede Menge Fragen zur Schwangerschaft. Weißt du, ob sie viel Lakritz gegessen hat, als sie mich erwartete? Ich habe solche Sehnsucht nach Lakritz. Du hängst die Lakritzschnüre wohl am besten an eine unerreichbare Stelle in deinem Laden, wenn ich anfange bei dir zu arbeiten.»

Emily duschte lange, nachdem sie gehört hatte, dass Blomgren zur Arbeit gegangen war, und als das schwedische und dänische Meeressalz von ihrem Körper rann, merkte sie, dass sie es am liebsten dort behalten hätte. Aber sie hatte ungewöhnlich gute Laune. Sie hatte Paula angerufen, und sie hatte so vor Freude zwitschernd und fröhlich geklungen wie lange nicht. «Ach, wie froh ich bin, dass du nach Hause kommst, Paula, und dass du allein kommst. Ich habe mit Botte nie viel anfangen können.»

«Ja, nicht so richtig allein ...»

«Der Babykorb steht auf Opas Speicher. Dort steht er, seit du dringelegen hast. Ich werde einen neuen Bezug dazu nähen. Natürlich kannst du den Stoff selbst aussuchen. Opa hat ja noch die alte Nähmaschine von Oma.»

«Du hast doch eine eigene Nähmaschine, Mama!»

«Nein, das habe ich nicht. Ich weiß nicht, was Papa dir erzählt hat, aber das Haus habe ich auf jeden Fall aufgeräumt, und ich wohne im Gartenhaus.»

«Aufgeräumt? Es war doch wohl immer aufgeräumt bei uns. Alles andere wäre ja auch seltsam, wo du doch die ganzen Jahre Hausfrau gewesen bist.»

«Ich fand das am besten so. Aber jetzt arbeite ich an den Wochenenden, und unter uns gesagt, habe ich meine eigenen Pläne.»

«Natürlich, Mama. Aber ich bin schon froh, wenn ich deine Mayonnaise und deine gebratenen Pfifferlinge zum Hummer bekomme. Ich freu mich so auf deine Mayonnaise, Mama.»

Emily wanderte zum unteren Teil des Hafens, wo das Magazin stand, und erst als sie am *Kleinen Hund* vorbeikam, fiel ihr ein, dass sie vergessen hatte zu frühstücken. Das war ihr seit dem Winter, in dem sie die asiatische Grippe gehabt hatte, nicht passiert.

Sie setzte sich in den Restaurantgarten und betrachtete ihre Hände. Keine braunen Flecken und keine blauen Adern, wie sie zum Beispiel Johanna hatte.

Wenn die ersten Zeichen des Alters auftraten, dann würde sie nicht zögern, etwas dagegen zu tun. Emily hatte keine Angst vor Narkosen. Man musste eitel sein, auch wenn man fett war. Von wegen eitel, selbstbeherrscht war das richtige Wort. Sein Äußeres beherrschen. Wer wollte schon die ganze Zeit auf herabhängende Lider schauen? Johannas hingen schon ganz schön tief, die würden ihr bald die Sicht trüben, und das war ja nur gut so. Dann würde sie nicht mehr herumlaufen und schmachtende Blicke auf Thomas Blomgren werfen. Zwar wollte Emily ihn nicht haben, aber das hieß noch lange nicht, dass er für andere frei war. Solche von Natur aus mageren Bohnenstangen wie Johanna dachten wahrscheinlich, dass Emilys Fülle auf einen schlechten Charakter, einen Mangel an Disziplin zurückzuführen sei. Aber so war das nicht. Sie musste einfach dazu stehen, eine gebildete, moderne Frau zu sein, die gutes Essen und französische Jahrgangsweine zu schätzen wusste.

Da war das mit den braunen Flecken auf den Händen schon schlimmer. Fast jede ‹gut erhaltene› Schauspielerin, wie sie im Fernsehen auf alle Arten geliftet und untergespritzt zu sehen waren, versuchte vergeblich, ihre fünfzigjährigen Hände zwischen den Knien zu verbergen. Einige trugen sogar weiße Netzhandschuhe.

Emily rümpfte die Nase. Manchmal war es einfach herrlich, alles so klar zu sehen. Ihre Gene waren eben gut. Und sie hatte auch keinen Mangel an funktionierenden Gehirnzellen. Schade nur, dass der Doktor seine an Magdalena Månsson zu verschwenden schien. Wenn die Alte es fertig brachte, auch nur ihren verkrüppelten großen Zeh in das Bett von Emilys Mutter zu setzen, dann würde der Doktor sein Leben lang dafür büßen müssen.

Sie wurde von Sara unterbrochen, die den Eindruck machte, als wolle sie eine Bestellung aufnehmen. «Das Seglerfrühstück mit allem Drum und Dran», sagte Emily. «Aber seien Sie doch bitte so freundlich und machen Sie die Sandwiches mit Salat und ganz ohne Butter.»

Nach dem Frühstück ging Emily ins Magazin. Hans-Jörgen saß tief versunken vor einem Computer hinter dem Tresen, während Magnus mit einem Flanelllappen einen Messingkronleuchter putzte. Beide sahen fröhlich aus.

«Was für ein wunderbarer südländischer Laden», sagte Emily zu Hans-Jörgen. «Fast wie in Skagen. Da sitzt du nun wie all die Jahre hinter dem Tisch in der Bibliothek! Du siehst aber ganz anders aus.»

«Wirklich? Ich fühle mich so jung und fast wie neu geboren. Mein ganzes Leben ist zurechtgerückt. Das wünsche ich allen Menschen.»

«Wow!», brach es aus Emily hervor.

«Du siehst aber auch anders aus, Emily.»

Er trug einen Diamanten in einem Vorderzahn und etwas,

das wie ein Anker aussah, war an einem Schneidezahn festgeklebt, stellte Emily fest, aber es gab nichts mehr, was sie in Erstaunen versetzen konnte.

«Deine Möbel sind übrigens schon verkauft.»

«Gut», sagte Emily und schluckte ihre Enttäuschung herunter. «Dann hat es keinen Sinn, nach einem roten Schreibtisch zu suchen, den ich für Paula zurückkaufen wollte. Ich sehe mich einfach ein wenig um.»

«Das ist gratis!», rief Hans-Jörgen.

Sie nahm ihr kleines besticktes Taschentuch hervor, das sie immer in der Handtasche bereithielt. Es war nicht viel größer als eine Briefmarke, aber sie drückte es fest vor die Nase, um den Geruch nach alten Kleidern und feuchten Polstermöbeln zu verdrängen.

Zu beiden Seiten des Eingangs standen Kleiderständer. Die kleineren Waren drängten sich auf großen Tischen, während Möbel, Fahrräder und Angelzubehör an den Wänden aufgereiht waren. In großen Kupferwannen lagen bestickte Decken und durcheinander gewürfeltes Silberbesteck neben Bündeln von alten Illustrierten mit Esther Williams in rotem Badeanzug auf dem Titel.

Trotzdem gab es noch viel freie Fläche. Die breiten Holzbohlen waren frisch gescheuert, aber die Abdrücke von Tausenden von Fischkisten und Heringsfässern waren gut zu sehen. Wenn man sich von den Kleiderständern entfernte, dann dominierte der Geruch nach Fisch und eingelegtem Hering.

Hans-Jörgen verließ den Kassentisch und legte die Arme um Magnus.

«Ja, Magnus, als ich in der Bibliothek gearbeitet habe, dachte ich immer, dass mein Leben und das der anderen Menschen verglichen mit den Schicksalen in der Welt der Romane so langweilig ist. Aber jetzt weiß ich nicht mehr, ob das stimmt.

Die Wirklichkeit übertrifft die Fiktion, wenn du verstehst, was ich meine.»

«Wir haben es eher mit der Wirklichkeit», sagte Magnus und lächelte. «Soll ich zum *Kleinen Hund* rauflaufen und dir ein Stück Brietorte holen, so wie du es magst?»

Das Geräusch von einem Auto, das direkt vor dem Magazin stehen blieb, unterbrach sie, und dann kam ein Mann im Blaumann herein und schrie: «Ich bin kein Tintenfisch. Und auch kein Fassadenkletterer. Wenn Sie das Schild heute noch montiert haben wollen, dann brauch ich eine Leiter, aber dalli!»

«Was für ein barscher Ton», sagte Emily sanft und sah dem Mann in die Augen, obwohl dieser viel kleiner war als sie. Er lächelte angestrengt.

«Es wäre doch viel netter, ein wenig zu flirten», sagte Emily. Der Mann mit dem Blaumann ging erschrocken ein paar Schritte zurück und landete in einem halben Webstuhl.

«Das Schild!», rief Magnus. «Endlich!» Er wedelte mit seinen kurzen Armen durch die Luft.

Aber der Blaumann hatte sich schnell erholt und starrte jetzt wie vom Donner gerührt auf einen Kleiderständer mit Jacken und Hemden mit geometrischen Mustern. Enge Lederjacken und klein geblümte taillierte Hemden mit riesigen Kragen hingen auf Bügeln, auf denen Månsson stand. «Sechziger-Jahre-Klamotten, echte Sechziger-Jahre-Klamotten!», rief der Mann mit gebrochener Stimme aus. «Hier bleibe ich.»

Emily war am Eingang stehen geblieben. «Was ist das für ein Schild, was ihr aufs Dach setzen werdet?»

«Der Name von dem Geschäft natürlich», sagte Magnus. «*Sunkiga Sune*.»

«Nach wem denn?», fragte sie mit einem Blick auf Hans-Jörgen. «Etwa nach dem alten Musiklehrer Sune Sonett? Aber war der überhaupt schon an der Schule, als du klein warst?»

«So viel jünger als ich bist du nun auch nicht», sagte Hans-

Jörgen leise. «Du musst doch gut achtundvierzig sein, Emily, wenn ich richtig rechne.»

«Ja, wer weiß, ob du richtig rechnest. Ich weiß nur, dass du mit Johanna in eine Klasse gegangen bist, und die ist ja uralt. Aber vielleicht ist sie ein paar Mal sitzen geblieben.»

Hans-Jörgen sah sich nach Magnus um, aber der war außer Hörweite. Er sah seine Kundin warnend an. «Sune steht für Qualität und Kultur. Wenn Magnus nicht eine Allergie gegen Tierhaare hätte, dann hätte ich mir direkt nach meinem Lottogewinn einen Pudel gekauft und den Sune genannt.»

«Wie süß», bemerkte Emily. Sie wurde das Gefühl nicht los, als hofften die Inhaber von *Sunkiga Sune*, dass sie bald ginge, und es fiel ihr auf, dass sie sich im Leben oft überflüssig vorkam. Was hatte sie denn früher den ganzen Tag lang gemacht? Essen gekocht und die Armlehnen der Sessel geputzt?

Sie verließ die Strandpromenade, ging ganz ans Ende des Steges und setzte sich auf die Bank. Ein Polizeiboot glitt zwischen den Liegeplätzen hindurch, vermutlich als Abschreckung für Zugereiste und Touristen, die das ungezogene Hobby pflegten, die Hummerreusen anderer Leute zu leeren. Das geschah auch immer noch in solcher Eile, dass sie dabei die Reusen kaputtschnitten.

Blomgren war das vor ein paar Jahren auch einmal passiert, und er war nicht gerade erfreut gewesen. Aber was machte ihm überhaupt Freude? Ein fertig gestrichener Fensterrahmen oder ein funktionierender Rasenmäher. Ein guter Kantenschneider konnte seine Augen zum Leuchten bringen.

Blomgren wurde im Heizungsraum, der dem Laden schräg gegenüber auf der anderen Seite des Hofes lag, von Johanna dicht an den Heizkessel gedrückt.

«Das gehört sich doch nicht, Johanna», flüsterte er mit jungshafter Stimme, aber Johanna war zielstrebig.

«Los, sag es mir», drängte Johanna. «Sag, dass wir beide zusammengehören.»

«Ich kann nicht gleichzeitig reden, das weißt du doch.»

«Aber irgendwas Schönes, Thomas, sag irgendwas Schönes.»

«Deine Rippen. Ich liebe deine Rippen.»

Johanna schloss die Augen. Sie konnte sich nicht erinnern, je so glücklich gewesen zu sein. Wenn sie geheiratet hätten, könnten sie nach Italien fahren. Das würde Blomgren gefallen, denn da gab es sowohl Lotto als auch Trabrennen. Bestimmt wäre er nicht eifersüchtig, weil sie drei Jahrzehnte zuvor eine Liebesnacht mit einem Italiener verbracht hatte. Es lebten ja wirklich noch mehr Menschen in Italien als Magnus' Vater. Johanna hatte einmal einen Film über Florenz gesehen, und sie konnte die Straßen vor sich sehen und Blomgren und sich selbst, wie sie Hand in Hand hindurchschlenderten. An einem Schaufenster mit erlesenem Kuchen und duftendem Brot blieben sie stehen. Dann lachten sie einander an und gingen weiter, denn keiner von ihnen interessierte sich besonders für Essen. Sie waren einfach nicht so wie Emily. Sie setzten sich in ein Straßencafé und tranken Kaffee aus winzigen Tassen mit einem Glas Grappa oder Strega dazu, und Blomgren hörte belustigt den kleinen eifrigen Männern zu, die genau wie in seinem Laden über Fußball und Trabrennen diskutierten.

Sie würde ihr Glas mit dem gelben phantastischen Schnaps erheben, und vielleicht würde sie sagen: Niemand hat dich je so geliebt, wie ich, Thomas.

Sie lächelte ihn an, während sie sich eilig kämmte. Er ging vor ihr hinaus und flüsterte ihr zu: «Komm jetzt! Der Laden ruft!»

MacFie kam auf den Steg geschlendert, setzte sich neben Emily und stopfte seine Pfeife.

«Führst du schon Selbstgespräche, Emily. Wirst du etwa bald fünfzig?»

«Ich habe nur ein wenig über das Hummerfischen nachgedacht. Scheint so, als würde mein Vater es dieses Jahr auslassen. Man könnte sich direkt Sorgen um seine Gesundheit machen. Früher hat er dafür immer eine Woche Urlaub genommen. Ihr seid doch gleichaltrig. Hast du irgendwelche Reusen ausgelegt, oder beschäftigen dich auch andere Dinge? Man sagt, du würdest mit einer Kellnerin zusammenwohnen.»

«Ich habe ein paar, aber nicht mehr alle vierzehn, die ich früher hatte. Sechs Reusen habe ich, die ich an ein paar alte Stellen gelegt habe. Aber ich bin geduldig und lasse sie mindestens zwei Tage liegen, ehe ich sie wieder hochhole. Das sind sichere Stellen, an der Kante der Klippen, wo sie bis zum weichen Meeresboden reichen.»

Emily nickte. «Ja, die Leute von Saltön wissen, wie man es macht. Nicht so viel Gewese drum herum. Papa hat früher den ganzen Sommer Makrelen eingesalzen für die Köder. Aber da gab es auch noch so viele Hummer, dass es für alle reichte.»

«Es ist nicht fair den Berufsfischern gegenüber, dass man vierzehn Reusen haben darf», sagte MacFie. «Wenn man sechzig Hummer darin fängt, dann ist man gezwungen, welche zu verkaufen, und das kann doch nicht der Sinn der Sache sein.»

«Nein. Du bist eben die Moral in Person.»

Er nahm die Pfeife aus dem Mund und sah sie prüfend an. «Was willst du damit denn sagen?»

Emily wurde rot. «Entschuldige. Ich meinte wirklich nicht, was du da mit der jungen Serviererin machst. Das ist deine Sache. Kümmere dich nicht darum, wenn die Leute reden. Papa hat mir erzählt, dass du Paris und deine Reichtümer verlassen hast, um hier, wo du aufgewachsen bist, mit der Natur zu leben, das meinte ich. Dass du zum Beispiel so umweltbewusst bist, dass du kein Auto hast.»

Er lachte schallend.

«Ach, Emily. Weißt du überhaupt, wovon du redest? Bist du schon mal östlich von Göteborg gewesen?»

«Und ich sage dir, dass ich schon unzählige Male außerhalb von Saltön war – vor weniger als sechs Monaten war ich das letzte Mal in Stockholm, ich bin also nicht so beschränkt, wie du denkst. Papa und ich haben im Hotel *Diplomat* gewohnt, falls dir das ein Begriff ist. Am Strandvägen. Da haben sie im Frühstücksraum grüne gefütterte Gardinen. Als ich nach Hause kam, habe ich genau solche für mein Wohnzimmer genäht, aber dann ... Wie auch immer, mit Gardinen habe ich abgeschlossen.»

«Ja, es gibt vieles, womit man abschließt, wenn man älter wird. Ich denke manchmal, dass ich wahrscheinlich auf dem besten Wege bin, selbst ein alter Hummer zu werden», meinte MacFie. «Bald werden mir Meereicheln auf dem Rücken wachsen.»

Emily sah ihn an. «Ich verstehe nicht, was in euch ältere Herren heutzutage gefahren ist. Mein Vater hat sich Hanteln gekauft. Ich habe sie selbst in der Diele gesehen.»

«War es heiß im Heizungsraum?», fragte der Mann mit der Baskenmütze und sah prüfend in Blomgrens rotes Gesicht.

«Danke der Nachfrage», sagte Blomgren. «Das ganze Haus hätte in die Luft fliegen können, falls es jemanden interessiert.»

«Schade, dass Johanna nicht im Laden sein konnte. Sie ist wohl zu Hause und trinkt Kaffee, nicht wahr? Oder macht die Betten. Für den Fall, dass sie nach der Arbeit noch Besuch bekommt.»

«Wenn du nicht so eine alte Tratschtante wärst, dann würdest du ja erfahren, wo das Hummerfest stattfinden wird», meinte Blomgren.

Der Mann mit der Baskenmütze machte zwischen den Zeitungsständern einen kleinen Hüpfer. «Ist das wahr? Ist das wahr?»

«Ja, was soll das denn heißen?», fragte Orvar. «Solltest du etwas wissen, was kein anderer weiß? Das wäre dann auf jeden Fall das erste Mal.»

Blomgren sah an die Decke und lächelte vor sich hin. In letzter Zeit hatte er Geschmack daran gefunden, genussreiche Momente in die Länge zu ziehen.

«Ihr scheint mehr an meiner Heizung und meiner Person interessiert zu sein als am Hummerfest», sagte er, «und jetzt, da Johanna wieder da ist, werde ich mal zum Friseur gehen und mir anlässlich der Hummerpremiere dieses Jahres die Haare schneiden lassen. Ich bin nämlich zufällig eingeladen.»

Orvar ließ den Stift fallen und hielt sich am Spieltisch fest.

«Du willst dir die Haare schneiden lassen? Jetzt hört sich alles auf. Emily schneidet dir doch die Haare zur Premiere. Das war schon immer so. Was ist denn eigentlich los?»

«Wir haben keine Schere mehr», sagte Blomgren und verließ den Laden.

Der Spätsommer war so warm, dass Blomgren seine Nylonjacke auszog und nach den Staren im Stadtpark sah.

«Heulst du mitten am helllichten Tag den Mond an?» Der Friseur stand in der Türöffnung und fuchtelte mit seiner Schere in der Luft herum. «Ich glaube, das letzte Mal hatte ich die Ehre, Blomgrens Locken zu frisieren, da musstest du zum Militär.»

«Ja, aber jetzt ist Hummerfest, und da will man anständig aussehen. Außerdem werde ich Großvater.»

«Na, so was, kriegen wir einen Hottentotten in die Familie?»

«Paulas Ex ist aus Örebro.»

«Und schon wieder Ex? Das wusste ich nicht.»

«Kaum zu glauben! Bist du nicht in Form? Jedenfalls kommt

sie vielleicht zum Hummerfest. Zu dem privaten Hummerfest. Beim Botschafter wird es stattfinden. Nur für geladene Gäste. Wie zum Beispiel Emily und mich.»

«Also wird es ein Feine-Leute-Fest geben. Vielleicht sollte man sich um einen Job als Scherenknacker für die Gäste bewerben. Wäre doch schlimm, wenn sich jemand einen Fingernagel abbrechen würde. Auf der anderen Seite habe ich vor, meinen Laden hier etwas zu modernisieren und mir zur nächsten Saison eine Nagelkosmetikerin zu besorgen. So ein kleines leckeres Ding im rosa Kittelchen, das dasitzt und Hummer und Fischerboote auf die Nägel malt.»

«Das wäre vielleicht was für den alten Olsson. Um die Nägel, die er noch hat, ein bisschen aufzupeppen.»

«Unglaublich, was du für gute Laune hast, Blomgren. Ist das die gute Luft im Heizungsraum?»

Blomgren sank auf den roten Plastikstuhl. Er betrachtete den Zeitschriftenstapel mit einer gewissen Wehmut, aber der Friseur knotete einen weißen Umhang um seinen Hals.

«Ausgerechnet der Botschafter. Und nur geladene Gäste!»

«Und kosten wird es auch nichts. Man soll nur Schnaps mitbringen.»

«Ja, wenn er nicht geizig wäre, dann hätte er nicht so ein Haus. Wer darf denn zu diesem herrschaftlichen Fest kommen?»

«Er war im Laden und fragte nach einer Liste mit Vorschlägen zu netten Leuten. Und sechs standen schon fest.»

Der Friseur schnitt ihm ins Ohr. «Entschuldigung Blomgren. Hier hast du einen Tupfer. Welche sechs?»

«Sara, diese Krähe aus Göteborg, die bei Kabbe serviert. Und MacFie natürlich, das ist ja wohl klar. Und dann ich und Emily. Und mein Schwiegervater mit Begleitung.»

Der Friseur ließ die Schere fallen. «Bist du des Wahnsinns? Hat der Doktor sich eine Damenbekanntschaft angelacht?»

«Scheint so», sagte Blomgren und verzog den Mund. «Kannst du mir nicht einen etwas jugendlicheren Schnitt verpassen?»

Sara war spät dran, als sie zur Arbeit lief, und hatte eigentlich nicht genug Zeit für den Umweg an MacFies Haus vorbei, aber ihre Füße machten, was sie wollten. Ihr Herz klopfte, als sie sich dem Grundstück näherte.

Sie sah seinen Rücken. Lang, mager und unzugänglich sah er aus, wie er da beim Hühnerhaus stand und die Bohnen im Gemüsegarten hochband. Die Gemüsebeete waren eingezäunt, um die Hühner von Dill, Mohrrüben und Roter Bete fern zu halten, und vom Weg sah es aus, als hätte MacFie einen hohen Zaun um sich selbst gebaut. Saras Wangen glühten, als sie weiterlief. Bestimmt hatte er Augen im Hinterkopf.

Kabbe stand an der Hintertür und sah demonstrativ auf die Uhr.

«Entschuldigung», sagte Sara. «Aber es sind doch nur ein paar Minuten.»

«Ich dachte, der Botschafter hätte als Börsenmakler an jedem Arm eine Uhr», erwiderte Kabbe. «Übrigens geht die Saison ihrem Ende zu, wie du vielleicht bemerkt hast.»

«Und?»

«Und so ist es natürlich auch mit deinem Job. Vom ersten Oktober an kommt Lotten ganztags zurück, und nach dem Halloweenwochenende habe ich nicht mehr viel Verwendung für dich, zumindest nicht als Bedienung ...»

«Aber ich habe geglaubt ...», sagte Sara.

«Glauben kannst du in der Kirche. Nach der Hummerpremiere fliegen die Gänse nach Süden, und das tun auch unsere zahlenden Gäste.»

Sara ging in den Umkleideraum und zog sich das Servierhemd über, aber sie sehnte sich danach, die Sache mit Philip zu diskutieren. MacFie würde wahrscheinlich nur mit den Achseln zucken und sie im besten Fall körperlich trösten, aber Philip würde sie dazu bringen, über die Situation zu lachen. Und noch eine Lösung finden.

Der Koch sandte ihr einen bedeutungsvollen Blick zu, holte seine riesige Pinzette aus der Tasche und fing an, sie durch die Luft zu schwenken. «Nimm das nicht so ernst», zischte er durch die Zähne. «Das ist nur ein Schreckschuss. Hier gibt es das ganze Jahr über genug zu tun. Kabbe will nur seine Macht beweisen.»

Im selben Moment tauchte der Chef in der Küche auf. «Der Gast an Nummer vier fragt, ob du die Makrele erst noch angeln musst.»

«Nach dem Hummer kommt die Elchjagd», sagte der Koch zu Sara, als Kabbe gegangen war. «Da zieht Kabbe für mehrere Wochen in die Wälder in Värmland. Vergiss das nicht.»

«Ja, ich mag Saltön nämlich. Ich will auch im Winter hier sein.»

«Der Winter ist nichts», stellte der Koch fest. «Herbst und Frühjahr sind gut, der Sommer ist noch schlimmer als der Winter.»

«Das Beste an Saltön ist, dass alle darüber reden, wie die Dinge liegen», meinte Sara. «Man braucht gar nicht selbst zu denken. Alles ist sozusagen klar.»

Mit düsterer Miene betrat sie den Speisesaal, um die Bestellungen aufzunehmen. Am ersten Tisch, an den sie kam, saß MacFie und studierte mit ausdruckslosem Blick die Karte.

«Vielleicht ein paar Essiggurken?», schlug Sara vor. «Mit Sauerkohl?»

MacFie lächelte sie so warm an, dass ihr schwindelig wurde und sie sich an der Lehne des Stuhls gegenüber festhalten musste.

«Gut durchgebratene jüngere Bedienung», sagte er. «Mit

Weingelee und nicht zu vielen Zwetschgen. Und dazu einen guten Bordeaux.»

Sara rannte um den Tisch, setzte sich auf seinen Schoß und küsste ihn.

Die Tür zum Büro flog auf.

«In zehn Minuten in meinem Büro», sagte Kabbe mit leiser drohender Stimme.

«Vergiss es», sagte Sara und stand auf. «Ich kündige.»

Sie nahm MacFie an der Hand und zog ihn vom Stuhl hoch. Zusammen gingen sie zur Tür. Als sie gerade rausgehen wollten, zog Sara sich das Servierhemd aus und warf es Kabbe ins Gesicht.

«Was für ein Glück, dass du ein T-Shirt drunterhast», murmelte MacFie lachend.

«Hab ich das?»

15

Am Abend beobachtete MacFie Sara, die sich im Bett herumwarf und schließlich aufwachte und sich verwirrt umsah, ehe sie sich erinnerte, wo sie war, und ihn dann anlächelte. «Und was willst du jetzt machen, wo du keinen Job mehr hast?»

«Vielleicht könnte ich Hausfrau werden.»

Er zündete sich ein Zigarillo an. «Keine gute Idee. Ich brauche meine Routine.»

«Das weiß ich, seit der Sache mit der Möblierung. Aber mal ganz im Ernst?»

Sara kroch zu ihm, und er blies Rauch über sie. «Ich war noch nie ernster. Clinton versorgt sich allein. Sogar die Bienen machen das im Winter, wenn sie im Winterschlaf sind. Und ich selbst versorge Haus und Garten auf meine Weise, und Gregory Peck lockt die dummen Hühner zu sich, wenn es Zeit ist, zu fressen, und sie selbst vergessen haben, wozu der Schnabel da ist. Also, was möchtest du als Hausfrau denn tun?»

Sara wandte sich von ihm ab und der rohen Holzwand des Hauses zu.

«Ich bin sicher, dass Philip mir helfen kann, etwas zu finden», sagte sie.

Christer hatte die Füße auf dem Schreibtisch, als Philip auf die Wache kam. Er nahm die Füße in dem Moment herunter, als Philip eine Augenbraue hob und sich im Glas über der Urkunde vom Tauziehen der Polizei in Trelleborg spiegelte. Seine Kinnlinie war fest. Die des Polizisten war eine Katastrophe.

«Mein Name ist Philip O'Don.»

«Ah ja. Der Botschafter, wie die Leute hier sagen. Hallo, hallo.» Christer musterte ihn rasch. Er pflegte sich damit zu unterhalten, das Anliegen des Besuchers im Vorhinein zu raten. Er sah ein frisch gebügeltes hellblaues Hemd, Chinos, Sonnenbrille. Unsichere Gesichtszüge. Beginnende Glatze. Flackernder Blick. Unterdrückte Nervosität. Frauenhände. Wahrscheinlich hatten irgendwelche kleinen Buben die Luft aus den Reifen seines BMW gelassen. Oder er wollte Möwen schießen, die seinen Steg verunreinigten.

Philip musterte Christer. Offenkundiges Übergewicht durch Willensschwäche. Gourmet. Sehr dunkle Haut und braune Augen. Romanischer Einschlag. Dickes Haar. Musste sich wahrscheinlich mehrmals täglich rasieren. Ehrlich und träge. Typischer Dorfpolizist. «Ja, witzigerweise wurden mein Vater und mein Onkel vor mir auch schon der Botschafter genannt. Aber es klingt nicht so, als ob sie von hier seien.»

«Ich arbeite erst seit ein paar Jahren hier. Und womit kann ich Ihnen helfen? Ich habe zu tun, auch wenn es gerade, als Sie hereinkamen, vielleicht nicht so aussah. Stiche in den Beinen.» Christer zeigte auf zwei riesige Papierstapel auf dem Schreibtisch und einen blinkenden Anrufbeantworter. Im selben Moment klingelte das Telefon, und Philip ging zum Fenster und trommelte ungeduldig auf die Broschüren über Gewalt auf der Straße, die sich neben einer vertrockneten Pelargonie stapelten.

Sowie Christer den Hörer aufgelegt hatte, räusperte Philip sich und fasste kurz sein Anliegen zusammen. Seine Zeit war zu kostbar, um sie mit Warten zu verplempern.

Er wünschte eine Genehmigung, um im Zusammenhang mit dem Hummerfest, das zu organisieren er im Begriff war, ein riesiges Feuerwerk abzuschießen. Ja, er wusste selbst, dass er dazu keine Genehmigung brauchte, aber Vorbeugen war doch besser als Heilen. Und er wollte nicht eine Menge Feuerwehrleute auf den Klippen herumspringen haben, nur weil aufgeregte Saltönbewohner, die noch nie ein Feuerwerk gesehen hatten, den Notruf aller erreichbaren Institutionen angerufen hatten.

«Noch störender wäre vielleicht, wenn Boote auf Grund liefen, die in dem Glauben zur Rettung eilen, Sie hätten Signalraketen abgeschossen», ergänzte Christer. «Aber Sie werden ja wohl keine Signalraketen benutzen wollen, oder?»

Philip versicherte, dass es sich um echte, mit Datumsstempel versehene Feuerwerkskörper handelte, die sein Onkel vor weniger als einem Jahr in Stockholm gekauft habe. Er hatte vielleicht an ein prächtiges Neujahrsfeuerwerk gedacht, aber Philip fand nun, es würde sich viel besser als Krönung des phantastischen Hummerfestes eignen, das ihn derzeit rund um die Uhr beschäftigte.

«Wie schön für die Gäste, die die Ehre haben, kommen zu dürfen», sagte Christer. «Das traditionelle Hummerfest ist ja offenbar von den neuen Mietern des Magazins eingestellt worden.»

«So ist es! Das Magazin heißt jetzt *Sunkiga Sune*. Ich habe dort drei nette Scheinwerfer in unterschiedlichen Größen und zwei riesige Kandelaber für mein Fest gekauft. Richtig kitschig, um ehrlich zu sein. Schön, wenn hier mal was Neues geschieht.»

«Ja, sehr schön», meinte Christer. «Wann soll das Fest denn stattfinden?»

«Ja, also, das ist hier keine Einladung», lachte Philip und bereute es sogleich, als er die enttäuschte Miene des Polizisten sah. Er sah aus wie ein dicker Junge, dem sein Eis runtergefallen war.

«Nein, das ist mir durchaus klar. Ich möchte nur der Ordnung halber wissen, wann das Feuerwerk denn stattfinden wird.»

«So gegen elf Uhr. Ich hoffe, man wird es über ganz Saltön sehen. Das wäre doch feierlich. Vielleicht können Sie es von hier aus ja auch sehen.»

«Ja, das wäre feierlich», sagte Christer. «Darf ich fragen, ob viele der Saltönbewohner zu Ihnen kommen werden, die auch immer im Magazin zu feiern pflegten? Zum Beispiel der Tabakhändler und seine Frau?»

Philip hob wieder die Augenbraue. «Natürlich», sagte er. «Sind die irgendwie verdächtig? Aber Spaß beiseite: Es gibt eine Liste. Natürlich wähle ich auch selbst Gäste aus, wenn ich meine, dass jemand passend wäre. Ich habe einen Blick für so etwas, denn ich habe schon viele Empfänge in und um Paris organisiert. Und da rede ich von Schlössern. Ich verrate Ihnen gern ein paar der Gäste. So habe ich zum Beispiel die Herren vom Antiquitätengeschäft eingeladen. Es ist ja nicht ihre Schuld, dass das Magazin nicht länger für Hummerfeste zur Verfügung steht.»

«Wie nett», sagte Christer und fing nach einem viel sagenden Blick auf die Wanduhr an, in seinen Papierbergen zu blättern.

Philip verabschiedete sich rasch und ging durch die Tür, ohne sie hinter sich zuzumachen.

Christer erhob sich, als er außer Hörweite war, und schloss die Tür leise. Anstatt die Füße wieder auf den Tisch zu legen oder mit dem Riesenberg Papier anzufangen, der auf ihn wartete, stellte er sich ans Fenster und sah mit düsterer Miene über den Hafen.

Emily parkte ihr Auto genau vor dem Rosa Haus und drückte ungeduldig auf die Türglocke, bis Céline mit einem gequälten Lachen öffnete. «Aber Emily, nun hast du dich aber in der Zeit versehen.»

«Ich will mich jetzt wiegen. Und zwar augenblicklich.»

Céline rückte ihre Federboa zurecht und fasste Emily leicht am Ellenbogen. «Aber liebe Emily, wenn alle unsere Mitglieder sich so verhalten würden! Das würde nicht funktionieren. Und sicher hast du bereits kapiert, dass es vor allem um Routine und Disziplin geht. Drei Hauptmahlzeiten am Tag und zwei Zwischenmahlzeiten. So einfach ist das. Aber natürlich darfst du dich wiegen, wenn du schon mal hier bist.»

Sie ging voran in den Raum mit der Waage, stellte sie auf null und lächelte. «Zieh nur die Schuhe aus.»

«Das ist nicht nötig», sagte Emily. «Und ehe du jetzt ach und weh rufst, sage ich dir, warum ich unangemeldet hierher gekommen bin. Ich will dich einfach informieren, dass ich deinen Ratschlägen in keiner Hinsicht gefolgt bin, denn ich bin mit einem Bekannten, oder besser gesagt einem Freund, in Skagen gewesen. Und das Fett und der Alkohol, den wir auf der Reise zu uns genommen haben, deckt den ganzen Monatsbedarf in deinem kleinen Diätprogramm. Und jetzt will ich dir eins sagen: Ich will sofort eine neue Gewichtkarte haben. Ich will nochmal von vorn anfangen und möchte natürlich nicht, dass dieses Resultat hier vor der ganzen Klasse vorgelesen wird.»

Céline legte den Kopf schief. «Es ist sehr menschlich, einmal zu versagen. Außerdem lese ich deine Zu- und Abnahmen nicht vor der ganzen Klasse laut vor. Wir machen auf Fortschritte aufmerksam, wenn die Mitglieder das wünschen, aber bei Unzulänglichkeiten schweigen wir. Das steht in den Regeln.»

Emily stieg auf die Waage.

«Achtundneunzig, Emily, und das bedeutet, dass du, seit du das letzte Mal hier warst, ein Kilo abgenommen hast.»

Emily sank verwirrt auf einen der Stühle. «Es kam mir auch so vor, dass mein Kleid mit den kleinen Segelbooten drauf ungewohnt locker saß, als ich es gestern anprobierte. Ich will es beim Hummerfest anziehen.»

«Ja, Emily. Ich habe dich einer Gehirnwäsche unterzogen, sodass du weniger isst, als du denkst. Ich bin sehr zufrieden. Jetzt nimm deine alte Gewichtkarte mit und hab ein schönes Fest. Hummer ist magere, aber proteinreiche Nahrung. Den kannst du essen, ohne ein schlechtes Gewissen haben zu müssen. Pass nur mit der Mayonnaise auf.»

«Ja, ein schlechtes Gewissen habe ich beim Hummeressen nun wirklich noch nie gehabt.»

Magnus kam aus dem Laden mit einer Kupferkanne in der Hand. Er setzte sich auf eine Heringstonne vor der Ladentür und fing an, die Kanne mit einem Fensterleder zu putzen. Hin und wieder schielte er heimlich zu Sara hinüber. Sie versuchte, ihm ein paar Mal zuzulächeln, doch dann beugte er den Kopf und spuckte zwischen seine weinroten geflochtenen Lederstiefel.

Schließlich stand sie auf und ging. Vielleicht sollte sie Saltön doch verlassen. Aber da sie es hasste, einmal begonnene Projekte abzubrechen, beschloss sie stattdessen, ein persönliches Liebesgeschenk für MacFie zu kaufen.

«Die Hoffnung stirbt nie», rief sie einem kleinen Mann zu, der die Strandpromenade mit einem kleinen Elektroauto herunterfuhr. Er winkte freundlich.

«Ein Omen», murmelte sie und betrat den Blumenladen an der Ecke.

Ein Mann mittleren Alters mit rot gefärbtem Haar arbeitete mit verschiedenen großen Pflanzen. Er goss eine Hortensie, sprach mit ihr und bemerkte gar nicht, dass Sara in den Laden gekommen war. «Ja, meine Freundin, bald ist Herbst, und da blühen wir mal eine Weile nicht. Da ruhen wir uns ein wenig aus, weißt du, um Kräfte für das nächste Jahr zu sammeln.»

Sara räusperte sich, und der Blumenhändler sah sie prüfend an.

Sie zeigte auf einen Ficus. «Kann man so etwas verschenken?»

«Natürlich. Also, an den richtigen Menschen, versteht sich.»

Sara sah die Blätter an. Das war genau richtig. «Wie wird der gepflegt?»

«Einmal in der Woche, ehe Sie morgens gehen, lassen Sie etwas Wasser in das Spülbecken laufen und stellen ihn da rein. Dann ist er fertig gewässert, wenn Sie nach Hause kommen.»

«Wohin gehe ich denn morgens?», fragte Sara und spürte ihren Mut sinken.

«Zur Arbeit natürlich.» Der Blumenhändler bürstete etwas Erde von einer Porzellanblume.

«Aber ich habe keine Arbeit», sagte Sara. «Und übrigens auch kein Spülbecken. Wir haben kein fließend Wasser im Haus.»

Er sah sie mit hellblauen Augen an. «Ja, dann liegen die Dinge natürlich völlig anders. Selbstverständlich! Haben Sie irgendwelche Erfahrung mit Läden? Referenzen?»

Sara schüttelte den Kopf. «Wovon reden Sie? Braucht man Referenzen, um einen Ficus zu kaufen?»

«Also, die Sache ist die, dass ich auf meine jährliche Sukkulenten-Reise nach Madeira gehen werde, und da brauche ich jemanden, der sich um meinen Laden kümmert. Manchmal hat meine Schwester das für mich gemacht, und manchmal habe ich einfach zugemacht, aber das Beste wäre eine zuverlässige Hilfe. Eine mit grünem Daumen.»

Sara hielt ihm ihre Hände hin. Schmale blasse Hände. Sie zitterten ein wenig. «Grün, na, ich weiß nicht. Eher blau. Aber mein Vater besitzt ein Reformhaus in Stockholm. Da habe ich schon gearbeitet.»

«Dann kommen Sie doch heute Nachmittag mal mit Ihrem Lebenslauf und möglichst auch einem polizeilichen Führungszeugnis vorbei, dann werden wir sehen, was wir machen können», sagte der Blumenhändler und schlug den Ficus in Seidenpapier ein. «Das macht einhundertundneun und fünfzig. Wenn ich Sie schon eingestellt hätte, bekämen Sie Personalrabatt, aber Sie brauchen ihn ja wahrscheinlich gleich, oder?»

Sara nickte und ging hinaus. Sie hörte, wie der Blumenhändler sein Gespräch mit der Hortensie wieder aufnahm.

Philip strich in weiten Kreisen um das Bänkchen im Hafen und wartete, dass der alte Olsson auftauchte.

Er hatte lange keine Sehnsucht nach Paris gehabt. Und die Rastlosigkeit, die ihn sonst überfiel, sowie er die Leute auf Saltön sich im Schneckentempo vorwärts bewegen sah, hatte sich noch nicht eingestellt. Doch er sehnte sich nach seinen Freunden in der Branche, nach geistreicher Konversation, nach ein wenig Kognak, frisch gemangelten Laken und den eiligen Schritten und der flinken Bürste der Putzfrau.

Er sah auf zu der wunderschönen Fassade der *Saltö Tidning* und entdeckte plötzlich einen Schwarm Stare, die unentschlossen umherschwebten, als würden sie darüber nachdenken, ob sie noch eine Woche bleiben sollten. Philip ging es wie ihnen. «Bald ist es Zeit, zu gehen», sagte er mit Blick auf den Himmel. «Der Schein trügt. Schnee und Unwetter dräuen.»

Er fühlte sich beobachtet, wandte den Blick zum Hafen und entdeckte endlich den alten Olsson, der in seinem Spitzkahn im Tuckergang auf den Kai zufuhr.

Philip setzte sich auf die Bank und wartete, während Olsson den Motor abstellte und das Boot vertäute. Nach einer Weile stieg sein Puls, und er wurde immer ungeduldiger, denn der Alte brauchte lange, sicherlich mit Absicht. Philip ging vor, setzte sich auf die Kaimauer und schlug mit den Hacken gegen einen der Reifen, die innen an der Mauer hingen.

Olsson hatte sich nach achtern gesetzt und putzte Makrelen.

«Machen Sie so etwas nicht auf dem Meer, Olsson?»

«Hab es nicht geschafft. Ich glaube, ich habe einen ganzen Schwarm gefangen!»

Philip lachte. «Sie übertreiben ja nie. Was werden Sie mit dem Fang machen?»

Er sah in den Plastikeimer, in dem ungefähr vierzig Makrelen lagen und mit den Schwänzen schlugen, während die Möwen um das Boot kreisten, um auch ja kein Stückchen zu verpassen. «Verkaufen natürlich. Wusstest du, dass Makrelen mit offenem Maul schwimmen? Immer. Runde Augen und erstauntes Maul. Makrelen erinnern mich immer an die Städter, wenn sie im Schwarm auftreten. Obwohl manche ja aufgehört haben, alles und jeden anzustarren. Dafür haben sie jetzt ihre Videokameras.»

«Ich bin an einem anderen Geschäft interessiert. Natürlich Hummer. Können Sie mir bis morgen dreißig bis vierzig Hummer besorgen? Zu einem guten Preis? Mengenrabatt.»

Der alte Olsson antwortete nicht. Philip kannte das schon. Er wusste, dass er jetzt seinerseits still dasitzen und warten musste. Auf diese Weisheit war er stolzer als auf die Badeanzüge der vorigen Saison.

Olsson putzte noch vier Makrelen. Die Köpfe warf er ins Wasser, und die Möwen schrien vor Glück. «Komm morgen wieder, dann kannst du mit zum Bassin auf Flatholmen kommen.»

«Da haben Sie also Ihre Hummer. Interessant.»

«Das habe ich nicht gesagt.»

Der Alte holte eine weitere Makrele aus dem Eimer und schnitt den Kopf ab, den er dann ins Wasser warf. Eine ungewöhnlich große Möwe flog im Sturzflug hinterher und tauchte mit dem Kopf ins Wasser. «Um zehn Uhr. Hier im Hafen.»

«Danke, Olsson», sagte Philip, stand auf und klopfte seine

Kleider ab. «Wir werden uns schon einig. Das war doch immer so, nicht wahr?»

«Schnack nicht so viel», murmelte Olsson.

Philip stand geblendet in der Nachmittagssonne und suchte nach seiner Sonnenbrille. Als er sie gefunden hatte, sah er, dass am Kai das Polizeiauto stand, mit allen Türen offen.

Der dicke Polizist hatte seine Uniformjacke ausgezogen, hockte davor und putzte die Scheinwerfer mit einer Hand voll Putzwolle. Er sah auf, als Philip sich neben ihn stellte. «Großputz?»

«Habe gerade Schichtende und dachte, die Kollegen sollten ein sauberes Auto übergeben bekommen.»

«Arbeiten Sie am Freitagabend?», fragte Philip.

Christer sandte ihm einen finsteren Blick. «Nein. Das ist mein freier Abend. Aber wenn Sie Polizeischutz für Ihr Fest haben wollen, dann müssen Sie wohl umdenken. In der Stadt gibt es private Wachdienste, falls Sie Angst haben sollten, dass ungebetene Gäste kommen und randalieren könnten.»

Philip wunderte sich über seinen Zorn. Er sah den dicken Polizisten prüfend an und stellte fest, dass sich hinter der Uniform ein Mensch verbarg. «Nein, ganz und gar nicht», sagte er. «Ich wollte Sie einfach fragen, ob Sie nicht Lust haben zu kommen. Ich lade zu Hummer ein. Und zum Feuerwerk. Getränke muss man selbst mitbringen. Außer Mineralwasser natürlich. Das schaffe ich noch selbst.»

Christer ließ die Putzwolle fallen, ging einen Schritt auf Philip zu und umarmte ihn. «Danke, Kamerad», sagte er und schlug ihm auf den Rücken. «Danke, Kumpel.»

Eine Lachmöwe setzte sich auf das Dach des Polizeiautos, und Philip schlängelte sich aus Christers Armen. «Dann herzlich willkommen», sagte er und sah auf die Uhr. «Jetzt muss ich leider weiter.»

Christer verscheuchte die Möwe und warf die Putzwolle

pfeifend ins Meer. Vielleicht sollte er nach Göteborg fahren und sich zu dem Fest ein rotes Hemd kaufen. Seine ehemalige Lebensgefährtin hatte immer gesagt, dass ihm Rot stehen würde, was für schwedische Männer ungewöhnlich sei. Vielleicht noch zum Friseur und ein neues Rasierwasser? Lächelnd fuhr er zur Polizeistation und hupte im Vorbeifahren ein wenig schelmisch einem Mädchen zu, das eine ältere Dame auf einem Moped spazieren fuhr. Das war die Tochter des Maklers, höchstens vierzehn, aber es war schließlich nur einmal im Jahr Hummerpremiere. Die Alte hatte es vielleicht eilig, nach ihren Reusen zu sehen.

Vor der Polizeistation stand Emily und versuchte so auszusehen, als lese sie die Tageszeitung. Sie hielt den Blick fest auf den Leitartikel der *Saltö Tidning* gerichtet, während Christer parkte, und gab einen erstaunten Ausruf von sich, als er zu ihr kam und ihr einen warmen Arm um den Nacken legte.

«Da stehst du hier und tust so, als würdest du den Leitartikel lesen», lachte er. «Das musst du noch üben, bevor du Privatdetektivin werden kannst.»

Emily wollte entrüstet sein, aber Christer sah so fröhlich aus. «Wie ich mich über Damenbesuch freue, vor allem über einen solchen handfesten. Du bist nicht leicht zu übersehen, Emily.»

«Ich stehe ganz und gar nicht hier herum, um dich zu treffen», sagte sie. «Ich wusste nur nicht, dass der Blumenladen für dieses Jahr geschlossen hat.»

«Das hat er auch nicht. Der Blumenhändler reist erst Freitag nach Madeira. Er war heute hier und hat seinen Pass geholt. Deiner ist übrigens noch nicht gekommen. Aber du hast es vielleicht nicht so eilig mit der Reise?»

«Das weiß man nie.»

«Hattest du vor, mir für das Hummerfest beim Botschafter eine Nelke fürs Knopfloch zu kaufen?»

Emily strahlte. «Dann bist du also auch eingeladen! Das ist ja schön. Nein, das wollte ich nicht, meine ich.»

Christer trat von einem Fuß auf den anderen und sah aufs Meer. «Ja, nun fällt mir nichts mehr ein.»

«Paula, meine Tochter, kommt nach Hause. Sie ist schwanger. Ich hoffe, sie kommt noch vor dem Fest, dann kann sie vielleicht auch mitkommen», sagte Emily. «Es ist einige Jahre her, dass sie richtig zu Hause war, da wird es ihr Spaß machen, die Leute wieder zu treffen. Mit dem Hummer wird sie natürlich aufpassen müssen. Ich hatte so meine Probleme mit Schalentieren, als ich sie erwartete.»

«Weiß sie, dass ihr keine Möbel mehr habt?», fragte Christer und wich ihrem Blick aus. «Ich meine, das ist ja wohl keine Dauereinrichtung, oder?»

«Ich bin ins Gartenhaus gezogen», erwiderte Emily kurz. «Das ist sozusagen ein Schritt auf dem Weg.»

«Und wohin führt der?»

«Ich habe so meine Pläne.»

16 «Heute ist ja nichts los. Hast du was dagegen, wenn ich eine Stunde früher gehe?», fragte Johanna und lehnte sich über den Glastresen. «Du weißt ja, ich will mich für das Fest schick machen.»

Sie trug bereits blauen Lidschatten und eine tief ausgeschnittene Bluse wie für ein Vor-Fest und versuchte Blomgren tief in die Augen zu sehen.

«Du bist doch schon schön», antwortete Blomgren, ohne von den Lottoscheinen aufzusehen.

«Heißt das nein?» Sie strich ihm über den Rücken, und er sah endlich auf.

«Nein, es geht in Ordnung, ist doch klar. Und wo wir gerade von Dienst und so weiter reden ... Ja, als Paula angerufen hat, da hat sie gesagt, dass sie gern im Laden aushelfen würde, wenn sie wieder zu Hause wohnt.»

Johanna legte den Kopf etwas schief. «So ein Pech. Da war sie dann sicher traurig, als sie hörte, dass du mich eingestellt hast. Aber du hast doch so viele Kontakte. Glaubst du nicht, dass sie beim Friseur oder vielleicht in der Gemeinde helfen könnte?»

Blomgren sah erstaunt drein, und Johanna brach in Lachen aus. «Aber Thomas, daran hattest du wohl gar nicht gedacht, oder? Ja, manchmal sieht man den Wald vor lauter Bäumen nicht. Wenn du zum Friseur rübergehst, dann grüße ihn doch von mir und richte ihm aus, wie gut er dir die Haare geschnitten hat.»

Sie warf ihm einen Handkuss zu. «Wenn du es schaffst,

darfst du gern vor dem Fest auf einen Drink bei mir hereinschauen. An so einem Abend ist das ja wohl erlaubt.»

Blomgren sah ihr mit besorgter Miene nach.

«Heute Abend hast du ja gut zu tun», sagte der Mann mit der Baskenmütze und verdrehte die Augen.

«Ich wusste gar nicht, dass du auch hier bist. Ich schließe jetzt.»

Emily hatte eine Reihe Haken an der Wand im Gartenhaus angebracht, um sich einen vollständigen Überblick über ihre Garderobe zu verschaffen. Am liebsten würde sie ihr nettes Sailorkleid mit all den kleinen Segelbooten anziehen, aber sie konnte Christer förmlich hören: «Oioioi, das sind aber eine Menge Segelboote, Emily. Fast eine ganze Flotte. Dreißig Kilo weniger wären der Untergang einer ganzen Armada.»

Sie runzelte die Stirn und setzte sich aufs Bett. Aber eigentlich hatte er das ja gar nicht gesagt. Außerdem spannte das Kleid nicht. Aber es war so damenhaft.

Sie hatte auch noch ein glänzendes Hemdblusenkleid in Jeansblau, aber das war vielleicht zu schlicht, obwohl es echte Perlmuttknöpfe hatte. Aber das würde wahrscheinlich niemand kapieren. Es klopfte, und als sie öffnete, stand Blomgren vor der Tür.

«Ja?», fragte Emily.

«Folgendes, Emily. Paula will im Laden arbeiten, wenn sie nach Hause kommt, aber sie weiß vielleicht nicht, dass ich Johanna eingestellt habe.»

Emily wechselte den Fuß. «Und?»

«Ich weiß nicht, was ich machen soll.»

«Nein. Das wird sicher ein wenig eng im Laden.» Sie versuchte, die Tür zu schließen.

«Können wir nicht wenigstens bis zum Botschafter zusammen gehen? Schließlich sind wir ja noch verheiratet.»

«Na klar. Wir treffen uns um Viertel vor an der Garage.»

«Glaubst du, ich kann meinen hellen Anzug und den Tomatenschlips anziehen?»

«O ja, das wird dir sehr gut stehen.» Sie schloss die Tür und probierte ein sonnengelbes Kleid aus Crêpe an. Sie lachte in den Spiegel, wurde dann wieder ernst und sog die Wangen ein. Ja, sie sah wirklich schmaler aus.

Christer stand unter der Dusche und hatte die Tür offen gelassen und betrachtete sein einfaches Zuhause. Er versuchte, es mit Emilys Augen zu sehen, und es konnte in keinem einzigen Punkt bestehen.

Schon bei dem Bild mit dem Reh, das sich im Bach spiegelte, würde sie sicher vor Lachen umfallen oder ihr hochnäsiges Schulmädchengesicht aufsetzen.

Er ging in der Wohnung herum, während er sich abtrocknete und anzog. Er sah auf den abgewetzten Samtsessel und die Neonlampe mit künstlichen Fischen, die wegen eines Fehlers auf dem Kopf schwammen. Der Wandbehang von seiner Mutter über dem Küchentisch. «Mein Heim ist meine Burg» in Kreuzstich mit einer roten Hütte darunter, mit rauchendem Schornstein.

Der Glastisch mit all den Ringen von den Bierdosen und die orthopädischen Latschen. Er wollte ein eigenes Häuschen haben, und wenn es nur für eine Werkbank wäre, an der er in seiner Freizeit basteln, kleben, reparieren und schleifen konnte. Eine Lochpappe, an die man Haken für das Werkzeug hängen konnte. Einen Tisch und zwei Stühle, falls er Besuch bekam. Und eine kleine Wiese draußen, damit er die Schuhe ausziehen und sich in die Türöffnung setzen konnte, mit dem Kaffeebecher in der Hand. Und den Leuten, denen es egal war, dass er Polizist war, zuwinken und mit ihnen reden.

Aber solche netten Bastelschuppen gab es nur auf großen

Villengrundstücken, und wer eine Villa hatte, der brauchte keinen Schuppen. Das Leben war ungerecht, und in der Hinsicht waren die kleinen Gemeinden auch nicht besser als die großen Städte. Ein Schrebergarten wäre eine Alternative gewesen, wenn er in Stockholm geblieben wäre, doch hier konnte man sich darunter nichts vorstellen. Einer der Kollegen hatte jedenfalls gelacht, als er danach gefragt hatte. «Ganz Saltön ist ein einziger Schrebergarten!»

Natürlich gab es Bootshütten, und das wäre das Beste gewesen. Mit einer Thermoskanne im Rucksack zum Wasser schlendern und seine eigene kleine rote Bootshütte aufschließen. Aber man musste auf Saltön geboren sein, um sich überhaupt nur an die Warteschlange für eine solche Hütte stellen zu dürfen.

Er nahm die Stecknadeln aus seinem neuen roten Hemd und legte sie ordentlich nebeneinander. Könnte nicht schaden, sich eine Frau zu suchen. Es hieß doch, dass richtige Frauen immer Verwendung für Stecknadeln hatten.

Er zog seinen dunklen Anzug an, kämmte sein dickes grauer werdendes Haar und lächelte verwegen in den Spiegel. Er machte das Licht aus, doch als er die Haustür geöffnet hatte, ging er noch einmal zurück, goss sich ein Glas finnische Schmuggelware ein und leerte es in einem Zug.

Philip hatte blühendes Heidekraut gepflückt und in zwei großen Kupferkesseln zwischen die angezündeten Lichter auf dem Steg gestellt. Er hatte unglaubliches Glück mit dem Wetter. Es war schon fast Oktober, aber warm wie an einem Hochsommerabend. Das Meer lag still und dunkel gegen den Himmel da, und es gab keine Mücken.

Er hatte die Servietten mit seinem handgestickten Monogramm gefaltet, sie aber noch nicht aufgestellt, aus Angst vor einer Abendbrise, doch jetzt war die Gefahr vorüber. Auf Platzkärtchen und ähnliche lächerliche spießig-schwedische Arrangements hatte er verzichtet. Alle sollten sitzen, wo sie wollten – das sollten sie auf jeden Fall glauben.

Er selbst interessierte sich für niemanden außer Sara. Er wusste, dass sie die schwer Zugängliche spielte, denn diese Kunst beherrschte er selbst sehr gut.

Wenn er nur wüsste, dass sie hundertprozentig treu wäre, dass sie das wirklich sein wollte, dann würde er augenblicklich um ihre Hand anhalten.

Philip war sicher, dass er es nie ertragen könnte, betrogen zu werden, denn da hatte er bereits Erfahrungen. Er wusste nicht, warum er in diesem Punkt so kleinlich war. Andere schienen das gar nicht zu sein, waren aber auch nicht glücklicher. Er war sich unsicher, was Saras Einstellung zu Ehe und Treue anging. Aber ansonsten erfüllte sie alle Anforderungen: groß, schlank, jung, selbständig, sehr schön, sprachkundig und, was das Beste von allem war, interessiert an sakraler Kunst. Sie war optimal.

Er wollte Sara heiraten, aber wenn es ihr nicht ernst war, dann wollte er lieber Abstand von der Idee nehmen. Was die Details anging, ließe er mit sich reden. Wenn sie zum Beispiel eine Ehe ohne Sex wollte, dann hätte er absolut nichts dagegen. Hygienisch und praktisch.

Für ihn waren die meisten Arten, seine Freizeit zu verbringen, gleichwertig: eine Partie Schach, ein Konzert, ein Pernod im Café an der Ecke, ein geistreicher französischer Film, ein guter Roman oder geschmackvoller Sex, wenn es denn sein musste.

Er schüttelte immer den Kopf über Freunde, die sich verliebt hatten, und war sicher, dass ihm das nie passieren würde. Er hatte sich ganz rational für Sara als Person entschieden, und er wollte schon zur Hochzeit ein Monogramm im selben Stil wie seines für sie sticken lassen, das auf die Brusttasche des

Morgenrocks und von Blusen und Sportjacken genäht werden konnte. Dieses Hummerfest würde er benutzen, um den Gegenspieler zu verunglimpfen, und das belustigte ihn. Das würde auf jeden Fall Klarheit bringen.

MacFie und Sara standen vorm Hühnerhaus und sahen einander an.

«Warum sollen wir denn nicht hingehen, wenn wir doch eingeladen sind?»

«Du kannst doch gehen. Du bist diejenige, die den Botschafter kennt, und nach allem, was ich weiß, auch recht eingehend.»

«Mach dich nicht lächerlich.»

«Doch, ich habe vor, lächerlich zu sein. Ich bleibe hier und nagele das neue Dach auf das lächerliche Hühnerhaus. Ich bin einfach ein wenig lächerlich.»

«Bist du denn nicht scharf auf Hummer?»

«Ich habe drei Hummer in der Tonne hinter dem Holzschuppen. Und Schnaps dazu, falls ich Lust darauf bekommen sollte. Ich bin versorgt.»

Sara seufzte. «Warum können wir zwei nicht mehr miteinander reden?»

MacFie spuckte einen Nagel aus dem Mundwinkel. «Kann mich nicht erinnern, dass wir je viel geredet hätten.»

«Eben drum.» Sie legte ihm die Arme um den Hals. «Erzähl mir von Paris. Wie ist es, da zu sitzen und warmen Hummer zu essen …?»

«Da gibt es nichts zu erzählen, das mich interessiert.»

«Aber mich vielleicht.»

«Was war, das war. Willst du wirklich zu einem so exklusiven Fest in diesen zerknitterten Kleidern gehen?»

«Das gehört so. Das ist nämlich Leinen. Hose und Hemd. Noch irgendwas komisch?»

«Nein, du siehst sehr schön aus. Zu schön für mich.» Er schenkte ihr ein bitteres Lächeln.

Sie ging zum Tor, drehte sich aber auf halbem Weg um. «Ich habe vergessen, es zu erwähnen, aber Philip meinte, Clinton sei auch eingeladen.»

Sie starrte ihn düster an, und er warf den Hammer hin und starrte zurück. Nach einer Ewigkeit war die Kraftprobe vorüber. «Warte auf mich, ich ziehe mir ein anderes Hemd an.»

Sara tanzte Walzer auf dem Weg. «Ach, wie froh ich bin, dass du mitkommst», rief sie zum Haus hin. «Ich hätte es einfach furchtbar gefunden, den ganzen Abend dazusitzen und ein schlechtes Gewissen zu haben.»

«Den himmelblauen Pullover und die Khakihosen», entschied Hans-Jörgen. «Blau wie das Mittelmeer.»

«Sag das bloß nicht auf dem Fest», murmelte Magnus, «denn dann fragen sie mich womöglich, wie es da aussieht.»

«Es geht ja wohl niemanden etwas an, was wir in den Ferien gemacht haben.»

«Aber meine alten Klassenkameraden sind ganz schön beeindruckt, weil ich angeblich zwei Monate lang um die Welt gereist bin. Österlen klingt irgendwie nicht ganz so toll.»

«Mach dich mal von den Komplexen frei», sagte Hans-Jörgen zärtlich. «Du bist du.»

«Und Mama kommt auch auf das Fest. Sie wird kreischen, wenn ich was Starkes trinke.»

«Ich denke, mit dreißig bestimmt man selbst, was man trinkt. Außerdem haben deine Mutter und ich mit fünfzehn auf der Abschlussfeier Schlehenlikör getrunken.»

«Du warst in sie verliebt, oder?»

Hans-Jörgens Blick schweifte in die Ferne. «Ich habe sie dafür bewundert, dass sie sich nie darum scherte, was andere dachten. Ich für meinen Teil habe nichts anderes getan. Auch in der Bibliothek habe ich mich die ganze Zeit gefragt, wie ich aussah und wie ich mich in den Augen der anderen benahm.»

«Wie ermüdend», sagte Magnus und legte sich eine Portion Snus unter die Oberlippe. «Ich bin immer etwas mehr *laid back* gewesen, *if you know what I mean.*»

«Pass auf den Zahn auf. Ja, das stimmt. Ich begreife nicht, wie ich ein so anstrengendes und vorgezeichnetes Leben aushalten konnte. Aber jetzt muss ich nicht mal mehr so tun, als wäre ich um die Welt gereist. Jetzt setzen wir unsere Hüte auf und gehen aufs Fest!»

Magdalena kam und holte Doktor Schenker ab. Sie trug ein eng anliegendes silbernes Kleid mit Fischgrätmuster. Der Ausschnitt war tief und der Schlitz im Rock hoch, die Schlangenhaut-Schuhe hatten Stiletto-Absätze. Der Doktor nickte anerkennend und servierte Calvados in kleinen Silberbechern. Er trug einen Leinenanzug mit Weste. Auf dem Glastisch lagen zwei Schlipse, damit sie ihm bei der Auswahl helfen konnte.

«Lass den Schlips weg», entschied Magdalena. «Der ist nur unbequem und landet in der Mayonnaise.»

Er betrachtete sie liebevoll. «Warum habe ich eigentlich nicht dich geheiratet? Du versuchst ja nicht einmal, mich zu ändern.»

«Danke gleichfalls», sagte Magdalena und lächelte mit ihrer kreideweißen Zahnreihe. «Von allen Männern, die ich nicht heiraten möchte, mag ich dich am liebsten, Doktor.»

Philip hatte das Tor aufgemacht, um höhnische Kommentare über bonzenhafte Sicherheitsvorkehrungen zu vermeiden. Den ganzen Weg vom Tor entlang, um das Haus und zur Terrasse bis auf den Steg hinaus hatte er Fackeln aufgestellt, die jetzt brannten. Zweiundsechzig Stück.

In der Küche hatte er einen Imbiss aus eingelegtem Hering bereitgestellt, und im großen Wohnzimmer warteten in hohen geraden Gläsern die Willkommensdrinks und Cashewnüsse in schwarzen Schalen. Im geöffneten Barschrank reihten sich verschiedene Gläser vor ungefähr dreißig Flaschen mit Schnaps und Dessertwein auf. Die Schiebefenster zur Terrasse standen offen. Er hatte an alles gedacht.

Als die Kirchenglocke Viertel vor sieben schlug, ging er hinein und besah sich im Spiegel. Ein paar Spritzer Armani auf die Schläfen, in die Kniebeuge und auf die Handgelenke. Er warf einen Blick auf das Monogramm, das in Gold auf die Manschettenknöpfe geprägt war, und dachte an seinen Vater, seine Mutter und seinen Onkel. Solche verrückten Ideen wie ein Volksfest hatten die nie gehabt. Was sie von Sara halten würden, wollte er lieber nicht wissen.

Er wischte sich schnell mit einem Fensterleder über die Schuhe, als die Melodie der Türglocke verriet, dass die ersten Gäste schon da waren. Was für ein Glück, dass er sich inzwischen mit den schwedischen Gewohnheiten auskannte. Wenn er in Paris zu einem seiner Freunde wirklich pünktlich um sieben Uhr käme, fände er die Gastgeberin wahrscheinlich in der Badewanne vor.

Jetzt war es erst zehn vor. Das reinste Kinderfest. Vielleicht hätte er auch noch dazusagen sollen, wann Schluss war …

Es war ein einzelner Gast, der so früh kam, und als er Johanna die Tür öffnete, war er sehr erstaunt, einmal über die Fahne, die aus ihrem angemalten Mund kam, und dann darüber, wie schick sie in dem roten Kleid aussah. Sie hatte eine Figur wie ein Teenager, und da meinte er nicht die Teenager, die in großen Pulks an den Samstagabenden im *Kleinen Hund* saßen. Um ihren Hals rasselten die Plastikperlen. Sie war sorgsam geschminkt und hatte große Muschelschalen in den Ohren.

«Hier drin bin ich noch nie gewesen», sagte Johanna und

reckte den Hals, um ihm über die Schulter sehen zu können. «Fast schade, dass wir draußen sitzen werden.»

«Ja, aber den Drink nehmen wir drinnen, da haben Sie Zeit, sich in Ruhe umzusehen.»

«Meine Mama hat mir beigebracht, immer pünktlich zu sein. Dann verpasst man nichts. Drink, sagten Sie?»

Philip lächelte und mischte ihr einen trockenen Martini.

Sie sah ihn anerkennend an. «Sie sind ja der reinste James Bond. Weißes Hemd und alles, was dazugehört. So einen haben Sie nicht zum letzten Mal gemacht. Also, für mich jedenfalls.» Sie nahm den Cocktailsticker mit der Olive heraus und schüttete den Drink hinunter. «Darf man sich ein wenig umsehen?»

«Natürlich. Warten Sie, ich begleite Sie.»

Der Nächste, der kam, war der Polizist.

«Willkommen, Christer», sagte Philip, der sich angestrengt hatte, sich den Namen zu merken. Als er die große warme Polizistenhand drückte, legte er seine linke Hand sanft auf den Unterarm des größeren Mannes. «Wirklich schön, dass Sie kommen können. Die Verbrecher halten so lange still?»

«Das klingt etwas altmodisch. Glauben Sie auch, dass Sträflinge noch gestreifte Mützen tragen?» Christer lachte entwaffnend über seinen eigenen Scherz, und Philip stimmte höflich mit ein. Johanna setzte sich mit ihrem zweiten Drink auf das Sofa, und Christer gab ihr die Hand, während er auf ihren Körper starrte.

Draußen hörte man fröhliche Stimmen, und hereinspaziert kamen Magnus und Hans-Jörgen, braun gebrannt und in Feierlaune, mit genau den gleichen schwarzen Schlapphüten auf.

«Nimm den Hut ab, Magnus, du bist jetzt im Haus.»

«Natürlich, Mama.» Magnus lächelte und nahm den Hut ab. Hans-Jörgen folgte seinem Beispiel. Beide hatten sich die Köpfe rasiert.

Johanna seufzte theatralisch und verdrehte die Augen. «Ich muss ja wohl noch froh sein, dass du kein Kleid anhast.»

«Wir haben es uns überlegt, aber das kann dann abends auf dem Steg doch kalt an den Beinen werden.»

«Wir haben nicht so viel für Schnaps übrig», lenkte Hans-Jörgen ab, «aber wir haben Wein dabei.»

Sie trugen eine Kiste Chianti zwischen sich, die Magnus nun stolz vorzeigte.

«Das hat er von seinem Vater», sagte Johanna zu Christer. «Das Italienische. Sein Vater war Italiener.»

«Flottenbesuch?», fragte Christer und zwinkerte ihr zu.

Johanna trat ihm auf den Fuß, lachte aber laut. «Das können Sie wohl sagen. Es ist nicht weit von der Gangway bis in den Park.»

Hinter den glücklichen Besitzern von *Sunkiga Sune* kamen etwas gedämpfter Emily und Blomgren herein. Emilys Kleid war kükengelb, was ihre neue goldgelbe, fransig kurz geschnittene Frisur wie eine dazugehörige Mütze aussehen ließ.

«Ist das hier ein Kostümfest? Das wusste ich nicht», flüsterte Johanna eindringlich zu Christer. «Emily hat sich wohl als Melone verkleidet.»

Christer antwortete nicht, sondern schaute bloß. Johanna lehnte sich zurück, zündete sich eine Zigarette an und blies einen perfekten Rauchring aus.

«Mama, du rauchst ja!»

«Sieht ganz so aus, Magnus.»

Blomgren stand da, trat von einem Fuß auf den anderen und sah in seinem Kragen etwas eingesperrt aus. Er sah sich unruhig um.

«Was zu trinken?», schlug Philip vor. «Hier im Silberpokal auf dem Couchtisch gibt es zum Beispiel eine schwedische Spätsommerbowle, aber vielleicht kann ich Ihnen auch etwas aus meinem schlichten Barschrank anbieten?»

«Gern ein Glas Champagner», sagte Emily und begegnete Christers Blick quer durch den Raum. Sie hielt ihn so lange fest, bis er nachgab und eine Hand voll Erdnüsse nahm. Er lehnte den Kopf zurück und ließ sie rasselnd in den Mund gleiten.

«Was haben Sie denn?», fragte Blomgren.

Philip lächelte schwach. «Die Frage ist wohl eher, was Sie trinken möchten, lieber Blomgren. Sie sind der Gast, Sie entscheiden.»

«Ist das so? Dann bitte ein Leichtbier. Oder ein stärkeres bitte.»

Philip hob eine Augenbraue. «Natürlich, wenn Sie nicht etwas noch Stärkeres vorziehen. Schließlich ist ja Hummerfest.»

«Ein schwarzer Johannisbeer wäre natürlich gut, aber den habe ich selbst dabei. In der Hinterhand sozusagen.» Blomgren lachte ausgiebig, und seine Augen tränten.

«Wie schick du aussiehst, Thomas!», rief Johanna vom Sofa. «Fast wie Robert Redford. Oder, was meint ihr?»

Johanna sah von einem zum anderen und machte eine große Geste mit der Hand, wobei sie ein Glas zu Boden warf. Man hörte einige erschrockene Ausrufe, nur nicht von Johanna. Kaum waren die Glassplitter auf dem Boden gelandet, war Philip schon mit einem eleganten Handfegerset in Miniatur da. Emily schielte neidisch auf Bürste und Schaufel aus Silber mit dem Monogramm von Philips Mutter auf dem Griff.

«Scherben bringen Glück!», lachte Johanna. Niemand außer dem Gastgeber hatte bemerkt, dass Sara und MacFie gekommen waren. Sie kamen ohne Frage gemeinsam, aber hielten einander nicht an den Händen. Nach ihnen kam Clinton hereingeschlendert und sah sich mit einem gewissen Interesse im Haus um.

Philip gab beiden höflich die Hand, doch als MacFie sich dem gerade eingetroffenen Doktor zuwandte, zischte Philip

Sara ins Ohr: «Wie du weißt, bin ich allergisch gegen Katzen. Könnt ihr die irgendwo festbinden? Ein gutes Stück weg? Oder ertränken?»

«Halt mich da raus», antwortete Sara steif. «Das ist nicht meine Katze.»

«Ja, ja, die Jugend. Was darf's denn sein?»

«Ein Bier bitte.»

«Ein Bier, und was möchte der Gatte? Ein wenig Punsch vielleicht?»

MacFie ging zur Wand, setzte seine Lesebrille auf und studierte die Buchtitel im Regal, während Sara die Bierflasche ansetzte. «Punsch? Das glaube ich nicht. Er ist jugendlicher, als du denkst», sagte sie und machte eine obszöne Geste.

Philip runzelte die Stirn. «Ich bin nicht sonderlich interessiert an den sexuellen Qualitäten anderer Menschen. Wenn ich mir jedoch die Kleidung deines Kavaliers so ansehe, dann würde ich raten, dass er gerade einhundertzwei geworden ist.»

Kabbe kam herein, Lotten an seiner Seite. Sie trugen beide glänzende Kleider, er einen grauen Anzug und sie einen rosafarbenen. Lottens Schminke und Frisur waren auch in Grau und Rosa gehalten.

«Partnerlook, Lotten?», fragte Sara.

Lotten lehnte sich vor und gab Sara einen dicken Kuss. Sie reichte ihr aufgrund ihrer wahnsinnigen Absätze fast bis zum Kinn.

«Es ist langweilig im *Hund* ohne dich», flüsterte sie.

«Ja, das hier ist das richtige Fest», sagte Kabbe und rieb sich die Hände. «Dann wollen wir mal mit ein paar Witzen anfangen. Ich kenne einen richtig lustigen über zwei kleine Heringe, die zum Polterabend gehen.»

«Noch nicht, Liebling.» Lotten brachte ihn mit einem schelmischen Lächeln zum Schweigen. «Das hier ist ein vornehmes Fest, weißt du.»

Philip sah, dass alle Gäste gekommen waren, und brachte einen Toast aus. «Ich bin sehr dankbar, dass Sie meine Einladung ad notam genommen haben.»

«Kriegen wir hier Noten?», fragte Johanna, und alle lachten.

«Jetzt wollen wir austrinken und Platz nehmen. Sie können sitzen, wo Sie wollen, es gibt nur eine kleine Ausnahme. Als Gastgeber nehme ich für mich das Recht in Anspruch, meine Tischdame auszuwählen.»

«Ja, natürlich», brummten sowohl Herren als auch Damen.

Philip sah sich mit gespielter Gleichgültigkeit um, ehe er auf Sara zuging und ihr den Arm anbot.

«Na, ausgerechnet die», rief Kabbe. «Die ist völlig nutzlos. Ich habe ihr gerade gekündigt.»

«Ich habe auch nicht vor, sie anzustellen. Höchstens sie zu heiraten. Wenn sie interessiert ist.»

Die Gäste sahen einander sorgenvoll an. Man wusste nie, ob Philip scherzte oder nicht. Aber Sara lachte entwaffnend. «Warum habe ich das Gefühl, dass hier über meinen Kopf hinweg entschieden wird? Und das, wo ich fast eins achtzig bin.»

Im Hintergrund lief Musik von Verdi, und das Meer war so glatt, dunkel und blau, dass man fast Lust bekam, darauf spazieren zu gehen.

Aber das geht ja nun mal nicht.

Nachdem Philip und Sara Platz genommen hatten, fanden auch die anderen Gäste schnell ihre Plätze. Lotten und ihre Mutter Magdalena schienen nur allzu glücklich darüber, dass sie neben ihren Kavalieren sitzen durften. Johanna und Christer kamen nebeneinander zu sitzen, und MacFie saß neben seiner Katze. Hans-Jörgen und Magnus waren nicht zu trennen, und das versuchte auch niemand.

«Endlich Hummer!», rief Kabbe. «Dafür würde ich sogar auf den Weihnachtsschinken verzichten.»

«Aber locker», sagte Lotten und küsste seine Handfläche.

Philip und Sara saßen am Kopfende.

Das Gemurmel stieg schnell an, als die Herren und Damen sich Wein, Bier und Schnaps aus den Plastiktüten eingossen, die sie diskret hergeschmuggelt hatten. Blomgren ließ die Branntweinflasche sogar noch in der Tüte, als er sich eingoss.

«Von meinem Branntwein können sich alle gern nehmen», sagte Christer. «Der steht mitten auf dem Tisch, und es gibt noch mehr davon.»

«So spricht ein richtiger Mann», sagte Johanna. «Schade, dass du zu jung bist für mich.»

Sie zwinkerte Blomgren zu, um zu zeigen, dass sie nur einen Witz gemacht hatte. Aber Blomgren schien überhaupt nicht zuzuhören, bis der Doktor das Thema der Hummerreusen anschnitt.

«Sollte man die Anzahl nicht weiter begrenzen? Es kann doch nicht richtig sein, Hummer verkaufen zu müssen und damit den Fischern ihren Verdienst wegzunehmen.»

«Ist man denn wirklich gezwungen, vierzehn Reusen auszulegen?», fragte Hans-Jörgen mit einem zweideutigen Lächeln.

«Du glaubst ja wohl, du bist schlauer als andere, nur weil du in der Bibliothek gearbeitet hast. Natürlich ist man nicht gezwungen, aber man nimmt doch, was man kriegt, oder?»

«Wie ist es denn mit all den Leuten, die von Berufs wegen Krabben fischen? Die wissen ja, wo die Hummer sind, denn sie müssen sie das ganze Jahr über wieder ins Meer werfen. Aber auch in der Hummersaison fischen sie Krabben, und wenn sie dann gleichzeitig Hummer mit raufholen, müssen sie sie nicht wieder reinwerfen. Das ist auch nicht in Ordnung.»

«Bei Arvid Nordquist in Stockholm kostet der Hummer über dreihundert Kronen, also der schwedische», sagte Sara.

«Und dann muss man ihn auch noch in Stockholm essen!»

Die Schale mit den Hummern wurde herumgereicht. Sie waren elegant in Hälften geteilt, alle genau gleich groß. Sara strich mit dem Daumen über die blanke rote Schale mit den kleinen weißen Flecken hier und da. Sie aß zum ersten Mal Hummer. Wie viele Hummer MacFie wohl in seinem Leben gegessen hatte? Philip hatte sicher auch schon eine gute Anzahl konsumiert. Sie versuchte das Gefühl, nicht dazuzugehören, zu verscheuchen und strich über die scharfen Fühler und dann über die große Zange, die dazu diente, die Beute festzuhalten, und verglich sie mit der anderen, die der Hummer zu Lebzeiten als Messer benutzte.

«Meine Güte, jedes Jahr die Schale zu wechseln. Wie anstrengend es wohl ist, da rauszukriechen. Das muss sich so anfühlen, wie wenn man verschwitzt und müde von einer Skitour ist und sich den Pullover ausziehen will, ohne dabei die Hände benutzen zu dürfen», sagte sie zu Philip.

«Interessante Vorstellung.»

«Wenn die Hummer alt werden, wechseln sie die Schale nicht mehr, das schaffen sie einfach nicht. Manchmal haben sie eine unangenehme Bürde von Meereicheln auf ihrem Rücken, aber darum kümmern sie sich überhaupt nicht», sagte der Doktor.

«Haben Sie das gehört, MacFie?», rief Philip. «Wann haben Sie aufgehört, die Schale zu wechseln?»

MacFie antwortete nicht, aber Kabbe eilte ihm zur Hilfe. «Auf jeden Fall, ehe Sie trocken hinter den Ohren waren, Herr Botschafter.»

Alle lachten höflich.

Die Stimmung und der Lärmpegel stiegen, je mehr Tetrapaks mit Wein, Branntweinflaschen und Bierdosen geleert und durch neue ersetzt wurden. Die Hummerschalen wanderten in große Müllsäcke, die Philip unter den Stuhlsitzen verborgen hatte, und schon bald kamen neue Schüsseln mit Hummer auf den Tisch, auf denen die Dillstängel wie Palmen auf einer südländischen Promenade arrangiert waren.

Philip wurde für sein selbst gebackenes französisches Brot gelobt, aber das war nur ein Flüstern, verglichen mit den Komplimenten, die Emily für ihre Mayonnaise und die in Butter gewendeten Pfifferlinge bekam, die sie mitgebracht hatte.

«Verstehe nicht, wie du das gemacht hast, du setzt doch keinen Fuß mehr in unsere leer geräumte Küche», murmelte Blomgren. «Oder schleichst du dich rein, wenn ich bei der Arbeit bin?»

«Ist die Katze aus dem Haus, tanzen die Mäuse auf dem Tisch», warf Johanna hilfreich ein.

«Es geht nicht um den Raum und die Dinge, sondern um das Können», erwiderte Emily würdevoll. «Außerdem habe ich einen Vater, der eine ausgezeichnete Küche besitzt.»

«Ich dachte, in der Küche würde jetzt Magdalena Månsson herrschen», meinte Blomgren, «deine Stiefmutter.»

«Mach dich nicht lächerlich», gab Emily zurück. «Mein Vater hat ein Recht auf ein eigenes Leben. Genau wie ich.»

«Und was für ein Recht habe ich?», fragte Blomgren düster, und seine Augen füllten sich mit Tränen.

Im selben Moment hörte man das Geräusch von einem Außenborder, und eine kleine Schute erschien in der flachen Bucht. Sie kam langsam angetuckert und war bald auf der Höhe der Terrasse. Die drei Männer an Bord hatten ihre Gesichter und alle Aufmerksamkeit an Land gerichtet. Der eine trug eine Baskenmütze. Der andere hatte Haare, die in den letzten Strahlen der untergehenden Sonne glänzten. Der Dritte trug einen Südwester.

«Der Mann mit der Baskenmütze und der Friseur!», rief Blomgren. «Und mein Bruder!»

Alle starrten Blomgren erstaunt an. Keiner wusste, dass er rufen konnte.

«Der Friseur und Orvar und der Mann mit der Baskenmütze!», wiederholte er. «Wohin wollt ihr?»

«Wir wollen angeln», sagte der Mann mit der Baskenmütze. «Und zwar hier.» Orvar stellte den Motor ab und warf ungefähr dreißig Meter vom Tisch entfernt den Anker.

«Hören Sie, Philip», sagte Blomgren plötzlich und stand halb auf. «Ich finde, es sieht dumm aus, dass die da in dem Boot sitzen. Ich finde, Sie sollten den Mann mit der Baskenmütze, den Friseur und Orvar einladen.»

«Gut gesagt, Blomgren», rief der Doktor, und einige stimmten murmelnd zu und erhoben ihre Gläser auf Blomgren.

«Das rechte Wort zur rechten Zeit.»

Blomgren hatte rote Flecken auf den Wangen bekommen, aber seine Augen waren ganz trocken. «Ich dachte, das versteht sich von selbst», murmelte er.

«Ja, ja, wir haben es jetzt begriffen», unterbrach ihn Emily.

Philip ging auf den Steg hinaus und hieß die Herren mit einer großartigen Geste an Land willkommen, und schon ging der Anker wieder hoch.

«Wir hatten sowieso keine Haken dabei», sagte der Friseur.

«Zumindest keinen Köder», kicherte der Mann mit der Baskenmütze.

Nachdem sie das Boot vertäut hatten und an Land geklettert waren, machten sie umständlich die Runde und begrüßten alle so, als seien sie eigentlich Ehrengäste.

«Geliebte Schwägerin!», rief Orvar aus und machte einen kleinen Schritt auf Emily zu. «Ich dachte, du würdest jetzt in Skagen wohnen. Unter Polizeischutz.»

«Nur weil du zu einem vornehmen Fest eingeladen bist, musst du jetzt nicht aus dem Nähkästchen plaudern», ermahnte Blomgren seinen kleinen Bruder.

«In Frankreich», erklärte Philip, «pflegt man zu einem gewissen Zeitpunkt bei einem besseren Abendessen eine Pause in der Mahlzeit zu machen. Man nimmt dann einen kleinen Calvados zu sich und schafft wieder ein Loch im Magen mit diesem lebendigen und ungeheuer romantischen Getränk. Und deshalb hole ich jetzt eine Flasche Calvados, die ich von einem Freund bekommen habe, der Apfelplantagen in der Normandie besitzt.»

«Bravo, bravo», rief Magnus.

«Ach, Pause und Loch im Magen schaffen», sagte Johanna und verdrehte die Augen. «Geht jemand mit mir über den Hügel zur Sandbank, um das Meeresleuchten zu sehen?»

Christer stand blitzschnell auf und nahm ihre Hand, um ihr zu helfen, über die Bank zu steigen.

«Phantastisch! Noch ein Geheimnis des Meeres. Vom Meeresleuchten habe ich schon gehört, habe es aber noch nie gesehen. Eigentlich weiß ich gar nicht, was das ist, deshalb ist es eine Premiere für mich. Genau wie der Hummer ...»

Emily sah ihnen düster nach. Dann ging sie ins Haus, um sich die Nase zu pudern und die Frisur zu richten.

Sie wanderte durch einen langen Korridor mit Stofftapeten und japanischen Drucken an den Wänden, kam an einem Schlafzimmer mit einem großen Bett mit schwarzem Überwurf vorbei. Sie blieb stehen und warf einen Blick auf das Ölgemälde, das gegenüber von dem Bett hing und eine nackte Frau in einem Schilfdickicht zeigte, und dann fand sie das Badezimmer mit schwarzen Kacheln und Whirlpool. Dicke amerikanische Handtücher waren auf hohen Metallregalen aufgetürmt. Aus einem kleinen Lautsprecher in der Decke rieselten harmonische Klänge von Bach.

Die Beleuchtung war völlig schonungslos. Sie sah wie ein grellgelbes Küken aus, ein sehr überdimensioniertes Küken, reif für die Schlachtbank.

Sie setzte sich auf den Rand der Badewanne, schloss die Augen und zählte bis hundert, bis sie sich mit großer Entschlossenheit wieder erhob.

«So geht das nicht», sagte Emily zu dem Spiegel. «Ich sage mit Großmutter: Was man nicht verbergen kann, soll man betonen.»

Sie stellte sich gerade hin, hob den Kopf, zog die Augenbrauen hoch und lächelte dem Spiegel spöttisch zu, und schon kam ihr das Ganze nicht mehr so schlimm vor. Aber es musste noch besser werden.

Im Gartenhaus würde sie ihr neues Leben planen. In Ruhe und Frieden, Schritt für Schritt. Nachdenken. Sie wollte keine Fehler machen. Sie könnte in eine Stadt ziehen, die nicht zu weit von Saltön entfernt war, damit sie ihren Vater, ihre Tochter und ihr zukünftiges Enkelkind regelmäßig sehen könnte. Göteborg wäre nicht schlecht.

Wenn sie von ihrem Vater Geld leihen könnte, dann würde sie ein Geschäft aufmachen können, vielleicht eine Cateringfirma oder ein einfaches kleines Café.

Dann konnte Christer sich gerne so viele Meeresleuchten ansehen, wie er nur wollte.

Sie setzte sich wieder auf den Badewannenrand, schloss die Augen und stellte sich vor, wie sie da mit gelber Schürze stand, erstaunlich schlank und zum Anbeißen, und ihre selbst gemachten Petits Fours verkaufte. Das Café sollte einen ursprünglichen, altmodischen Namen haben. Etwas, das wie aus ihrer Kindheit klang. Zum Beispiel: *Zum Goldenen Zuckerkuchen.* Emily kannte nichts, das so einfach, aber so vollendet war wie Zuckerkuchen. Außer vielleicht Mandelkuchen ...

Sie wusste natürlich, dass die Gäste in der Umgangssprache nicht «*Zum Goldenen Zuckerkuchen*» sagen würden. Vor allem nicht die gehetzte Kulturelite der Stadt, die sie ja gern einfangen wollte.

«Hör mal, Sture, hast du jetzt noch eine Konferenz, oder wollen wir runter zu Emily in den *Zuckerkuchen* gehen?»

Sie hatte nichts dagegen, wenn sie es so nannten. *Zuckerkuchen.* Sie stand auf, lächelte dem Spiegel siegesgewiss entgegen und ließ sich eiskaltes Wasser über die Handgelenke laufen, um die Hitze im Körper ein wenig zu reduzieren.

Dann tuschte sie sich die Wimpern neu. Sie sehnte sich nach der Ruhe des Gartenhauses und würde nicht mehr lange auf dem Fest bleiben. Es hatte ja doch keinen Sinn, Vater und Magdalena oder Blomgren und Johanna bewachen zu wollen. Es war sehr anstrengend, ständig andere kontrollieren zu wollen. Die Leute machten ja doch nicht, was man wollte. Da war es doch viel klüger, sich auf sich selbst zu konzentrieren.

17 MacFie und Clinton waren aus unterschiedlichen Gründen im Haus gewesen. Sie kamen leise Seite an Seite durch die Glastüren. Clinton hatte Sahne an der Nase, setzte sich zufrieden auf seinen Platz und leckte sich die rechte Pfote. MacFie sah frisch gekämmt aus.

«Ich habe gesehen, dass Sie dem Foto im Flur zufolge als Kind im Opernballett getanzt haben», sagte er zu Philip.

«Ja, das stimmt. Aber ich bin auch in allen anderen Sportarten, die mir einfallen, unschlagbar. Haben Sie nicht die Urkunde von den offenen französischen Polomeisterschaften vor vier Jahren gesehen? Fordern Sie mich gern heraus, MacFie. Sie wählen die Waffen.»

Sein Blick war ungewöhnlich ruhig, mit einem gefährlichen Funkeln.

«Ein Duell! Ein Duell!», schrie Lotten, und ihre Augen leuchteten. «Gott, wie romantisch. Unter diesen Bedingungen halte ich es ja fast aus, dass keinem meine neuen Schuhe aufgefallen sind.»

Alle, die gerade darüber diskutierten, wie viele Reusen angemessen wären, sahen folgsam auf Lottens rosa-graue Spangenschuhe. Die waren wirklich atemberaubend.

MacFie fixierte Philip mit dem Blick. «Armdrücken war doch immer eine verlässliche Kraftprobe. Wenn Sie nicht Pirouetten bevorzugen?»

Aber Philip hatte schon das Ende des Tisches geräumt, indem er die Tischdecke genommen und sie weggezogen hatte, sodass Teller und Besteck zu Boden fielen.

«Bravo!», rief der Mann mit der Baskenmütze. «Wenn ich Papier und Bleistift leihen darf, dann könnte ich eine einfache Wette organisieren. Sollen wir jeder einen Zwanziger setzen?»

Alle nickten eifrig. Die Rivalen setzten sich einander gegenüber, die Füße fest auf den Boden gestemmt. MacFie zog sein Sakko aus und krempelte die Ärmel seines karierten Flanellhemds hoch. Ein muskulöser rechter Arm kam zum Vorschein. Philips Arm sah auch gut gebaut aus, war jedoch viel blasser. Es dauerte ziemlich lange, bis er seinen Arm entblößt hatte, denn er musste erst die Manschettenknöpfe abnehmen und dann den Ärmel sehr sorgfältig und vorsichtig hochkrempeln.

«Die beiden machen Armdrücken!», rief der Mann mit der Baskenmütze Christer und Johanna zu, die vom Meer zurückkamen. Emily fiel auf, dass sie einander nicht an den Händen hielten.

«Sechzig gegen vierzig, dass MacFie gewinnt. Das hat er schon mal geschafft.»

Emily goss sich ein Glas Mineralwasser ein, das sie in einem Zug leerte. Sie sah auf die Uhr und gähnte ein wenig.

«Ich hoffe, das hier ist kein Glücksspiel», scherzte Christer, «das ist nämlich verboten.»

Alle lachten.

«Verdammt witzig, Herr Polizist», sagte Kabbe. «Nein, es geht nicht um Geld. Wer gewinnt, kriegt meine alte Bedienung.»

«Was?», fragte Sara. «Seid ihr noch ganz sauber? Lasst mich bloß aus dem Spiel. Ich will nämlich weder MacFie noch Philip haben. Ehrlich gesagt, habe ich von euch beiden so richtig die Schnauze voll, verdammt nochmal, aber macht ruhig weiter, wenn es euch Spaß macht.»

«Lange her, dass du geflucht hast», seufzte MacFie.

«Ja, manchmal ändere ich meine Gewohnheiten ein wenig. Rein intuitiv.»

«Das glaubst du nur», sagte MacFie mit zusammengebissenen Zähnen, und der Kampf begann.

«Ich werde mir in der Zwischenzeit einen Hummer gönnen», meinte der Mann mit der Baskenmütze, «gibt es noch Mayonnaise?»

«Bedienen Sie sich», sagte Philip. «Hummer kann man nie genug essen. Wie mein Vater, der alte Botschafter, zu sagen pflegte. Champagner muss trocken, kalt und umsonst sein, und Hummer muss schwarz gekauft und rot gekocht sein.»

«Wenn ihr ein wenig Musik wollt, dann hole ich die Ziehharmonika», schlug Orvar vor.

«Es ist immer gut, wohl vorbereitet ins Boot zu steigen, wenn man Angeln geht, nicht wahr, Orvar?»

Der Kampf wurde lang, denn die beiden waren gleich stark. Nach und nach wurde das Publikum der Sache müde.

«Könnt ihr nicht stattdessen ein wenig boxen?», schlug Lotten vor und aß einen Dillstängel.

Blomgren hatte einen Stift von Bingo-Lotto aus der Innentasche seines Jacketts gefischt und angefangen, auf das Tischtuch eine riesige Karte von Europa und Afrika zu malen. Kabbe setzte sich seine grün eingefasste Lesebrille auf und studierte interessiert die Reisepläne des Tabakhändlers Blomgren. «Expedition Afrika. Du wirst ja von der Zeitung interviewt werden, wenn du zurückkommst. Aber warum fliegst du nicht, du kannst es dir doch leisten?»

«Das hier wird lustiger», sagte Blomgren. «Ich habe vor, mindestens einen Monat weg zu sein, vielleicht zwei. Und ich habe schon alles ausgemessen, ich kann sowohl das Fahrrad als auch das Kanu auf dem Autodach unterbringen. Schlafen werde ich im Auto.»

Er warf Emily einen langen Blick zu und fügte hinzu: «Das

habe ich von meiner Frau gelernt. Dass man im Auto schlafen kann.»

«Wann willst du fahren?», fragte Emily.

«Wie? Du redest mit mir? Nächste Woche geht es los.»

«Und ich werde mich so lange um den Laden kümmern», sagte Johanna zu Emily. «Thomas und ich kennen uns in- und auswendig. Ich weiß genau, was er denkt.»

«Du Arme», sagte der Mann mit der Baskenmütze.

«Ich weiß gar nicht, was Sie meinen. Er ist der intelligenteste Mann der Welt. Thomas und ich werden einen Italienischkurs machen, und dann wollen wir auch mit dem Fahrrad und dem Auto und dem Kanu reisen. Nach Italien.»

Emily starrte erst Johanna an, dann Blomgren. «Stimmt das?»

«Jetzt mal eins nach dem anderen», meinte Blomgren und nahm eine Portion Snus. «Wir woll'n auch nicht zu viel versprechen.»

Er stand mit wackligen Beinen auf. «Ich gehe mal und sehe mir vom Hügel da oben die Aussicht an.»

«Im Haus gibt es ein Badezimmer», meinte Emily.

Vom Ende des Tisches konnte man laute Rufe vernehmen.

MacFie war rot im Gesicht und Philip unnatürlich bleich. Manchmal kippten die fest zusammengeschlossenen Hände und Unterarme zu einer Seite, doch schon bald waren sie wieder auf der andern. Es war unmöglich, vorherzusagen, wie der Kampf enden würde.

Der Mann mit der Baskenmütze hatte die Mütze abgenommen, um sie als Wetteinsatzbüchse zu benutzen. Einige Gäste bemerkten dabei mit Erstaunen, dass er eine blonde Perücke trug, die ein wenig schief saß.

Hans-Jörgen und Magnus nahmen sich jeder eine Flasche Bier und setzten sich auf den Steg. Sie zogen die Schuhe aus und ließen die Füße ins Wasser baumeln.

«Sieh mal, da ist wirklich das Meeresleuchten», sagte Hans-Jörgen. «Die Wasseroberfläche ist wie verzaubert.»

«Was für ein Finale für meinen schönsten Sommer», meinte Magnus. «Stell dir vor, man könnte das Meeresleuchten einfangen und verkaufen.»

MacFie sah Philip in die Augen.

«Sollen wir aufhören?», fragte er mit der Andeutung eines Lächelns.

Philip brach in Lachen aus.

«Ich weiß auch nicht, was wir hier eigentlich machen. Außerdem müssen wir unsere Kräfte für das Feuerwerk sparen.»

MacFie betrachtete seine großen Hände. «Ich gehe nach Hause und hole meine Bienensalbe, damit können wir uns die schmerzenden Hände einreiben.»

«Ich komme mit. Habe mich schon immer gefragt, wie es in deiner alten Bruchbude aussieht.»

«Bruchbude ist die falsche Bezeichnung. Es ist ein Château, und deshalb lade ich dich gern zu einem Glas Schlosswein ein.»

Christer lehnte sich unruhig quer über den Tisch und versuchte, Emilys Hand zu nehmen, aber sie zog sie schnell weg. «Ist mein Küken heute Abend nicht fröhlich?»

Emily wandte sich ab und schluckte. Er stand von der Bank auf, ging um den Tisch und setzte sich neben sie.

«Was ist los?», fragte er.

«Für alles, was ich gewinne, verliere ich etwas anderes», sagte sie. «Das gilt für Dinge, Ideen und Menschen. Es ist so ungeheuer aufreibend, nach vorn zu sehen, was ich jetzt meistens mache. Das fühlt sich neu an und sehr anstrengend.»

«Dann finde ich, dass du eine Weile im Hier und Jetzt leben solltest», meinte Christer. «Machst du einen kleinen Spaziergang mit mir? Ich würde gern zur Kirche hinaufgehen, den

Blick auf den Hafen von Saltön genießen und mir die magische Hummernacht und den Mond ansehen.»

Emilys Miene hellte sich auf, und sie nickte.

«Geht ihr nur», sagte Johanna fröhlich. «Ich kümmere mich um Thomas.»

Christer lachte. «Das glaube ich sofort.»

«Hör mal», sagte Sara zu Lotten, «willst du nicht mit mir zusammen ein Reformhaus aufmachen? Hier auf Saltön? Ich glaube, dass das wirklich eine Marktlücke wäre.»

Sie sprach lauter. «Blomgren, hast du noch was vom Tischtuch übrig gelassen? Und können wir mal den Stift leihen?»

Christer hielt Emilys Hand, als sie die Treppe hinaufgingen und dann weiter den steilen Weg bis zu der Granitkirche. Er wartete jedes Mal, wenn sie außer Atem war, ohne sich darüber lustig zu machen. Der Abstand zwischen den Straßenlaternen war sehr weit, und Emily wäre zwei Mal beinahe ausgerutscht, aber Christer fing sie auf.

«Ich bin immer gern abends zur Kirche gegangen, um über das Meer zu schauen», sagte Emily, als sie eine Pause machten und das Meer und der Hafen unten zu ihren Füßen lagen. «Es gibt fast niemanden, der um diese Zeit hierher geht, wenn die Kirche geschlossen ist. Wahrscheinlich denken die Leute, ich bin verrückt. Aber ich finde es so schön, dass ich fast jeden Abend herkomme, wenn es nicht gerade in Strömen regnet.»

«Ich weiß.»

«Wie kannst du das wissen?»

«Vergiss nicht, dass ich bei der Kripo war.»

Sie ließen sich auf der Steinbank vor der Kirche nieder. Von dem Beet entlang der Kirchenmauer roch es schwach nach Lavendel und Thymian.

«Wie sehr ich mich nach Frankreich, nach der Provence sehne. Papa hat gesagt, er würde mit mir hinfahren, aber jetzt fährt er wahrscheinlich lieber mit Magdalena. Aber das ist auch gut. Ich kann anfangen, allein zu reisen, wenn ich erst mal frei bin. Ich will Kunst und Kirchen, Blumen und Bergziegen sehen.»

«Und Ziegenkäse essen», fügte Christer hinzu, «und den Duft der Eukalyptusbäume riechen. Du hast viel Sehnsucht in dir, Emily.»

«Du meinst, in meinem großen Körper.»

Er sah erstaunt aus. «Findest du, dass ich ein Grobian bin?»

Sie nickte. Nach einer Weile fingen ihre Augen an zu glitzern.

Christer lächelte Emily zu.

«An einem anderen Abend, einem Abend in der Zukunft, möchte ich mit dir in einem Restaurant sitzen, von dem aus man über ganz Stockholm sieht», sagte er. «Ich werde dir das Stadshuset und alle Kirchtürme zeigen, und wir werden Rioja trinken und Gorgonzola essen.»

«Wirst du das?», fragte Emily und war plötzlich so schüchtern und unsicher, dass sie das Thema wechselte, obwohl das das Letzte war, was sie wollte. «Allerdings bin ich im Moment hauptsächlich damit beschäftigt, ein Café zu planen, das *Zum Goldenen Zuckerkuchen* heißen soll. Da könntest du ja vielleicht vorbeikommen und Kaffee trinken, gratis natürlich.»

«Gibt es denn noch Platz für weitere Cafés auf Saltön?», fragte Christer gespannt.

«Ich hatte an Göteborg gedacht.»

Er nickte traurig. «Ich hatte natürlich gehofft, dass du hier bleiben würdest.»

Er saß eine Weile schweigend da und versuchte mit ein paar Steinen einen Zaunpfahl zu treffen. Emily hasste sich selbst dafür, dass sie das Thema gewechselt hatte. Der Zauber war gebrochen. «Bist du so verliebt in Saltön?», fragte sie.

«Als ich den Job und die Wohnung hier bekommen hatte und meinen ersten Spaziergang machte und darüber nachdachte, wie alles werden würde, da ging ich zu den Bootshütten unten am Strand hinunter, vor dem Haus des Botschafters, und plötzlich hatte ich solch eine große Sehnsucht in mir, obwohl es das allererste Mal war, dass ich eine echte Bootshütte sah. Ich habe mich immer nach so einer kleinen Bootshütte am Meer gesehnt. Aber ich spürte auch eine große Zufriedenheit. Ich war nach Hause gekommen. Es war ein schöner Maimorgen und schon warm. Die Kirschbäume hatten ausgeschlagen, und es war der Tag, an dem die Magnolien zu blühen begannen. Auf dem Weg dorthin traf ich einen Bauern; den, der nicht schwarz brennt. Er war mit einer Schubkarre da, die er mit Muschelkalk füllte, um seinen Acker zu kalken.»

Emily beobachtete ihn von der Seite, während er erzählte.

«Ich war völlig fasziniert. MacFie war auch da, aber ich wusste natürlich nicht, dass es MacFie war. Auch er holte Muschelkalk in einem großen Korb, und als ich ihn danach fragte, sagte er, er wolle sie seinen Hühnern geben, damit sie schwimmen lernten. In einer Bootshütte putzte eine Frau, und in einer anderen saß ein Mann in der Tür und reparierte ein Netz.»

«Flicken heißt das. Ein Netz flicken.»

«Wie könntest du von Saltön wegziehen, wo du es doch wichtig findest, dass man ‹ein Netz flicken› sagt. In Göteborg wird das keiner zu schätzen wissen.»

Emily lachte.

«Und was willst du in Göteborg, wo das Paradies doch hier ist? Hier ist es phantastisch!»

«Phantastisch! Jetzt übertreibst du aber. Nett, das würde ich zugeben.»

Christer zeigte auf die Badebucht des Botschafters, wo die ersten Feuerwerkskörper in den schwarzen Himmel geschossen wurden. Sie waren rot, blau und weiß, unwirklich und schön. Es folgten viele nach. Der Himmel wurde vom Sternenregen erleuchtet, und die Knaller rollten dumpf vom Meer her, zusammen mit dem Lachen und den begeisterten Stimmen. Manchmal hörten sie Applaus und ein Boot, das im Hafen tutete. Es gab kaum Pausen, sowie die Sterne herabgefallen waren, kamen neue, noch herrlichere Kaskaden, immer in Rot, Blau und Weiß.

Am Ende wurde es wieder still. Emily war näher an Christer herangerückt, und es schauderte sie. «Erzähl weiter», sagte sie, «ich mag es, wenn du von Saltön erzählst. Ich bin vielleicht schon heimatblind.»

«Ich habe mich so über meinen neuen Job außerhalb der Großstadt gefreut, auch wenn mir klar war, dass es hier recht verwickelt und problematisch sein kann, nur auf eine andere Weise. Ich war so froh, dass ich in einem kleinen Ort, wo die meisten einander kennen, wohnen konnte. Ich war überzeugt, dass es nicht mehr als ein paar Wochen dauern würde, ehe ich Freunde hätte, Kumpel, eine neue Freundin, ein nettes Zuhause, ein funktionierendes Privatleben. Seither sind über drei Jahre vergangen.»

«Und, hast du etwas davon erreicht?»

«Nein. Nur zwanzig Kilo Übergewicht, ein gutes Boot und einen Überblick über die meisten Fernsehprogramme.»

«Wir müssen nicht nach Stockholm fahren, um Gorgonzola zu essen», sagte Emily plötzlich.

«Soll das heißen, dass du nie ohne einen Gorgonzola in der Tasche aus dem Haus gehst?»

«So ungefähr.» Emily lächelte. «Komm mit.»

Mit etwas Schwierigkeiten fing sie an, die steile Treppe hinunterzugehen, die von der Kirche zur Badebucht führte.

Sie gingen am Badesteg vorbei, und Christer begriff, dass sie auf dem Weg zu den Bootshütten war. Einmal wandte Emily sich um und sah ihm in die Augen. Er hat gute, braune Augen, dachte sie. Er ist ein netter Mann. Das darf mich nicht daran hindern, klar zu sehen. Das Projekt *Zuckerkuchen* darf nicht aus dem Blick verloren werden. Ich werde mein Dasein nie wieder von einem Mann abhängig machen. Eine kleine Wohnung werde ich haben, am liebsten mit Balkon, einen Vorratskeller, nicht zu groß, damit ich nicht zu viel ansammeln kann. Die Wohnung sollte auf einem der höchsten Hügel von Göteborg liegen, damit ich auf meinem Balkon sitzen, die Füße hochlegen und über die Stadt sehen kann. Die Konditorei sollte nicht zu weit entfernt sein. Sie soll klein sein und überhaupt nicht altmodisch.

Vielleicht sollte sie in der Nähe der Universität liegen, damit viele Studenten und diese etablierten Kulturschaffenden kommen. Keine alten Tanten, die aus der Untertasse trinken, und alte Onkels, die ihr Zuckerstück in den Kaffee tauchen. Aktive Großstadtmenschen sollen zu mir kommen, eine riesige Zimtschnecke kaufen und eine Tasse Kaffee im Pappbecher. Vielleicht werde ich zwei, drei Tische drinnen haben und ein paar Bänke auf der Straße. Bestimmt werden viele Kunden am liebsten auf dem Weg zur Arbeit oder zur Uni mit einem dampfenden Kaffeebecher in der Hand vom *Zuckerkuchen* weggehen – so wie die Leute in Manhattan. New York wäre natürlich auch was, aber da ist es wahrscheinlich schwer, ein Café aufzumachen. Das, wo Seinfeld hinzugehen pflegt, ist doch für meinen Geschmack ein wenig zu groß ... Und dann brauche ich ein kleines Auto, damit ich nach Saltön fahren und Papa und Paula besuchen kann ... und Christer.

«Hallo Emily, warum antwortest du nicht, und warum gehst du so schnell?»

Sie blieb abrupt stehen und wurde rot, als sie ihn ansah. Das Kleid leuchtete gelb in der Dunkelheit, aber sie sah doch nicht mehr so kükenhaft aus. «Ich habe einfach nur ein wenig phantasiert. Über Gorgonzola und so. Komm.»

Sie ging auf eines der kleinen roten Bootshäuschen zu, die am Fuß des Berges lagen, nur drei Meter vom Meer entfernt. Sie beugte sich herab, fischte aus einem alten schwarzen Holzschuh, der unter der Treppe versteckt war, einen Schlüssel und sperrte die Tür auf.

«Hast du eine eigene Bootshütte, Emily! Du Glückliche.»

«Nicht ich. Sie gehört Papa.»

An den dunklen Holzwänden hingen an großen Eisenhaken unterschiedliche Bootsutensilien und Angelzubehör. Keine Hummerreusen. Auf einem Regalbrett lagen ein paar Rollen mit älteren und neueren Seekarten zusammengepfercht. In einem alten Vitrinenschrank standen zwei Gläser, eine Flasche Wein und eine Raubank. An der gegenüberliegenden Wand stand ein einfaches Gästebett mit einer gehäkelten Decke und ein kleiner Klapptisch mit zwei Stühlen. Ein großer Wassertank aus Plastik auf dem Fußboden, der Flickenteppich und ein Mikrowellenherd in Grellrosa und ein Minikühlschrank in derselben Farbe. Ein Poster, das Kungsholm auf dem Weg zwischen Göteborg und New York darstellte.

Emily öffnete den Kühlschrank und nahm ein großes Stück Gorgonzola heraus und ein Körbchen kleiner grüner Weintrauben. Aus einem Eckschrank holte sie Steingutteller, Servietten und Weingläser.

Sie öffnete den Vitrinenschrank, nahm eine Flasche Wein heraus und einen Korkenzieher, den sie Christer reichte. Als er den Korken herausgezogen hatte, stellte er die Flasche auf den Tisch und legte den Korkenzieher in den Eckschrank zurück. Dann steckte er den Korken in seine Brusttasche.

«Zur Erinnerung», erklärte er.

«Das ist aber ungewöhnlich», sagte Emily. «Ich dachte immer, es gäbe niemanden, der sich an mich erinnern will.»

Er blies ihr Kükenhaar weg und schloss die Augen.

«Es riecht so gut hier drin», sagte er. «Teer und noch irgendwas. Ich glaube, das bist du.»

Sie holte ein Paar weißer Stearinkerzen hervor, die sie in einem zweiarmigen Messingleuchter festzumachen versuchte. Christer half ihr, indem er die Kerzen mit seinem Taschenmesser zurechtschnitzte, ehe er sie herunterdrückte. Als sie gerade standen, zündete er sie mit einem Feuerzeug an. «Ich wusste gar nicht, dass du rauchst.»

«Das tue ich auch nicht, aber ich habe lange gehofft, einmal in diese Situation zu geraten. Es gibt nichts Schöneres, als zwei Lichter zusammen anzuzünden.»

Sein Hemd roch ganz schwach nach Pfefferminz.